David Lodge · Ortswechsel

DAVID LODGE

Ortswechsel

ROMAN

AUS DEM ENGLISCHEN
VON
RENATE ORTH-GUTTMANN

HAFFMANS VERLAG

Die Originalausgabe
»Changing Places«
erschien 1975 bei Secker & Warburg, London.
Copyright © 1975 by David Lodge

Die deutsche Erstausgabe
erschien 1986 im Paul List Verlag, München

Für Lenny und Priscilla,
Stanley und Adrienne
und viele andere Freunde
an der Westküste

Umschlagbild von Volker Kriegel

Jubiläumsausgabe 1995
zum 13. Geburtstag des Haffmans Verlags
Alle deutschsprachigen Rechte vorbehalten
Copyright © 1995 by
Haffmans Verlag AG Zürich
Gesamtherstellung: Offizin Andersen Nexö, Leipzig
ISBN 3 251 00286 4

Inhalt

Zwar haben einige der in diesem Roman geschilderten Schauplätze und öffentlichen Ereignisse eine gewisse Ähnlichkeit mit tatsächlichen Schauplätzen und Ereignissen, seine Figuren aber sind – als Einzelwesen wie auch als Mitglieder von Institutionen – frei erfunden.

Rummidge und Euphoria sind Orte auf der Landkarte einer Komödienwelt, die der unseren gleicht, ohne ihr ganz zu entsprechen, und in der sich Phantasiewesen tummeln.

I.

Fliegen

Hoch über dem Nordpol kamen am ersten Tag des Jahres 1969 zwei Professoren für englische Literatur in einer Gesamtgeschwindigkeit von 1200 Meilen pro Stunde einander näher. Vor der dünnen, kalten Luft schützten sie die Druckkabinen der beiden Boeing 707, vor der Gefahr einer Kollision die segensreiche Einrichtung der internationalen Luftkorridore. Die beiden hatten sich zwar noch nie gesehen, waren einander aber namentlich bekannt. Sie schickten sich an, für das kommende halbe Jahr einen Stellentausch vorzunehmen, und zu Zeiten, da sich das Reisen noch gemächlicher vollzog, wäre am Schnittpunkt ihrer Wege eine vielsagende menschliche Geste vorstellbar gewesen. So hätten sie beispielsweise vom Deck zweier sich mitten auf dem Atlantik begegnenden Passagierdampfer einander zuwinken können, indes jeder gleichzeitig per Zufall mit der freien Hand ein Fernrohr auf den anderen richtet; oder sie hätten sich – was glaubhafter ist – durch die Fenster zweier irgendwo in Hampshire oder im Mittelwesten auf demselben Bahnhof nebeneinander haltenden Eisenbahnabteile in einer stummen Szene gegenseitig taxieren können, wobei der Befangenere der beiden erleichtert konstatiert hätte, daß sie endlich fahren, nur um festzustellen, daß es der Zug des anderen ist, der sich in Bewegung gesetzt hat … Allein, die Wirklichkeit, sie war nicht so. Da die beiden im Flugzeug saßen, der eine sich langweilte, der andere Angst hatte, aus dem Fenster zu sehen, da beide ohnehin die Maschine des anderen nicht mit bloßem Auge erkennen konnten, kreuzten sich ihre Wege an diesem einen Punkt über dem kreisenden Erdball, ohne daß es jemand bemerkte – mit Ausnahme des Erzählers dieser Duplex-Chronik.

»Duplex« hat nicht nur die generelle Bedeutung von »doppelt«, sondern bezieht sich in der Fachsprache der Fernmeldetechnik auf »Systeme, bei denen Nachrichten gleichzeitig in entgegengesetzte Richtungen übermittelt werden« (Oxford English Dictionary). Man stelle sich vor, daß die beiden Literaturprofessoren (beide, wie der Zufall so spielt, vierzig Jahre alt) mit Geburtsland, Stellung und heimischem Herd durch eine unendlich elastische Nabelschnur der Emotionen, Einstellungen und Werte verbunden sind, eine Schnur, die sich dehnt und dehnt, bis sie praktisch unsichtbar geworden ist, ohne aber endgültig zu reißen, indes die beiden mit einer Geschwindigkeit von 600 Meilen in der Stunde durch die Lüfte jagen. Man stelle sich weiter vor, daß die Piloten der beiden Boeings, während sie über den Gletschermassen des Pols aneinander vorbeifliegen, den Vorschriften der technischen Machbarkeit zum Trotz etliche ausgelassene Luftkunststücke vollführen – Kreuzen, Sturz- und Gleitflüge, Loopings, gleich einem Blausängerpaar zur Paarungszeit –, so daß die Nabelschnüre sich gründlich verheddern, ehe die Piloten den Flug so brav und bieder fortsetzen, wie es sich gehört. Folgerichtig werden, wenn beide Professoren im Territorium des anderen gelandet sind und ihren Geschäften und Vergnügungen nachgehen, alle Schwingungen, die der eine in die Heimat schickt, auch vom anderen empfunden und umgekehrt, und der Rücklauf zum Sender wird jeweils durch die Reaktion des anderen subtil modifiziert, kann sogar über die Verbindungsschnur des anderen zu ihm zurückkommen, die ja an dem Ort verankert ist, an dem er soeben eintraf, so daß es binnen kurzem im ganzen System von Schwingungen schwirrt, die zwischen Professor A und Professor B hin- und hergehen; mal auf dieser, mal auf jener Leitung, mal auf der einen Leitung beginnend und auf der anderen endend. Mit anderen Worten: Es wäre kein Wunder, wenn zwei Männer, die auf ein halbes Jahr die Stellung tauschen, gegenseitig Einfluß auf ihr Schicksal nähmen und in mancher Hinsicht die Erfahrung des anderen widerspiegelten, ungeachtet aller Unterschiede der Umwelt, des Charakters und der Einstellung zu ihrem Vorhaben.

Einen dieser Unterschiede erkennen wir aus der privilegierten Höhe des Erzählers (die über der des Jets liegt) auf den ersten Blick. An seiner steifen, bolzengeraden Haltung und seinem überschwenglichen Dank an die Stewardeß, die ihm ein Glas Orangensaft bringt, ist ablesbar, daß Philip Swallow, der in westliche Richtung reist, keine große Erfahrung als Fluggast hat, während Morris Zapp, der sich in dem Sitz seiner gen Osten brausenden Maschine räkelt, eine kalte Zigarre kaut (die er auf Anweisung der Stewardeß hat löschen müssen) und finster die dürftige Eisration beäugt, die in seinem mit Bourbon gefüllten Plastikbecher dahinschmilzt, Langstreckenflüge bis zum Überdruß geläufig sind.

Nun fliegt zwar Philip Swallow nicht zum ersten Mal, aber er hat sich immer so selten und in so großen Abständen in die Lüfte geschwungen, daß er jedesmal dasselbe Trauma erleidet; er steht unter einer Wechselspannung aus Angst und Zuversicht, die seinen Organismus in einem anhaltenden und erschöpfenden Rhythmus auf- und entlädt. Auf der Erde, bei den Reisevorbereitungen, denkt er mit beglückter Vorfreude an das Fliegen, *up, up and away*, an das Schweben in ewigem Blau, gewiegt von einer Flugmaschine, die sich von weitem gesehen spielend in diesem Element zu Hause fühlt, ja, ein Stück vom Himmel selbst zu sein scheint. Die Sicherheit beginnt zu bröckeln, als er zum Flughafen kommt und unter dem schrillen Jaulen der Düsentriebwerke zusammenzuckt. Am Himmel wirken die Maschinen sehr klein. Auf den Rollbahnen wirken sie sehr groß. Deshalb müßten sie eigentlich aus der Nähe noch größer aussehen, was aber merkwürdigerweise nicht der Fall ist. Seine Maschine beispielsweise, die direkt vor dem Fenster der Abflughalle steht, macht den Eindruck, als sei sie eigentlich nicht geräumig genug für all die Leute, die da hineingehen sollen. Dieser Eindruck bestätigt sich, als Philip durch einen Tunnel, einen engen Schlauch voll zuckender Glieder, in die Kabine geschleust wird. Als er und seine Mitflieger dann erst sitzen, kehrt das Wohlgefühl zurück. Die Sitze sind so ungemein bequem, daß man ganz zufrieden ist, dort zu bleiben, wo man gerade ist; dennoch ist es beruhigend, einen freien Gang vor sich zu haben, es wäre ja denkbar, daß man ihn mal begehen möchte. Einlullende Musik rieselt herab. Die Beleuchtung tut den Augen wohl. Eine Stewardeß offeriert die Morgenzeitung. Philips Gepäck ist irgendwo in der Maschine sicher verstaut, und wenn dies nicht der Fall sein sollte, ist es nicht seine Schuld, und das ist die Hauptsache. Fliegen ist, in allem genommen, die einzig mögliche Art des Reisens.

Als aber jetzt die Maschine zur Startbahn rollt, begeht er den

Fehler, aus dem Fenster auf die sanft wippenden Tragflächen zu schauen. Nieten und Verkleidungen sind fast überdeutlich zu erkennen, die aufgemalten Zeichen sind verwaschen, über die Triebwerksbleche ziehen sich Rußstreifen. Plötzlich steht ihm unabweisbar vor Augen, daß er sein Leben einer Maschine anvertraut, einem Werk aus Menschenhand, fehlbar und vergänglich. Und so geht es weiter, nachdem die Maschine schon längst Himmelshöhen erklommen hat. Zwischen Phasen von Selbstvertrauen und Lebenslust schieben sich immer wieder Anfälle von Panik und Leere.

Nicht genug kann sich Philip über die Kaltblütigkeit seiner Mitreisenden wundern, deren Verhalten er voller Interesse beobachtet. Eine Flugreise ist für Philip Swallow so etwas wie ein Bühnenstück, und er geht sie an wie ein wackerer Laienschauspieler, der fest entschlossen ist, sich neben alten Theaterhasen zu behaupten. Genaugenommen macht er das mit fast allen Herausforderungen so, die das Leben für ihn bereithält. Er ist ein mimetischer Mensch – unsicher, beflissen, grenzenlos beeinflußbar.

Die Annahme, Morris Zapp sei auf seinen Flügen nicht von derlei Bedenken geplagt, liegt nahe, wäre aber irrig. Er ist ein Inlandsflugveteran, der im Lauf der Jahre auf dem Weg zu Konferenzen, Vorträgen und Besprechungen fast alle Staaten der Union überflogen hat, und es ist ihm natürlich nicht entgangen, daß hin und wieder ein Flugzeug herunterkommt. Da er dem Weltall und dessen Lenker mit angeborener Skepsis gegenübersteht, welch letzteren er als Mr. Ungeschick zu bezeichnen liebt (»Wie kann man *das*«, so fragte er etwa und deutete auf den sternenbeglänzten Nachthimmel über dem Pazifik, »einem sogenannten Geschick zuschreiben? Schaut euch bloß diese Verschwendung an!«), geht er selten an Bord eines Flugzeugs, ohne mit einem Teil seines geschäftigen Hirns zu überlegen, ob er vielleicht auf den Fernsehschirmen der Nation als Luftkatastrophe der Woche erscheinen wird. Normalerweise suchen ihn solche morbiden Anwandlungen nur zu Beginn und gegen Ende eines Fluges heim, denn er hat irgendwo gelesen, daß achtzig Prozent aller Flugzeuge entweder beim Start oder bei der Landung verunglücken – eine Statistik, die ihn nicht überrascht, da er häufig eine Stunde oder mehr über dem Flughafen von Esseph seine

Warteschleifen dreht, während weitere fünfzig Maschinen im Luftraum kreisen und noch einmal ein halbes Hundert im Neunzig-Sekunden-Takt startet, eine Jongleurnummer, von einem Computer gesteuert, bei dem nur eine Sicherung durchzubrennen braucht, um in der Luft den Eindruck entstehen zu lassen, als sei der Konkurrenzkampf der Fluggesellschaften nun doch zum offenen Krieg eskaliert, als hätten die Luftlinien pensionierte Kamikazeflieger angeheuert, um sich gegenseitig die Hardware vom Himmel zu holen, wobei die TWA-Boeings die PanAm-Boeings rammen, die DC 8 der American Airlines die von United aus den Wolken drücken, rivalisierende Shuttledienste frontal zusammenstoßen, Tragflächen, Flugzeugrümpfe, Triebwerke, Fluggäste, chemische Toiletten, Stewardessen, Speisekarten und Plastikbestecke (Morris Zapp hat gelegentlich eine apokalyptische Phantasie, aber wer hat die heutzutage in Amerika nicht?) in einer Orgie industrieller Luftverschmutzung aus den Wolken regnen würden.

Mit der Wahl der Nonstop-Route über den Pol statt eines Flugs mit Zwischenlandung in New York glaubt Zapp die Gefahr, in so ein Endzeitdrama zu geraten, um fünfzig Prozent reduziert zu haben. Diesem tröstlichen Gedanken steht die Tatsache gegenüber, daß er sich auf einem Charterflug befindet und daß Charterflugzeuge (auch das hat er gelesen) mehrfach absturzgefährdeter sind als Linienmaschinen, woraus er schließt, daß es sich bei ersteren um Fluggerät handelt, das schon mal bessere Tage gesehen hat, von irgendeinem billigen Jakob als Schrott bei den großen Luftlinien aufgekauft und an zunehmend billigere Jakobs verhökert worden ist (seine Maschine beispielsweise gehört einer Gesellschaft, die sich Orbis nennt; der pseudolateinische Name wirkt keineswegs vertrauenerweckend, und er hätte wetten mögen, daß eine Ultraviolettaufnahme ein Palimpsest vierzehn verschiedener Firmenzeichen unter der frischen Farbschicht zutage bringen würde) und von Piloten geflogen wird, die schon lange auf dem absteigenden Ast sind, von Alkoholikern und Schizoiden, Nervenbündeln, die Notlandungen hinter sich haben, Schneestürme oder Flugzeugentführungen durch wahnwitzige Araber und heimwehkranke Kubaner mit Dynamitstäben und Spielzeugpistolen in der Faust. Außerdem ist dies sein erster

Flug über Wasser (ganz recht, Morris Zapp hat bisher nie den Schutz der nordamerikanischen Landmasse verlassen, ein stolzer Rekord, der im Fachbereich seiner Hochschule einzig dasteht), und er kann nicht schwimmen. Das ihm bis dato unbekannte Ritual der Einweisung in den Gebrauch aufblasbarer Schwimmwesten zu Beginn des Fluges hat ihn verunsichert. Fetischisten mögen von diesen Gebilden aus Leinen und Gummi träumen, aber für ihn steht fest, daß er sich in so ein Ding ebensowenig würde hineinzwängen können wie in den Hüfthalter der Stewardeß, die das Anlegen vorführt. Überdies hat sich bei vorsorglichen Tastversuchen gezeigt, daß die Schwimmweste nicht da ist, wo sie hingehört, nämlich unter seinem Sitz. Nur die Angst, sich vor der Blondine mit der Superbrille, die neben ihm sitzt, lächerlich zu machen, hindert ihn daran, sich hinzuhocken und genau nachzusehen. Er begnügt sich damit, die langen, gorillagleichen Arme locker über den Rand der Armlehne hängen zu lassen und mit den Fingern unauffällig über ihre Unterseite zu streifen, wie man es macht, wenn man dort Kaugummi oder Nasenpopel parken will. Einmal, als er die Finger ganz ausstreckt, stößt er auf etwas Vielversprechendes, was sich jedoch nur als ein Bein seiner Nachbarin entpuppt, das empört zurückgezogen wird. Er wendet sich ihr zu, nicht um sich zu entschuldigen (so was tut ein Morris Zapp nicht), sondern um sie mit dem berühmten Zapp-schen Blick zu bedenken, der garantiert jedermann, vom Universitätspräsidenten bis zum Black Panther, auf eine Entfernung von zwanzig Metern zum Stehen bringt, prallt aber an einem undurchdringlichen Vorhang aus blondem Haar ab.

Schließlich gibt er die Suche nach der Schwimmweste auf und überlegt, daß im Augenblick das Meer unter seinem Hintern ohnehin hartgefroren ist, obschon auch das irgendwie kein tröstlicher Gedanke ist. Nein, Morris J. Zapp hat schon angenehmere Flüge erlebt. (»Jehova«, zischt er aus einem Mundwinkel, wenn eine Frau nach seinem zweiten Vornamen fragt. Jede Frau sehnt sich danach, von einem Gott gebumst zu werden, es ist der Ursprung aller Religionen. »Denken Sie an die Mythen, Lea und der Schwan, Isis und Osiris, Maria und der Heilige Geist«, also sprach Zapp in seinem Graduiertenseminar und nagelte eine Schar nervöser Nonnen mit dem berühmten Blick an ihren Plätzen fest.)

Irgendwas kommt ihm an der Maschine nicht geheuer vor. Nicht nur der blödsinnige lateinische Name der Fluglinie, die fehlende Schwimmweste, die Milliarden Tonnen Eis unter ihm und das winzige Würfelchen, das in dem vor ihm stehenden Bourbon schmilzt – da ist noch irgendwas anderes, das ihn stört, er ist nur noch nicht dahintergekommen. Während sich Morris Zapp mit diesem Problem herumschlägt, wollen wir versuchen, die Umstände zu erhellen, die dazu geführt haben, daß er und Philip Swallow sich zur gleichen ungewissen Stunde (denn inzwischen gehen die Uhren sämtlicher Passagiere falsch) am Polarhimmel befinden.

Zwischen der State University of Euphoria (salopp Euphoric State genannt) und der University of Rummidge findet seit langem in der zweiten Hälfte des akademischen Jahres ein Austausch von Hochschullehrern statt. Wie die Verbindung zwischen zwei Universitäten zustande kam, die vom Wesen her so grundverschieden und räumlich so weit getrennt sind, ist schnell erklärt. Zufällig und unabhängig voneinander verfielen die mit der Gestaltung des Campusgeländes beauftragten Architekten auf dieselbe Krönung ihres Werkes, nämlich eine Nachbildung des Schiefen Turms von Pisa. Der an der Euphoric State entstand aus weißem Stein und geriet doppelt so groß wie das Original, der in Rummidge war aus Backstein und maßstabsgetreu; beide aber waren von ihren Schöpfern wieder in die Lotrechte gerückt worden. Das Austauschprogramm wurde zur Feier dieser Koinzidenz vereinbart.

Ursprünglich war vorgesehen, daß die gastgebende Hochschule den Austauschlehrern das ihnen jeweils nach Rangstufe und Dienstjahren zustehende Gehalt zahlte, aber da kein Amerikaner von dem in Rummidge üblichen Monatsgehalt mehr als ein paar Tage hätte existieren können, schoß die Euphoric State für ihre Leute den Differenzbetrag zu, wohingegen die britischen Gäste dort ein Salär bezogen, das ihre kühnsten Träume überstieg, und sich überdies ohne Ansehen der Person des Titels Gastprofessor erfreuen konnten. Nicht nur in diesem Punkt begünstigte die Regelung die britischen Partner des Austauschprogramms. Euphoria, ein kleiner, aber dicht bevölkerter Bundesstaat an der Westküste Amerikas, zwischen Nord- und Südkalifornien gelegen, mit seinen Bergen, Seen und Flüssen, seinen

Redwoodforsten und blonden Stränden und seiner unvergleichlichen Bucht, an der sich die Universität in Plotinus und die glitzernd-glamouröse Stadt Esseph gegenüberliegen – Euphoria also gilt vielen kennerischen Kosmopoliten als einer der anziehendsten Landstriche der Welt. Nicht einmal die Stadtväter von Rummidge würden sich zu einer ähnlichen Behauptung über ihre Kapitale versteigen: Rummidge ist eine große, reizlose Industriestadt an der Kreuzung von drei Autobahnen, sechsundzwanzig Eisenbahnlinien und einem halben Dutzend stagnierender Kanäle in den englischen Midlands.

Die Euphoric State hatte sich durch skrupellosen Einsatz ihrer Mittel zu einer der bedeutendsten Universitäten der Vereinigten Staaten gemausert, hatte die namhaftesten Gelehrten eingekauft, die sie nur ergattern konnte, und sich ihre fortgesetzten Dienste durch großzügige Zurverfügungstellung von Laboratorien, Bibliotheken, Forschungsstipendien und gut aussehenden, langbeinigen Sekretärinnen gesichert. In diesem Jahr des Heils 1969 hatte die Euphoric State als Zentrum der Gelehrsamkeit ihren Gipfelpunkt bereits erreicht und vielleicht schon überschritten. Der allmählich einsetzende Niedergang hatte seinen Grund zum Teil in zunehmenden Störungen durch militante Studenten, zum Teil in dem Gegendruck des rechten Gouverneurs von Euphoria, eines gewissen Ronald Duck, der früher Filmschauspieler gewesen war. Dank der Qualität der Lehrenden und der Höhe der angehäuften Mittel konnte es aber noch viele Jahre dauern, bis das Ansehen der Universität ernstlich gefährdet war. Kurz, Euphoric State war immer noch ein Name, der in der akademischen Welt einen guten Klang hatte. Rummidge hingegen war immer nur eine Universität von mäßiger Größe und mäßigem Ansehen gewesen und hatte in letzter Zeit das gleiche demütigende Schicksal wie die meisten anderen englischen Universitäten dieses Typs erfahren. Nachdem sie sich ein halbes Jahrhundert im Konkurrenzkampf mit zwei Universitäten abgerackert hatte, die ihre Wertschätzung vornehmlich der Tatsache verdankten, daß sie so alt waren, wurde sie, als sie drauf und dran war, mit ihnen gleichzuziehen, rüde von einer Reihe von Hochschulen abgehängt, die man hauptsächlich deshalb hochlobte, weil sie so neu waren. Das Stimmungsbarometer stand deshalb in

Rummidge auf muffig bis deprimiert, wie das Stimmungsbarometer der Mittelschicht in einer Gesellschaft, die nie eine bürgerliche Revolution erlebt, sondern deren Aristokratie das Ruder unmittelbar an das Proletariat übergeben hat.

Aus diesen und anderen Gründen reißen sich die höchstqualifizierten und dienstältesten Hochschullehrer von Rummidge um die Ehre, ihre Alma Mater an der Euphoric State vertreten zu dürfen, während – ehrlicherweise muß es gesagt werden – die Euphoric State manchmal gewisse Schwierigkeiten hat, ihre Leute zu einem Austauschaufenthalt in Rummidge zu bewegen. Die Lehrenden an der Euphoric State gehören einer Elite an, der Forschungszuschüsse und Stipendien förmlich aufgedrängt werden und der nichts ferner liegt, als sich in den normalen Universitätsbetrieb zu stürzen, wenn eine Europareise ansteht, schon gar nicht in Rummidge, einer Örtlichkeit, von der die wenigsten schon mal etwas gehört haben. Die amerikanischen Gäste auf dem Campus von Rummidge waren deshalb meist junge und/oder unbedeutende Akademiker, beharrliche Anglophile, die keine andere Möglichkeit gefunden hatten, nach England zu kommen, oder – sehr selten – Spezialisten in einer jener esoterischen Disziplinen, in denen Rummidge dank der Unterstützung der dort ansässigen Industrie eine unbestrittene Vorrangstellung innehat – Hausgerätetechnologie, Reifenkunde und die Biochemie der Kakaobohne.

Der Austausch von Philip Swallow und Morris Zapp stellte eine Umkehr des gewohnten Musters dar. Zapp war ein anerkannter Wissenschaftler, Swallow war es nicht. Zapp war ein Mann, der schon als Student Artikel in der PMLA, dem Organ der Modern Languages Association, untergebracht hatte. Der, als ihm beneidenswerterweise als erste Stellung eine Lehrtätigkeit an der Euphoric State angeboten worden war, ein doppelt so hohes Gehalt wie dort üblich gefordert und bekommen hatte. Der noch vor seinem dreißigsten Lebensjahr fünf ungemein kluge Bücher – vier davon über Jane Austen – veröffentlicht und im gleichen zarten Alter einen Lehrstuhl bekommen hatte. Swallow hingegen war außerhalb seines Fachbereichs kaum bekannt, hatte abgesehen von einigen Essays und Rezensionen nichts veröffentlicht, war auf der Skala eines Lektorengehalts mittels ganz normaler jährlicher Anhebungen immerhin so weit gekommen, daß er jetzt den dafür vorgesehenen Höchstbetrag bezog; dafür aber standen die Aussichten auf eine Beförderung äußerst schlecht. Nicht, daß es Philip Swallow an Intelligenz oder Talent gefehlt hätte. Was ihm fehlte, waren Zielstrebigkeit und Ehrgeiz, der akademische Killerinstinkt, den Zapp in reichem Maße besaß.

In dieser Beziehung waren beide Produkte des Bildungssystems, das sie durchlaufen hatten. In Amerika gehört nicht allzuviel dazu, den akademischen Grad des Bachelor zu erwerben. Der Student wird mehr oder weniger sich selbst überlassen, er sammelt in aller Ruhe die erforderlichen Scheine; Schummeln ist leicht, und es besteht eigentlich keine Veranlassung, dem Endergebnis mit Spannung oder Sorge entgegenzusehen. Die jungen Leute können sich deshalb ungehindert den normalen Anliegen der Spätadoleszenz widmen, dem Sport, dem Alkohol, der Unterhaltung und dem anderen Geschlecht. Der eigentliche Druck setzt nach der ersten akademischen Prüfung ein, denn dann wird der Studierende in zermürbenden Seminaren und strengen Prüfungen geschliffen und gehärtet, bis man ihn für würdig befindet, die Weihen eines Doktors der Philologie zu empfangen. Bis dahin hat er in diesen Vorgang soviel an Zeit und Geld investiert, daß ein anderes Metier als das des Hochschullehrers undenkbar und der Gedanke an etwas Geringeres als eine erfolgreiche Laufbahn unerträglich geworden ist. Mit einem Wort, er bringt die notwendigen Voraussetzungen für einen Berufsstand mit, der dem Geist des freien Unternehmertums ebenso stark verbunden ist wie die Wall Street, in dem jeder Hochschullehrer einen Einzelvertrag mit seinem Arbeitgeber schließt und ungehindert seine Dienste an den Höchstbietenden verkaufen kann.

Im britischen System liegen Anfang und Ende des Konkurrenzkampfes viel früher. Dort wird das menschliche Kartenspiel viermal gemischt und abgehoben – mit elf, mit sechzehn, mit achtzehn und mit zwanzig Jahren, und glücklich das Menschlein, das jedesmal obenauf zu liegen kommt, insbesondere aber beim letztenmal, den sogenannten Finals! Schon dieses im Namen implizierte Finale deutet darauf hin, daß danach nichts wirklich Wichtiges mehr passieren kann. Der britische Student nach der ersten akademischen Prüfung ist eine einsame, verlorene Kreatur, die nicht recht weiß, was sie da treibt oder wem sie es recht machen soll. Man erkennt ihn in den Cafés um die Bodleian Library und das British Museum an dem glasigen Ausdruck, dem leeren Blick des Veteranen mit der Schützengrabenneurose, für den seit der großen Offensive die Realität keine Bedeutung mehr hat. Sofern es ihm gelingt, seinen ersten Job an Land zu ziehen, ist dieser Zustand kurzfristig kein großes Handicap, da die Festanstellung in britischen Universitäten praktisch automatisch erfolgt und überall die gleichen Tarife gelten. Aber in einem gewissen Alter, wenn Beförderungen und Lehrstühle anfangen, interessant zu werden, mag er mit nostalgischer Wehmut an die Tage zurückdenken, da sein Geist wach und klar und auf ein einziges praktisches Ziel gerichtet war.

Dieses System war Philip Swallows Glück gewesen und war auch sein Unglück geworden. Er machte gern Prüfungen und hatte immer gut dabei abgeschnitten. Sie waren in vieler Hinsicht der Höhepunkt seines Lebens gewesen. Er träumte oft davon, und es waren schöne Träume. Im Wachzustand konnte er sich anstandslos an die Fragen erinnern, die er in diesem heißen, fernen Juni zur Beantwortung ausgewählt hatte. In den Monaten davor hatte er sich sehr gründlich vorbereitet, hatte seinen Geist mit destilliertem Wissen gefüllt, Tropfen für Tropfen, bis er am Vorabend der ersten Klausur (altenglische Texte) schier überlief. Zehn Tage lang begab er sich dann mit diesem kostbaren Gefäß in den Prüfungsraum und goß eine bestimmte Menge des Inhalts auf die linierten Seiten. Tag für Tag senkte sich der Pegelstand, bis am zehnten Tag das Gefäß leer, der Becher ausgetrunken, der Schrank geräumt war. In den folgenden Jahren bemühte er sich, seinen Geist wieder aufzufüllen, aber so wie damals wurde es nie mehr. Die große Richtung fehlte, es gab keinen Tag des Gerichts, für den es nötig gewesen wäre, Wissen zu horten, so daß es sich fast so schnell wieder verlief, wie er es erwarb.

Philip Swallow liebte die Literatur aufrichtig und in all ihren Erscheinungsformen. Beowulf beglückte ihn ebenso wie Virginia Woolf, *Waiting for Godot* in gleichem Maße wie *Gammer Gurton's Needle*, und wenn einmal nichts Edleres zur Verfügung stand, las er aufmerksam die Rückseite von Cornflakes-Packungen, das Kleingedruckte auf Eisenbahnbillets und die Reklame in Briefmarkenheftchen. Diese unterschiedslose Begeisterung machte es ihm andererseits schwer, sich für ein Spezialgebiet zu entscheiden. Er hatte sich zunächst mit Jane Austen beschäftigt, danach so verschiedenartige Themen wie mittelalterliche Predigten, elisabethanische Sonnettsequenzen, heroische Tragödien der Restaurationszeit, Flugschriften aus dem 18. Jahrhundert, die Romane William Godwins, die Lyrik Elizabeth Barrett Brownings und Anklänge des Absurden Theaters in den Dramen von George Bernard Shaw beackert. Keins dieser Projekte hatte er je beendet. Kaum hatte er eine vorläufige Bibliographie zusammengestellt, da wurde er schon durch ein ganz neues oder wieder erwachtes Interesse abgelenkt. Er lief zwischen den Regalen der englischen Literatur hin und her wie ein Kind im Spielwarenladen – und zögerte so lange, sich für ein bestimmtes Spielzeug zu entscheiden, daß er schließlich mit leeren Händen dastand.

Nur auf einem Gebiet galt Philip als Kapazität, wiewohl auch das nur innerhalb der engen Grenzen seines Fachbereichs. Als Prüfer war er ein Könner von hohen Graden, gewissenhaft, gründlich, streng, aber gerecht. Niemand sonst konnte mit so schlafwandlerischer Sicherheit eine heikle Note wie ein B+/ B+?+ geben, sie mit solcher Stichhaltigkeit und Überzeugungskraft rechtfertigen. Wenn in den Fachbereichssitzungen die Entwürfe der Prüfungsbögen durchgesprochen wurden, war er bei seinen Kollegen gefürchtet ob seines scharfen Blicks, der eine doppeldeutige Überschrift ebenso entdeckte wie die Wiederholung von Fragen aus früheren Prüfungen oder das Versehen, das es einem Prüfling ermöglicht hätte, aus einer Frage Material für zwei Antworten herauszuschlagen. Seine eigenen Prüfungsbögen waren in langer, liebevoller Arbeit erstellte, bis ins kleinste polierte und ausgefeilte Kunstwerke, in denen er jedes Wort sorgfältig abwog, geschickt mit *entweder* und *oder* arbeitete, umsichtig schwierige Fragen über bekannte Schriftsteller mit leichten Fragen über obskure Autoren mischte, die Prüflinge aufforderte, zu ventilieren, zu illustrieren, zu kommentieren, zu analysieren, zu reagieren, zu charakterisieren oder (wenn alles noch nicht genügte) sich zu brillanten Epigrammen zu äußern, die er zu erfinden und als Zitate anonymer Kritiker auszugeben pflegte.

Ein Kollege hatte einmal geäußert, Philip solle doch seine Prüfungsbögen als wissenschaftliche Arbeit veröffentlichen. Der Vorschlag war als Boshaftigkeit gedacht, gefiel aber Philip nicht übel. Ein paar schwindelerregend schöne Stunden lang sah er sich wie durch ein Geschenk des Himmels von seiner beruflichen Unfruchtbarkeit erlöst. Er sah ein revolutionär neuartiges, kritisches Werk vor sich, eine prägnante, umfassende Übersicht der englischen Literatur in Form von Fragen, schön gedruckt mit viel weißem Papier dazwischen, Fragen, die ein Wunder an Straffung, Eloquenz und Tiefgang sein würden, Fragen, die man immer wieder würde lesen und überdenken können, gedankenreich und rätselhaft wie Haikus, einprägsam wie Sprichwörter; Fragen, die gewissermaßen die geistigen, subtil suggerierten Embryos ihrer Antworten schon in sich trugen. *Gesammelte Prüfungsfragen der Literaturwissenschaft* von Philip Swallow. Ein Buch, das den Vergleich mit Pascals *Pensées* oder Wittgensteins *Philosophical Investigations* nicht würde zu scheuen brauchen ...

Aber er war mit diesem Projekt nicht weiter gekommen als mit seinen orthodoxeren Vorhaben. Indessen hatten die Studenten in Rummidge angefangen, für die Abschaffung konventioneller Prüfungen zu agitieren, so daß seine einzige herausragende Fähigkeit möglicherweise bald nicht mehr gefragt war. In letzter Zeit hatte er sich hin und wieder überlegt, ob er wirklich für den Beruf geeignet war, in den ihn vor fünfzehn Jahren nicht so sehr seine persönliche Entscheidung als vielmehr der Schwung eines mit Auszeichnung bestandenen Examens lanciert hatte.

Automatisch hatte er ein Stipendium für ein Graduiertenstudium bekommen und war dem Vorschlag seines Professors gefolgt, eine Magisterarbeit über das Jugendwerk Jane Austens zu schreiben. Nach fast zwei Jahren war ein Ende der Arbeit noch nicht abzusehen, und in der Hoffnung, durch einen Tapetenwechsel zu neuen Anregungen zu kommen, bewarb er sich in einem müßigen Augenblick um ein Forschungsstipendium für Amerika und um eine Assistentenstelle an der University of Rummidge. Zu seiner großen Überraschung bekam er für beides eine Zusage (auch das eine Auswirkung der Examensnote), und Rummidge erklärte sich großzügigerweise bereit, ihm die Stelle ein Jahr lang freizuhalten, um ihm die Qual der Wahl zu ersparen. Inzwischen zog es ihn eigentlich gar nicht mehr nach Amerika, denn er hatte eine zarte Neigung zu einer Kollegin namens Hilary Broome gefaßt, die über klassizistische Schäferidyllen arbeitete, aber so ohne weiteres, fand er, konnte er das Stipendium denn doch nicht ablehnen.

Er ging also nach Harvard und war dort mehrere Monate lang kreuzunglücklich. Weil er allein arbeitete und versuchte, mit seiner Magisterarbeit zu Ende zu kommen, lernte er kaum Leute kennen. Weil er keinen Wagen hatte und sowieso nicht Auto fahren konnte, kam er wenig herum. Feigheit und eine verschwommene Loyalität Hilary Broome gegenüber hinderten ihn daran, sich mit den respektheischenden Radcliffe-Studentinnen zu verabreden. So machte er denn lange, einsame Spaziergänge durch die Straßen von Cambridge und Umgebung, beschattet von Streife fahrenden Polizisten, denen freiwillige Fußgänger von vornherein verdächtig waren. Sämtliche Füllungen, die er sich in weiser Voraussicht hatte machen lassen, ehe er die Obhut des britischen Gesundheitsdienstes verließ, fielen heraus, und ein Bostoner Zahnarzt teilte ihm sehr von oben herab mit, er müsse unverzüglich für mehrere tausend Dollar sein Gebiß sanieren lassen. Das war fast ein Drittel des Gesamtstipendiums, und damit, überlegte Philip, hatte er ja nun einen überzeugenden Vorwand, das Amerikastudium sausen zu lassen und in Ehren nach England zurückzugehen. Diese Rechnung ging jedoch nicht auf, denn alle Kosten übernahm der unerschöpfliche Stipendienfond, woraufhin Philip an Hilary Broome schrieb und ihr einen Heiratsantrag machte. Hilary, mittlerweile der Schäferidyllen herzlich überdrüssig, brachte ihre Bücher in die Bibliothek zurück, kaufte sich bei C & A ein Hochzeitskleid von der Stange und flog mit der nächsten Maschine in die Staaten. Drei Wochen nach Philips Heiratsantrag ließen sie sich in Boston von einem Pfarrer der Episkopalkirche trauen.

Die Stipendiumsbedingungen sahen unter anderem vor, daß sich die Stipendiaten durch Reisen genauer mit den Vereinigten Staaten vertraut zu machen hatten, was ihnen durch Stellung eines Mietwagens wesentlich erleichtert wurde. Als Hochzeitsreise und um dem strengen Winter in Neuengland zu entkommen, beschloß das junge Paar, sofort auf Tour zu gehen. Mit Hilary am Steuer eines gigantischen, funkelnagelneuen Chevrolet

Impala rollten sie nach Süden, gen Florida, zwischendurch immer mal wieder am Straßenrand anhaltend, um sich auf der erstaunlich breiten Rückbank leidenschaftlich zu lieben. Von Florida aus arbeiteten sie sich gemächlich durch die Südstaaten bis nach Euphoria, wo sie für den Sommer eine Dachwohnung auf einem der Hügel von Esseph mieteten. Von ihrem Doppelbett aus sahen sie über die Bucht auf die grünen Hänge von Plotinus, Sitz der Euphoric State.

Diese ausgedehnte Hochzeitsreise war für Philip Swallow der Schlüssel, der ihm Amerika öffnete. Er entdeckte in sich eine unvermutete, lange unterdrückte Lust an sinnlichen Vergnügungen, denen er nicht nur im Doppelbett mit Hilary frönte, sondern auch, indem er die simplen Annehmlichkeiten des *American Way of Life* nach Kräften für sich nutzte, wie Duschen und kaltes Bier und Supermärkte und geheizte Swimmingpools im Freien und Eiscreme in den köstlichsten Geschmacksrichtungen. Die Sonne schien, Philip war locker, selbstsicher, glücklich. Er lernte Autofahren und jagte den prachtvollen Impala mit der großspurigen Lässigkeit der Einheimischen, das Radio voll aufgedreht, über die Berg- und Talbahn der Straßen von Esseph. Er erkundete die Keller und Kabaretts des South Strand, wo damals die Beats ihre Jazz-und-Lyrik-Darbietungen gaben, und fühlte sich dem Zeitgeist erregend nah. Er schloß sogar – fast mühelos – seine Magisterarbeit ab. Es war das letzte größere Projekt, das er je zu Ende brachte.

Hilary war im vierten Monat, als sie im September per Schiff nach England zurückkamen. Als sie in Southampton anlegten, goß es in Strömen, und Philip holte sich eine Erkältung, die er ungefähr ein Jahr nicht wieder los wurde. Sie mieteten für ein halbes Jahr eine feucht-zugige möblierte Wohnung in Rummidge, und als das Baby da war, zogen sie in ein kleines, feucht-zugiges Reihenhaus, von dem sie drei Jahre später mit einem zweiten Kind – ein drittes war unterwegs – in eine große, feucht-zugige viktorianische Villa wechselten. Wegen der Kinder konnte Hilary nicht arbeiten, und Philips Gehalt war nicht üppig. Das Leben bestand aus einer langen Reihe entnervender Einschränkungen. Den meisten Leuten, die in der Lage der Swallows waren, ging es zu jener Zeit nicht anders, und er hätte vielleicht nicht gemurrt, hätte er nicht einst von einem reicheren Dasein gekostet. Manchmal fielen ihm Fotos in die Hand, die ihn und Hilary in Euphoria zeigten, braungebrannt, selbstsicher und fröhlich, und dann fuhr er sich mit der Hand durch das schütter werdende Haar und besah sich die beiden dort auf den Bildern verwundert und voller Neid, als seien es reiche, entfernte Verwandte, die er nie persönlich kennengelernt hatte.

Und deshalb hat Philip leuchtende Augen, als er jetzt in der Boeing der BOAC sitzt und in kleinen Schlucken seinen Orangensaft trinkt. Zwar ist die Maschine beängstigend ins Rütteln und Schwanken gekommen, weil sie, wie der Captain soeben beruhigend über den Lautsprecher bekanntgegeben hat, »in eine Zone mäßiger Turbulenzen« kommen, aber um keinen Preis wollte Philip jetzt irgendwo anders sein. Obwohl er sich über die neuere Entwicklung in den Vereinigten Staaten durch die Presse informiert hat, obgleich er vom Verstand her sehr wohl weiß, daß das Land gewalttätiger und melodramatischer ist denn je, tief uneins in rassischen und ideologischen Fragen und traumatisiert durch politische Attentate, obwohl er weiß, daß die Hochschulen im Aufruhr sind, die Städte ruiniert, die Umwelt vergiftet und zerstört, ist Amerika emotional für ihn noch immer eine Art Paradies, das Land, in dem er einst frei und glücklich war und es vielleicht wieder sein wird. Er freut sich mit schlichter, kindlicher Vorfreude auf die Sonne, auf Eiswürfel in seinen Getränken, auf Drinks, Partys, billigen Tabak und einen unvorstellbaren Variantenreichtum an Eiscreme. Er freut sich darauf, mit Professor angeredet zu werden, von anonymen Telefonistinnen Komplimente wegen seines Akzents einzuheimsen, im Mittelpunkt des Interesses zu stehen, weil er Brite ist – und sich wieder in dem amerikanischen Idiom zu üben, das in den Jahren der Nichtverwendung ein wenig Rost angesetzt hat.

Nach der Rückkehr von seinem Stipendiumsaufenthalt waren ihm die neu erworbenen Amerikanismen unter den verständnislosen oder mißbilligenden Blicken der Studenten und Kollegen in Rummidge rasch auf den Lippen erstorben. Ein Jahrzehnt später war ein Schuß Amerikanisch (Fach- wie Vulgärsprache) in britischen Akademikerkreisen akzeptabel, wenn nicht gar in, aber (das war eben die Tragödie seines Lebens) da war es zu spät für ihn, den Stil zu ändern, den Stil eines durch und durch konventionellen englischen Hochschullehres, der das Englische hochhält. Dennoch hatte das Amerikanische für ihn noch immer einen geheimen, subtilen Zauber. War es das Erbe einer Kriegsjugend? Vielleicht ... Durch Hollywoodfilme und zerfledderte Nummern der ›Saturday Evening Post‹ war in jenen entscheidenden Jahren eine tiefe innere Beziehung zwischen amerikanischem Englisch und all den guten Dingen entstanden, die ihm die Lebensmittelrationierung vorenthielt. Aber der Reiz dieser Sprachform ist auch rein ästhetisch und deshalb schwieriger zu analysieren, er besteht in einer subtilen Melodie verschobener Akzente, kreativer Kontraktionen, spaßiger Redundanzen und anschaulicher Bilder, die er jetzt hervorholt, während die englische Küste zurückweicht und die Ufer der Neuen Welt ihm entgegeneilen. Gleich einer alten Jungfer, die sich nach Antritt einer großen, unerwarteten Erbschaft unverzüglich auf die Reise nach Paris begibt und in einem Abteil des *Golden Arrow* eifrig die französischen Ausdrücke übt, die aus der Schulzeit, von Speisekarten und weit zurückliegenden Tagesausflügen nach Boulogne in ihrer Erinnerung haftengeblieben sind, versucht sich Philip Swallow, in der Boeing angeschnallt (der Turbulenzen wegen) und sichtbar die Lippen bewegend, während das Geräusch der Düsentriebwerke jeden anderen Laut überdröhnt, an bestimmten halb vergessenen Intonationen und Redensarten.

Philip Swallow ist keine alte Jungfer, sondern Dreifach-Vater und Einfach-Ehemann, doch auf dieser Reise ist er allein. Und diese Abwesenheit jedweden Anhangs ist ein seltener Genuß, der ihn, obschon er das nur betreten zugibt, auch dann heiter stimmen würde, wenn sein Reiseziel die Äußere Mongolei wäre. Jetzt zum Beispiel stellt die Stewardeß ein begrifflich schwer einzuordnendes Mahl vor ihn hin (Mittag- oder Abendessen, wer weiß es, wen kümmert es vier Meilen über der kreisenden Erde?), das aber einen durchaus leckeren Eindruck macht: Räucherlachs, Huhn auf Reis, Pfirsichparfait, alles fein säuberlich auf einem unterteilten Plastiktablett untergebracht, Käse und Cracker in Zellophan, Wegwerfbesteck, Salz- und Pfefferstreuer in Puppenstubenformat. Er ißt langsam und lustvoll, läßt sich eine zweite Tasse Kaffee einschenken und macht eine Packung luxuriös lan-

23

ger, zollfreier Zigaretten auf. Sonst passiert nichts. Niemand will von ihm das Huhn zerlegt haben oder verlangt eine Garantie-erklärung hinsichtlich der Eßbarkeit von Räucherlachs. Kein Tablett erhebt sich plötzlich neben ihm in die Lüfte oder landet mit lautem Knall auf dem Boden. Niemand schlägt ihm die Kaffee-tasse von den Lippen, so daß der brühheiße Inhalt sich über seinen Schoß ergießt. Keine Andenken an das Essen in Form von gebutterten Crackerkrümeln, Pfirsichparfaitflecken und verkleckerter Mayonnaise, die seinen Anzug zieren. So, überlegt er, muß die Schwerelosigkeit im All sein, oder die herabgesetzte Schwerkraft bei Mondspaziergängen, ein ungewohntes Gefühl des Auftriebs und der Freiheit, eine plötzliche Reduzierung des normalerweise für körperliche Leistungen erforderlichen Kraft-aufwandes. Und das nicht nur heute, sondern über sechs lange Monate. Voll schuldbewußter Freude schwelgt er in diesem Ge-danken. Schuldbewußt deshalb, weil er sich nicht ganz von dem Vorwurf freisprechen kann, Hilary im Stich gelassen zu haben, die vielleicht just in diesem Moment ergrimmt die rüden Tisch-manieren der drei Swallow-Sprößlinge beaufsichtigt.

Dabei tröstet ihn die Überlegung, daß er nicht aus eigenem Antrieb desertiert ist.

Philip Swallow hatte sich nie im Rahmen des Austauschpro-gramms Rummidge–Euphoria beworben, einerseits aus wohl-begründeter Bescheidenheit, zum anderen deshalb, weil er, wie er meint, längst zu fest an der Kette häuslicher Verantwortung liegt, um solche Abenteuer auch nur anzupeilen. Deshalb sagt er zu Gordon Masters, seinem Vorgesetzten, als dieser ihn fragt, ob er je daran gedacht habe, einen Antrag für den Austausch mit Euphoria zu stellen:»Eigentlich nicht, Gordon. Es wäre zur Zeit nicht fair, den Kindern einen Schulwechsel zuzumuten. Robert macht im nächsten Jahr die Aufnahmeprüfung fürs Gymnasium, und es dauert nicht mehr lange, bis Amanda mit ihrem Real-schulabschluß so weit ist.«

»Mmmmmnnnnnnnnallein?« erwidert Masters. Seine Gewohn-heit, den ersten Teil seiner Sätze zu verschlucken, macht die Kommunikation mit ihm recht anstrengend. Belastend für den Gesprächspartner ist auch, daß er, wenn er sein Gegenüber an-schaut, ein Auge zukneift, als ziele er an einem Flintenlauf entlang. Er ist tatsächlich ein großer Jäger vor dem Herrn, und an den Wänden seines Zimmers zeugen stumm fauchende ausgestopfte Tiere von seiner Treffsicherheit. Philip vermutet, daß er seine verstümmelten Satzanfänge aus der Army mitgebracht hat, wo bei vielen Äußerungen nur das letzte Wort, der eigentliche Befehl, von Bedeutung ist. Dank langjähriger Übung konnte Philip auch diesmal in etwa erraten, was er meinte, und antwortete deshalb prompt:

»Nein, ich könnte unmöglich Hilary so lange allein lassen. Nicht auf ein halbes Jahr.«

»Mmmmmmmmmnnnnnnnnnähwohl nicht«, brummelte Masters und brachte, indem er das Gewicht nervös von einem Fuß auf den anderen verlagerte, Enttäuschung oder auch Frust zum Ausdruck.

»Mmmmmmmmmmnnnnnnstige Gelegenheit, wie?«

Jeden geistigen Nerv anspannend, reimte sich Philip nach und nach zusammen, daß der diesjährige Kandidat für den Austausch im letzten Augenblick abgesagt hatte, weil ihm ein Lehrstuhl in Australien angeboten worden war. Offenbar suchte der zuständige Ausschuß jetzt dringend nach Ersatz, und Masters (der Vorsitzende des Gremiums) war bereit, Phil durchzudrücken, wenn er Interesse daran hatte. »Mmmmmmnnnnnnlegen Sie sich's«, schloß er.

Philip überlegte es sich. Den ganzen Tag. Gespielt beiläufig sprach er Hilary darauf an, als sie nach dem Abendessen zusammen den Abwasch machten.

»Du solltest zusagen«, meinte sie nach kurzem Nachdenken. »Du mußt mal raus, brauchst einen Tapetenwechsel. Hier versauerst du langsam.«

Das, fand Philip, war nicht zu leugnen. »Aber was ist mit den Kindern, was ist mit Roberts Prüfung?« fragte er, einen tropfenden Teller wie die verkörperte Hoffnung in Händen haltend.

Hilary ließ sich diesmal mehr Zeit mit der Antwort. »Fahr allein«, sagte sie schließlich. »Ich bleibe hier, bei den Kindern.«

»Das wäre nicht fair«, wandte er ein. »Das kommt überhaupt nicht in Frage.«

»Ich schaffe das schon.« Sie nahm ihm den Teller ab. »Außerdem ist es ganz ausgeschlossen, daß wir so kurzfristig alle wegfahren. Was soll zum Beispiel aus dem Haus werden? Im Winter können wir es unmöglich leerstehen lassen. Und die Reisekosten ...«

»Ich könnte natürlich«, sagte Philip, während er Wasser nachlaufen ließ und energisch Schaum schlug, »wenn ich allein fahre, eine ganz schöne Summe sparen. Müßte eigentlich für die Zentralheizung reichen.«

Zentralheizung für ihr kaltes, feuchtes, vielzimmriges Zuhause war für die Swallows bisher ein unerfüllter Traum geblieben. »Fahr du, Schatz«, sagte Hilary und lächelte tapfer. »So eine Chance darfst du dir nicht entgehen lassen. Vielleicht ist Gordon zum letztenmal Vorsitzender der Kommission.«

»Sehr anständig, daß er an mich gedacht hat, das muß ich schon sagen.«

»Und du jammerst immer, daß er dich nicht anerkennt.«

»Eben. Da habe ich ihm wohl Unrecht getan.«

In Wirklichkeit verhielt es sich so, daß Gordon Masters auf die Idee verfallen war, Philip für den Austausch mit Euphoria zu benennen, weil er einem erheblich jüngeren Mitarbeiter, einem sehr produktiven Linguisten, dem zwei verlockende Angebote der sogenannten Neuen Universitäten vorlagen, eine Dozentenstelle geben wollte, und das in Philips Abwesenheit über die Bühne zu bringen gedachte, weil es dann weniger peinlich war. Philip sollte das natürlich verborgen bleiben. Wäre er allerdings in Fragen der Hochschulpolitik etwas weniger naiv gewesen, hätte er vermutlich doch Unrat gewittert.

»Und es macht dir auch bestimmt nichts aus?« erkundigte er sich bei Hilary. Bis zu seiner Abreise wiederholte er diese Frage mindestens einmal am Tag. Auch als sie ihn in Rummidge zur Bahn brachte, gab er noch keine Ruhe. »Und es macht dir auch bestimmt nichts aus?«

»Jetzt hör endlich auf damit, Schatz. Natürlich wirst du uns fehlen ... Und wir dir hoffentlich auch«, neckte sie ihn liebevoll.

»Aber ja, natürlich.«

Doch eben deshalb plagten ihn Schuldgefühle. Wenn er ehrlich war, glaubte er nicht, daß sie ihm fehlen würden. Er hatte nichts gegen seine Kinder, aber sechs Monate würde er zweifellos recht gut ohne sie auskommen. Und Hilary vermochte er nach so vielen Jahren nur mit großer Mühe ontologisch getrennt von ihrer Nachkommenschaft zu betrachten. Aus seiner Sicht existierte sie vornehmlich als Überbringerin von Mitteilungen, Mahnungen, Bitten und Aufgabenstellungen, die sich auf Amanda, Robert und Matthew bezogen. Ja, wenn sie nach Amerika gegangen wäre, und er hätte zu Hause bleiben und die Kinder hüten müssen, dann hätte sie ihm schon gefehlt. Und wie!

Ohne die Kinder aber war nicht so recht einzusehen, wozu er eine Ehefrau brauchen sollte.

Das Sexuelle, ja, gewiß... Aber das spielte seit Jahren eine immer kleiner werdende Rolle in der Ehe der Swallows. Nach den ausgedehnten amerikanischen Flitterwochen hatte – mit allem übrigen – auch das ein anderes Gesicht bekommen. So hatte beispielsweise in Amerika Hilary im Moment des Höhepunkts einen schrillen Schrei ausgestoßen, der Philip zutiefst erregt hatte. Als sie sich an dem ersten Abend in der Rummidger Wohnung, Teil eines ohne großen Sachverstand umgebauten alten Hauses, auf ihre Lagerstatt begaben, hatte nebenan ein unbekanntes Individuum leise, aber sehr hörbar gehustet, und seither waren Hilarys Orgasmen – obschon die Swallows später in Räumlichkeiten mit besserem Schallschutz gezogen waren – allenfalls durch einen recht undramatischen zischenden Seufzer gekennzeichnet, der sich etwa so anhörte, als wenn aus einer aufblasbaren Campingliege die Luft entweicht.

Im Lauf ihres Rummidger Ehelebens hatte Hilary seine Annäherungen nie abgewiesen, andererseits aber auch nie von sich aus die Initiative ergriffen. Sie ließ seine Umarmungen mit derselben gleichmütigen, leicht zerstreuten Liebenswürdigkeit über sich ergehen, mit der sie ihm sein Frühstück machte und seine Hemden bügelte. Im Lauf der Jahre war auch Philips Interesse an der körperlichen Komponente der Ehe erlahmt, aber das, redete er sich ein, war ja schließlich normal.

Der jähe Ausbruch der sexuellen Revolution Mitte der sechziger Jahre hatte ihn dann doch etwas verunsichert. Seine Sonntagszeitung, die er seit Beginn des Studiums las, ein seriöses Blatt mit enggedruckten Spalten, voll von Rezensionen und Auszügen aus den Lebenserinnerungen von Staatsmännern, war plötzlich pickelgleich übersät mit farbigen Illustrationen nackter Busen und Après-Sex-Freizeitkleidung. Seine Studentinnen zogen sich von einem Tag zum anderen wie Nutten an, die Röcke wurden so kurz, daß er die Damen, wenn ihm die Namen entfallen waren, nach der Farbe ihrer Schlüpfer unterscheiden konnte. Man wagte es kaum noch, moderne Romane zu Hause zu lesen, weil man damit rechnen mußte, daß einem eins der Kinder zufällig über die Schulter schaute. Film und Fernsehen berieselten ihn gleichlautend mit der Botschaft, andere Leute machten häufiger und abwechslungsreicher Sex als er, Philip Swallow.

Aber stimmte das denn? Ehebrüche hatte es schon immer in der Dichtung häufiger gegeben als im wirklichen Leben, und mit dem Orgasmus verhielt es sich wahrscheinlich ebenso. Wenn er sich die Gesichter seiner Kollegen ansah, war er einigermaßen getröstet. Da zeigte sich kein Zug befriedigter Begierde. Bei den Studenten war das natürlich anders. Daß sie in einem fort Sex trieben, war ja bekannt. Als Tutor sah er hauptsächlich die Nachteile dieser Betätigung, die sie ermüdete und von der Arbeit ablenkte, dazu führte, daß sie schwanger wurden, ihre Prüfungen ausfallen ließen oder die Pille nahmen und unter Nebenwirkungen litten. Aber er beneidete sie um die Fülle erregender Möglichkeiten, die ihnen zu Gebote standen, die entblößten Glieder, die Sexpostillen am Bahnhofskiosk, erotische Musik und frontale Nacktheit auf Bühne und Bildschirm. Seine eigene Jugend kam ihm im Vergleich armselig und verkrampft vor. Damals war man noch, was die Befriedigung von Begierde und Lust anging, auf die gewagteren Klassiker angewiesen und auf den letzten Walzer bei Uni-Feten, für den das Licht abgedunkelt wurde und bei dem man die in sehr viel rutschigem Taft steckende Partnerin eng genug an sich drücken konnte, um das Basrelief ihrer Strumpfhalter an den Schenkeln zu spüren.

Etwas gab es, worum er die Jugend von heute heftig beneidete – ihre Art zu tanzen, obgleich er das keiner Seele je verraten hätte. Angeblich den Kindern zuliebe und mit einer sorgsam einstudierten Miene amüsierter Abschätzigkeit sah er sich *Top of the Pops* und ähnliche Fernsehsendungen an, wobei er ein schmerzliches Gemisch aus Vergnügen und Bedauern empfand. Wie hinreißend waren diese aufblitzenden Schenkel und zuckenden Pos, die wackelnden Köpfe und hüpfenden Busen. Wie herrlich geistlos, wie befreiend war das alles! Und wie unendlich trübselig erschienen dagegen im Rückblick die Tänze seiner Jugend, diese steifen, roboterartigen Foxtrotts und Quicksteps, bei denen er sich so ungeschickt angestellt hatte. Diese moderne Hopserei war offenbar ganz leicht, man brauchte keine Angst zu haben, der Partnerin auf die Zehen zu treten oder mit ihr wie ein Autoscooter in ein anderes Roboterpaar zu donnern. Bestimmt war es ganz leicht, er spürte es in allen Knochen, daß er es könnte, aber natürlich war es dazu jetzt zu spät. Zu spät auch, um sich das Haar nach vorn zu kämmen oder Paisley-Hemden zu tragen oder Hilary zu Experimenten mit neuen Stellungen zu überreden.

Kurzum, Philip Swallows Überlegungen, er könne auf dem Gebiet der Sinnenfreuden möglicherweise etwas zu kurz gekommen sein, sind im strengen Wortsinn elegischer Art. Er wäre nie auf den Gedanken gekommen, daß es noch nicht zu spät sei, sich den dionysischen Scharen anzuschließen. Es wäre ihm nie eingefallen, Hilary mit einer der knackigen, jungen Frauen zu betrügen, die sich durch die Gänge des Fachbereichs Anglistik in Rummidge schoben. Das heißt, seinem bewußten englischen Selbst lagen solche Gedanken fern. Daß es in seinem Unterbewußtsein anders aussah, lag natürlich im Bereich des Möglichen. Und vielleicht regt sich tief unten, an den Wurzeln seiner derzeitigen Hochstimmung, die Erwartung sexueller Abenteuer. Philips Ego aber hat davon noch keinen Hauch vernommen. Sein bisher zügellosester Plan besteht darin, den kommenden Sonntag rauchender- und zeitunglesenderweise im Bett zu verbringen und dabei fernzusehen.

O Wonne! Er brauchte nicht zum gemeinsamen Familienfrühstück aufzustehen, den Wagen zu waschen, den Rasen zu mähen und all den anderen Pflichten nachzugehen, die der weltliche britische Sabbat fordert. Vor allem aber kam er um den Sonntagnachmittagsausflug herum. Er brauchte sich nicht, faul vom Sonntagsessen, aus seinem Sessel hochzuhieven, um gemeinsam mit Hilary die quengelnde Kinderschar zusammenzutreiben und anzuziehen, brauchte sich nicht krampfhaft um ein neues, sinnloses Ziel für eine Spazierfahrt zu bemühen oder sich in eine der städtischen Anlagen zu schleppen, wo schon andere Grüppchen ziellos herumirren wie verlorene Seelen in der Hölle, vorbei an knarrenden Schaukeln und verlassenen Fußballplätzen, stagnierenden Teichen und künstlichen Seen mit Ruderbooten, die – es ist ja Sabbat! – in Ketten liegen, als wollten sie unterstreichen, daß Flucht unmöglich ist. *La Nausée* à la Rummidge. Dem allen war er auf ein halbes Jahr entronnen.

Philip drückt die Zigarette aus und zündet sich die nächste an. Pfeiferauchen ist in der Maschine nicht gestattet.

Er sieht auf die Uhr. Über die Hälfte des Fluges ist schon vorbei. In der Kabine beginnt es sich zu regen. Er sieht sich gespannt um, entschlossen, kein Stichwort zu verpassen. Die Passagiere greifen zu den kleinen Plastikkopfhörern, die in durchsichtigen Tüten auf den Plätzen lagen, als sie an Bord gekommen sind. Ganz vorn in der Touristenklasse müht sich eine Stewardeß mit einem röhrenförmigen Apparat. Es gibt einen Film – wie schön. Er kostet einen Aufpreis, den Philip freudig begleicht. Eine verhutzelte alte Dame auf der anderen Gangseite zeigt ihm den Kopfhöreranschluß, und er stellt fest, daß ihm bereits Hörempfang auf drei Kanälen geboten wird – Bartok, U-Musik vom Band und irgendeine läppische Kindersendung. Kulturell auf Bartok konditioniert, schaltet er nach ein paar Minuten auf die U-Musik um, eine cool plätschernde Wiedergabe von ... was ist es doch gleich ... *These Foolish Things* ...

Indessen hat in der anderen Boeing Morris Zapp soeben herausbekommen, was ihm an diesem Flug nicht geheuer ist. Die Erkenntnis ist die Folge eines Gangs zur Toilette und trifft ihn – wie ein Gag mit Spätzünder in einer Filmklamotte – in dem Augenblick, als er sein Geschäft dort zum Abschluß bringt. Auf dem Rückweg überprüft er seinen Verdacht, indem er den Blick unauffällig über alle Sitzreihen gehen läßt, bis er wieder an seinem Platz ganz vorn in der Maschine angekommen ist. Dort plumpst er in seinen Sessel, schlägt, wie es bei angestrengtem Nachdenken seine Gewohnheit ist, die Beine übereinander und spielt mit den Fingernägeln ein kompliziertes Schlagzeugsolo auf der Sohle seines rechten Schuhs.

Außer ihm sind alle Passagiere in dieser Maschine weiblichen Geschlechts.

Wie soll man sich so was erklären? Daß dieses ungleiche Zahlenverhältnis rein zufällig zustande gekommen sein soll, ist von astronomischer Unwahrscheinlichkeit. Wieder mal scheint der weltenlenkende Ungeschick am Werk gewesen zu sein. Was hat er, Morris Zapp, bei einem Notfall für eine Chance, wenn der Befehl »Frauen und Kinder zuerst!« erschallt und er als Hundertsechsundfünfzigster in der Schlange vor den Rettungsbooten steht?

»Entschuldigen Sie.«

Es ist die bebrillte Blondine auf dem Nebenplatz. Sie hat eine Zeitschrift im Schoß liegen und drückt den Zeigefinger auf die Seite, um den Absatz nicht zu verlieren.

»Darf ich Ihnen eine Etikettefrage stellen?«

Er grient und schielt auf die Zeitschrift. »Erzählen Sie mir bloß nicht, daß diese linke Postille ›Ramparts‹ inzwischen eine Benimmspalte eingerichtet hat.«

»Darf eine Dame etwas sagen, wenn sie einen Herrn mit offenem Hosenschlitz sieht?«

»Aber ganz entschieden.«

»Ihr Hosenschlitz ist offen«, sagt die Dame und vertieft sich wieder in ›Ramparts‹, wobei sie die Zeitschrift hochhält, um ihr Gesicht abzuschirmen, indes Morris hastig seine Kleidung in Ordnung bringt.

»Sagen Sie mal«, fragt er beiläufig (denn Morris Zapp findet, daß sich ein gesellschaftlich ungünstiger Eindruck gar nicht erst festsetzen darf), »sagen Sie mal, ist Ihnen an dieser Maschine irgendwas Komisches aufgefallen?«

»Was Komisches?«

»An den Passagieren.«

Die Zeitschrift senkt sich, die dicken Brillengläser wenden sich langsam in seine Richtung. »Nur Sie, würde ich sagen.«

»Sie haben es also auch gemerkt! Ich bin eben erst drauf gekommen. Als ich auf dem Klo war. Das war vielleicht ein Hammer. Und deshalb ... Übrigens schönen Dank für den Tip.« Er deutet auf seine Leistengegend.

»Gern geschehen«, sagt das Mädchen. »Wie sind Sie übrigens an diesen Charterflug gekommen?«

»Eine meiner Studentinnen hat mir ihr Ticket verkauft.«

»Jetzt ist alles klar«, sagt das Mädchen. »Hab ich mir doch gleich gedacht, daß Sie keine Abtreibung brauchen.«

BOOOIIINNNNG! Laut scheppernd fällt der Groschen. Zapp wirft einen verstohlenen Blick über die Rückenlehne. Da sitzen hundertfünfundfünfzig Frauen und tun und treiben die verschiedenartigsten Dinge – manche schlafen, manche stricken, manche schauen aus dem Fenster –, alle aber sind sie (wie ihm jetzt auffällt) unnatürlich still, in sich gekehrt, deprimiert. Etliche Blicke treffen ihn, und er zuckt vor ihrem mörderischen Glanz zurück. Mit einem recht flauen Gefühl in der Magengegend wendet er sich wieder der Blondine zu, deutet verstohlen mit dem Daumen über die Schulter und flüstert heiser: »Sie meinen, all diese Frauen …«

Sie nickt.

»Heiliger Methusalem auf dem Fahrrad!« Zapp, dessen Bestand an Blasphemien und Obszönitäten sich durch täglichen Gebrauch mittlerweile abgenutzt hat, greift in Augenblicken großer Seelenpein gern auf solche drollig-verzopften Verwünschungen zurück.

»Entschuldigen Sie die Frage«, sagt die Blondine, »aber es interessiert mich nun mal. Haben Sie die ganze Pauschalreise gekauft? Hin- und Rückflug, Arzthonorar, fünf Tage Klinikaufenthalt im Einzelzimmer und Ausflug nach Stratford-upon-Avon?«

»Was hat denn Stratford-upon-Avon in so einem Paket zu suchen?«

»Das ist zum Aufmöbeln gedacht, für hinterher. Es ist eine Vorstellung mit drin.«

»*Ende gut, alles gut?*« schießt Morris schlagfertig zurück. Aber hinter dem Ulk verbirgt sich tiefes Unbehagen. Natürlich hat er von diesen Pauschalreisen gehört, die in Bundesstaaten angeboten werden, in denen eine legale Abtreibung mit Schwierigkeiten verbunden ist, und die von der neuen, freizügigen Gesetzgebung in Großbritannien profitieren. In einer normalen Unterhaltung hätte er die Sache mit einem Achselzucken als ein simples Beispiel des Gesetzes von Angebot und Nachfrage abgetan, vielleicht mit dem bissigen Zusatz, damit bekämen die Tommys endlich ihre Zahlungsbilanzprobleme in den Griff. Morris Zapp ist weder prüde noch reaktionär. Er hatte in vielen Umfragen kundgetan, daß er dafür ist, die derzeitigen Abtreibungsgesetze in Euphoria abzuschaffen (wie auch die Gesetze über Unzucht, Masturbation, Ehebruch, Sodomie, Fellatio, Cunnilingus und sexuelle Stellungen, bei denen die Partnerin oben ist; die ersten Siedler Euphorias gehörten einer besonders kleinkarierten puritanischen Sekte an, und ihre Tabus sind in einer Gesetzgebung festgeschrieben, bei deren strikter Beachtung mittlerweile neunzig Prozent der derzeitigen Einwohner hinter Gittern säßen). Etwas anders aber sieht die Sache aus, wenn man mit hundertfünfundfünfzig Frauen in einem Flugzeug festsitzt, die faktisch der Sünde Sold bezahlen. Der Gedanke an ihre hundertfünfundfünfzig zum Tode verurteilten blinden Passagiere jagt Morris Zapp Schauer über den gebeugten Rücken, und als die Maschine in die kürzlich von Philip Swallow mitgemachten Turbulenzen gerät und anfängt zu vibrieren, schlottert er vor Angst.

Denn Morris Zapp ist das moderne Gegenstück von Swifts nominellem Christen, der nominelle Atheist. Unter der harten Schale des freisinnigen Juden (eben jener Sorte, auf die nach T. S. Eliots Meinung eine organische Gemeinschaft gut und gern verzichten könnte) verbirgt sich ein Kern altmodischer jüdisch-christlicher Gottesfurcht. Hätten die Apollo-Astronauten berichtet, sie hätten auf der Rückseite des Mondes eine in Riesenlettern eingemeißelte Inschrift vorgefunden: *»Berichte über meinen Tod sind stark übertrieben!«*, hätte das Morris Zapp nicht besonders überrascht, sondern nur seine schlimmsten Befürchtungen bestätigt. In diesem Moment ist er sich schmerzlich der Tatsache bewußt, daß er dem göttlichen Strafgericht hilflos ausgeliefert ist. Kaum vorstellbar, daß der alte Ungeschick friedlich am Himmel sitzenbleibt, während Abtreibungsjets im Pendelverkehr direkt unter seiner Nase hin und her schwirren, die Stratosphäre verpesten und daran schuld sind, daß der Engel des Jüngsten Gerichts einen Schreibkrampf kriegt. No, Sir, eines schönen Tages wird er zulangen und eine dieser Flugmaschinen – und warum nicht diese? – einfach herunterklatschen.

Zapp überläßt sich dem Selbstmitleid. Warum soll er für diese leichtsinnigen, gefühllosen Frauenzimmer büßen? Er hat nur einmal im Leben ein Mädchen geschwängert und daraufhin eine ehrliche Frau aus ihr gemacht (drei Jahre danach hat sie sich von ihm scheiden lassen, aber das ist eine andere Geschichte). Es ist ein Komplott, und zu verdanken hat er das Schlamassel dieser kleinen Mistbiene, die ihm das Ticket angedreht hat, für weniger als den halben Preis, das war so günstig, daß er einfach nicht widerstehen konnte, allerdings hat er sich seinerzeit über ihre Großzügigkeit gewundert, weil er es erst eine Woche zuvor abgelehnt hatte, ihr für die Seminararbeit ein B statt ein C zu geben. Da bleibt einem die Periode weg, man hat nichts Eiligeres zu tun, als einen Platz auf dem Abtreibungsexpreß zu buchen, aber dann fällt der Schwangerschaftstest negativ aus, und man sagt sich, ich weiß, was ich mache, Professor Zapp will nach Europa, dem häng ich mein Ticket an, vielleicht trifft ein Blitz seine Maschine. Das kam nun dabei heraus, wenn jemand versuchte, das akademische Niveau zu halten.

Er merkt, daß seine Nachbarin ihn interessiert mustert. »Sie sind Hochschullehrer?« fragt sie.

»Ja. Euphoric State.«

»Na so was. Welches Fach? Ich studiere Anthropologie am Euphoria College.«

»Euphoria College? Ist das nicht die katholische Hochschule in Esseph?«

»Stimmt.«

»Ja, sagen Sie mal, was haben Sie dann in diesem Flugzeug verloren?« faucht er, und moralische Empörung und abergläubische Furcht konzentrieren sich voll auf diese schnuckelige Blondine. Wenn sogar die Katholiken da mitmischen, steht es wahrhaftig schlecht um die Zukunft der Menschheit.

»Ich bin Untergrundkatholikin«, sagt sie ernsthaft. »Ich stehe nicht auf Dogmen.«

Die Augen hinter der dicken Brille sind licht und ungetrübt. Morris Zapp merkt, wie ihn missionarischer Eifer packt. Er wird ein gutes Werk tun, wird dieser Ahnungslosen den Unterschied zwischen Gut und Böse klarmachen, wird ihr die sündige Absicht ausreden. Eine gerettete Seele – das müßte für eine sichere Landung genügen. Er beugt sich ernsthaft vor.

»Hören Sie, Kind, ich möchte Ihnen einen väterlichen Rat geben. Tun Sie's nicht. Sie werden sich das nie verzeihen. Behalten Sie das Baby. Lassen Sie's adoptieren. Das ist gar kein Problem, die Adoptionsagenturen brauchen dringend Nachschub. Vielleicht heiratet der Vater Sie ja auch, wenn er das Kleine erst mal gesehen hat, das kommt oft vor.«

»Kann er nicht.«

»Schon verheiratet, wie?« Morris Zapp schüttelt den Kopf über die Sittenlosigkeit seiner Geschlechtsgenossen.

»Nein, er ist Priester.«

Zapp senkt den Kopf und schlägt die Hände vors Gesicht.

»Ist Ihnen was?«

»Nur eine kleine Morgenübelkeit«, klingt es dumpf durch Zapps Finger. Dann sieht er auf. »Zahlt dieser Priester die Reise aus Gemeindemitteln? Vielleicht hat er eine Sonderkollekte gemacht?«

»Er weiß nichts davon.«

»Sie haben ihm nicht gesagt, daß Sie ein Kind erwarten?«

»Ich möchte nicht, daß er sich zwischen mir und seinen Gelübden entscheiden muß.«

»Ich höre immer Gelübde … Können Sie mir mal verraten, was davon übriggeblieben ist?«

»Armut, Keuschheit und Gehorsam«, zählt sie nachdenklich auf. »Na ja, arm ist er wohl noch.«

»Und wer zahlt die Reise?«

»Ich arbeite abends am South Strand.«

»In einer dieser Oben-Ohne-Kneipen?«

»Nein, in einem Schallplattenladen. Mein erstes Collegejahr habe ich als Oben-Ohne-Tänzerin finanziert. Aber dann habe ich eingesehen, wie ausbeuterisch das ist, und da hab ich aufgehört.«

»Die nehmen in diesen Schuppen gesalzene Preise, was?«

»Ich meine ausbeuterisch mir gegenüber«, sagt sie ein bißchen spitz. »Das war, als ich angefangen habe, mich für Women's Lib zu interessieren.«

»Women's Lib? Nie gehört«, sagt Morris Zapp. Klingt ausgesprochen verdächtig, findet er. (An diesem ersten Tag des Jahres 1969 ist dieser Begriff noch weitgehend unbekannt.)

»Sie werden noch davon hören, Professor«, sagt die Blondine. »Verlassen Sie sich drauf.«

Indessen ist auch Philip Swallow mit einem anderen Fluggast ins Gespräch gekommen.

Nach dem Film (es war ein Western; von der lärmenden Geräuschkulisse hat er Kopfschmerzen bekommen, und zu der abschließenden Schießerei schaltet er auf Musik) merkt er, daß sich ein Großteil seines Hochgefühls verflüchtigt hat. Das Stillsitzen fällt ihm allmählich schwer, er rutscht unruhig auf seinem Sessel herum und versucht, für seine Gliedmaßen eine Stellung zu finden, die er noch nicht ausprobiert hat, das gedämpfte Dröhnen der Triebwerke geht ihm auf die Nerven, und wenn er aus dem Fenster schaut, wird ihm immer noch schwindlig. Er versucht, die kostenlos zur Verfügung gestellte ›Time‹ zu lesen, kann sich aber nicht konzentrieren. Eigentlich hätte er jetzt Lust auf eine schöne Tasse Tee – nach seiner Uhr ist es später Nachmittag –, aber als er all seinen Mut zusammennimmt, um eine vorbeikommende Stewardeß darum zu bitten, fertigt sie ihn kurz ab, in einer Stunde gäbe es Frühstück. Er hat an diesem Tag schon einmal gefrühstückt und findet eine Wiederholung nicht sehr verlockend, aber natürlich ist das eine Sache des Zeitunterschieds. In Euphoria ist es jetzt sieben oder acht Stunden früher als in London – oder etwa später? Muß man addieren oder subtrahieren? Ist es noch der Tag, an dem er abgereist ist, oder ist es schon morgen? Oder gestern? Moment, die Sonne geht im Osten auf … Die geistige Anstrengung furcht seine Stirn, aber etwas Vernünftiges kommt bei seinen Berechnungen nicht heraus.

»Mann, jetzt bin ich aber gebügelt!«

Philip sieht blinzelnd zu dem Jüngling auf, der im Gang stehengeblieben ist. Er ist eine auffallende Erscheinung, gekleidet in Wildlederhosen mit Schlag und in ein weites, schlabbriges Wams aus grobem Stoff, das ihm über einem rosa-gelb-gestreiften Hemd bis auf die Knie hängt. Das wellige, rötliche Haar ist schulterlang, der Banditenschnauzer etwas dunkler im Ton. Auf dem Wams stecken in drei ordentlichen Reihen untereinander, wie Orden, über ein Dutzend Buttons in psychedelischen Farben.

»Sie erinnern sich doch noch an mich, Mr. Swallow?«

»Ja, also …« Philip zermartert sich das Hirn. Irgendwie kommt der Jüngling ihm bekannt vor, aber … Dann schießt das eine Auge des jungen Mannes plötzlich auf beängstigende Weise seitwärts, als habe er ein herunterfallendes Triebwerk erspäht, und Philip geht ein Licht auf.

»Boon! Großer Himmel, ich hab Sie gar nicht erkannt. Sie – äh – haben sich verändert.«

Boon lacht erfreut. »Einfach riesig. Erzählen Sie mir bloß nicht, daß Sie zur Euphoric State wollen.«

»Um die Wahrheit zu sagen: Ja.«

»Riesig. Ich auch.«

»Sie?«

»Ja, wissen Sie denn das nicht mehr? Sie haben doch eine Empfehlung für mich geschrieben.«

»Ich habe viele Empfehlungen für Sie geschrieben.«

»Na ja, das ist wie beim Flippern, man muß es eben immer wieder versuchen, immer am Ball bleiben. Eines Tages kommt dann der Jackpot. Sitzt neben Ihnen jemand? Nein? Komme gleich wieder, muß nur mal pinkeln.« Er geht weiter in Richtung Toilette, wobei er um ein Haar eine Stewardeß über den Haufen rennt, die aus der Gegenrichtung kommt. Boon greift herzhaft mit beiden Händen zu. »Nichts für ungut, Schätzchen«, hört Philip ihn sagen, und sie lächelt nachsichtig. Ganz der Alte, dieser Boon, wie es scheint.

Nun hätte normalerweise eine zufällige Begegnung mit Charles Boon Philip nicht gerade in Entzücken versetzt. Der junge Mann hatte nach einem mit ständigen Ärgernissen und Störungen behafteten Studium in Rummidge Examen gemacht. Er gehörte zu einer Kategorie von Studenten, die Philip insgeheim (womit er unfreiwillig etwas über sein Alter aussagte) »unsere Teddyboys« nannte. Es waren dies aufgeweckte junge Männer proletarischer Herkunft, die im Gegensatz zu den anderen Stipendiaten (wie etwa Philip) den gesellschaftlichen und kulturellen Werten der Institution, die ihnen ihre Tore geöffnet hatte, keinerlei Ehrerbietung entgegenbrachten, sondern bis zum Tag ihrer Prüfung betont ruppig in der äußeren Erscheinung, in Betragen und Ausdrucksweise auftraten. Sie kamen zu spät zu den Seminaren, ungewaschen, unrasiert und in Klamotten, in denen sie offenbar geschlafen hatten. Sie lümmelten herum, rollten sich ihre Zigaretten selbst und drückten sie auf den Möbeln aus, machten sich über den provinziell-blauäugigen Enthusiasmus ihrer Kommilitonen lustig, beantworteten an sie gerichtete Fragen einsilbig und dialektgefärbt und lieferten verwirrend subtile, meist destruktive Referate im Stil von F. R. Leavis ab. In dem vielleicht überzogenen Versuch, Vorurteile zu kompensieren, nahm

Rummidge jedes Jahr drei oder vier Studenten dieser Couleur auf. Die Disziplinarprobleme mit ihnen waren vorprogrammiert. Im Lauf seiner denkwürdigen Studentenlaufbahn hatte Charles Boon der Uni-Zeitung ›Rumble‹, deren Redakteur er war, einen von der Bürgermeisterin von Rummidge angestrengten Verleumdungsprozeß eingebrockt; hatte die Leiterin des Studentenwohnheims veranlaßt, mit einer Neurose, an der sie immer noch laborierte, vorzeitig in den Ruhestand zu gehen; war betrunken auf dem Sportfest erschienen; hatte (erfolglos) für die Verteilung kostenloser Verhütungsmittel zum Abschluß des Erstsemesterballs agitiert; und hatte sich (erfolgreich) vor einem Polizeigericht gegen die Anklage des Ladendiebstahls in der Buchhandlung der Universität verteidigt.

Als Boons Tutor in dessen drittem Studienjahr hatte Philip eine kleine, aber strapaziöse Rolle in einigen dieser Dramen gespielt. Nach einer zehnstündigen Prüferkonferenz – neun gingen für die Besprechung von Boons Arbeiten drauf – hatte man ihm eine »Zwei Minus« zugestanden – ein Kompromiß, der zähneknirschend von denen akzeptiert worden war, die ihn gern hätten durchfallen lassen, mit dem auch die Gegenseite leben konnte, die ihm am liebsten eine Eins gegeben hätte. Als Philip ihm am Tag der Zeugnisverteilung die Hand schüttelte, tat er dies in der freudigen Erwartung, das Kapitel Boon hiermit endgültig abschließen zu können, aber er hatte sich zu früh gefreut. Zwar war es Boon nicht gelungen, ein Graduiertenstipendium zu ergattern, aber er geisterte noch etliche Monate durch die Gänge der Philologischen Fakultät und gab seinen früheren Kommilitonen zu verstehen, man habe ihn dort als Assistenten eingestellt, wohl in der Hoffnung, der Fakultät wäre die Sache so peinlich, daß man ihm tatsächlich den Job geben würde. Als dieser Trick nicht zog, schwand Boon schließlich Rummidge aus den Augen, nicht aber Philip aus dem Sinn. Kaum eine Woche verging, ohne daß ihn eine Bitte um vertrauliche Auskunft über Mr. Charles Boons Charakter, Intelligenz und Eignung für die eine oder andere Stellung in der großen Welt erreichte. Zuerst ging es dabei hauptsächlich um Lehrerstellen oder Stipendien für ein weiterführendes Studium im In- und Ausland. Später wirkten die Bewerbungen eher ziellos und beliebig; Boon machte den Eindruck eines zwanghaften Würflers, der sich gar keine Mühe gibt, die erzielten Punkte zu notieren. Manchmal stapelte er lächerlich hoch, manchmal grotesk tief. Auf der einen Seite strebte er den Posten eines Kulturattachés im Diplomatischen Dienst oder des Programmdirektors am Staatlichen Fernsehen von Ghana an, auf der anderen war er bereit, sich als Vorarbeiter bei der Walsall Schraubenfabrik oder als Toilettenmann bei der Southport Corporation zu verdingen. Falls Boon die eine oder andere dieser Stellen bekommen hatte, war es ihm offenbar nicht gelungen, sie lange zu behalten, denn die Flut von Anfragen versiegte nie. Zuerst hatte Philip sie nach bestem Wissen und Gewissen beantwortet, nach einer Weile dämmerte ihm, daß er sich damit eine Lebensaufgabe auflud, und er verschwieg schon mal eine weniger achtbare Seite in Charakter und Vorleben seines früheren Studenten. Schließlich beantwortete er sämtliche Bitten um Auskunft mit einer ungenierten Allzweck-Lobeshymne, die im Sekretariat des Fachbereichs jederzeit greifbar war, und aufgrund dieser Referenz mußte Boon nun wohl ein Stipendium an der Euphoric State ergattert haben. Jetzt rächten sich Philips Lügenmärchen an dem Lügner selbst, wie das bei solchen Untaten häufig der Fall ist. Verflixt unangenehm, daß sie beide zur gleichen Zeit an der Euphoric State waren, hoffentlich kamen sie ihm nicht drauf, daß er Boons Förderer war! Und um jeden Preis mußte Boon daran gehindert werden, sich für seine Seminare einzuschreiben.

Trotz dieser Befürchtungen ist Philip nicht direkt böse, daß er mit derselben Maschine fliegt wie Charles Boon, ja er sieht dessen Rückkehr sogar fast erwartungsvoll entgegen. Nur aus Langeweile, rechtfertigt er sich, und weil er für die letzten langen Stunden dieses scheinbar endlosen Fluges froh um jede Gesellschaft ist. In Wahrheit aber möchte er gern ein bißchen angeben. Der Glanz seines Abenteuers bedarf eines Reflektors, ist nur halb soviel wert, wenn nicht jemand die Verwandlung des kleinen Lektors aus Rummidge in den Gastprofessor Philip Swallow, Mitglied des akademischen Jet-sets und hochkarätiger Kulturträger, zu würdigen weiß. Ausnahmsweise hat er diesmal mit seiner einschlägigen Amerika-Erfahrung die besseren Karten als Boon. Boon wird ihm für Ratschläge und Hinweise dankbar sein: Daß man erst nach links schaut, wenn man über die Straße geht, beispielsweise; daß eine »public school« keine vornehme Privatschule ist wie in England, sondern das Gegenteil. Er gedenkt auch Boon mit den strengen Graduiertenseminaren der Amerikaner ein bißchen das Fürchten zu lehren. O ja, er hat Boon eine Menge zu sagen.

»So«, sagt Boon und macht es sich auf dem Platz neben Philip gemütlich, »und jetzt erzähl ich Ihnen mal, was in Euphoria Sache ist.«

Philip macht ein dummes Gesicht. »Ja, waren Sie denn schon dort?«

Boon sieht ihn überrascht an. »Klar, das ist mein zweites Jahr, ich war nur über Weihnachten zu Hause.«

»Ja so«, sagt Philip.

»Sie waren bestimmt schon oft in England, Professor Zapp«, sagt die Blondine, die Mary Makepeace heißt.

»Noch nie.«

»Ach nein? Dann muß das ja schrecklich aufregend für Sie sein. Da unterrichten Sie all die Jahre englische Literatur, und jetzt kommen Sie dahin, wo sich das alles abgespielt hat.«

»Das eben ist meine große Sorge«, sagt Morris Zapp.

»Wenn ich Zeit habe, will ich das Grab meiner Urgroßmutter besuchen. Auf einem Dorfkirchhof in der Grafschaft Durham. Klingt idyllisch, nicht?«

»Wollen Sie da den Fetus begraben lassen?«

Mary Makepeace wendet den Kopf ab und schaut aus dem Fenster. Worte des Bedauerns schweben Morris auf den Lippen, aber er schluckt sie herunter. »Sie wollen die Tatsachen einfach nicht sehen, stimmt's? Sie tun so, als ob Sie zum Zahnarzt gehen, um sich einen Zahn ziehen zu lassen.«

»Ich hab mir noch nie einen Zahn ziehen lassen«, sagt sie, was durchaus glaubhaft klingt. Sie starrt weiter aus dem Fenster, obschon dort nichts zu sehen ist außer einer Wolkendecke, die sich wie eine endlose Rolle Isoliermaterial bis an den Horizont erstreckt.

»Tut mir leid«, sagt er zu seiner eigenen Überraschung.

Jetzt sieht Mary Makepeace ihn wieder an. »Warum sind Sie eigentlich so grantig, Professor Zapp? Freuen Sie sich gar nicht auf England?«

»Erraten.«

»Warum nicht? Wohin gehen Sie denn?«

»In ein Drecksnest namens Rummidge. Sie brauchen gar nicht so zu tun, als ob Sie schon mal davon gehört hätten.«

»Und warum gehen Sie dann hin?«

»Das ist eine lange Geschichte.«

Das war es wirklich, und die Frage, die Mary Makepeace gestellt hatte, beschäftigte so manche Clique klatschfreudiger Kollegen, als bekannt wurde, daß Morris Zapp der diesjährige Kandidat für den Austausch Rummidge–Euphoria war. Warum schloß sich ausgerechnet Morris Zapp, der immer behauptete, er sei zu einer Autorität über die Literatur Englands nicht trotz, sondern wegen des Umstandes geworden, daß er noch nie seinen Fuß in dieses Land gesetzt hatte, warum schloß ausgerechnet er sich plötzlich der jährlichen Wanderbewegung nach Europa an? Und warum, fragte man sich noch ratloser, mutete sich jemand, der nur den kleinen Finger krummzumachen brauchte, um ein Guggenheim-Stipendium zu bekommen, der ein angenehmes Jahr in Oxford oder London oder an der Côte d'Azur verbringen konnte, warum mutete sich so jemand ein halbes Jahr die Ochsentour von Rummidge zu? Rummidge … Wo und was war das überhaupt? Die Eingeweihten schauderten und schnitten eine Grimasse. Die anderen gingen nach Hause, blätterten in Enzyklopädien und Atlanten und kamen verblüfft zurück, um mit den Kollegen zu konferieren. Falls dies ein Komplott von Morris zur Förderung seiner Karriere sein sollte, war noch niemand so recht dahintergekommen, wie er sich den Ablauf gedacht hatte. Den meisten Beifall fand die Erklärung, er habe die Studentenrevolution satt, ihre Streiks, Proteste, Anliegen, unabdingbaren Forderungen, und sei bereit, überallhin zu gehen, sogar nach Rummidge, um ein bißchen Ruhe und Frieden zu haben. Niemand wagte es, diese Hypothese an ihm selbst zu testen, da sein Widerstand gegen studentische Einschüchterungsversuche ebenso legendär war wie seine scharfe Zunge. Doch dann sprach es sich herum, daß Morris ohne Anhang nach England ging, und alles war klar: Bei den Zapps kriselte es. Der Klatsch erstarb. Was war schon eine ganz gewöhnliche Scheidungsgeschichte?

In Wirklichkeit lagen die Dinge komplizierter. Désirée, Morris' zweite Frau, wollte die Scheidung, Morris wollte sie nicht. Dabei schreckte ihn nicht so sehr die Loslösung von Désirée als die Trennung von ihren gemeinsamen Kindern, Elizabeth und Darcy, denn die waren Morris Zapp sehr an das ansonsten unsentimentale Herz gewachsen. Désirée bekam bestimmt das Sorgerecht für beide Kinder – nicht einmal der unparteiischste Richter würde Zwillinge auseinanderreißen –, und ihn würden sie damit abspeisen, daß er einmal im Monat mit ihnen in den Park oder ins Kino gehen durfte. Er hatte das alles schon mal mitgemacht, mit der Tochter seiner ersten Frau, und die liebe Kleine hatte ihm infolgedessen etwa so viel Wertschätzung entgegengebracht wie dem Versicherungsvertreter, mit dem er aus ihrer kindlichen Sicht auch eine gewisse Ähnlichkeit gehabt haben mochte, wenn er in regelmäßigen Abständen mit schüchtern-einschmeichelndem Lächeln, die Taschen vollgestopft mit schokoladenen Werbegeschenken, auf der Schwelle stand. Und diesmal würde ihn, da Désirée die Absicht hatte, nach New York zu ziehen, jeder Besuch um dreihundert Dollar ärmer machen. Morris war in New York geboren und aufgewachsen, aber nichts zog ihn dorthin zurück, ja, er würde der Stadt, auch wenn er sie nie wiedersehen sollte, keine Träne nachweinen. Nach seinem letzten Besuch dort war er zu dem Schluß gekommen, daß es nur noch eine Frage der Zeit war, bis die Müllberge auf der Straße Penthaus-Höhe erreicht und die ganze Bevölkerung erstickt hatten.

Nein, dieses Scheidungsschlamassel mochte er sich nicht noch einmal antun. Er flehte Désirée an, ihrer Ehe noch eine Chance zu geben, den Kindern zuliebe, aber der Appell ließ sie kalt. Für die Kinder sei er sowieso ein schlechter Einfluß, und sie, Désirée, würde nie ein erfülltes Leben haben, solange sie mit ihm verheiratet war.

»Was habe ich denn getan?« fragte er rhetorisch und ruderte mit den Armen.

»Du lutschst mich aus.«

»Ich denke, das hast du gern.«

»Du mit deinen Hintergedanken! Ich meine es seelisch. Aber bitte, ich kann es auch anders sagen. Mit dir verheiratet zu sein, das ist, als wenn man langsam von einer Pythonschlange vereinnahmt wird. Ich bin weiter nichts als ein halbverdauter Wulst in deinem Ego. Ich will raus, ich will meine Freiheit, ich will wieder ein Mensch sein.«

»Jetzt laß mal das ganze Selbsterfahrungsgequassel außen vor. Was dir sauer aufstößt, ist die Studentin, mit der du mich letzten Sommer erwischt hast, stimmt's?«

»Nein, aber um die Scheidung durchzudrücken, kommt sie mir ganz gut zupaß. Daß du mich bei dem Empfang des Dekans alleingelassen hast und heimgefahren bist, um das Babysittergirl zu bumsen, interessiert den Richter bestimmt.«

»Ich hab dir doch gesagt, daß sie wieder an die Ostküste gegangen ist. Ich weiß nicht mal, wo sie wohnt.«

»Unwichtig. Kapier doch endlich, daß es mir scheißegal ist, wo du deinen dicken, fetten beschnittenen Pimmel läßt. Von mir aus kannst du jeden Abend ein ganzes weibliches Hockeyteam vernaschen. Das haben wir ein für allemal hinter uns.«

»Laß uns doch mal wie vernünftige Leute über die Sache reden«, sagte er und schaltete, ein Anzeichen ernster Besorgnis, den Fernseher ab, auf dem er während dieser Diskussion mit einem Auge ein Footballspiel verfolgt hatte.

Nach einstündiger, ermüdender Debatte stimmte Désirée einem Kompromiß zu. Sie würde mit der Einleitung der Scheidung noch ein halbes Jahr warten, unter der Bedingung, daß er auszog.

»Und wohin?« maulte er.

»Du kannst dir ja ein Zimmer nehmen. Oder zu einer deiner Studentinnen ziehen. Angebote hast du bestimmt genug.«

Morris Zapp krauste die Stirn. Er konnte sich lebhaft vorstellen, wie sie sich auf dem und um den Campus das Maul über ihn zerreißen würden – einen Mann, der aus dem eigenen Haus geflogen ist, der zusieht, wie sich seine Hemden in einer campuseigenen Waschmaschine drehen, der einsam sein Essen im Hochschullehrer-Klub verzehrt.

»Ich werde verreisen«, sagte er. »Nach diesem Quartal nehme ich ein halbes Jahr Urlaub. Gib mir Zeit bis Weihnachten.«

»Und wohin willst du?«

»Irgendwohin.« Ihm kam ein Gedanke. »Vielleicht nach Europa.«

»Nach Europa? Du?«

Listig beobachtete er sie aus dem Augenwinkel. Jahrelang hatte Désirée ihn geplagt, er solle doch mit ihr nach Europa fahren, aber er hatte es ihr immer abgeschlagen. Denn Morris Zapp war ein seltener Vogel unter amerikanischen Philologen, ein Mann, dem das Wort Entfremdung fremd war. Er hatte Amerika, insbesondere Euphoria, ehrlich gern. Seine Ansprüche waren bescheiden: gemäßigtes Klima, eine gute Bibliothek, reichlich Tussis in Reichweite, genug Geld für Zigaretten und Alkohol, ein komfortables, modernes Haus und zwei Autos. Mit den ersten drei Artikeln war Euphoria gewissermaßen von Natur aus reich gesegnet. Zu Geld war er nach einigen Jahren intensiver Bemühungen gekommen. Er versprach sich vom Reisen keinerlei Verbesserung seiner Lebensqualität, schon gar nicht, wenn er in Europa auch noch Désirée und die Kinder am Hals hatte. »Reisen verdummt!« war eine der Zappschen Sentenzen. Doch wenn es hart auf hart ging, war er im Interesse häuslicher Harmonie sogar bereit, diesen Grundsatz zu opfern.

»Wir könnten zu viert hin«, sagte er und beobachtete die zwiespältigen Empfindungen auf ihrem Gesicht, die Lust auf Europa, die mit der Unlust an Morris Zapp kämpfte. Die Unlust siegte durch k.o.

»Sieh zu, wie du mit deinem Scheiß klarkommst«, sagte sie und verließ das Zimmer.

Morris machte sich einen steifen Drink, legte eine Aretha-Franklin-LP auf die Hi-Fi-Anlage und setzte sich zurecht, um nachzudenken. Er steckte eindeutig in der Klemme. Jetzt mußte er wohl oder übel nach Europa, schon um nicht das Gesicht zu verlieren. Aber so kurzfristig war das leichter gesagt als getan. Auf eigene Kosten konnte er sich die Reise nicht leisten. Zwar bezog er ein ansehnliches Gehalt, aber auch der Unterhalt des Hauses und der Lebensstil, den Désirée nun mal gewöhnt war, kostete eine Kleinigkeit, ganz zu schweigen von den Alimenten, die er für Martha blechte. Bezahlten Forschungsurlaub konnte er nicht beantragen, er hatte gerade erst zwei Quartale freigehabt. Für ein Stipendium – ein Guggie oder ein Fulbright – war es zu spät, und er hatte so das Gefühl, daß man an den europäischen Universitäten mit der Einstellung von Gastprofessoren nicht so schnell bei der Hand war wie in den Staaten.

Am nächsten Morgen rief er den Dekan an.

»Hör mal, Bill, ich will ein halbes Jahr nach Europa, möglichst bald nach Weihnachten. Was hast du zu bieten?«

»Europa? Wohin denn da, Morris?«

»Ganz egal, Bill.«

»England?«

»Meinetwegen auch England.«

»Schade, daß du dich nicht früher gemeldet hast, Morris. Ich hatte eine tolle Stelle bei der UNESCO in Paris, die hab ich grade vor einer Woche Ed Waring von den Soziologen zugeschanzt.«

»Verschon mich mit den Nieten, Bill. Was ist noch im Topf?«

Er hörte Papier rascheln. »Na ja, da wäre der Austausch mit Rummidge, aber der wird dich nicht interessieren, Morris.«

»Laß mal hören.«

Bill erläuterte die Einzelheiten und schloß: »So was ist einfach nicht dein Stil, Morris.«

»Ist egal. Nur her damit.«

Bill versuchte eine Weile, ihm die Sache auszureden, und gestand dann, daß die Vakanz in Rummidge schon einem jungen Assistenzprofessor von der Metallurgie zugesagt worden war.

»Bring ihm bei, daß es doch nicht geht. Daß du dich geirrt hast.«

»Sei vernünftig, Morris, das kann ich doch nicht machen.«

»Gib ihm vorzeitig eine Professur, dann wird er schon nicht meckern.«

»Tja, also ...« Bill Moser zögerte einen Augenblick, dann seufzte er. »Mal sehen, was sich machen läßt, Morris ...«

»Bestens, Bill, ich werd's dir nicht vergessen.«

Bills Stimme senkte sich vertraulich. »Warum diese plötzliche Sehnsucht nach Europa, Morris? Machen die Studenten dich fertig?«

»Soll das ein Witz sein, Bill? Nein, ich hab einfach das Gefühl, daß ich Tapetenwechsel brauche. Neue Perspektiven. Die Herausforderung eines anderen Kulturkreises.«

Bill Moser wieherte vor Lachen.

Morris Zapp war von Bills Skepsis nicht überrascht. Aber in seiner Antwort an den Dekan steckte ein Körnchen Wahrheit, was er nie im Leben zugegeben hätte – außer unter dem Deckmantel einer augenfälligen Lüge.

Jahrelang hatte Morris Zapp sein Selbstwertgefühl – wie ein mit robuster Gesundheit gesegneter Mensch seinen Körper – als völlig selbstverständlich hingenommen und in den rekurrierenden Identitätskrisen seiner Kollegen Anzeichen seelischer Hypochondrie gesehen. Neuerdings aber ertappte er sich doch wahrhaftig dabei, daß er über den Sinn seines Lebens nachsann. Dies war zum Teil eine Konsequenz seines Erfolgs. Er war Professor an einer der angesehensten Hochschulen Amerikas in reizvollster Lage und hatte – nach dem in Euphoria üblichen Rotationssystem – bereits dreimal den Fachbereichsvorsitz innegehabt. Er war ein hochkarätiger Wissenschaftler mit einer langen Latte imposanter Veröffentlichungen. Sein Gehalt ließ sich wesentlich nur dadurch steigern, daß er in irgendein gottverlorenes Nest in Texas oder im Mittelwesten ging, in das ein vernünftiger Mensch seinen Fuß nicht mal für tausend Dollar pro Tag setzen würde, oder daß er auf einen Verwaltungsposten umstieg und sich irgendwo als Universitätspräsident bewarb, was bei der derzeitigen Lage im Hochschulbereich gleichbedeutend mit einem frühen Grab war. Kurz, mit vierzig Jahren wollte Morris kein Ziel einfallen, das er nicht schon erreicht hatte, und das deprimierte ihn.

Die Forschung blieb ihm natürlich, aber die hatte etwas von ihrem Reiz verloren, nachdem sie nicht mehr Mittel zum Zweck war. Er konnte seinen Ruf nicht mehr fördern, er konnte ihm höchstens schaden, wenn er seine Bibliographie um weitere Titel erweiterte. Diese Erkenntnis lähmte ihn und machte ihn übervorsichtig. Vor etlichen Jahren war er mit großer Begeisterung an eine ehrgeizige literaturkritische Arbeit herangegangen, eine Kommentarreihe über Jane Austen, die den ganzen Kanon ihres Werkes umfassen und absolut alles enthalten sollte, was sich über sie sagen ließ. Die Grundidee war eine erschöpfende Untersuchung der Romane aus jedem nur denkbaren Blickwinkel, historisch, biographisch, rhetorisch, mythisch, freudianisch, jungianisch, existentialistisch, marxistisch, strukturalistisch, christlich-allegorisch, archetypisch etcetera pepe, so daß nach Vorliegen des Kommentars über den behandelten Roman schlicht und einfach nichts mehr zu sagen übrig blieb. Zweck der Übung war es nicht, wie er immer wieder mit dem leider nicht sehr großen Vorrat an Geduld, der ihm zur Verfügung stand, zu erläutern pflegte, bei anderen das Vergnügen an Jane Austen und das Verständnis für sie zu fördern, war schon gar nicht eine Hommage für die Schriftstellerin, sondern erreicht werden sollte einzig und allein, die Produktion von Schwachsinn zu diesem Thema ein für allemal zu unterbinden. Die Kommentare waren nicht für den Laienleser gedacht, sondern für den Spezialisten, der, wenn er bei Zapp nachschlug, würde feststellen müssen, daß die von ihm geplante wissenschaftliche Arbeit dort schon vorweggenommen und jeden Eigenwertes beraubt war nach dem Motto: Lest Zapp, der Rest ist Schweigen. Es war eine Vorstellung, die ihn zutiefst befriedigte. In faustischen Momenten träumte er davon, nach Jane Austen auch die anderen großen englischen Prosadichter, dann die Lyriker und Dramatiker zu erledigen, vielleicht unter Zuhilfenahme von Computern und geschulten studentischen Teams. Das würde zu einer gnadenlosen Beschneidung der in der englischen Literatur kommentarwürdigen Themen führen, würde Angst und Schrecken in der Branche verbreiten und Scharen seiner Kollegen brotlos machen. Zeitschriften würden von der Bildfläche verschwinden, berühmte anglistische Fachbereiche zu Geisterstädten werden …

Es dürfte inzwischen deutlich geworden sein, daß Morris Zapp keine große Wertschätzung für seine Mit-Arbeiter im Weinberg der Literatur empfand. Aus seiner Sicht waren das wirre, wankelmütige, verantwortungslose Gesellen, die sich im Relativismus wälzten wie Nilpferde im Schlamm und kaum einmal die Nase an die Luft gesunden Menschenverstands steckten. Gemütsruhig tolerierten sie Meinungen, die von den ihren abwichen, empörender noch, sie wechselten zuweilen sogar die Seiten. Ihre armseligen Bemühungen um Tiefgang führten sich durch Einschränkungen und zahllose Infragestellungen selbst ad absurdum. An den Beginn einer Abhandlung stellten sie gern Formeln wie: »Ich möchte eine Frage zu Soundso aufwerfen« und glaubten, damit ihrer intellektuellen Pflicht Genüge getan zu haben. Winkelzüge dieser Art brachten Morris Zapp zur Weißglut. Jeder Idiot, pflegte er zu sagen, konnte Fragen aufwerfen. Die Antworten waren es, die den Mann vom Knaben unterschieden. Wer die eigenen Fragen nicht beantworten konnte, hatte sich entweder nicht genug Mühe gegeben, oder es waren keine echten Fragen gewesen. So oder so hielt er dann besser den Mund. Man konnte in der Anglistik heute keinen Schritt tun, ohne über unbeantwortete Fragen zu stolpern, die irgendein Trottel leichtsinnig hatte herumliegen lassen – wie in einer mit verstaubtem, kaputtem Gerümpel vollgestellten Bodenkammer, wo man ein Loch im Dach flicken will. Nun, was Jane Austen betraf, würde sein Kommentar ein für allemal mit diesem Unsinn aufräumen.

Aber die Arbeit schritt langsam voran. Noch hatte er *Verstand und Gefühl* nicht einmal zur Hälfte abgehandelt, und schon wurde offenbar, daß jeder Kommentar mehrere Bände umfassen würde. Abgesehen von einem gelegentlichen Artikel hatte er jetzt seit mehreren Jahren nichts mehr veröffentlicht. Manchmal ging er ein Problem an, nur um nach einigen Stunden tiefsinnigen Brütens darauf zu kommen, daß er es vor Jahren selbst durchaus zufriedenstellend gelöst hatte. Zur gleichen Zeit – ob Ursache oder Wirkung, das sei dahingestellt – begann er, sich körperlich unwohl zu fühlen. Nach üppigen Auswärtsessen neigte er zu Verdauungsstörungen, zur Nacht brauchte er meist eine Schlaftablette, er bekam einen Bauch, und es fiel ihm immer schwerer, mehr als einen Orgasmus pro Vorstellung zu erreichen – so jedenfalls jammerte er in einer Männerrunde beim Bier. Tatsächlich war es so, daß er neuerdings nicht mal mehr mit dem einen fest rechnen konnte, und Désirée hatte wegen des Babysittergirls vom letzten Sommer weniger Grund zum Groll, als sie ahnte. Morris Zapp hatte es schon mal besser gekonnt, obschon dies eine traurige Wahrheit war, die er kaum sich selbst, geschweige denn dritten eingestehen mochte. Er weigerte sich auch, offen zuzugeben, daß es ihm, je frostiger das Klima auf dem Campus überkommenen akademischen Werten gegenüber wurde, zunehmend mehr Mühe machte, seine Studenten bei der Stange zu halten. Sein Unterrichtsstil war darauf abgestellt, Studierenden von Bildungsbürgerniveau die sentimentale Hochachtung vor der Literatur schockartig auszutreiben und durch eine eiskalt-intellektuelle, rigorose Betrachtungsweise zu ersetzen. Bei jungen Leuten, die ihre Verachtung für das Thema und für die Qualifikation des Lehrenden offen erkennen ließen, war mit dieser Masche wenig zu machen. Die spitzen Pfeile seiner Aperçus prallten harmlos an dem Schutzpolster der neuen sanften Sprachlosigkeit ab,

48

die so modern geworden war, daß selbst seine vielversprechenden Doktoranden, im Grunde ihres Herzens skrupellose Profis, sich zur Konformität gezwungen sahen. So hieß es denn in den Seminaren etwa: »Na ja, es ist eben gewissermaßen so, daß James – äh – irgendwie steht der Typ auf Moderne. Ich meine, das mit dem Symbolismus und Gott ist tot und so weiter, das ist schon da, aber du merkst irgendwie, daß er da noch Intelligenz einbringt, als wenn er da so was wie Bedeutung drin sieht. Oder wie oder was. Logo?« Jane Austen war als Schriftstellerin gewiß nicht geeignet, die Herzen der jungen Generation im Sturm zu erobern. Manchmal erwachte Morris schweißgebadet aus Albträumen, in denen er Studenten mit Transparenten über den Campus ziehen sah, auf denen in großen Lettern geschrieben stand: KNIGHTLEY IST EIN SCHWANZLECKER oder FANNY PRICE VÖGELT. Vielleicht war er wirklich schon etwas verknöchert, brauchte echt mal Tapetenwechsel.

So sahen die Vernunftgründe aus, die Morris Zapp für die ihm durch Désirées Ultimatum aufgezwungene Entscheidung ins Feld geführt hatte. Aber als er jetzt neben der schwangeren Mary Makepeace im Flugzeug saß, kamen sie ihm wenig überzeugend vor. Wenn schon Tapetenwechsel, hätte es nicht unbedingt englische Tapete zu sein brauchen. Für Briten konnte er weder Sympathie noch Respekt aufbringen. Die er kannte – Expatriierte und Gastprofessoren – benahmen sich meist wie Homos, waren es dann aber doch nicht, was ihn verunsicherte. Auf Partys verschlangen sie Canapés und schluckten Gin wie gerade entlassene Sträflinge und verbreiteten sich unablässig mit hoher Zwitscherstimme über die Unterschiede zwischen dem englischen und dem amerikanischen Hochschulsystem. Dabei ließen sie keinen Zweifel daran, daß sie letzteres für eine riesige, nicht unamüsante Schiebung hielten und persönlich wild entschlossen waren, sich in möglichst kurzer Zeit ein möglichst großes Stück von dem Kuchen zu Gemüte zu führen. Ihre Veröffentlichungen waren amateurhaftes Geschwafel, unzulänglich recherchiert, schwach in der Argumentation und mit so vielen Fehlern – falschen Zitaten, falschen Zuordnungen und falschen Daten – gespickt, daß man sich fragte, wie sie es fertigbrachten, den eigenen Namen auf dem Titelblatt richtig zu schreiben. Dennoch erdreisteten sie sich, amerikanische Wissenschaftler, ihn eingeschlossen, in ihren miesen Fachblättchen mit höhnischer Herablassung zu behandeln.

Er spürte in allen Knochen, daß es ihm in England nicht gefallen würde. Er würde unter Einsamkeit und Langeweile leiden, um so mehr, als er sich selbst ein kleines vorläufiges Ehrenwort abgenommen hatte, sich sexueller Abenteuer zu enthalten, um Désirée zu ärgern. Und für seine Forschungsarbeit war der Standort denkbar ungünstig. Wenn er erst mal in dem grundlosen Morast englischer Sitten und Gebräuche versunken war, würde es ihm nie mehr gelingen, die mythischen Archetypen, die Muster einer iterativen Bildersprache, die psychologischen Motive klar und unverstellt im Blick zu behalten. Nicht auszudenken, wenn Jane Austen plötzlich für ihn zur *Realistin* werden würde. Was für Folgen das bei anderen Lesern gezeitigt hatte, trat in der Literatur über sie nur allzu deutlich zutage.

Nach Morris Zapps Ansicht lag die Wurzel allen Übels bei der Literaturkritik in der naiven Verwechslung von Literatur und Leben. Das Leben war transparent, die Literatur opak. Das Leben war ein offenes, die Literatur ein geschlossenes System. Das Leben bestand aus Sachen, die Literatur aus Worten. Das Leben war, was es zu sein vorgab. Wenn man Angst vor einem Flugzeugabsturz hatte, ging es um den Tod, wenn man versuchte, eine Frau ins Bett zu bekommen, ging es um Sex. Die Literatur war nie das, was sie zu sein vorgab, obgleich es bei einem Roman beträchtlicher Findigkeit und eines scharfen Blicks bedurfte, um den Code der realistischen Trugbilder zu knacken, weshalb er sich auch von Berufs wegen zu diesem Genre so hingezogen fühlte (selbst der unbedarfteste Literaturkritiker begriff, daß es bei *Hamlet* nicht um den Typ ging, der seinen Onkel umbringt, und beim *Ancient Mariner* nicht um Tierquälerei, aber man konnte nur staunen, wie viele Leute meinten, bei Jane Austens Romanen ginge es darum, daß die Heldin den Mann ihres Herzens findet. Das Scheitern der Trennung von Leben und Literatur hatte zu Ketzereien und Unfug aller Art geführt, beispielsweise dazu, daß man Bücher »mochte« oder »nicht mochte«, einen Schriftsteller einem anderen vorzog und ähnliche Schrullen, die, wie er seinen Studenten immer wieder begreiflich machen mußte, für niemanden von Interesse waren als für sie selbst. (Manchmal schockte er sie durch die Feststellung, für ihn sei, wenn man sich schon auf dieser primitiv-subjektiven Ausdrucksebene bewegen wolle, Jane Austen eine ganz miese Tucke.) Insbesondere drängte es ihn, naive Realismustheorien zu geißeln, weil sie eine Gefahr für sein Meisterwerk bedeuteten. Wenn man ein offenes System (Leben) auf ein geschlossenes (Literatur) anwandte, lag es auf der Hand, daß die Zahl der möglichen Permutationen unendlich war und der definitive Kommentar zu einem Ding der Unmöglichkeit wurde. Alles, was er über England wußte, deutete darauf hin, daß das Ketzertum dort besonders üppig wucherte, zweifellos gefördert durch die über das ganze Land verstreuten konkreten Zeugnisse der historischen Existenz großer Dichter – Taufregister, Häuser mit Gedenktafeln, Betten, in denen sie mal geschlafen hatten, rekonstruierte Arbeitszimmer, gemeißelte Grabsteine und dergleichen Plunder. Eins stand fest, er würde während seines Englandaufenthaltes auf keinen Fall Jane Austens Grab besuchen.

Aber diesen Gedanken hat er wohl laut geäußert, denn Mary Makepeace fragt ihn, ob seine Großmutter Jane Austen geheißen habe. Das sei äußerst unwahrscheinlich, gibt er zurück.

Indessen überlegt Philip Swallow sehnsuchtsvoll, wann dieser Flug zu Ende sein wird. Charles Boon hat ihn – stundenlang, so scheint es – vollgequasselt und kaum eine Unterbrechung geduldet. Philip wird bis in alle Details mit der politischen Situation im allgemeinen und auf dem Campus der Euphoric State im besonderen vertraut gemacht. Mit Cliquen, Anliegen, Konfrontationen. Mit Gouverneur Duck, Rektor Binde, Bürgermeister Holmes, Sheriff O'Keene. Mit der Dritten Welt, den Hippies, den Black Panthers, den Liberalen Hochschullehrern. Mit Hasch, Black Studies, sexueller Freiheit, Ökologie, freier Rede, polizeilichen Brutalitäten, Gettos, Sozialwohnungen, Schulbussen, Vietnam, Streiks, Brandstiftung, Demos, Sit-ins, Teach-ins, Love-ins, Happenings. Philip hat es längst aufgegeben, den Einzelheiten von Boons Argumentation zu folgen, der allgemeine Trend aber läßt sich in Kurzfassung von seinen Buttons ablesen:

Legalisiert Hasch
Norman O. Brown for President

RETTET DIE BUCHT – WASSER STATT KRIEG
REALITÄT GESTÖRT, KUNDENDIENST BEREITS VERSTÄNDIGT
GOTT RAUS AUS AMERIKA
BOYKOTT FÜR TRAUBEN
KÄMPFT FÜR KROOP
NICHT KOTZEN – MOTZEN
BOYKOTT FÜR TRÜFFEL
FUCK D*CK

Wider Willen amüsiert sich Philip über manche Slogans. Der Button ist offenbar ein neues literarisches Medium, etwa zwischen dem klassischen Epigramm und der imagistischen Lyrik angesiedelt. Es dauert sicher nicht mehr lange, bis ein Magister in spe eine Arbeit über dieses Genre schreibt. Bestimmt hat Charles Boon das Thema schon für sich vereinnahmt.

Entschlossen unterbricht Philip eine verwickelte juristische Darlegung über eine verfolgte Gruppe, die sogenannten Euphoria-Neunundneunziger. »Auf welches Fachgebiet haben Sie sich geworfen, Boon?«

»Wie?« fragt Boon verdutzt.

»Für Ihre Doktorarbeit, meine ich. Oder wird es eine Magisterarbeit?«

»Ach so ... Ja, ich bin noch beim M. A. Hauptsächlich Seminare und dann so was wie ne Mini-Dissertation.«

»Worüber?«

»Weiß ich noch nicht genau. Also ganz ehrlich, Phil, viel Zeit für diese Arbeit, wissenschaftliche Arbeit, habe ich nicht.«

Irgendwann hat Boon plötzlich damit angefangen, Phil beim Vornamen zu nennen, wobei er sich überdies einer diesem besonders verhaßten Kurzform bedient.

Philip nimmt die Vertraulichkeit krumm, weiß andererseits aber auch nicht, wie er sie abstellen könnte, auch wenn er die Aufforderung Boons, Charles zu ihm zu sagen, rundheraus abgelehnt hat.

»Was arbeiten Sie denn sonst noch?« fragte er ironisch.

»Na ja, ich hab diese Show im Radio ...«

»Die Charles-Boon-Show?« fragt Philip und lacht herzlich.

»Genau. Haben Sie schon davon gehört?«

Boon lacht nicht. Immer noch derselbe unverfrorene Schwindler und Märchenerzähler. »Nein«, sagt Philip. »Erzählen Sie mal.«

»Das ist so ein Spätprogramm mit Hörerbeteiligung, Sie kennen das ja, die Leute rufen an, reden sich ihre Probleme vom Herzen und stellen Fragen. Manchmal hab ich auch einen Gast im Studio. Hey, Sie müssen auch mal kommen.«

»Bekomme ich das bezahlt?«

»Nee, das ist leider nicht drin. Aber Sie kriegen ein kostenloses Band der Sendung und ein Farbfoto von uns beiden am Mikrophon.«

Philip ist durch die präzise Antwort verunsichert. Wenn an der Sache doch was dran ist ... Ein Campussender vielleicht.

»Wie oft haben Sie diese Sendung denn schon gemacht?« fragt er.

»Im letzten Jahr jeden Abend, vielmehr jede Nacht. Von Mitternacht bis zwei Uhr früh.«

»Jede Nacht! Kein Wunder, daß Ihr Studium drunter leidet.«

»Also ganz unter uns, Phil, mit dem Studium seh ich das ziemlich locker. Daß ich in der Euphoric State eingeschrieben bin, paßt mir gut in den Kram, ich kann in den Staaten bleiben, ohne eingezogen zu werden. Aber eigentlich brauch ich keinen akademischen Abschluß mehr. Meine Zukunft liegt in den Medien.«

»In der Charles-Boon-Show?«

»Die ist nur ein Sprungbrett. Ich verhandle gerade mit einer Fernsehgesellschaft über die Einführung eines experimentellen Kulturprogramms. Den Flug haben mir übrigens die Fernsehfritzen bezahlt, ich sollte mich für die mal ein bißchen in der europäischen Fernsehlandschaft umsehen. Dann ist da noch die ›Euphoric Times‹ ...«

»Was ist das?«

»Die Untergrundzeitung, für die schreibe ich eine wöchentliche Kolumne, und jetzt haben sie mich gefragt, ob ich nicht die Redaktion übernehmen will.«

»Die Redaktion.«

»Aber ich möchte eigentlich statt dessen ein Konkurrenzblatt aufziehen.«

Philip betrachtet Boon forschend und sieht, daß sein linkes Auge unversehens nach Backbord hüpft. Philip atmet auf. Es ist alles Lug und Trug. Das Hörfunkprogramm, die Fernsehschau, der Flug auf Spesen, die wöchentliche Kolumne, alles Wunschdenken, wie die Assistentenstelle in Rummidge und die Laufbahn im Diplomatischen Dienst. Gewiß, Boon hat sich verändert, nicht nur im Aussehen und in der Kleidung. Er bewegt sich selbstsicherer, gelockerter, die Cockneyvokale und Knacklaute haben sich leicht verschliffen, von der Stimme her hat er fast ein bißchen Ähnlichkeit mit David Frost. Philip hat immer gedacht, er könne David Frost nicht ausstehen, aber jetzt wird ihm klar, daß er diesem Fernsehzaren offenbar eine widerwillige Art von Hochachtung entgegenbringt – so tief hat ihn die Vorstellung getroffen, Charles Boon könne auf dem Weg zu einer ähnlichen Karriere sein. Ein ungemein überzeugender Schwindelmeier, dieser Boon, selbst nach langjähriger Bekanntschaft gelingt es ihm, einen hinters Licht zu führen, nur das unstete Auge hat ihn verraten. Die Geschichte wird sich gut in seinem ersten Brief nach Hause machen. *»Und stell dir vor, wen ich in der Maschine getroffen habe, den unverbesserlichen Charles Boon, du erinnerst dich bestimmt an ihn, der Parolles vom Fachbereich Anglistik, er hat vor zwei Jahren Prüfung gemacht. Hochmodern angezogen, schulterlanges Haar, aber noch immer der alte Aufschneider. Hat mich begönnert wie verrückt. Aber er ist so leicht zu durchschauen, man kann es ihm einfach nicht übelnehmen.«*

Sein Gedankengang und Boons munter sprudelnder Monolog werden durch die Ansage des Captains unterbrochen, sie würden in etwa zwanzig Minuten landen und er hoffe, sie hätten einen angenehmen Flug gehabt. Vorn leuchtet das Zeichen zum Anschnallen auf.

»Tja, Phil, ich muß zurück zu meinem Platz«, sagt Boon.

»Nett, daß man sich wieder mal getroffen hat.«

»Wenn ich irgendwas für Sie tun kann, Phil, brauchen Sie mich nur anzurufen, ich steh im Telefonbuch.«

»Na ja, ich bin nicht zum ersten Mal in Amerika. Trotzdem schönen Dank.«

Boon winkt ab. »Jederzeit, Tag und Nacht. Ich hab einen Anrufbeantworter.«

Und staunend sieht Philip, wie Charles Boon aufsteht und ungehindert an einer wachsamen Stewardeß vorbei hinter dem

Vorhang verschwindet, der die Erste Klasse vom niederen Volk trennt.

»Jetzt sind wir wohl über England«, sagt Mary Makepeace und schaut gespannt aus dem Fenster.

»Regnet es?« fragt Zapp.

»Nein, es ist ganz klar. Man sieht lauter kleine Felder, wie eine Patchwork-Decke.«

»Wenn es nicht regnet, kann's nicht England sein. Wahrscheinlich sind wir vom Kurs abgekommen.«

»Da drüben ist ein großer, dunkler Klecks. Es muß eine Großstadt sein.«

»Vermutlich Rummidge. Ein großer, dunkler Klecks, das hört sich ganz nach Rummidge an.«

Und jetzt tritt in den beiden Maschinen gleichzeitig jene besondere Stille ein, die der Landung eines Flugzeugs vorausgeht. Die Triebwerke sind fast verstummt, wie in geheimem Einverständnis sinkt auch der Geräuschpegel der Gespräche in der Kabine. Die Flugzeuge gehen scheinbar schwerfällig tiefer, in ratenweisen, torkelnden Hüpfern, als stolperten sie eine riesige Treppe hinunter. Die Passagiere schlucken, um den Druck auf die Ohren zu verringern, machen die Augen zu, tasten nach Pässen und Tüten. Die Minuten vergehen sehr langsam. Jeder ist für kurze Zeit mit seinen Gedanken allein. Aber bei diesem Schwanken und Rütteln zwischen Himmel und Erde fällt es schwer, zusammenhängend zu denken. Philip denkt an die tapfer lächelnde Hilary, die traurig dem Zug nachwinkenden Kinder auf dem Bahnhof von Rummidge, denkt an ein Referat, das er versehentlich einem Studenten nicht zurückgegeben hat, denkt, was wohl ein Taxi vom Flughafen nach Plotinus kosten mag. Die Zukunft scheint erschreckend leer, und Heimweh fällt ihn an. Dann überlegt er, ob die Maschine abstürzen wird und wie es wohl wäre zu sterben und ob es einen Gott gibt und wo er seine Gepäckabschnitte hingetan hat. Morris Zapp erwägt, ob er ein paar Tage in London bleiben oder den Stier bei den Hörnern packen und gleich nach Rummidge fahren soll. Er denkt an die Zwillinge, die in einer Gartenecke irgendwelche heimlichen Spiele trieben, die sie nur widerwillig unterbrochen haben, um ihm »Auf Wiedersehen« zu sagen, er denkt an Désirée, die es ihm abgeschlagen hat, in der Nacht vor seiner Abreise mit ihm zu schlafen, es wäre das erste Mal seit Monaten gewesen, und er denkt an die erste Frau, die er je gehabt hat, Rose Finkelpeare, die Fischhändlerstochter aus dem nächsten Block, und wie er gestaunt hat, als auch das zweite Mädchen, das er hatte, ein bißchen nach Fisch roch, und er überlegt, wer von den Leuten auf dem Flughafen wohl wissen mag, zu welchem Zweck diese Chartermaschine nach England gekommen ist.

Die Maschinen gieren und kippen. Eine Wand von Vororten erhebt sich plötzlich hinter Marys Kopf und versinkt wieder. Wolken umwirbeln Philip Swallows Flugzeug, Regen schlägt an die Fenster. Dann gleiten Häuser, Berge, Bäume, Hangars, Lastwagen vorbei, alle in erkennbarem Maßstab, wie alte Freunde, die man nach langer Trennung wiedersieht.

Bamm!

Bamm!

Im gleichen Augenblick, nur sechstausend Meilen voneinander entfernt, setzen die beiden Maschinen auf.

II.

Eingewöhnung

Philip hat eine Wohnung im Obergeschoß eines zweistöckigen Hauses im Pythagoras Drive gemietet, in einer der vielen Wohnstraßen mit klassischem Namen und romantischen Konturen, die sich an den grünen Hügeln von Plotinus, Euph., hinaufziehen. Die Miete ist für englische Verhältnisse mäßig, weil das Haus in einer sogenannten Erdrutschzone steht. Es ist der Bucht von Esseph bereits vier Meter entgegengerutscht – ein Umstand, der den Besitzer dazu veranlaßte, es schleunigst zu räumen und mietweise Mitmenschen zur Verfügung zu stellen, denen es an Geld oder an Lebenslust gebricht, so daß von ihnen keine Reklamationen zu erwarten sind. Philip gehört weder der einen noch der anderen Kategorie an, aber er erfährt von der Vorgeschichte des Hauses Pythagoras Drive 1037 erst, nachdem er einen halbjährigen Mietvertrag unterzeichnet hat. Zur Kenntnis gebracht wird ihm die Geschichte am Abend seines Einzugs durch Melanie Byrd, die knackig-hübscheste der drei jungen Frauen, die gemeinsam die Erdgeschoßräume bewohnen, während sie ihn in die Geheimnisse der gemeinschaftlichen Waschmaschine im Keller einweiht. Zuerst ärgert er sich, weil er sich hat einwickeln lassen, dann fügt er sich in sein Schicksal. Die Wohnung war zwar nicht superbillig, aber durchaus preiswert. Und wie Melanie Byrd ganz richtig sagte, gab es in Euphoria keine wirklich sichere Wohnlage. Der Staat verdankte seine einzigartig pittoreske Landschaft einer gewaltigen geologischen Verwerfung, die ganz Euphoria durchzog und im 19. Jahrhundert ein großes Erdbeben ausgelöst hatte. Daß sich eine solche Katastrophe noch vor Ende des zweiten Jahrtausends christlicher Zeitrechnung wiederholen würde, galt unter Seismologen wie auch unter den einschlägigen örtlichen Sekten als sicher – ein seltenes und eindrucksvolles Beispiel von Einvernehmen zwischen Wissenschaft und Aberglaube.

Wenn er morgens die Vorhänge in seinem Wohnzimmer zurückzog, stand die Aussicht in dem Panoramafenster wie die Totale zu Beginn eines Cineramafilms. Im Vordergrund und zu seiner Rechten und Linken schmiegten sich Häuser und Gärten der betuchten Hochschullehrer von Euphoria malerisch an die Flanken der Berge von Plotinus. Unter ihm, wo das Vorgebirge sich zur Bucht hin abflachte, lag der Campus mit seinen weißen Bauten und baumbestandenen Alleen, seinem Campanile und seiner Piazza, seinen Hörsälen, Stadien und Laboratorien, begrenzt von den rechtwinklig angelegten Straßen des Zentrums von Plotinus. In mittlerer Entfernung sah man die Bucht, die sich rechts und links im Unsichtbaren verlor, und der Blick des Beschauers beschrieb ganz unwillkürlich einen großen touristischen Bogen, wanderte über den vielbefahrenen Shoreline Freeway, schwenkte über die Bucht – die lange Brücke von Esseph streifend (zehn Meilen von einer Mautstation zur anderen) – zu der dramatischen Skyline, den Wolkenkratzern der Innenstadt, die sich dunkel vor den weißen Wohngebirgen abhoben, schwang sich über die eleganten Kurven der Silver-Span-Hängebrücke, des Tors zum Pazifik, und ruhte auf den grünen Hängen von Miranda County mit seinen berühmten Redwoodwäldern und seiner wildromantischen Küste aus.

Dieses weite Panorama belebten schon am frühen Morgen Beförderungsmittel aller Art – Schiffe, Jachten, Personenwagen, Laster, Züge, Flugzeuge, Hubschrauber und Luftkissenboote –, die alle gleichzeitig in Bewegung waren, so daß Philip unversehens der bunte Umschlag des Buches in den Sinn kam, das er zum zehnten Geburtstag bekommen hatte. *Knabenwunderwelt des modernen Verkehrs* hatte es geheißen ... Hier, dachte er, waren tatsächlich Natur und Kultur eine vollkommene Verbindung eingegangen, in dieser Aussicht zeigte sich auf einen Blick die Vereinigung der technischen Fähigkeiten des Menschen mit der erhabenen Schönheit einer Landschaft. Dabei wußte er nur zu genau, daß die Harmonie, die er in diesen Anblick hineinlas, illusorisch war. Links von ihm, gerade eben außerhalb seines Blickfelds, hing ein Rauchschleier über dem großen Militär- und Industriehafen Ashland, und zu seiner Rechten verstänkerten die

Raffinerien von St. Gabriel die klare Luft. Die Bucht, die so lieblich in der Morgensonne glitzerte, war laut Charles Boon und auch nach anderen Quellen durch Industrieabfälle und unbereinigte Einleitungen vergiftet und wurde durch gewissenlose Auf- und Einschüttungen ständig kleiner.

Trotzdem, dachte Philip fast schuldbewußt, im Rahmen eines Wohnzimmerfensters und auf diese Entfernung war so eine Aussicht schon eine tolle Sache.

Morris Zapp war weniger angetan von seiner Aussicht, einem Panorama feuchter Gärten, morscher Schuppen und triefender Wäsche, kränkelnder Baumriesen, rußiger Dächer, Fabrikschornsteine und Kirchtürme, aber er hatte seine diesbezüglichen Ansprüche bei der Suche nach einer möblierten Unterkunft in Rummidge schon sehr bald erheblich zurückgeschraubt. Man durfte sich, wie er schnell feststellte, glücklich preisen, wenn man eine Behausung fand, die auf eine dem menschlichen Organismus einigermaßen zuträgliche Temperatur gebracht werden konnte, über die elementarsten zivilisatorischen Errungenschaften verfügte und in Anstrich und Tapezierung Farben und Muster aufwies, bei denen einem nicht augenblicklich das Essen hochkam. Er hatte sich überlegt, ob er sich ein Hotelzimmer nehmen sollte, aber die Hotels in Campusnähe waren womöglich noch schlimmer als Privatunterkünfte. Schließlich hatte er eine Wohnung im obersten Stock eines großen alten Kastens gemietet, der einem irischen Arzt und seiner umfangreichen Familie gehörte. Dr. O'Shea hatte eigenhändig das Dachgeschoß für seine alte Mutter ausgebaut, und dem kürzlich erfolgten Hinscheiden dieses Familienmitgliedes verdankte Morris, wie der Arzt ihm mit bewegten Worten mitteilte, den glücklichen Umstand, daß eine so beneidenswerte Unterkunft leer stand. Morris sah das zwar nicht direkt als Verkaufsargument, aber O'Shea war offenbar der Meinung, daß der den Räumen anhaftende Gefühlswert einem Amerikaner, der aus dem Schoß seiner Familie gerissen worden war, mindestens fünf Dollar zusätzlich pro Woche wert sein müßte. Er zeigte Morris den Sessel, in dem seine Mutter der tödliche Schlag ereilt hatte, federte auf der Matratze, um ihre Elastizität zu demonstrieren, und konnte gleichzeitig kummervoll seufzend darüber reflektieren, daß noch kaum ein Monat vergangen war, seit sein geliebtes Mütterlein von eben dieser Lagerstatt aus in den himmlischen Frieden berufen worden war.

Morris hatte die Wohnung wegen der Zentralheizung genommen. Es war die erste der von ihm besichtigten Behausungen, die mit dieser segensreichen Einrichtung ausgestattet war. Allerdings stellte sich heraus, daß es sich dabei um ein System handelte, dessen elektrische Speicheröfen widernatürlich und unveränderlich so programmiert waren, daß sie auf Hochtouren liefen, wenn man schlief, sich ausschalteten, sobald man aufstand, und von da ab einen immer spärlicher werdenden lauwarmen Luftstrom in die frostige Atmosphäre entließen, bis man am liebsten sofort wieder ins Bett gestiegen wäre. Dieses System war, wie Dr. O'Shea erläuterte, außerordentlich sparsam, weil es mit Strom zu halbem Preis arbeitete. Trotzdem, fand Morris, war es ein kostspieliges Verfahren, im Bett ins Schwitzen zu kommen. Zum Glück war die Wohnung außerdem noch mit antiquierten Gasöfen ausgerüstet, und wenn er die den ganzen Tag auf der höchsten Stufe laufen ließ, erreichte er eine einigermaßen erträgliche Temperatur, die O'Shea offenbar als übertrieben empfand. Jedenfalls legte er sich, wenn er Morris' Wohnung betrat, immer schützend den Arm vors Gesicht wie jemand, der in ein brennendes Haus stürmt.

Die ersten Tage in Rummidge verbrachte Morris vornehmlich mit der Suche nach Wärme. Als er am ersten Morgen in dem gruftähnlichen Hotelzimmer aufgewacht war, das er sich nach seiner Ankunft in Rummidge genommen hatte, sah er seinem Mund weiße Dampfwolken entströmen. Das war ihm im Zimmer noch nie passiert, und seine erste Vermutung war, er sei irgendwie in Brand geraten. Nachdem er mit seinen Siebensachen bei den O'Sheas Einzug gehalten hatte, packte er den kleinen Kühlschrank mit Tiefkühlmenüs voll, schloß die Wohnungstür ab, drehte alle Gasöfen hoch und verbrachte zwei Tage damit, aufzutauen. Erst dann fühlte er sich stark genug, den Campus von Rummidge zu erkunden und sich dem Fachbereich Anglistik vorzustellen.

Philip Swallow hatte es eiliger, seinen Arbeitsplatz kennenzulernen. Schon am ersten Morgen machte er sich, nach einem köstlichen Frühstück mit Orangensaft, gebratenem Schinkenspeck, Pfannkuchen und Ahornsirup (Ahornsirup! Wie beglückend war die Wiederentdeckung solch vergessener Gaumenfreuden!) auf die Suche nach Dealer Hall, wo die Anglisten saßen. Es regnete wie schon am Vortag, was Philip zunächst enttäuscht hatte. In seiner Erinnerung herrschte in Euphoria ewiger Sonnenschein, und er hatte vergessen, vielleicht nie gewußt, daß es dort in den Wintermonaten eine Regenzeit gab. Aber es war ein weicher, sanfter Regen, und die Luft war warm und wohlriechend. Das Gras war grün, Bäume und Büsche voll belaubt, manche trugen auch Blüten und Früchte. Es gab keinen richtigen Winter in Euphoria, der Herbst reichte dem Frühling und dem Sommer die Hand, und so tanzten sie das ganze Jahr über, zur fröhlichen Verwirrung der Pflanzenwelt, eine Gigue zu dritt. Philip spürte, wie sein Herz im Takt mit dem heiteren Rhythmus schlug.

Dealer Hall, ein großer, kantiger Bau in neoklassizistischem Stil, war schnell gefunden. Am Betreten aber hinderte ihn ein Kordon von Campus-Polizei. Studenten und Lehrer wimmelten draußen herum, und ein langhaariger Jüngling mit einem KÄMPFT FÜR KROOP-Button am Aufschlag seiner Wildlederjacke teilte Philip mit, man suche im Haus nach einer angeblich in der Nacht dort deponierten Bombe, was mehrere Stunden dauern könne. Doch als er sich gerade zum Gehen wandte, endete die Bombensuche jäh mit einer dumpfen Explosion in einem der oberen Stockwerke und dem Klirren von Glas.

Wie Morris Zapp viel später erfuhr, machte er bei seinem ersten Auftritt im Fachbereich Anglistik der Universität Rummidge einen schlechten Eindruck. Die Sekretärin, Alice Slade, entdeckte ihn, als sie mit ihrer Freundin, Miss Mackintosh von den Ägyptologen, von der Kaffeepause kam, wie er gekrümmt, hustend und hechelnd vor dem Schwarzen Brett stand und Zigarrenasche in der Gegend verstreute. Miss Slade meinte, dies müsse ein Student reiferen Alters sein, der von einem Anfall heimgesucht wurde, und bat Miss Mackintosh, rasch den Hausmeister zu holen, aber Miss Mackintosh erlaubte sich die Bemerkung, er lache wohl nur. So war es in der Tat. Das Schwarze Brett erinnerte Morris entfernt an das Frühwerk von Robert Rauschenberg: eine mit Reißnägeln angezwackte Collage der verschiedenartigsten Papierschnitzel – Bogen mit gedrucktem Briefkopf, Notizblockseiten, Begleitformblätter, aus Kollegheften gefetzte Seiten, gewendete Umschläge, Rückseiten von Rechnungen, ja sogar Packpapierfragmente, an denen noch Klebestreifen hingen –, sämtlich versehen mit mysteriösen Botschaften des Kollegiums an die Studenten, Seminare, Treffpunkte, Aufgaben und Bücher betreffend, in einer Vielzahl kaum lesbarer Schriften mit Bleistift, Tinte und farbigem Kugelschreiber gekritzelt. Das Ende der Gutenberg-Ära war hier offensichtlich kein Thema, hier befand man sich noch in einer lupenreinen Handschriftenkultur. Morris fühlte sich MacLuhan plötzlich ein gutes Stück näher. Dieses Schwarze Brett hatte entschieden einen taktilen Reiz, man verspürte Lust, die Hand auszustrecken und die rauhe, unregelmäßige Oberfläche zu berühren. Als Informationsträger war es das Komischste, was ihm seit Jahren untergekommen war.

Morris lachte noch immer leise in sich hinein, als ihn die miniberockte Sekretärin, hin und wieder – ein wenig nervös, wie ihm schien – über die Schulter blickend, durch den Gang zu seinem Zimmer führte. In den Gängen der Dealer Hall kam man sich vor wie in einer Ruhmeshalle der Modern Languages Association, hier aber trug kein Schild einen Morris Zapp bekannten Namen, bis Miss Slade vor einer Tür haltmachte, an der geschrieben stand: MR. P. H. SWALLOW. Leise regte sich eine Erinnerung, aber während Miss Slade sich mit dem Schlüssel mühte (ziemlich wibbelig, die Kleine), fiel Morris ein, daß er den Namen noch nie isoliert, sondern nur in dem Schriftwechsel über seine Reise gelesen hatte. Swallow war sein Austauschpartner. Er erinnerte sich, wie Luke Hogan, der augenblickliche Fachbereichsvorsitzende in Euphoria, einen Brief Swallows in der Riesentatze gehalten hatte (auch handgeschrieben, fiel ihm ein) und in dem schleppenden Tonfall des Montana-Cowboys geklagt hatte: »Herrgott, Morris, was sollen wir bloß mit diesem Typ anfangen? Er hat angeblich kein Fachgebiet.« Morris hatte empfohlen, ihm Englisch 99 zu geben, eine Einführung in literarische Gattungen und die Methodik der Literaturkritik für Studenten mit Hauptfach Englisch, und Englisch 305, ein Seminar über die Technik des Romanschreibens. Da der sogenannte Campusschreiber der Euphoric State, Garth Robinson, dank eines fast ununterbrochenen Kreislaufs von Stipendien, Auslandsreisen, Urlaubsseminaren und Entziehungskuren sehr selten auf dem Campus zu finden war, blieb Englisch 305 gewöhnlich an einem widerstrebenden und nicht hinreichend qualifizierten Mitglied des Kollegiums hängen. »Wenn er bei Englisch 305 Mist baut«, hatte Morris bemerkt, »fällt das überhaupt nicht auf. Und Englisch 99 müßte selbst der dümmste Dr. phil. schaffen.«

»Er hat aber gar keinen Dr. phil.«, sagte Hogan.

»Das darf doch nicht wahr sein.«

»Die haben in England ein anderes System, Morris. Der Dr. phil. ist nicht so wichtig.«

»Soll das heißen, daß die Jobs dort erblich sind?«

Bei diesen Reminiszenzen fiel Morris auch ein, daß er bis zu seinem Abflug aus Euphoria den Rummidger Kollegen keinerlei Informationen über sein Unterrichtsprogramm hatte entlocken können.

Die Sekretärin hatte endlich die Tür aufgebracht, Morris trat ein und war angenehm überrascht. Das Zimmer war groß und gemütlich eingerichtet mit Schreibtisch, Tisch, Stühlen und Bücherregalen aus dem gleichen polierten Holz, einem Sessel und einem sehr ordentlichen Teppich. Vor allem war es warm. Morris Zapp sollte in den ersten Rummidger Wochen immer wieder auf dieses überraschende Paradox öffentlichen Wohlstands und privaten Elends treffen, wie er es auszudrücken pflegte. Der häusliche Lebensstandard der Hochschullehrer von Rummidge lag weit unter dem ihrer Kollegen an der Euphoric State, aber selbst der kleinste Assistent hatte hier ein großes Büro für sich; das Staff House glich einem Hilton und stellte den Faculty Club der Euphoric State in den Schatten. Auch das Gebäude, in dem Morris untergebracht war, besaß einen geräumigen, behaglichen Aufenthaltsraum, der nur dem Kollegium vorbehalten war und in dem einem zwei mütterliche weibliche Wesen frisch gebrauten Kaffee und Tee in echten Porzellantassen mit Untertasse kredenzten, während Dealer Hall nur über ein kleines, mit Pappbechern und Zigarettenstummeln verunziertes Kabuff verfügte, in dem man sich selbst einen Schnellkaffee aufgießen konnte, der wie heißes Desinfektionsmittel schmeckte. »Öffentlicher Wohlstand« war vielleicht zu schmeichelhaft für Rummidge, und der Sozialismus, von dem er so viel gehört hatte, war es wohl auch nicht, der hier zum Tragen kam. Es war mehr wie eine schmale Zwischenschicht von Privilegien, die ein Leben voller Trostlosigkeit und Entbehrungen durchzog. Wenn der britische Hochschullehrer sonst schon nichts hatte, so sollte er wenigstens ein eigenes Zimmer haben, in dem er sitzen und in Ruhe seine Zeitung lesen konnte, sowie ein Klo, zu dem Studenten keinen Zutritt hatten. Das schien der Grundgedanke dieses Systems zu sein. Doch zu solchen zusammenhängenden Überlegungen war Morris Zapp noch nicht fähig, als er sich zum erstenmal in Philip Swallows Zimmer umsah. Der Kulturschock war noch nicht verkraftet, und es schwindelte ihn leicht, als er vor dem Fenster den vertrauten Campanile der Euphoric State sah, der sich aber seinem Blick zornrot präsentierte und auf die Hälfte seiner gewohnten Größe geschrumpft war wie ein abgeschlaffter Penis.

»Es ist ein bißchen stickig hier drin«, sagte die Sekretärin und machte Anstalten, das Fenster zu öffnen. Morris, der sich bereits an der wohligen Wärme der Heizkörper delektierte, trat, ungeschickt in seiner Hast, an sie heran, um sie an ihrer Absicht zu hindern. Sie schreckte zurück, als habe er versucht, ihr mit der Hand unter den Rock zu fahren. Das wäre im übrigen bei der knapp bemessenen Rocklänge keine Kunst gewesen, es hätte ihm sogar ganz aus Versehen passieren können, beim Händeschütteln beispielsweise. Er versuchte, ihr durch leichte Konversation die Nervosität zu nehmen.

»Nicht viel los heute auf dem Campus, wie?«

Sie starrte ihn an wie den Mann vom Mars. »Wir haben Ferien.«

»Ah so. Ist Professor Masters da?«

»Nein, der kommt erst zu Beginn des Trimesters zurück, er ist in Ungarn.«

»Auf einer Tagung?«

»Auf der Wildschweinjagd, soviel ich weiß.«

Morris überlegte, ob er sich vielleicht verhört hatte, hakte aber lieber nicht mehr nach. »Und die anderen Professoren?«

»Wir haben nur den einen.«

»Die anderen Kollegen, meine ich.«

»Wir haben Ferien«, wiederholte sie nachsichtig, als habe sie ein schwachsinniges Kind vor sich. »Der eine oder andere kommt gelegentlich mal vorbei, aber heute vormittag hab ich noch keinen gesehen.«

»Mit wem kann ich über mein Lehrprogramm sprechen?«

»Dr. Busby hat neulich mal was darüber gesagt…«

Pause.

»Ja?« half Morris nach.

»Ich hab's vergessen«, sagte die Sekretärin deprimiert. »Im Sommer hör ich hier auf, ich heirate«, fügte sie hinzu, als habe sie sich für diesen Schritt als einzigen Ausweg aus einer hoffnungslosen Situation entschlossen.

»Herzlichen Glückwunsch. Gibt's vielleicht irgendwo eine Akte über mich?«

»Möglich. Ich könnte ja mal nachsehen.« Sie war offenbar froh über die Möglichkeit, ihm zu entrinnen, und ließ Morris allein.

Er setzte sich an den Schreibtisch. In der rechten oberen Schublade lag ein Umschlag, auf dem sein Name stand. Er enthielt einen langen handgeschriebenen Brief von Philip Swallow.

»Lieber Professor Zapp,

soviel ich weiß, werden Sie mein Zimmer benutzen, während Sie hier sind. Den Schlüssel zum Aktenschrank habe ich leider verloren, wenn Sie also was wirklich Vertrauliches haben, würde ich Ihnen raten, es unter den Teppich zu legen, so mache ich es immer. Meine Bücher stehen Ihnen selbstverständlich zur Verfügung, allerdings wäre ich Ihnen dankbar, wenn Sie sie nicht an Studenten ausleihen würden, die können es nämlich nicht lassen, darin herumzuschmieren.

Wie mir Busby sagt, werden Sie wahrscheinlich meine Tutorien übernehmen. Die für das zweite Studienjahr sind ziemlich harte Brocken, aber die Leutchen aus dem ersten Jahr sind ganz aufgeweckt, und die beiden Gruppen aus dem letzten Studienjahr sind wirklich recht interessant. Es gibt da ein paar Punkte, auf die ich Sie aufmerksam machen möchte. Brenda Archer leidet stark unter prämenstruellen Spannungen, wundern Sie sich also nicht, wenn sie hin und wieder in Tränen ausbricht. Mit der zweiten

Gruppe aus dem dritten Jahr ist es ein bißchen schwierig, weil Robin Kenworth der Freund von Alice Murphy war, aber inzwischen geht er mit Miranda Watkins, und da sie alle in der gleichen Gruppe sind, ist die Atmosphäre möglicherweise etwas gespannt...«

In dieser Tonart ging es noch über mehrere Seiten weiter; die emotionalen, psychologischen und physiologischen Eigenheiten der Studenten wurden in liebevollem Detail erörtert. Morris las den Brief mit zunehmender Verwirrung. Was war das für ein Typ, der offenbar über seine Studentinnen und Studenten mehr wußte als deren Mütter? Und dem sie, so schien es, auch mehr am Herzen lagen?

Er machte die anderen Schubladen auf in der Hoffnung, weitere Hinweise auf den Charakter dieses exzentrischen Menschen zu finden, aber sie waren leer, bis auf eine, die ein Stück Kreide, einen kaputten Kugelschreiber, zwei verbogene Pfeifenreiniger und eine Dose beherbergte, in der mal eine Unze Pfeifentabak gewesen war, Three Nuns Empire Blend. Sherlock Holmes hätte mit diesen Fingerzeigen vielleicht etwas anfangen können. Als nächstes nahm sich Morris die Einbauschränke und Bücherregale vor. Die Bücher bestätigten Swallows Bekenntnis, er habe kein Spezialgebiet. Es war eine gemischte Auswahl englischer Literatur mit einem schmalen Kontingent moderner Literaturkritik, wobei Morris' Werke durch Abwesenheit glänzten. Die Schränke waren ebenfalls leer. Ein Fach lag so hoch, daß er nicht heranreichte, und eben diese Unzugänglichkeit überzeugte Morris davon, daß sich dort die Offenbarung verbarg, nach der er suchte – ein Dutzend leere Ginflaschen etwa oder eine Kollektion von Damenunterwäsche. Er schwang sich auf einen Stuhl, um an den Riegel der Schiebetür zu kommen. Der Riegel klemmte, und das ganze Regal geriet gefährlich ins Wanken, als er daran ruckelte. Plötzlich aber gab der Riegel nach, und hundertsiebenundfünfzig leere Tabakdosen, Three Nuns Empire Blend, fielen ihm auf den Kopf.

»Sie haben Zimmer Nummer 426«, sagte Mabel Lee, die zierliche asiatische Sekretärin. »Das ist Professor Zapps Zimmer.«

»Ja«, meinte Philip. »Dafür bekommt er meins in Rummidge.«

Mabel Lee lächelte liebenswürdig, aber zerstreut wie eine Stewardeß, an die sie mit ihrer adretten weißen Bluse und dem roten Trägerkleid auch sonst erinnerte. Das Sekretariat war voller Leute, die eben erst das Haus hatten betreten dürfen und laut über die Bombe diskutierten. Sie war in der Herrentoilette im vierten Stock explodiert. Die Anwesenden suchten zu ziemlich gleichen Teilen die Schuld bei den Dritte-Welt-Studenten, die für das kommende Quartal einen Streik angedroht hatten, und Polizeiprovokateuren, die es darauf angelegt hatten, die Dritte-Welt-Studenten und ihren Streik in Mißkredit zu bringen. Der Wortwechsel war erregt, aber ohne den Unterton von Empörung und Angst, den Philip eigentlich erwartet hatte.

»Passiert so was hier öfter?« fragte er.

»Wie? Ja, doch. Das heißt, in Dealer ist es wohl die erste Bombe.« Mit diesem zweifelhaften Trost überreichte Mabel Lee ihm die Schlüssel zu seinem Zimmer und blätterte einen Stoß von Formularen und Broschüren auf den Tresen, der den Raum unterteilte: »Ausweis, bitte nicht die Unterschrift vergessen, Antrag für Parkplatzbenutzung, Unterlagen über Krankenversicherung, bitte einen Versicherungsträger auswählen, Antrag für Leih-Schreibmaschine wahlweise elektrisch oder mechanisch, Seminarhandbuch, Antrag auf Einkommensteuerbefreiung, Schlüssel zum Aufzug, Schlüssel zum Xerox-Raum, bitte ins Buch eintragen, wenn Sie fotokopiert haben... Ich sage Professor Hogan Bescheid, daß Sie da sind«, schloß sie. »Im Augenblick hat er den Feuerwehrchef da, aber er ruft Sie an.«

Philip fand sein Zimmer im vierten Stock. Ein fahlgesichtiger Jüngling mit krausem Haarschopf hockte davor und rauchte eine Zigarette. Er trug eine Army-Kampfjacke mit Tarnmuster, und Philip dachte unwillkürlich, daß er genau so aussah, wie er sich einen Bombenleger vorgestellt hatte. Als Philip den Schlüssel ins Sicherheitsschloß steckte, rappelte sich der Jüngling hoch. Ein Button an seinem Jackenaufschlag verkündete in Leuchtfarbe: KÄMPFT FÜR KROOP.

»Professor Swallow?«

»Ja?«

»Könnte ich Sie sprechen?«

»Jetzt?«

»Wär schon toll.«

»Ich bin ja eben erst angekommen ...«

»Sie müssen zweimal rumschließen.«

Das stimmte. Die Tür sprang unvermittelt auf, Philip entfiel ein Teil seiner Papiere, der junge Mann hob sie gewandt auf und nutzte die Gelegenheit, ihm zu folgen. Der Raum war stickig und roch nach Zigarren. Philip riß das Fenster auf und stellte erfreut fest, daß es auf einen schmalen Balkon hinausging.

»Nette Aussicht«, sagte der Jüngling, der sich lautlos an ihn herangepirscht hatte. Philip fuhr zusammen. »Was kann ich für Sie tun, Mr. – äh –«

»Smith. Wily Smith.«

Wily hockte sich auf die einzige freie Ecke der von Büchern bedeckten Schreibtischplatte. Philips erster Gedanke war, daß es recht rücksichtslos von diesem Zapp war, in seinem Zimmer eine derartige Unordnung zu hinterlassen. Dann erst merkte er, daß viele Bücher noch verpackt und an ihn, Philip Swallow, adressiert waren.

»Ach du gütiger Strohsack«, sagte er.

»Ist was, Professor Swallow?«

»Wo kommen die denn her?«

»Von den Verlagen. Die sind doch alle scharf drauf, daß Sie die Bücher in Ihren Seminaren lesen lassen.«

»Und wenn ich das nicht tue?«

»Behalten Sie die Bücher trotzdem. Oder verkaufen das Zeug. Ich kenn da einen Typ, der gibt Ihnen fünfzig Prozent vom Listenpreis ...«

»Nein, nein«, protestierte Philip und riß gierig das Packpapier von großen, schweren Anthologien und schlanken, verlockenden Paperbacks. Bücher bekam er in England nur ganz selten mal umsonst, und der Anblick so reicher Beute ließ ein leichtes Schwindelgefühl in ihm aufkommen. Er wünschte Wily Smith weit weg, auf daß er sich ungestört an seinen Schätzen weiden konnte.

»Worüber wollten Sie mit mir sprechen, Mr. Smith?«

»Sie machen nächstes Quartal Englisch 305, nicht?«

»Ich weiß überhaupt noch nichts über meine Seminare. Was ist Englisch 305?«

»Technik des Romanschreibens.«

Philip lachte. »Nein, da sind Sie bei mir bestimmt an der falschen Adresse. Nicht um Geld und gute Worte würde ich einen Roman zustandebringen.«

Wily Smith runzelte die Stirn, griff in seine Kampfjacke und holte – nicht, wie Philip gefürchtet hatte, eine Bombe, sondern ein Vorlesungsverzeichnis hervor. »Englisch 305«, las er vor, »ein Seminar für Fortgeschrittene zur Abfassung längerer narrativer Texte. Beschränkte Teilnehmerzahl. Winterquartal: Professor Philip Swallow.«

Philip nahm ihm das Verzeichnis aus der Hand und las selbst. »Ach du gütiger Strohsack«, sagte er matt. »Dagegen muß ich sofort was unternehmen.«

Mit Hilfe von Wily Smith bekam er den Fachbereichsvorsitzenden an den Apparat.

»Professor Hogan, es tut mir leid, daß ich Sie gleich belästigen muß, aber –«

»Mr. Swallow«, dröhnte Hogans Stimme. »Freut mich sehr, daß Sie angekommen sind. Guten Flug gehabt?«

»Nicht schlecht, danke. Ich –«

»Na wunderbar. Wo wohnen Sie denn, Mr. Swallow?«

»Im Faculty Club, bis ich –«

»Wunderbar, ganz wunderbar, Mr. Swallow. Wir müssen uns bald mal zum Essen zusammensetzen.«

»Das wäre sehr nett, aber was ich –«

»Na wunderbar. Da fällt mir ein, Mrs. Hogan und ich haben am Sonntag ein paar Leute auf einen Drink bei uns, gegen fünf, wären Sie da frei?«

»Ja, vielen Dank, und wegen meiner Seminare –«

»Wunderbar, ganz wunderbar. Und wie leben Sie sich so ein, Mr. Swallow?«

»Danke, gut«, sagte Philip mechanisch. »Ich meine, nein, das heißt –« Aber es war schon zu spät. Mit einem letzten »Wunderbar!« hatte Hogan aufgelegt.

»Nehmen Sie mich für das Seminar?« fragte Wily Smith.

»Ich würde Ihnen dringend abraten«, sagte Philip. »Weshalb sind Sie überhaupt so scharf darauf?«

»Ja, also ich will einen Roman schreiben. Über einen schwarzen Boy, der im Getto aufwächst –«

»Ist das denn nicht sehr schwierig?« wandte Philip ein. »Ich meine, wenn man nicht selber –«

Er zögerte. Charles Boon hatte ihn darüber belehrt, daß man heute korrekterweise »schwarz« sagte, aber es fiel ihm schwer, ein Wort über die Lippen zu bringen, das in Rummidge mit krudesten Rassenvorurteilen behaftet war. »Wenn man nicht selbst die Erfahrung gemacht hat«, korrigierte er sich.

»Das geht klar. Die Story ist autobiographisch. Mir fehlt nur die Technik.«

»Autobiographisch?« Philip musterte den Jüngling mit leicht verengten Augen und schief gelegtem Kopf. Wily Smith sah so aus wie Philip eine Woche nach den Sommerferien, wenn die Bräune allmählich verblaßte und schon einen leichten Gelbstich hatte. »Bestimmt?«

»Na klar doch«, bekräftigte Wily deutlich verletzt, um nicht zu sagen gekränkt.

Philip wechselte rasch das Thema. »Sagen Sie, dieser Button, den Sie da tragen ... Was ist eigentlich Kroop?«

Wie sich herausstellte, gab es an der Euphoric State einen Dozenten namens Kroop, dessen Festanstellung vor kurzem abgelehnt worden war. »Aber die Basis bemüht sich darum, ihn hierzubehalten«, erläuterte Wily. »Er ist nämlich als Lehrer echt heiß, und seine Seminare sind unheimlich beliebt. Die Profs behaupten, daß er nicht genug veröffentlicht hat, aber das ist bei denen bloß Neid, weil er im ›Seminar-Info‹ eine so tolle Beurteilung gekriegt hat.«

Schon wieder ein neuer Begriff. Er erwies sich als eine Art Verbraucherinformation über Lehrende und Lehrveranstaltungen, zusammengestellt aufgrund von Fragebögen, die im vorigen Semester an die Studenten verteilt worden waren. Wily zog die neueste Nummer aus seinen aufnahmefähigen Taschen.

»Sie sind natürlich noch nicht drin, Professor Swallow, dafür aber dann im nächsten Quartal.«

Philip schlug das Heft aufs Geratewohl auf.

Englisch 142. Klassizistische Schäferidyllen. Dozent Howard Ringbaum. Anfänger und Fortgeschrittene. Begrenzte Teilnehmerzahl.
Die meisten Berichte stimmen darin überein, daß Ringbaum

wenig dazu tut, sein Thema fesselnd zu gestalten. Hier ein Kommentar: »Er kennt sich in der Materie offenbar gut aus, nimmt aber Fragen und Diskussion krumm, weil sie seinen Gedankengang unterbrechen.« Ringbaum zensiert streng und ist, wie es in einer Bewertung heißt, »ein Freund tückischer Quizfragen«.

»Die nehmen wahrhaftig kein Blatt vor den Mund.« Philip lächelte leicht verängstigt und blätterte weiter.

Englisch 213. Der Tod des Buches? Kommunikation und Krise in der zeitgenössischen Kultur. Dozent Karl Kroop. Begrenzte Teilnehmerzahl.
Recht beliebter interdisziplinärer Multi-Media-Trip, lohnt frühes Aufstehen am Einschreibetag. »MacLuhan sieht im Vergleich dazu alt aus«, heißt es in einem Kommentar, und ein anderer schwärmt: »Das aufregendste Seminar, das ich je belegt habe.« Happige Leselisten, aber flexibles Benotungssystem. Kroop interessiert sich für seine Studenten, ist immer greifbar.

»Wer gibt dieses Info heraus?« erkundigte sich Philip.
»Ich«, sagte Wily Smith. »Nehmen Sie mich für das Seminar?«
»Ich werd's mir überlegen.« Philip schmökerte weiter.

Englisch 350. Jane Austen und die Theorie der Prosa. Professor Morris J. Zapp. Graduiertenseminar. Begrenzte Teilnehmerzahl.
Bewertung dieses Seminars überwiegend positiv. Unseren Berichten zufolge ist Zapp eitel und sarkastisch und zensiert streng, ist aber geistreich und anregend. »Bei dem ist Jane Austen einfach stark«, hieß es in einem Kommentar. Teilnahme nur für Einserstudenten sinnvoll.

Miss Slade hatte gerade bei Morris Zapp klopfen und ihm melden wollen, daß nichts über sein Lehrprogramm in der Akte stand, als sie die hundertsiebenundfünfzig Tabaksdosen aus dem Wandschrank poltern hörte. Er lauschte den in panischer Angst über den Gang stöckelnden hohen Hacken. Sie kam nicht wieder. Auch sonst störte niemand seine Einsamkeit.

Morris ging fast jeden Tag in die Uni, um an seinem Kommentar von *Verstand und Gefühl* zu arbeiten, und zunächst genoß er die paradiesische Ruhe, aber nach einer Weile empfand er diesen Zustand als eher bedrückend. In Euphoria wurde er ständig von Studenten, Kollegen, Verwaltungskräften und Sekretärinnen bedrängt. Daß er in Rummidge nicht so gefragt sein würde – jedenfalls nicht gleich – war ihm schon klar gewesen, aber er hatte eigentlich damit gerechnet, daß die Kollegen sich vorstellen, ihn herumführen, ihm mit Rat und Tat zur Seite stehen würden, wie sich das einem Gast gegenüber gehört. Ohne falsche Bescheidenheit hielt sich Morris für den größten Fisch, der je in diesem akademischen Tümpel herumgeschwommen war, und er hatte sich darauf eingestellt, daß sein Kommen einen fast übertriebenen Wirbel und brennende Neugier auslösen würde. Als nichts dergleichen sich anbahnte, wußte er nicht, wie er sich verhalten sollte. Die in der Jugend gepflegte Kunst, sich seiner Umwelt nachdrücklich bemerkbar zu machen, hatte er verlernt. Er war es inzwischen gewöhnt, daß andere die Initiativen an ihn herantrugen, aber Initiativen gab es hier nicht.

Als der Beginn des Trimesters näherrückte, verloren die Gänge etwas von ihrer grabesgleichen Stille und menschenleeren Verlassenheit. Nach und nach trudelten die Kollegen ein. Morris hörte an seinem Schreibtisch, wie sie auf dem Gang vorbeigingen, sich begrüßten, lachten, Türen auf- und zumachten. Doch wenn er sich selber einmal auf den Gang hinauswagte, schienen sie einen Bogen um ihn zu machen, verschwanden schleunigst in ihren Zimmern oder sahen durch ihn hindurch, als sei er der Heizungsmonteur. Als er gerade den verzweifelten Entschluß gefaßt hatte, seinen britischen Kollegen auf dem Weg zur Kaffeepause hinter seiner Tür aufzulauern und sie in sein Büro zu zerren, begannen sie von seiner Anwesenheit in einer Art Kenntnis zu nehmen, die auf lange, aber nicht enge Bekanntschaft schließen ließ, lächelten ihm flüchtig zu, wenn sie an ihm vorbeikamen, und nickten, ohne stehenzubleiben oder ihr Gespräch zu unterbrechen. Diese neue Variante ließ darauf schließen, daß sie sehr wohl wußten, wer er war, so daß eine Vorstellung seinerseits überflüssig war, während sie ihm andererseits keine Handhabe für eine Vertiefung der Beziehung bot. In Morris wuchs die Überzeugung, er würde seine Zeit in Rummidge absitzen, ohne daß jemand ihn ansprach. Sie würden ihn ein halbes Jahr grinsend und nickend auf Distanz halten, und dann würden die Wellen über ihm zusammenschlagen, und der Tümpel würde wieder glatt wie ein Spiegel daliegen, als habe es ihn, Morris Zapp, nie gegeben.

Morris fand diese Behandlung äußerst belastend. Seine Stimmwerkzeuge litten unter dem Nichtgebrauch. Wenn er einmal etwas sagte – was selten genug war –, kam ihm seine Stimme fremd und heiser vor. Er tigerte in seinem Büro herum wie ein Gefangener in der Zelle und zermarterte sich das Hirn, womit er das verdient hatte. Roch sein Atem schlecht? Hielt man ihn für einen CIA-Agenten?

In seiner Abgeschiedenheit suchte Morris instinktiv Trost bei den Medien. Seit jeher war er radio- und fernsehsüchtig, er hatte ein Radio in seinem Büro an der Euphoric State, das immer auf seinen Lieblingssender eingestellt war und ihn vornehmlich mit Rock und Soul belieferte, und zu Hause standen in seinem Arbeitszimmer und im Wohnzimmer je ein Farbfernseher, weil er sich mit dem Arbeiten leichter tat, wenn gleichzeitig eine Sportsendung lief. (Bei Baseball flossen ihm die Worte am besten zu, aber Football, Hockey und Basketball taten es auch). Er mietete bald nach seiner Ankunft in Rummidge einen Farbfernseher, aber was der ihm ins Haus brachte, war enttäuschend. Auf der Mattscheibe erschienen hauptsächlich die Verfilmungen von Büchern, die er schon kannte, und amerikanische Serien, die er bereits gesehen hatte. Begreiflicherweise wurden ihm weder Baseball noch Football, Hockey oder Basketball geboten. Dafür gab es Fußballübertragungen, für die er sich mit der Zeit vielleicht würde erwärmen können – er witterte die für einen echten Zuschauersport typische Mischung aus Gift, Galle und Geschicklichkeit –, aber die den Kickern zugebilligte Sendezeit war eher dürftig. Für den Samstagnachmittag verhieß die Programmvorschau vier Stunden Sport, und er hatte sich zuerst erwartungsvoll vor den Apparat gesetzt, mußte aber bald feststellen, daß hier offenbar eine Verschwörung im Gange war, die Bevölkerung aus dem Haus ins Fußballstadion, in den Supermarkt oder sonstwohin zu treiben, statt sie mit der nahtlos aufeinanderfolgenden Übertragung eines Bogenschießwettbewerbs für Damen, der Bezirksschwimmeisterschaften, eines Wettangelns und eines Tischtennisturniers an den Bildschirm zu fesseln. Er schaltete auf den anderen Kanal, wo ihm, soweit er das durch den Schneeregen erkennen konnte, ein Querfeldeinlauf für Rollstuhlfahrer geboten wurde.

Er verlebte kurze Flitterwochen mit Radio One, aus denen sich eine Art sado-masochistischer Ehe entwickelte. Als er an jenem Morgen mit einer Dampfwolke vor dem Mund in seinem Rummidger Hotelzimmer aufgewacht war, hatte er in seinem Transistorradio eine Sendung gehört, die er zunächst für eine äußerst gelungene Parodie der schlimmsten Sorte amerikanischer Mittelwellensender gehalten hatte, in denen nach dem simplen, aber wirkungsvollen Prinzip nichtkommerzieller Werbung gearbeitet wurde. Statt einer Produktwerbung betrieb der Moderator Reklame für sich selber, indem er pausenlos blühenden Unsinn verzapfte, der beweisen sollte, was für ein munteres, amüsantes und liebenswertes Kerlchen er doch war. Dazwischen machte er Reklame für seine Hörer, deren Namen und Adressen, manchmal auch Geburtstage und Autonummern er über den Sender gehen ließ. Hin und wieder spielte er ein Liedchen, in dem er sich selber lobte, oder berichtete im Ton erbarmungslosen Frohsinns von einer Massenkarambolage auf der Autobahn. Für normale Musik blieb kaum Zeit. Die Sendung war wirklich irrsinnig komisch, fand Morris, der gebannt zuhörte, auch wenn es eigentlich noch ein bißchen früh am Tag für Satire war. Die Sendung ging zu Ende, die nächste lief nach genau dem gleichen Strickmuster ab – und Morris erfaßte leichte Unruhe. Die Briten konnten offenbar den Hals von Persiflagen nicht vollkriegen, selbst der Wetterbericht war noch eine Art Ulk, er sagte jede nur denkbare Wetterkombination für die nächsten vierundzwanzig Stunden voraus, ohne irgendwelche konkreten Angaben zu machen, nicht mal, was die derzeitige Temperatur betraf. Erst nach vier aufeinanderfolgenden Sendungen gleicher Spielart – narzißtisches Gelaber des Moderators, Namen- und Adressenlisten, sinnlose Werbesprüche ohne Werbung – dämmerte ihm die grausige Wahrheit: Radio One war immer so.

Morris' einziger menschlicher Kontakt in diesen Tagen der Einsamkeit war Dr. O'Shea, der Morris aufsuchte, um sich an dem Farbfernseher zu ergötzen und seinen Whisky zu trinken, vielleicht auch, um für eine Stunde den Freuden des Familienlebens zu entkommen, denn er klopfte stets leise und trat auf

Zehenspitzen ein, bedeutungsvoll zwinkernd und warnend den Finger hebend, als wolle er Morris am Sprechen hindern, bis die Tür sich hinter den Dr. O'Shea die Stiege hinauf verfolgenden Jammerlauten von Mrs. O'Shea und ihrer Kinderschar geschlossen hatte. Aus O'Shea wurde Morris nicht schlau. Er sah ganz und gar nicht aus wie ein Arzt. Die Ärzte, die Morris kannte, waren gepflegte, wohlhabende Herren, die weit und breit die größten Schlitten fuhren und die feinsten Häuser hatten. O'Shea hingegen trug einen ausgebeulten, fadenscheinigen Anzug und ausgefranste Hemden, er fuhr einen klapprigen alten Wagen, und man sah ihm an, daß er zu wenig Schlaf, Geld und Spaß hatte – dafür um so mehr Sorgen. Umgekehrt schienen Morris Zapps eher bescheidene äußere Anzeichen von Wohlstand in dem Arzt eine Art neiderfüllter Ehrfurcht zu wecken, als hätte sein Auge noch nie solche Fülle geschaut. Respektvoll und begehrlich zugleich betrachtete er Morris' japanischen Kassettenrekorder, so wie im vorigen Jahrhundert ein Wilder die Zunderbüchse eines Missionars betrachtet haben mochte. Er staunte sicherlich über einen Zeitgenossen, der so viele Hemden sein eigen nannte, daß er sie halbdutzendweise zur Wäscherei geben konnte. Und als Morris ihm einen Drink anbot, war es ihm fast (aber nur fast) unmöglich, sich zwischen drei Whiskysorten zu entscheiden. Ächzend und brabbelnd las er die Etiketten: »Heilige Mutter Gottes, ja, was haben wir denn da, Old Grandad Genuine Kentucky Bourbon, und das steht nun so hier rum, als wenn's gar nichts wär, ja ist denn das die Menschenmöglichkeit ...«

Der Anschluß des Farbfernsehers war Dr. O'Shea arg an die Nerven gegangen. Er folgte den Trägern die Treppe hinauf und lief ihnen beim Aufstellen des Gerätes vor den Füßen herum, und als sie weg waren, saß er stundenlang vor dem Testbild, wobei er ab und zu aufstand und die Hand andächtig auf das Gehäuse legte, als erhoffe er sich einen besonderen Segen von der Berührung. »Also wenn ich es nicht mit eigenen Augen gesehen hätte, ich hätte es nicht geglaubt«, seufzte er. »Sie sind ein glücklicher Mensch, Mr. Zapp.«

»Aber ich hab ihn doch bloß gemietet«, wandte Morris einigermaßen ratlos ein. »Das kann doch jeder. Kostet bloß ein paar Dollar pro Woche.«

»Das ist leicht gesagt für einen Mann in Ihrer Lage, Mr. Zapp, leicht gesagt. Aber leichter gesagt als getan.«

»Ja, dann kommen Sie doch ruhig mal vorbei, wenn Sie irgendwas sehen wollen …«

»Sehr nett von Ihnen, Mr. Zapp, sehr liebenswürdig. Ein großherziges Angebot, das ich gern annehmen werde.« Gesagt, getan. Leider sah O'Shea am liebsten Klamotten und Rührstücke, auf die er sich mit naiver, uneingeschränkter Gutgläubigkeit einließ. Er zappelte in seinem Sessel herum, hopste auf und ab, schlug mit der Faust auf die Sessellehne und versetzte Morris hier und da einen kräftigen Rippenstoß. Die Handlung begleitete er mit einem laufenden, sehr persönlich gehaltenen Kommentar. »Aha, das hast du wohl nicht erwartet, was, mein Junge? … Was ist das, du kleine Schlampe? Na also, das will ich mir auch ausgebeten haben … Nein, tu's nicht, tu's nicht! Heilige Mutter Gottes, der Mensch bringt mich noch um …« Zum Glück schlief Dr. O'Shea meist mitten in der Sendung ein, erschöpft von den seelischen Strapazen des Zuschauens und den Mühen eines schweren Arbeitstages, so daß Morris den Ton leiser stellen und sich ein Buch vornehmen konnte. Die ideale Geselligkeit war das freilich nicht.

Es knickte Philip erheblich, daß sich die Bekanntschaft mit Charles Boon als sein größtes gesellschaftliches Plus an der Euphoric State erwies. Leichtsinnigerweise hatte er im Gespräch mit Wily Smith eine diesbezügliche Bemerkung gemacht, und Stunden später war die Nachricht in sämtliche Ecken und Winkel des Campus vorgedrungen. Sein Zimmer war plötzlich voll von Leuten, die sich darum rissen, ihn kennenzulernen, um eine Anekdote aus Charles Boons Jugendzeit zu hören, und noch am gleichen Nachmittag hatte Mrs. Hogan, die Frau des Fachbereichsvorsitzenden, angerufen und Philip dringend gebeten, er möge Boon zur Teilnahme an ihrer Cocktailparty bewegen. Es war kaum zu glauben, aber die Charles-Boon-Show war an der Euphoric State der große Renner. Bei nächster Gelegenheit schaltete auch Philip sich ein. Danach ließ er in einer Art von sadomasochistischem Zwang kaum eine Sendung aus.

Das Grundmuster – eine Telefonleitung, über die Hörer anrufen konnten, um mit dem Moderator und untereinander über die verschiedensten Fragen zu diskutieren – war nicht neu. Aber die Charles-Boon-Show unterschied sich in mancherlei Hinsicht von anderen Telefonprogrammen. Zunächst lief sie über den nichtkommerziellen Sender QXYZ, der sich aus Hörerbeiträgen und Stiftungszuschüssen finanzierte, und brauchte daher keine wirtschaftlichen und politischen Rücksichten zu nehmen. Während in den meisten amerikanischen Telefonsendungen die Moderatoren geschmeidig-neutrale Zeitgenossen waren, die alle Beteiligten zu Worte kommen ließen – unendlich geduldig, unendlich höflich und letztlich ohne jede Überzeugung –, war Charles Boon von unerbittlicher, ja brutaler Unsachlichkeit. Stellten jene so etwas wie einen Ersatzvater oder -onkel dar, so bot er die Herausforderung eines Sohnes, der auf die schiefe Bahn gekommen ist. In Fragen wie Hasch, Sex, Rasse oder Vietnam gab er sich extrem radikal und stritt leidenschaftlich – häufig in rüder Form – mit Anrufern, die nicht seiner Meinung waren, wobei er gelegentlich seine Macht mißbrauchte, indem er sie mitten im Satz aus der Leitung warf. Gerüchtweise verlautete, daß er sich die Telefonnummern vielversprechend klingender Anruferinnen notierte und nach der Sendung zurückrief, um engere Kontakte zu knüpfen. Manchmal stellte er an den Anfang der Sendung ein Zitat von Wittgenstein oder Camus oder die Lesung eines eigenen Gedichtes und benutzte das als Aufhänger für seinen Dialog mit den Hörern. Diese Hörer, die getreulich um Mitternacht auf QXYZ schalteten, gehörten einem erstaunlich breiten gesellschaftlichen Spektrum an, waren Studenten, Professoren, Hippies, Trebegänger, Schlaflose, Drogensüchtige und Hell's Angels. Hausfrauen, die auf ihre herumlotternden Partner warteten, vertrauten ihre Eheprobleme der Charles-Boon-Show an. Trucker, die in ihren schwankenden Fahrerkabinen mithörten, bogen schnaubend vor Wut über Boon oder Camus von der Autobahn ab, um von einer Notrufsäule aus ihre halb sprachlosen Beiträge zu leisten. Schon rankte sich ein üppiger Anekdotenkranz um die Charles-Boon-Show, und Philip wurde so oft mit den Höhepunkten früherer Sendungen beglückt, daß er allmählich das Gefühl hatte, sie selber miterlebt zu haben. Da war der Fall einer verängstigten werdenden Mutter, die Boon redend durch die ersten

Wehen geleitet hatte, oder der des homosexuellen Geistlichen, den er vom Selbstmord abgebracht hatte, oder die Sendung, in der er postkoitale Kommentare zur Sexuellen Revolution aus den Schlafzimmern rund um die Bucht erbeten hatte – mit Erfolg. Werbespots gab es in Boons Show natürlich nicht, aber um die Konkurrenz zu ärgern, gab Boon hin und wieder Empfehlungen zu Lokalen, Filmen oder Geschäften, an denen er Gefallen gefunden hatte. Für Philip war es sonnenklar, daß unter der Verbrämung von Kultur, Exzentrik und menschlichem Anliegen die pure Schau ihr Wesen trieb, aber in den Augen der Einheimischen war die Sendung offenbar eine Novität von einmaliger Kühnheit und Authentizität.

»Haben Sie Mr. Boon nicht mitgebracht?« war die erste Frage seiner Gastgeberin, als Philip sich in der luxuriösen Villa der Hogans, einem Haus im Rancherstil, zur Cocktailparty einfand. Sie musterte ihn von Kopf bis Fuß, als habe sie den Verdacht, Boon sei in einer von Philips Taschen versteckt. Philip versicherte, er habe die Einladung weitergegeben, als sich schon Hogan selbst heranwälzte und ihm in einem gewaltigen, schwieligen Händedruck schier die Finger zerquetschte.

»Hallo, Mr. Swallow, freut mich ungeheuer, daß Sie gekommen sind.« Er führte Philip in das geräumige Wohnzimmer, wo schon an die vierzig Gäste versammelt waren, und überreichte ihm einen Gin Tonic von gigantischer Größe. »Wen möchten Sie gern kennenlernen? Schätze, daß die Leute hier fast alle vom Fachbereich sind.«

Philip fiel nur ein Name ein. »Mr. Kroop kenne ich noch nicht.«

Hogan verfärbte sich leicht. »Kroop?«

»Ich habe so viel auf Buttons über ihn gelesen«, witzelte Philip, um den Fauxpas zu entschärfen, den er sich da offenbar geleistet hatte.

»Wie? Ja so! Haha! Auf Cocktailparties werden Sie Kroop kaum über den Weg laufen. Howard ...« Hogans Pranke fiel schwer auf die Schulter eines bläßlichen, bebrillten jungen Mannes, der gerade, ein Whiskyglas an die gespitzten Lippen hebend, an ihnen vorbeischlenderte. Er schwankte leicht, ohne aber etwas von dem kostbaren Naß zu verschütten. Philip wurde mit Howard Ringbaum bekanntgemacht. »Ich habe gerade zu Mr. Swallow gesagt«, meinte Hogan, »daß man bei gesellschaftlichen Veranstaltungen Karl Kroop eher selten zu Gesicht bekommt.«

»Wie ich höre«, sagte Ringbaum, »hat Karl sein Seminar über den ›Tod des Buches?‹ völlig umstrukturiert. Er läßt in diesem Semester das Fragezeichen weg.«

Hogan wieherte, versetzte Ringbaum einen Schlag zwischen die Schulterblätter und machte sich davon. Ringbaum wankte unter dem Hieb, behielt aber das Gleichgewicht und das Glas in der Hand.

»Worüber arbeiten Sie?« fragte er Philip.

»Im Augenblick versuche ich noch, mit meinen Seminaren klarzukommen.«

Ringbaum nickte ungeduldig. »Welches Fachgebiet haben Sie?«

»Sie machen Schäferidyllen, nicht?« wich Philip aus. Die Frage schien Ringbaum zu freuen. »Ganz recht. Woher wissen Sie das? Haben Sie meinen Artikel in ›College English‹ gelesen?«

»Ich hab mir neulich mal das ›Seminar-Info‹ angesehen …«

Ringbaums Miene verfinsterte sich. »Was da drin steht, brauchen Sie nicht alles zu glauben.«

»Nein, natürlich nicht. Wie stellen Sie sich denn zu diesem Kroop?«

»Möglichst weit weg. Bei mir wird in diesem Quartal die Frage der Festanstellung auch akut, und wenn die mich nicht nehmen, trägt bestimmt keiner Buttons mit RETTET RINGBAUM spazieren.«

»Diese Anstellungsgeschichte führt offenbar doch zu erheblichen Spannungen.«

»Das wird bei Ihnen in England nicht anders sein.«

»Doch, die Probezeit ist eigentlich nur eine Formalität. Wenn man erst mal auf der Stelle sitzt, können die einen praktisch nie wieder loswerden. Sofern man nicht gerade eine Studentin verführt oder etwas ähnlich Skandalträchtiges angestellt hat.« Philip lachte.

»Hier kann man die Weiber ficken, soviel man Lust hat«, sagte Ringbaum, ohne eine Miene zu verziehen. »Aber wenn die Veröffentlichungen nicht gut ankommen …« Er fuhr sich mit einem Finger vielsagend über die Kehle.

Ein junger Mann mit schwarzem Seidenhemd und rotem Halstuch blieb bei ihnen stehen. Er hatte eine appetitliche Blondine in rosa Partypyjama im Schlepptau. »Hey, Howard, da hat mir gerade einer erzählt, daß so ein englischer Typ auf der Party sein soll, der Hogan gebeten hat, ihn mit Karl Kroop bekanntzumachen. Das Gesicht von dem Alten hätte ich sehen mögen.«

»Frag ihn doch.« Ringbaum nickte zu Philip hinüber.

Philip wurde rot und lachte verlegen.

»Herrje, sind Sie etwa der englische Typ?«

»Da hast du mal wieder voll ins Schwarze getroffen, Schätzchen«, sagte die Blondine.

»Tut mir wahnsinnig leid. Ich bin Sy Gootblatt, das ist Bella. Sieht in diesen Klamotten aus, als ob sie grade aus dem Bett kommt, was? Stimmt auch beinah.«

»Den dürfen Sie nicht so ernst nehmen, Mr. Swallow«, sagte Bella. »Wie gefällt Ihnen Euphoria?«

Von den beiden Fragen, die ihm mit schöner Regelmäßigkeit an diesem Abend gestellt wurden, war ihm diese bedeutend lieber. Die andere war: »Worüber arbeiten Sie?«

»Worüber arbeiten Sie, Mr. Swallow?« fragte Luke Hogan, als ihre Wege sich wieder einmal kreuzten.

»Luke«, sagte Mrs. Hogan und bewahrte damit Philip davor, sich eine Antwort aus den Fingern saugen zu müssen, »ich glaube wirklich, Charles Boon ist endlich da.«

In der Halle war Bewegung entstanden. Köpfe drehten sich in eine bestimmte Richtung. Tatsächlich, da war Boon, herausfordernd in Weste und Jeans, in Begleitung einer gutaussehenden, arroganten Black Panther Lady, die er an diesem Abend in seiner Sendung vorstellen wollte. Sie setzten sich in eine Ecke, tranken Bloody Mary und gewährten einem Zirkel hingerissener Hochschullehrer samt Anhang Audienz. Die Black Panther Lady beschränkte sich darauf, Hogans opulentes Meublement einer sachlich-stummen Musterung zu unterziehen, als taxiere sie seine Brennbarkeit, aber Boon machte ihre Schweigsamkeit wieder wett.

Philip, der eigentlich darauf gesetzt hatte, selbst die Hauptattraktion des Abends zu sein, fand sich vergessen am Rand des Höflingsgewimmels. Verstimmt trat er auf die Terrasse hinaus.

Eine Frau lehnte allein an der Brüstung und blickte mit umwölkter Miene über die Bucht, wo sich gerade ein spektakulärer Sonnenuntergang vollzog. Es sah aus, als balanciere der orangefarbene Sonnenball auf den Kabeln der Hängebrücke. Philip postierte sich in etwa vier Metern Abstand von der Frau.

»Prächtiger Abend«, sagte er.

Sie warf ihm einen scharfen Blick zu, um sich dann wieder in die Betrachtung des Sonnenuntergangs zu vertiefen. »Ja«, sagte sie schließlich.

Philip nippte nervös an seinem Drink. Die schweigsam-grüblerische Gegenwart der Frau beunruhigte ihn und nahm ihm die Freude an der Aussicht. Er beschloß, wieder ins Wohnzimmer zu gehen.

»Wenn Sie reingehen –«, sagte die Frau.

»Ja?«

»– könnten Sie meinen Drink auffüllen.«

»Ja, gern.« Philip nahm ihr das Glas ab. »Noch Eis?«

»Noch Eis, noch Wodka. Kein Tonic mehr. Und schnappen Sie sich die Smirnoff-Flasche, die steht unter der Bar. Nehmen Sie bloß nicht das Discountgesöff von oben.«

Philip fand tatsächlich die versteckte Smirnoff-Flasche und schenkte nach, wobei er den Platzbedarf für die Eiswürfel stark unterschätzte, die er, in der Handhabung alkoholischer Getränke unerfahren, zuletzt zugegeben hatte. Im Hintergrund schwang Boon noch immer große Reden, es ging um seine Pläne für eine Fernsehsendung über Kunst: »Mal was ganz anderes … Kunst in Aktion … Wir filmen ein, zwei Monate einen Bildhauer bei der Arbeit, lassen den Streifen im Zeitraffer ablaufen, sehen, wie das Werk Gestalt annimmt … ein Gegenstand, zwei Maler, die ihn darstellen, zwei Kameras, geteilte Leinwand … Kontrast … Zum Abschluß der Sendung Versteigerung der Bilder …« Philip füllte auch seinen Gin Tonic auf und ging mit beiden Gläsern wieder auf die Terrasse.

»Danke«, sagte die Frau. »Gibt der kleine Scheißer da drin immer noch so an?«

»Äh – ja.«

»Sind Sie etwa ein Fan von dem?«

»Mit Sicherheit nicht.«

»Trinken wir drauf.«

Sie tranken darauf.

»Donnerwetter«, sagte die Frau. »Ganz schön stark.«

»Ich habe nur Ihre Anweisungen voll befolgt.«

»Randvoll«, sagte die Frau. »Ich glaube, wir kennen uns noch nicht. Sind Sie auf Besuch hier?«

»Ja. Philip Swallow. Austausch mit Professor Zapp.«

»Sagten Sie Zapp?«

»Kennen Sie ihn?«

»Sehr gut sogar. Er ist mein Mann.«

Philip verschluckte sich. »Sie sind Mrs. Zapp?«

»Daß Sie das so erschüttert … Finden Sie mich zu alt? Oder zu jung?«

»Aber nein.«

»Was denn nun?« Die kleinen grünen Augen glitzerten spöttisch. Sie war ein Rotfuchs, apart, aber keineswegs hübsch und nicht besonders gepflegt. Er schätzte sie auf Mitte dreißig.

»Es war nur die Überraschung«, sagte Philip. »Ich hatte irgendwie angenommen, Sie wären mit Ihrem Mann nach Rummidge gegangen.«

»Haben Sie Ihre Frau mit?«

»Nein.« Sie machte eine Bewegung, die deutlich besagte, daß diese Annahme dann wohl nachweislich ungerechtfertigt war. »Ich hätte sie gern mitgebracht«, sagte er. »Aber der Austausch kam sehr kurzfristig zustande. Außerdem haben wir Kinder, da gibt es Schulprobleme und so weiter. Und dann das Haus …« Er hörte sich – stundenlang, so kam es ihm vor – in diesem Stil weiterreden, als stünde er vor Gericht, und kam sich immer alberner vor. Aber Mrs. Zapp brachte es irgendwie fertig, ihn weitersprechen zu lassen, so daß er sich unter ihrem Schweigen und ihrem spöttischen Blick immer tiefer in implizierte Schuldgefühle verstrickte. »Haben Sie auch Kinder?« fragte er schließlich in seiner Not.

»Zwillinge. Junge und Mädchen. Neun.«

»Dann haben Sie ja Verständnis für diese Probleme.«

»Ich bezweifle, ob wir die gleichen Probleme haben, Mr. Sparrow.«

»Swallow.«

»Pardon, Swallow. Ich habe Sie mit dem Spatz nicht kränken wollen. Viel netterer Vogel, die Schwalbe.« Sie wandte sich wieder der Sonne zu, die jetzt hinter der Hängebrücke im Meer versank, und nahm nachdenklich einen Schluck aus ihrem Glas. »Lange nicht so liederlich. Wie denkt denn Ihre Frau darüber, Mr. Swallow? Ich meine, teilt sie Ihre Ansichten über die Kinder und die Schule und das Haus und so weiter? Es macht ihr nichts aus, daß sie zu Hause bleiben muß?«

»Nun, wir haben natürlich ausführlich darüber gesprochen … Es war eine schwierige Entscheidung, die ich letztlich ihr überlassen habe …« Er merkte, daß er schon wieder in die Rille der Selbstrechtfertigungszwänge rutschte. »Natürlich kommt sie bei dem Geschäft am schlechtesten weg …«

»Bei welchem Geschäft?« fragte die Frau spitz.

»Nur so eine Floskel. Ich meine, für mich ist es eine große Chance, bezahlter Urlaub, wenn Sie so wollen. Aber für sie geht das Alltagsleben weiter, nur daß es einsamer ist. Sie kennen das ja selbst.«

»Sie meinen, weil Morris in England ist? Ich kann Ihnen sagen, das genieße ich in vollen Zügen.«

Philip tat höflicherweise so, als habe er die Bemerkung nicht gehört.

»Schon daß ich mich im eigenen Bett ausstrecken kann« – sie machte eine anschauliche Bewegung, wobei rostfarbene Stoppeln unter ihren Achseln sichtbar wurden – »ohne daß mir ein anderer Körper dabei im Weg ist, der mir eine Whiskyfahne ins Gesicht bläst und mir zwischen die Beine grapscht …«

»Ich werde mal langsam wieder reingehen«, sagte Philip.

»Habe ich Sie jetzt verbiestert, Mr. Sparrow – äh – Swallow? Tut mir leid. Reden wir von was anderem. Finden Sie nicht, daß dies eine herrliche Aussicht ist? Wir haben auch eine Aussicht. Dieselbe Aussicht. Alle in Plotinus haben dieselbe Aussicht, bis auf die Schwarzen und die armen Weißen da unten im Flachland. Wenn man in Plotinus wohnt, ist die Aussicht ein Muß. Das ist die erste Frage, die sich stellt, wenn man ein Haus kauft. Hat es eine Aussicht? Dieselbe Aussicht natürlich. Es gibt nur die eine. Wenn man zum Essen oder zu einer Party eingeladen wird, ist es immer ein anderes Haus mit anderen Vorhängen an den Fenstern, aber immer dieselbe Scheißaussicht. Manchmal könnte ich schreien.«

»Bedaure, aber da kann ich Ihnen nicht zustimmen«, sagte Philip steif. »Ich könnte mir die Aussicht nie übersehen.«

»Sie haben ja auch noch nicht zehn Jahre mit ihr gelebt. Warten Sie's nur ab. Überdruß braucht seine Zeit.«

»Tja, wissen Sie, nach Rummidge ...«

»Wonach?«

»Das ist die Stadt aus der ich komme. In die Ihr Mann gegangen ist.«

»Ach so. Wie heißt das Nest? Klumpitsch?«

»Rummidge.«

»Ich hab Klumpitsch verstanden.« Sie wollte sich ausschütten vor Lachen und kippte Wodka auf ihr Kleid. »Scheiße. Wie ist das denn so, Ihr Rummidge? Morris hat getönt, als wenn's das Größte wäre, aber alle anderen sagen, es liegt am Arsch der Welt.«

»Beides wäre überzeichnet«, sagte Philip. »Es ist eine große Industriestadt mit all ihren Vor- und Nachteilen.«

»Welches sind die Vorteile?«

Philip zerbrach sich den Kopf, aber es wollten ihm keine einfallen. »Ich muß wohl jetzt doch wieder rein«, sagte er. »Ich habe praktisch noch mit niemandem gesprochen.«

»Bloß keine Panik, Mr. Sparrow. Die sehen Sie alle wieder. Hier kommen zu jeder Party dieselben Leute. Erzählen Sie mir von Klumpitsch. Nein, halt, erzählen Sie mir lieber noch was von Ihrer Familie.«

Philip war die erste Frage sympathischer. »So schlimm, wie die Leute sie machen, ist sie wirklich nicht.«

»Ihre Familie?«

»Unsere Stadt. Ich meine, sie hat eine anständige Gemäldegalerie und ein Symphonieorchester und ein Theater und so weiter. Und man ist gleich draußen in der Natur.« Mrs. Zapp hüllte sich in Schweigen, und Philip dröhnte die eigene Verlogenheit in den Ohren. Konzerte mochte er nicht, in die Gemäldegalerie ging er höchst selten, und im Theater war er vielleicht einmal im Jahr zu finden. Und »die Natur« – die bekam er ja doch nur bei den verhaßten Sonntagnachmittagsausflügen zu Gesicht. Außerdem war es eine zweifelhafte Empfehlung für eine Stadt, daß man sie schnell wieder verlassen konnte. »Die Schulen sind recht gut. Manche jedenfalls ...«

»Schulen? Sie scheinen einen richtigen Schultick zu haben.«

»Finden Sie nicht, daß Bildung unheimlich wichtig ist?«

»Nein. Ich finde, unsere Kultur schießt mit ihrer Bildungsbesessenheit nur Eigentore.«

»Ach ja?«

»Jede Generation läuft der Bildung hinterher, um genug Geld zu machen, damit sie die nächste Generation auf den Bildungstrip schicken kann, und keiner fängt mit dieser Bildung was Vernünftiges an. Sie zum Beispiel arbeiten sich auf, um Ihre Kinder mit Bildung zu beglücken, damit die sich ihrerseits aufarbeiten können, um ihre Kinder bildungsmäßig aufzumotzen. Was soll das Ganze?«

»Dasselbe könnte man von der Ehe und vom Kinderkriegen behaupten.«

»Genau.« Mrs. Zapp sah plötzlich auf die Uhr. »Mein Gott, ich muß gehen«, sagte sie in einem Ton, als habe Philip sie aufgehalten.

Da es ihn nicht reizte, in Begleitung von Mrs. Zapp durch die Terrassentür zu treten wie in einer Szene aus einem Noel-Coward-Stück, verabschiedete sich Philip und blieb noch einen Augenblick allein draußen. Er würde so lange warten, bis sie mutmaßlich aus dem Haus war, dann würde er sich wieder ins Getümmel stürzen und sich ein paar nette Leute suchen, die ihn im Wagen mitnahmen, ihn vielleicht sogar zum Essen einluden. In diesem Moment fiel ihm auf, daß sich über das Getümmel eine beklemmende Stille gelegt hatte. Erschrocken stürzte er durch die Terrassentür und stellte fest, daß im Wohnzimmer kein Mensch mehr war, mit Ausnahme einer Farbigen – ach nein, einer Schwarzen –, die Aschenbecher leerte. Sie sahen sich einen Augenblick verblüfft an.

»Äh – wo sind denn die Leute alle hin?« stotterte Philip.

»Alle nach Hause«, sagte die Frau.

»Ach du meine Fresse. Und wo steckt Professor Hogan? Und Mrs. Hogan?«

»Alle nach Hause.«

»Aber die sind doch hier zu Hause«, wandte Philip ein. »Ich wollte mich nur verabschieden.«

»Sind wohl irgendwohin zum Essen gefahren«, sagte die Frau achselzuckend und wandte sich ungerührt wieder den Aschenbechern zu.

»Verdammt«, sagte Philip. Draußen hörte er ein Auto starten. Als er zur Haustür lief, sah er gerade noch Mrs. Zapp in einem großen weißen Kombi davonfahren.

Morris Zapp stand am Fenster seines Rummidger Dienstzimmers, rauchte eine Zigarre (eine der letzten aus dem mitgebrachten Bestand) und horchte auf die Schritte, die an seiner Tür vorbeihasteten. Es war Teepause, und Morris überlegte, ob er sich nicht lieber eine Tasse herholen sollte, statt sie im Aufenthaltsraum zu trinken, wo die Kollegen in einer anderen Ecke beieinanderhocken und klatschen oder ihn von der Seite über ihre Zeitung hinweg anpeilen würden. Er sah düster auf die mit einer dünnen Schneeschicht bedeckte Rasenfläche des Campusplatzes hinüber. Seit ein paar Tagen schwankte die Witterung zwischen Frost und Tauwetter, und es war schwer zu entscheiden, ob der Niederschlag, der die Atmosphäre verdüsterte, Regen, Graupel oder Smog war. Durch das Schummerlicht sank das stumpfrote Auge einer Sonne, die sich den ganzen Tag kaum über die Dachfirste hatte hieven können, trüb hinter den Horizont und tüpfelte die beschneiten Flächen wie mit Rostflecken. Ein Wetter, das geradezu nach vermenschlichenden Metaphern schrie, fand Morris. Und in diesem Augenblick klopfte es.

Er fuhr verstört herum. *Jemand klopfte an seine Tür.* Das mußte ein Irrtum sein. Oder eine akustische Täuschung. Im Zimmer war es dunkel geworden – er hatte das Licht noch nicht angemacht –, so daß die zweite Version glaubhafter schien. Aber nein – es klopfte erneut. »Herein«, sagte er mit dünner, brüchiger Stimme und räusperte sich. »Herein.« Beflissen eilte er zur Tür, um seinen Besucher zu begrüßen und gleichzeitig das Licht anzumachen. Dabei stieß er gegen einen Stuhl und ließ seine Zigarre fallen, die unter den Tisch rollte. Just als er sich nach ihr gebückt hatte, ging die Tür auf. Ein Lichtstreifen aus dem Gang fiel ins Zimmer, ließ aber nicht erkennen, wo die Zigarre abgeblieben war. Eine Frauenstimme fragte unsicher: »Professor Zapp?«

»Ja, kommen Sie rein. Würden Sie bitte Licht machen?«

Es wurde hell, und er hörte, wie die Frau nach Luft schnappte.

»Wo sind Sie?«

»Hier unten.« Er sah ein schweres, pelzgefüttertes Stiefelpaar und den Saum eines räudigen Pelzmantels, dem sich gleich darauf ein verkehrt herum hängendes Frauengesicht mit Kopftuch, roter Nase und einem Ausdruck ängstlicher Besorgnis zugesellte.

»Komme gleich«, sagte er. »Ich hab hier irgendwo meine Zigarre fallenlassen.«

»Ja so«, sagte die Frau und machte große Augen.

»Es geht mir weniger um die Zigarre«, erläuterte Morris, während er unter dem Tisch herumkroch, »als um den Teppich ... Verdammte Scheiße.«

Ein brennender Schmerz bohrte sich in seine Hand und fuhr seinen Arm hinauf. Zapp kam so überstürzt unter dem Tisch hervor, daß er sich den Kopf stieß. Atemlos fluchend wankte er im Zimmer umher, die rechte Hand unter die linke Achsel geklemmt, die linke Hand an der rechten Schläfe. Mit einem Auge registrierte er vage, daß die Frau in dem Pelzmantel vor ihm zurückwich. Leise stöhnend sank er in seinen Sessel.

»Ich komme andermal wieder vorbei«, sagte die Frau.

»Nein, gehen sie nicht weg«, bat Morris flehentlich. »Vielleicht brauche ich ja einen Arzt.«

Der Pelzmantel ragte plötzlich dicht vor ihm auf, energisch wurde ihm die Hand von der Stirn genommen. »Es wird eine Beule geben«, sagte sie, »aber es blutet nicht. Tun Sie Zaubernuß drauf.«

»Vielleicht zaubern Sie mir ein bißchen was vor?«

Die Frau kicherte. »Gar so schlecht kann's Ihnen nicht gehen. Was ist mit Ihrer Hand?«

»Hab ich mir an der Zigarre verbrannt.« Er zog die verletzte Hand aus der Achselhöhle und machte sie vorsichtig auf. »Ich seh nichts.«

»Da.« Er deutete auf den fleischigen Handballen.

»Ach das ... Wissen Sie, diese kleinen Brandwunden läßt man am besten ganz in Ruhe.«

Morris warf ihr einen vorwurfsvollen Blick zu und stand auf. Er ging zu seinem Schreibtisch, um sich eine neue Zigarre zu holen. Während er sie mit zitternden Fingern in Gang brachte, legte er sich ein kleines Bonmot über notwendige Nervenberuhigung nach einem Rauchunfall zurecht, aber als er sich umdrehte, um es an die Frau zu bringen, war sie weg. Er zuckte die Achseln und ging zu der noch offenstehenden Tür, wobei er über ein Paar Stiefel stolperte, die unter dem Tisch hervorsahen.

»Was machen Sie denn da?« fragte er.

»Ich suche nach Ihrer Zigarre.«

»Nicht so wichtig.«

»Das sagen Sie so«, kam die dumpfe Antwort. »Der Teppich gehört ja nicht Ihnen.«

»Ihnen aber auch nicht.«

»Aber meinem Mann.«

»Ihrem Mann?«

Die Frau, die ein bißchen aussah wie ein Braunbär, der gerade aus dem Winterschlaf getappt kommt, schob sich langsam rücklings unter dem Tisch hervor und richtete sich auf. Zwischen Daumen und Zeigefinger einer behandschuhten Hand hielt sie einen zerquetschten und aufgeweichten Zigarrenstummel. »Ich war noch gar nicht dazu gekommen, mich vorzustellen. Ich bin Hilary Swallow, Philips Frau.«

»Ach so. Morris Zapp.« Er lächelte und streckte ihr die Hand hin. Mrs. Swallow legte den Zigarrenstummel hinein.

»Ich glaube, es ist nichts passiert. Es ist nämlich ein recht guter Teppich. Indien. Er hat Philips Großmutter gehört. Sehr erfreut«, sagte sie plötzlich, streifte einen Handschuh ab und streckte die Hand aus. Morris konnte gerade noch rechtzeitig den Zigarrenstummel loswerden.

»Ganz meinerseits, Mrs. Swallow. Wollen Sie nicht ablegen?«

»Nein, danke, ich kann mich nicht lange aufhalten. Entschuldigen Sie, wenn ich Sie so überfalle, aber mein Mann hat mir geschrieben, er will eins von seinen Büchern haben, ich soll es ihm schicken. Es müßte hier irgendwo sein, schreibt er. Wenn es Ihnen nichts ausmacht …« Sie deutete auf die Regale.

»Aber nein. Soll ich Ihnen helfen? Wie heißt denn das Buch?«

Sie wurde ein bißchen rot. »*Wir schreiben einen Roman*. Wozu er das braucht, weiß ich allerdings auch nicht.«

Morris griente, dann zog er ein ernsthaftes Gesicht. »Vielleicht

Eigenbedarf«, meinte er, und bei sich dachte er: Die Leute von Englisch 305 können mir leid tun.

Mrs. Swallow gab, während sie den Blick an den Regalreihen entlanggehen ließ, ein skeptisches Knurren von sich. Morris paffte seine Zigarre und musterte sie neugierig. Es war schwer zu sagen, was für eine Frau sich unter dem wollenen Kopftuch, dem weiten, formlosen Pelzmantel und den dicken Reißverschlußstiefeln verbarg. Zu sehen war im Augenblick nur ein rundes, unscheinbares Gesicht mit rosigen Wangen, roter Nasenspitze und einem Ansatz von Doppelkinn. Die rote Nase ging offenbar auf das Konto einer Erkältung, denn Mrs. Swallow schniefte unentwegt diskret und fuhrwerkte mit einem Papiertaschentuch herum. »Sie sind also nicht mit Ihrem Mann nach Euphoria gegangen?«

»Nein.«

»Und warum nicht?«

Der Blick, den sie ihm zuwarf, hätte nicht ablehnender sein können, wenn er sich nach dem Namen der von ihr benutzten Monatsbinde erkundigt hätte. »Das hatte verschiedene persönliche Gründe«, sagte sie.

Ja, und ich wette, einer warst du, Schätzchen, bemerkte Zapp bei sich. Laut sagte er: »Von wem ist denn das Buch?«

»Das wußte er nicht mehr. Er hat es vor Jahren antiquarisch gekauft, an so einem Ramschtisch. Es hat einen grünen Einband, meint er.«

»Grüner Einband ...« Morris streifte mit dem Zeigefinger über die Buchrücken. »Mrs. Swallow, darf ich Ihnen eine persönliche Frage über Ihren Mann stellen?«

Sie blickte ganz verschreckt. »Ja, ich weiß nicht recht. Kommt drauf an ...«

»Sehen Sie das Schrankfach da oben? In diesem Schrankfach sind hundertsiebenundfünfzig Tabakdosen, alle von der gleichen Marke. Ich weiß, wie viele es sind, weil ich sie gezählt habe. Sie sind mir auf den Kopf gefallen.«

»Auf den Kopf gefallen? Wie denn?«

»Ich habe das Fach aufgemacht, und da sind sie rausgefallen.«

Ein andeutungsweises Lächeln spielte um Mrs. Swallows Lippen. »Hoffentlich haben Sie sich nicht weh getan.«

»Nein. Sie waren leer, aber ich würde gern wissen, wozu Ihr Mann sie sammelt.«

»Sammeln kann man das eigentlich nicht nennen. Er bringt es wohl einfach nicht fertig, sie wegzuwerfen. Das macht er mit vielen Sachen so. War das alles, was Sie wissen wollten?«

»Ja, das wäre eigentlich alles.« Er hätte gern noch das Rätsel gelöst, wieso ein Mann, der so viel Tabak verbrauchte, ihn in kleinen Döschen kaufte statt in den großen Pfundbüchsen, wie sie Luke Hogan auf seinem Schreibtisch stehen hatte, aber das wäre Mrs. Swallow vielleicht zu persönlich gewesen.

»Das Buch scheint nicht da zu sein«, sagte sie seufzend. »Und ich muß sowieso gehen.«

»Ich schau mich mal danach um.«

»Bitte machen Sie sich keine Umstände, so wichtig ist es sicher nicht. Tut mir leid, wenn ich Sie gestört habe.«

»Macht gar nichts. Ich habe ehrlich gesagt nur sehr selten Besuch.«

»Freut mich, daß wir uns kennengelernt haben, Professor Zapp. Hoffentlich gefällt es Ihnen in Rummidge. Wenn Philip hier wäre, würde ich Sie gern mal zum Abendessen einladen, aber so ... Sie wissen ja, wie das ist.« Sie lächelte bedauernd.

»Wenn Ihr Mann hier wäre, wäre ich nicht da«, bemerkte Morris.

Mrs. Swallow sah ihn perplex an. Sie machte ein paarmal den Mund auf und zu, aber es kam nichts heraus. Schließlich sagte sie: »Ich will Sie nicht weiter aufhalten«, und entschwand unvermittelt.

»Verklemmte Tucke«, murrte Morris. Sowenig es ihn nach ihrer Gesellschaft gelüstete, sosehr sehnte er sich nach reeller Hausmannskost. Tiefkühlmenüs und fernöstliche Küche hingen ihm längst zum Hals raus.

Fünf Minuten später hatte er *Wir schreiben einen Roman* gefunden. Der grüne Rücken war abgegangen, deshalb waren sie vorhin nicht darauf gestoßen. Das Werk war 1927 herausgekommen und gehörte zu einer Reihe, in der auch *Wir weben einen Teppich, Wir gehen angeln, Wir photographieren* mit Erfolg erschienen waren. »Jeder Roman muß eine Geschichte erzählen«, hub es an. (Was du nicht sagst, bemerkte Morris ironisch.) »Und es gibt drei Arten von Geschichten. Die Geschichte mit glücklichem Ausgang, die Geschichte mit unglücklichem Ausgang und die Geschichte, die weder glücklich noch unglücklich endet, die mit anderen Worten gar keinen Ausgang hat.«

Aristoteles lebt! Morris war wider Willen gefesselt. Er blätterte zurück zur Titelseite und sah nach dem Namen des Autors. »A. J. Beamish, Verfasser von *Die herzlose Schöne, Wildes Geheimnis, Glynis aus dem Glen* etc. etc.« Er las weiter:

»Die beste Geschichte ist die mit einem glücklichen, die nächstbeste die mit einem unglücklichen Ausgang, und die schlechteste ist diejenige, die gar kein richtiges Ende hat. Dem Anfänger sei geraten, mit der ersten Kategorie zu beginnen. Falls er nicht über ein gewisses Maß an Genialität verfügt, sollte er sich an keiner anderen Art versuchen.«

Bahn frei für Beamish, brummelte Morris. Solche unverblümten Feststellungen wären für die Teilnehmer von Englisch 305 bestimmt gar nicht unbekömmlich. Meist waren es arrogante Faultiere, die sich einbildeten, sie könnten den Großen Amerikanischen Roman zustandebringen, indem sie einfach ihre Lebensbeichte heruntertippten und die Namen änderten. Er legte das Buch beiseite, um sich später ausführlicher damit zu befassen. Irgendwann würde er gegen Abend damit bei Mrs. Swallow vorbeigehen und hungrig sabbernd vor ihrer Türe stehenbleiben. Sein Instinkt sagte ihm, daß sie eine gute Köchin war. Er behauptete, einer Frau sofort ansehen zu können, ob sie gut kochen konnte oder sich leicht aufs Kreuz legen ließ (beides in einer Person war meist nicht drin). Reelle Hausmannskost, schätzte er, keine Raffinessen, aber reichliche Portionen.

Es klopfte. »Herein«, rief er erwartungsvoll und in der Hoffnung, Mrs. Swallow habe das schlechte Gewissen bewogen, umzukehren und ihn zu einem Hühnerfrikassee einzuladen. Aber was da geschäftig angewuselt kam, war ein männliches Wesen, ein kleiner, energischer älterer Herr mit dickem Schnauzer, glänzenden Knopfaugen und einer Tweedjacke mit undefinierbaren Flecken. Mit ausgestreckten Händen kam er auf ihn zu. »Mmmmmmmmmnnnnnnkommen«, blökte er. »MmmmmmmmmnnnnnnnMasters.« Er nahm Morris' Hände in die seinen und bewegte sie auf und ab. »MmmmmmmmmnnnnnnnnnZapp?

MmmmmmmmmmnnnnnnnOrdnung? MmmmmmnnnTasse Tee? Mnnnnnnnprächtig.«

Das Blöken verstummte, der kleine Herr legte den Kopf schief und kniff ein Auge zu. Morris folgerte, daß es sich bei seinem Besucher um den Vorsitzenden des Fachbereichs Anglistik an der University of Rummidge handelte, der von der Wildschweinjagd in Ungarn zurück war und ihn einlud, im Gemeinschaftsraum eine Erfrischung einzunehmen.

Offenbar war Professor Masters Rückkehr das Signal, auf das die übrigen Kollegen gewartet hatten. Es war, als habe ein obskures Tabu sie daran gehindert, sich vorzustellen, ehe der Häuptling ihn offiziell in den Stamm aufgenommen hatte. Jetzt kamen sie Morris entgegen, umringten lächelnd und schwatzend seinen Sessel, drängten ihm Tee und Schokokekse auf, erkundigten sich nach seinem Flug, seinem Gesundheitszustand, seiner gerade laufenden Arbeit, ließen ihm verspätete Ratschläge im Hinblick auf seine Unterkunft zukommen und dolmetschten diskret Gordon Masters' verstümmelte Äußerungen.

»Woher wissen Sie eigentlich immer, was der alte Knabe sagt?« erkundigte sich Morris bei Bob Busby, einem betriebsamen Mann mit Bart und doppelreihigem Blazer, mit dem er über den Parkplatz ging – oder vielmehr rannte, denn Busby hatte einen äußerst sportlichen Schritt am Leibe, den Morris mit seinen kurzen Beinen kaum durchhalten konnte.

»Ach, wir haben uns mittlerweile daran gewöhnt.«

»Was ist denn los mit ihm? Hat er eine Hasenscharte? Oder ist ihm beim Sprechen der Schnurrbart im Wege?«

Busbys Schritte wurden noch länger. »Im Grunde ist er ein großer Mann«, sagte er leicht vorwurfsvoll.

»Ach ja?«

»War es jedenfalls. Hab ich mir sagen lassen. Brillanter junger Wissenschaftler. Vor dem Krieg. Bei Dünkirchen in Gefangenschaft geraten. Das muß man ihm zugutehalten …«

»Was hat er veröffentlicht?«

»Nichts.«

»Nichts?«

»Jedenfalls hat bisher niemand was entdecken können. Wir hatten hier mal einen Studenten, einen gewissen Boon, der hat ein bibliographisches Preisausschreiben veranstaltet, in dem es darum ging, Veröffentlichungen von Gordon zu finden. Die Studenten haben in der Bibliothek das Unterste zuoberst gekehrt, aber das Ergebnis war gleich Null, und Boon hat den Preis behalten.« Er lachte kurz und bellend. »Frecher Hund, dieser Boon. Möchte wissen, was aus ihm geworden ist.«

Morris war schon fix und fertig, aber die Neugier trieb ihn neben Busby her. »Und wieso konnte er dann in Rummidge den Fachbereich übernehmen?« schnaufte er.

»Die Stelle hat er schon vor dem Krieg gekriegt. Gordon war damals natürlich noch sehr jung dafür. Aber der damalige Vizekanzler war ein großer Jäger und Fischer vor dem Herrn und hat alle Kandidaten auf seinen Landsitz nach York eingeladen, zur Birkhuhnjagd. Klar, daß da Gordon einen guten Eindruck gemacht hat. Der Kandidat mit den besten fachlichen Qualifikationen soll einen Jagdunfall gehabt haben. Mit einem Gewehr. Manche sagen, daß Gordon ihn umgelegt hat. Also, ich glaub das ja nicht.«

Morris war inzwischen endgültig die Puste ausgegangen. »Davon müssen Sie mir ein andermal noch ausführlicher erzählen«, rief er Busby nach, den schon die Düsternis des schlecht beleuchteten Parkplatzes verschluckt hatte.

»Ja. Gute Nacht, gute Nacht.« Die Schritte auf dem Kies klangen, als habe Busby sich in Trab gesetzt. Morris blieb allein in der Dunkelheit zurück. Der warme Schein von Geselligkeit, der sich nach Masters Rückkehr verbreitet hatte, war offenbar schon wieder erloschen.

Doch damit waren für diesen Tag die Aufregungen noch nicht zu Ende. Am gleichen Abend lernte er ein Mitglied der Familie O'Shea kennen, das ihm bisher vorenthalten worden war.

Zur gewohnten Stunde klopfte der Doktor bei ihm und schob ein halbwüchsiges Mädchen mit rabenschwarzem Haar und schmalen Wangen ins Zimmer, das ein bißchen schlampig, aber durchaus sexy wirkte. Sie blieb schüchtern stehen, krampfte die Hände ineinander und sah unter langen, dunklen Wimpern zu Morris auf.

»Das ist Bernadette, Mr. Zapp«, sagte O'Shea mit Leichenbittermiene. »Sie sind ihr sicher schon hier im Haus begegnet.«

»Bisher noch nicht. Tag, Bernadette«, sagte Morris.

»Sag dem Herrn guten Tag, Bernadette.« O'Shea gab dem Mädchen einen Rippenstoß, der sie durch das halbe Zimmer schleuderte.

»Guten Tag, Sir«, sagte Bernadette und machte einen unbeholfenen kleinen Knicks.

»Die Umgangsformen lassen etwas zu wünschen übrig, Mr. Zapp«, erläuterte O'Shea in weithin vernehmbarem Flüsterton. »Aber das darf man ihr nicht übelnehmen. Vor einem Monat hat sie noch in Sligo die Kühe gemolken. Die Familie meiner Frau hat dort einen Hof.«

Morris erfuhr, daß Bernadette als Haussklavin – oder als »Opär«, wie O'Shea es ausdrückte – in der Arztfamilie arbeitete. Um ihr eine Freude zu machen, hatte der Doktor sie heute abend zum Fernsehen mitgebracht. »Wenn wir Sie nicht stören, Mr. Zapp.«

»Natürlich nicht. Was möchten Sie sehen, Bernadette? Die Schlagerparade?«

»Äh – nein, das nicht, Mr. Zapp«, antwortete O'Shea an Bernadettes Stelle. »BBC 2 bringt einen Dokumentarfilm über die Kleinen Schwestern der Barmherzigkeit, Bernadette hat eine Tante in dem Orden. BBC 2 kriegen wir auf unserem Apparat nämlich nicht herein.«

Diese Art der abendlichen Zerstreuung war weniger nach Morris' Geschmack. Er schaltete deshalb nur den Fernseher ein, nahm sich den ›Playboy‹, der gerade mit der Post gekommen war, und zog sich damit in sein Schlafzimmer zurück. Ausgestreckt auf der vorletzten Ruhestätte von Mrs. O'Shea sen., begutachtete er kennerisch den Busen von Miss Januar und las einen Bildbericht über die neuesten Sportwagenmodelle, unter anderem den Lotus Europa, den er gerade bestellt hatte. Eins der wenigen positiven Ergebnisse, die Morris von seinem Englandaufenthalt erwartete, war der Erwerb eines neuen Sportwagens als Ersatz für den Chevrolet Corvair, den er 1965 erstanden hatte, genau drei Tage, ehe Ralph Naders Buch *Unsicher bei jeder Geschwindigkeit* auf den Markt gekommen war, wodurch der Wert des Wagens über Nacht um fünfzehnhundert Dollar gesunken und Morris jede Freude an seinem Besitztum genommen worden war. Er hatte Désirée beauftragt, den Corvair zu einem möglichst günstigen Preis – viel würde es nicht sein – zu verkaufen, aber immerhin sparte er einiges, wenn er den Lotus in England kaufte und selbst nach Euphoria brachte. Zufrieden stellte er fest, daß ›Playboy‹ den Lotus billigte.

Als er ins Wohnzimmer kam, um sich eine Zigarre zu holen, sah er, daß O'Shea eingeschlafen war und Bernadette verdrossen und gelangweilt dreinschaute. Auf dem Bildschirm sah man die Hinterfront einer Schar von Nonnen, die einen Choral sangen.

»Schon die Tante entdeckt?« fragte er. Bernadette verneinte stumm. Es klopfte, und einer der O'Shea-Sprößlinge steckte den Kopf zur Tür herein.

»Bitte, Sir, könnten Sie meinem Papa sagen, daß Mr. Reilly angerufen hat, Mrs. Reilly ist wieder mal schlimm dran.«

Solche Botschaften waren für Dr. O'Shea das tägliche Brot. Er verbrachte unwahrscheinlich viel Zeit damit, in Rummidge herumzukurven, fand Morris, jedenfalls im Vergleich zu amerikanischen Ärzten, die nach seiner Erfahrung erst dann ins Haus kamen, wenn der Patient schon hinüber war. O'Shea schreckte aus süßem Schlummer hoch und zog stöhnend und leise vor sich hinbrabbelnd ab. Er erbot sich, Bernadette mitzunehmen, aber Morris sagte, sie könne ruhig die Sendung zu Ende sehen. Er retirierte in sein Schlafzimmer, und wenig später hörte er, wie statt frommer Gesänge unvermittelt in rhythmischem Beat der neueste Hit der Jackson Five ertönte. Noch war Irland nicht verloren.

Gleich darauf stürmten Schritte die Treppe hinauf, und dem Fernseher entquollen erneut erbauliche Klänge. Als Morris ins Wohnzimmer kam, riß O'Shea gerade mit Schwung die andere Tür auf. Bernadette duckte sich in ihrem Sessel und sah von einem zum anderen, als überlege sie, welcher der beiden Männer sie zuerst schlagen würde.

»Hol's der Teufel, Mr. Zapp«, keuchte O'Shea, »aber ich krieg meinen Wagen nicht an. Könnten Sie mich wohl kurz anschieben? Mrs. O'Shea macht es sonst, aber die füttert gerade den Kleinsten.«

»Wollen Sie meinen Wagen haben?« Morris streckte ihm die Schlüssel hin.

O'Shea fiel der Unterkiefer herunter. »Gott segne Sie, Mr. Zapp, Sie sind ein edler Mensch, aber die Verantwortung möchte ich wirklich nicht übernehmen.«

»Unsinn, ist doch bloß ein Leihwagen.«

»Ja, aber was ist mit der Versicherung?« O'Shea verbreitete sich so ausführlich über die Versicherungsfrage, daß Morris für das Leben von Mrs. Reilly zu fürchten begann und die Diskussion kurzerhand mit dem Angebot beendete, O'Shea zu fahren. Der Doktor bedankte sich überschwenglich und rannte die Treppe hinunter, wobei er Bernadette noch zurief, sie solle sich aus Mr. Zapps Zimmer verziehen. »Lassen Sie sich ruhig Zeit«, sagte Morris freundlich und folgte O'Shea nach unten. Während der Arzt Morris durch die schlecht beleuchteten Nebenstraßen lotste, stimmte er laute Lobgesänge auf Morris Zapps Wagen an, einen ganz gewöhnlichen, eher schwachbrüstigen Austin, den er auf dem Londoner Flughafen übernommen hatte. Morris versuchte sich vorzustellen, was O'Shea für ein Gesicht machen würde, wenn er in dem orangefarbenen Lotus mit den schwarzledernen Schalensitzen, fernbedienter Leselampe, versenkbaren Scheinwerfern, windschnittigen Rückspiegeln und dem Achtkanalstereo ankam. Heilige Mutter Gottes, er würde vom Fleck weg einen Herzanfall kriegen!

»Jetzt nach links«, sagte Dr. O'Shea. »Da steht schon Mr. Reilly und hält nach uns Ausschau. Gott segne Sie, Mr. Zapp. Es ist wirklich furchtbar nett von Ihnen, in so einer Nacht nochmal aus dem Haus zu gehen.«

»Keine Ursache.« Morris hielt vor dem Eingang und wehrte den aufgeregten Mr. Reilly ab, der offenbar glaubte, Morris sei der Arzt, und versuchte, ihn hinter dem Steuer hervorzuzerren.

Aber im Grunde, überlegte Morris, war es ja wirklich nett, ganz untypisch nett von ihm gewesen. Der Gedanke machte ihm schwer zu schaffen, während er in dem freudlos-kalten Wohnzimmer saß und wartete, bis O'Shea mit seiner ärztlichen Kunst fertig war, während er ihn durch die dunklen Straßen zurücktransportierte und sich mit halbem Ohr die gruselig-anschaulichen Beschreibungen von Mrs. Reillys Symptomen anhörte. Er dachte an den Tag zurück, der hinter ihm lag, dachte daran, wie er Mrs. Swallow bei der Suche nach dem Buch ihres Mannes geholfen hatte, wie er die kleine Irin bei sich hatte fernsehen lassen und wie er O'Shea zu seinem Patienten gefahren hatte. Was, um Himmels willen, war bloß in ihn gefahren? War da eine schleichende englische Krankheit im Anzug, pirschte sich der Nettigkeitsbazillus an ihn heran? Da hieß es höllisch aufpassen.

Philip hatte gedacht, daß es nicht zu weit war, um zu Fuß nach Hause zu gehen, aber als es anfing zu regnen, wünschte er doch, er hätte ein Taxi bestellt. Es wurde Zeit, daß er sich einen Wagen besorgte. Bisher hatte er dieses Unternehmen immer vor sich hergeschoben, weil er einfach Angst hatte, sich mit amerikanischen Gebrauchtwagenhändlern einzulassen, die bestimmt noch furchteinflößender, unredlicher und heimtückischer waren als ihre britischen Kollegen. Als er im Pythagoras Drive ankam, stellte er fest, daß er seinen Hausschlüssel vergessen hatte – womit der bereits durch Charles Boon und Mrs. Zapp erheblich strapazierte Abend vollends katastrophale Züge annahm. Zum Glück schien jemand im Haus zu sein, er hörte leise Musik. Aber er mußte ein paarmal klingeln, ehe die Tür hinter einer Kette einen Spalt breit geöffnet wurde. Melanie Byrd spähte mit bedenklicher Miene hindurch, doch dann erhellte sich ihr Gesicht.

»Ach, Sie sind's.«

»Entschuldigen Sie vielmals, ich hab meinen Schlüssel vergessen.«

Sie machte die Tür auf und rief über die Schulter: »Alles okay, nur Professor Swallow. Wir haben schon gedacht, es sind die Bullen«, erläuterte sie lachend. »Wir haben nämlich geraucht.«

»Geraucht?« Dann witterte er einen süßlich-scharfen Geruch, und alles war klar. »Ach so, natürlich.« Das war überlegen gemeint, klang aber nur befangen, und das war er ja auch.

»Kommen Sie noch ein bißchen zu uns?«

»Danke, ich rauche nicht. Das heißt –«

Philip stockte, aber Melanie lachte nur. »Dann trinken Sie einen Kaffee. Hasch ist hier kein Muß.«

»Schönen Dank, aber ich glaube, eigentlich brauche ich jetzt was zu essen.«

Er konnte nicht umhin festzustellen, daß Melanie an diesem Abend besonders reizvoll aussah. Sie trug ein weißes Folklorekleid, das ihr bis zu den nackten Füßen reichte, das lange braune Haar fiel ihr offen auf die Schultern, die Augen waren sehr groß und glänzten. »Fürs erste«, fügte er hinzu.

»Vom Abendessen ist noch Pizza übrig. Wenn Sie so was mögen.«

Doch, versicherte Philip, er aß sehr gern Pizza. Er folgte ihr ins Wohnzimmer, wo ein orangefarbener Mond aus Pergamentpapier, der fünfzig Zentimeter über dem Boden hing, gespenstisches Licht verbreitete. Die Einrichtung bestand aus niedrigen Tischen, Matratzen, Kissen, einem aufblasbaren Sessel, Bücherregalen aus Brettern und Backsteinen sowie einer teuer aussehenden Stereoanlage, der klagende indische Musik entquoll. An den Wänden hingen psychedelische Poster, den Boden bedeckten Aschenbecher, Teller, Tassen, Gläser, Zeitschriften und Plattenhüllen. Im Zimmer waren drei junge Männer und zwei junge Frauen. Melanies Mitbewohnerinnen Carol und Deirdre kannte Philip schon. Melanie machte ihn ziemlich nebenbei mit den drei jungen Männern bekannt, deren Namen er sofort wieder vergaß. Statt dessen identifizierte er sie nach ihrer Verkleidung. Der eine trug eine Bürgerkriegsuniform aus dem Lager der Konföderierten, der zweite Cowboystiefel und einen zerschlissenen, knöchellangen Wildledermantel, der dritte einen locker fallenden schwarzen Judoanzug. Von der Hautfarbe her war er ebenfalls schwarz, und damit nur ja kein Zweifel daran aufkommen konnte, wo er in der Rassenfrage stand, hatte auch seine Sonnenbrille eine schwarze Fassung.

Philip setzte sich auf eine Matratze und spürte, wie die Schultern seines englischen Anzugs sich hochschoben und ihn an den Ohren kitzelten. Er zog das Jackett aus und lockerte den Schlips, um sich wenigstens in etwa kleidungsmäßig der Gesellschaft anzupassen. Melanie brachte ihm einen Teller mit Pizza, und Carol schenkte ihm ein Glas knochentrockenen Rotwein aus einer Vierliterflasche in Strohhülle ein. Während er aß, reichten die anderen etwas – offenbar einen Joint – von Hand zu Hand. Als er mit der Pizza fertig war, zündete er sich eilig eine Pfeife an, was ihn der Notwendigkeit enthob, sich die Droge zu Gemüte zu führen. In Rauchwolken gehüllt, erzählte er humorvoll, wie er plötzlich im Hause Hogan allein gewesen war. Das kam recht gut an. »Haben Sie versucht, bei der Frau zu landen?« fragte der schwarze Judokämpfer.

»Nein, nein, ich saß plötzlich in der Falle. Im übrigen ist sie mit dem Professor verheiratet, dessen Stelle ich hier einnehme, mit Professor Zapp.«

Melanie sah ihn betroffen an. »Das wußte ich nicht.«

»Kennen Sie ihn?« fragte Philip.

»Flüchtig.«

»Ein Faschist«, sagte der Konföderierte. »Bekannter Campus-Faschist, dieser Zapp. Den kennt jeder.«

»Ich hab mal ein Seminar bei Zapp gemacht«, sagte der Cowboy. »Der Typ hat mir ein lausiges C für ein Referat gegeben, auf das ich beim letzten Mal ein glattes A gekriegt hab. Na, dem hab ich aber was erzählt.«

»Was hat er gesagt?«

»Ich soll mich verpissen.«

»Echt stark.« Der schwarze Judokämpfer bog sich vor Lachen.

»Und Kroop?« fragte der Konföderierte.

»Bei Kroop kannst du dich selber benoten.«

»Willst du uns verarschen?«

»Ehrenwort.«

»Da gibt sich doch bestimmt jeder ein A«, meinte der schwarze Judokämpfer.

»Eben nicht. Eine hat sich sogar mal durchfallen lassen.«

»Jetzt hör aber auf.«

»Ehrlich. Kroop hat's ihr ausreden wollen. Das Referat war mindestens ein C wert, hat er gemeint, aber nein, sie wollte unbedingt durchrasseln.«

Philip wollte von Melanie wissen, ob sie an der Euphoric State studiere.

»Früher mal. Ich bin ausgestiegen.«

»Auf immer?«

»Nein. Ich weiß nicht. Vielleicht.«

Alle hatten an der Euphoric studiert oder studierten dort noch, aber genau wie Melanie konnten oder wollten sie sich weder über ihre Vergangenheit noch über ihre Zukunftsperspektiven genauer auslassen. Sie schienen ausschließlich in der Gegenwart zu leben. Philip, der ständig ängstlich in seine mutmaßliche Zukunft spähte und besorgt über die Schulter in die Vergangenheit blickte, fand diese Menschen nahezu unverständlich. Aber fesselnd. Und sympathisch.

Er brachte ihnen ein Gesellschaftsspiel bei, das er während seines Studiums erfunden hatte. Dabei mußte jeder ein bekanntes Buch nennen, das er nicht gelesen hatte, und bekam einen Punkt für jeden Mitspieler, der es kannte. Es gab ein Kopf-an-Kopf-Rennen zwischen dem Konföderierten und Carol, mit vier von fünf möglichen Punkten für *Steppenwolf* und *Die Geschichte der O*. In beiden Fällen ging der fehlende Punkt auf Philips Konto. Seine eigene Wahl, *Oliver Twist* – meist ein sicherer Tip – fiel glatt durch.

»Wie nennen Sie das Spiel?« fragte Melanie.

»Demütigung.«

»Klasse Name.«

»Weil man sich demütigen muß, wenn man gewinnen will. Oder wenn man andere am Gewinnen hindern möchte. So ähnlich wie bei Mr. Kroops Benotungssystem.«

Wieder kreiste ein Joint, und diesmal nahm Philip ein, zwei Züge. Es passierte nichts Besonderes, aber er hatte sich recht fleißig an den Rotwein gehalten, um die Stimmung der Party mit- und nachvollziehen zu können. Denn um eine Party schien es sich zu handeln, vielleicht aber auch um eine Selbsterfahrungsgruppe. Dieser Begriff war Philip neu, und die jungen Leute bemühten sich eifrig, ihn aufzuklären.

»In der Gruppe wirst du irgendwie deine Hemmungen los und so.«

»Du überwindest die Einsamkeit. Und die Angst vor dem Lieben.«

»Sie hilft dir, den eigenen Körper wiederzuentdecken.«

»Zu verstehen, was wirklich in dir abläuft.«

Sie tauschten Histörchen aus.

»Am schlimmsten ist es zuerst«, sagte Carol. »Wenn du total verklemmt und abgefuckt bist und am liebsten gar nicht gekommen wärst.«

»Da, wo ich war«, sagte der Konföderierte, »haben wir nicht gewußt, wer der Gruppenleiter ist, und der Typ hat sich nicht vorgestellt, absichtlich, verstehst du, und wir haben alle ne Stunde dagesessen und uns angeschwiegen, ne geschlagene Stunde.«

»Kommt mir vor wie ein Seminar von mir«, sagte Philip. Aber sie waren zu sehr in das Thema vertieft, um auf sein Witzchen zu reagieren.

Carol sagte: »Unser Gruppenleiter hat ne starke Idee gehabt, damit wir lernen, uns aufeinander einzulassen. Alle mußten ihre Geldbörsen und Brieftaschen auf dem Tisch ausleeren. Irgendwie totale Selbstentblößung eben, du sollst das Innere nach außen stülpen und allen zeigen, was du sonst verborgen hältst. Präser und Tampax und alte Liebesbriefe und fromme Medaillen und unanständige Bilder, alles eben. Unheimlich, was da rausgekommen ist! Einer hatte ein Foto von einem Mann am Strand dabei, der war splitterfasernackt, bis auf eine Pistole im Halfter. Und dann stellt sich raus, daß das der Vater von dem Typ ist. Wie findet ihr das?«

»Heiß«, sagte der Konföderierte.

»Na dann los«, sagte Philip und warf seine Brieftasche in den Ring.

Carol breitete den Inhalt auf dem Boden aus. »Lohnt sich nicht. Alles sehr spießermäßig. Kein Kick, unheimlich moralisch.«

»Eben typisch für mich«, seufzte Philip. »Wer jetzt?« Aber sonst hatte niemand eine Brieftasche oder einen Geldbeutel greifbar.

»Ist doch Kacke, so was«, sagte der Cowboy. »In meiner Gruppe lernen wir Körpersprache.«

»Sind das Ihre Kinder?« fragte Melanie, die sich seine Fotos ansah. »Nett sehen sie aus, aber ein bißchen traurig.«

»Das liegt daran, daß ich so verklemmt mit ihnen umgehe«, sagte Philip.

»Und das ist Ihre Frau?«

»Die ist auch verklemmt.« Er war fasziniert von diesem neuen, ausdrucksstarken Wort. »Wir sind eine sehr verklemmte Familie.«

»Die ist aber lieb.«

»Das Bild ist schon alt. Damals war sogar ich lieb.«

»Ich find dich jetzt auch lieb.« Melanie beugte sich vor und küßte ihn auf den Mund.

In Philips Körper vollzogen sich Dinge, die er seit über zwanzig Jahren nicht mehr empfunden hatte, er spürte eine ziehende Wärme, die irgendwo in lebenswichtigen Teilen seines Körpers begann und in allmählich schwächer werdenden Wellen nach außen drang, bis sie seine Hände und Füße erreicht hatte. In diesem einen Kuß war die ganze hilflose Wonne jugendlicher Erotik wiedererstanden – und auch deren Befangenheit. Er brachte es nicht fertig, Melanie anzusehen, sondern starrte dumm und stumm, mit heißen, roten Ohren auf seine Schuhe. Idiot! Feigling!

»Paßt mal auf, ich mach's euch vor.« Der Cowboy zog den Wildledermantel aus, stand auf und schob mit dem Fuß das schmutzige Geschirr beiseite, das auf dem Boden herumstand. Melanie stapelte die Teller und brachte sie in die Küche. Philip lief vor ihr her und machte ihr die Türen auf, neu belebt von der Aussicht auf traute Zweisamkeit an der Spüle. Abwaschen war mehr sein Fall als Körpersprache.

»Soll ich spülen oder trocknen?« fragte er, und als er ihr verständnisloses Gesicht sah: »Kann ich beim Abwaschen helfen?«

»Ach wo, ich weich das Zeug nur ein.«

»Macht mir gar nichts aus«, bettelte er. »Ich wasch sogar ganz gern ab, ehrlich.«

Melanie lachte und zeigte ihm zwei Reihen weißer Zähne. Einer der vorderen Schneidezähne stand schief, es war der einzige Makel, den er im Augenblick an ihr entdecken konnte. Sie war bildhübsch in ihrem langen weißen Kleid, das unter dem Busen gerafft war und von da ab gerade geschnitten bis auf die nackten Füße herunterfiel.

»Nein, wir lassen die Sachen einfach stehen.«

Er folgte ihr ins Wohnzimmer. Der Cowboy stand Rücken an Rücken mit Carol mitten im Raum. »Der Trick ist, daß du Kommunikation schaffst, indem du dich am Partner reibst«, erklärte er und ließ den Worten die Tat folgen. »Mit der Wirbelsäule, mit den Schulterblättern …«

»Dem Hintern …«

»Genau. Bei den meisten Leuten ist der Rücken tot. Mausetot. Weil er nie für was gebraucht wird, klar?« Der Cowboy überließ dem Konföderierten seinen Platz und begann, Deirdre und den schwarzen Judokämpfer einzuweisen.

»Willst du's mal versuchen?« fragte Melanie.

»Klar.«

Er spürte ihren geraden, geschmeidigen Rücken an seinem runden Gelehrtenbuckel, ihr straffer Po drückte sich beglückend gegen seine mageren Schenkel, ihr Haar, das sie nach hinten geworfen hatte, rieselte über seine Brust. Er war hingerissen. Melanie kicherte.

»Hey, Philip, was willst du mir jetzt gerade mit deinen Schulterblättern sagen?«

Jemand dämpfte das Licht und stellte die Sitarmusik lauter. Wiegend drückten und drängten sie sich in dem saitenschwirrenden, orangefarben verräucherten Dämmerlicht aneinander, es war eine Art Tanz, sie tanzten alle, endlich tanzte er so, wie er es sich immer gewünscht hatte, frei, improvisiert, dionysisch, inspiriert. Ein Traum hatte sich erfüllt.

Melanie sah ihn an, ohne ihn wahrzunehmen. Ihr Körper lauschte der Musik. Ihre Lider lauschten, ihre Brustspitzen, ihre kleinen Zehen lauschten. Die Musik war sehr leise geworden, aber sie ging ihnen nicht verloren. Melanie wiegte sich, er wiegte sich, alle wiegten sie sich und nickten leicht im Takt, reagierten auf die unvermittelt schneller oder langsamer werdenden Bewegungen der zupfenden Finger, das leise Schlagen der Trommeln, die Kurven- und Wellenbewegungen in Ton und Timbre. Dann zog das Tempo an, die schwirrenden Klänge wurden lauter, schneller und lauter, die Bewegungen, der Musik gehorchend, heftiger, die Tanzenden zuckten und wanden sich, sie stampften mit den Füßen und hoben die Arme und schnippten mit den Fingern und klatschten in die Hände. Melanies Haare streiften den Boden und flogen zur Decke, und das orangefarbene Licht brach sich in dem feinen Gespinst, wenn sie sich aus der Taille beugte und streckte. Augen rollten, Schweiß glänzte, Brüste hüpften, Fleisch klatschte auf Fleisch. Schreie, schrill und ekstatisch, stießen durch den Rauch. Dann hörte plötzlich die Musik auf. Sie ließen sich keuchend, schwitzend, lachend auf Kissen fallen.

Danach übte der Cowboy mit ihnen Fußmassage. Philip legte sich bäuchlings auf den Boden, während Melanie barfuß auf seinem Rücken herumspazierte. Das Ergebnis war eine erregende Mischung aus Wonne und Schmerz. Sein Gesicht lag auf den harten Dielen, sein Hals war verdreht, das Gewicht preßte ihm die Luft aus den Lungen, die Schulterblätter drückten sich fast durch

die Brust, die Wirbelsäule knarrte wie ein rostiges Scharnier –
und dennoch hätte er anstandslos einen Orgasmus haben können, was andererseits auch nicht weiter wunder nahm, schließlich
zahlten manche Männer in einem Puff für so was gutes Geld. Er
stöhnte leise, als Melanie auf seinen Hinterbacken balancierte.
Sie sprang ab.

»Hab ich dir weh getan?«

»Nein, alles in Ordnung. Mach nur weiter.«

»Jetzt bist du dran.«

Er sei zu schwer, protestierte Philip, zu ungeschickt, würde ihr
das Kreuz brechen. Aber sie ließ nicht locker und warf sich in
ihrem weißen Kleid vor ihm nieder wie ein jungfräuliches Opfer.
Aus dem Augenwinkel sah er Carol auf dem massigen Körper
des schwarzen Judokämpfers auf und ab springen. »Tritt mich,
Baby, tritt mich«, stöhnte er. Und in einer dunklen Ecke veran-
stalteten der Cowboy und der Konföderierte etwas Außeror-
dentliches und Kompliziertes mit Deirdre, wobei heftig gekeucht
und geächzt wurde.

»Komm schon, Philip«, drängelte Melanie.

Er zog Schuhe und Socken aus und stieg behutsam auf Melanies Rücken, wobei er sich mit ausgestreckten Armen im Gleichgewicht hielt, als Fleisch und Knochen unter seinem Gewicht
nachgaben. Es war ein schrecklich-schönes Lustgefühl, mit seinen schwieligen Füßen den weichen Mädchenkörper zu kneten.
Traubentreten mußte so ähnlich sein. Er hatte eine finstere
Freude dran, dieses Mädchen zu beherrschen, das unter ihm lag,
während er gleichzeitig um ihren schönen Busen bangte, der –
wenn er recht gesehen hatte, ungeschützt von Stützen irgend-
welcher Art – den harten Boden berührte.

»Tu ich dir weh?«

»Nein, du, es ist toll, unheimlich gut für meine Wirbelsäule, ich
merke das.«

Er setzte einen Fuß fest auf und strich mit dem anderen ab-
wechselnd über ihre Pobacken. Der Fuß, überlegte er, wurde als
erogene Zone noch weithin unterschätzt. Dann verlor er das
Gleichgewicht und trat in eine Kaffeetasse, die in Stücke brach.

»Ach, du ahnst es nicht.« Melanie richtete sich auf. »Hast du
dich geschnitten?«

»Nein, aber ich bring die Scherben lieber weg.« Er zog seine Schuhe an und ging mit dem Geschirr in die Küche. Er stand am Mülleimer, als der Cowboy, nur mit einer Unterhose bekleidet, in die Küche stürmte und Schränke und Schubladen aufriß.

»Hast du irgendwo das Salatöl gesehen, Phil?«

»Kriegt ihr wieder Hunger?«

»Nein, nein. Wir wollen uns alle ausziehen und uns mit Öl einreiben. Schon mal probiert? Echt geil, sag ich dir. Na also!« Er holte eine große Dose Maisöl aus einem Schrank und warf sie triumphierend hoch.

»Brauchst du noch Pfeffer und Salz?« witzelte Philip, aber der Cowboy war schon halb wieder draußen. »Komm schon, jetzt geht's richtig ab.«

Philip band sich langsam die Schuhe zu und schob die Entscheidung ein bißchen vor sich her. Dann ging er in die Diele. Aus dem abgedunkelten Wohnzimmer drangen Gelächter, Gequietsche, wieder Sitarmusik. Die Tür stand einen Spalt breit offen. An der Schwelle zögerte er, dann stieg er die Treppe zu seiner einsamen Wohnung hinauf, und eine Hälfte seines Ich sprach wehmütig: »Für so was bist du zu alt, Swallow, du würdest nur aus einer Peinlichkeit in die andere fallen und dich lächerlich machen, und überhaupt, was ist mit Hilary?« Worauf die andere erwiderte: »Scheiße, Swallow (ein Wort, das er sich mit höchlichem Befremden auch nur im Geist sagen hörte), Scheiße, wann bist du je jung genug für so was gewesen? Du hast einfach Schiß. Schiß vor dir und Schiß vor deiner Frau. Überleg mal, was du dir da hast entgehen lassen. Melanie Byrd mit Salatöl einzureiben, stell dir das doch mal vor.« Er stellte es sich vor und wandte sich, schwankend, ob er kehrtmachen sollte oder nicht, vor seiner Wohnungstür um. Doch da rauschte zu seinem Erstaunen Melanie hinter ihm die Treppe hoch und flüsterte: »Stört es dich, wenn ich heute bei dir penne? Ich weiß, daß einer von den Jungs gerade erst einen Tripper hatte.«

»Aber nein«, entgegnete er verdattert und ließ sie ein. Mit einem Schlag war er stocknüchtern, hatte rasendes Herzklopfen und ein ganz komisches Gefühl im Bauch. Würde er jetzt, nach – wie lange war es her – nach zwölf Jahren Monogamie mit einer anderen Frau schlafen? Einfach so? Ohne Präliminarien, ohne

Planung? Er machte Licht, und sie blinzelten beide in die plötzliche Helle. Auch Melanie wirkte ein bißchen befangen.

»Wo soll ich schlafen?« fragte sie.

»Wo möchtest du denn?« Er führte sie, Türen aufreißend wie ein Hotelpage, durch die Wohnung. »Das ist das Elternschlafzimmer.« Er knipste das Licht an und präsentierte das Doppelbett, das ihm so groß wie ein Fußballfeld vorkam, wenn er sich darin ausstreckte. »Das andere Zimmer nehme ich zum Arbeiten, aber es steht auch eine Liege drin.« Er trat ein, wischte ein paar Bücher und Zeitungen von der Couch und drückte mit gespreizten Fingern auf die Matratze. »Ganz gemütlich. Such's dir aus.«

»Es hängt natürlich auch davon ab, ob du ficken willst oder nicht.«

Philip zuckte zusammen. »Ja, was meinst du denn dazu?«

»Also ganz ehrlich, Philip, mir wär's lieber ohne. Nichts gegen dich persönlich, aber ich bin hundemüde.« Sie gähnte wie ein Kätzchen.

»Dann nimmst du mein Bett, und ich schlafe hier.«

»Nein, ich nehme die Couch.« Sie setzte sich sehr entschieden. »Ist ganz toll, wirklich.«

»Na gut, wenn du meinst ... Das Badezimmer ist geradeaus.«

»Danke. Wirklich lieb von dir.«

»Keine Ursache«, sagte Philip und zog sich diskret zurück. Er wußte nicht, ob ihn die Abfuhr freuen oder ärgern sollte, und wälzte sich, von der Ungewißheit wach gehalten, unruhig in seinem doppeltbreiten Bett herum. Er ließ leise das Radio laufen und hoffte auf die einschläfernde Wirkung der gedämpften Klänge. Es war der Sender, den er gestern abend eingestellt hatte, die Charles-Boon-Show war in vollem Gange. Die Black Panther Lady explizierte einem Anrufer, wie sich die marxistisch-leninistische Revolutionstheorie auf die Situation unterdrückter rassischer Minderheiten in der Spätphase des industriellen Kapitalismus anwenden ließ. Philip machte das Radio wieder aus. Nach einer Weile ging er ins Badezimmer, um sich ein Aspirin zu holen. Die Tür zum Arbeitszimmer stand offen, und spontan schwenkte er nach links ab und trat ein. Melanie schlief fest, er hörte ihre tiefen, regelmäßigen Atemzüge. Er setzte sich an seinen Schreibtisch und knipste die Leselampe an. Das Licht warf einen schwachen Glanz auf die Schlafende, deren langes Haar romantisch auf dem Kissen ausgebreitet war, während ein nackter Arm herunterhing. Da saß er nun im Schlafanzug und sah sie an, bis ihm ein Fuß einschlief. Während er noch versuchte, ihn durch Massage aufzuwecken, schlug Melanie die Augen auf, sah ihn ratlos, erschrocken, dann mit schlaftrunken aufdämmerndem Verständnis an.

»Ich wollte mir ein Buch holen.« Philip rieb an seinem Fuß herum. »Ich konnte nicht einschlafen.« Er lachte unsicher. »Macht wohl die Aufregung ... Daß du hier liegst ...«

Melanie hob stumm-auffordernd einen Bettdeckenzipfel.

»Sehr lieb von dir. Macht's dir auch wirklich nichts aus?« murmelte er, als habe ein Reisender in einem voll besetzten Eisenbahnabteil ein Eckchen für ihn freigemacht. Auch das Bett war voll besetzt, als er zugestiegen war, und er mußte sich an Melanie klammern, um nicht herauszufallen. Sie war warm und nackt und äußerst anklammernswert. »Oh«, sagte er. »Ah.« Aber so ganz das Wahre war es nicht. Melanie schlief noch halb, und er war durch das Neue dieser Situation abgelenkt. Er kam zu schnell und verschaffte ihr wenig Genuß. Danach, als sie schon wieder eingeschlafen war, legte sie die Arme fester um seinen Hals und wimmerte: »Daddy ...« Er löste sich behutsam aus ihrer Umarmung und schlich sich zurück zu seinem doppeltbreiten Bett, aber er legte sich nicht hinein. Er kniete sich hin wie vor den Katafalk, auf dem eine hingemordete Hilary lag, und schlug die Hände vors Gesicht. O Gott, die Qual, diese Qual des Gewissens.

Auch Morris Zapp schlug ein bißchen das Gewissen, als er hinter der Tür dem Wehgeheul Bernadettes und den Verwünschungen des Dr. O'Shea lauschte, welchselbiger sie mit seinem Gürtel züchtigte, weil sie sie beim Lesen eines unanständigen Buches ertappt hatte. Und nicht nur das, sie hatte sich dabei auch selbst befleckt, was, so donnerte O'Shea, nicht nur eine Todsünde war, die ihre Seele auf direktem Wege der Hölle überantworten würde, falls es ihr nicht gelingen sollte, vorher ihre Sünden zu beichten (was nach ihrem Geschrei durchaus denkbar schien), sondern auch mit Sicherheit zu körperlichem und geistigem Zerfall und

damit zu Blindheit, Unfruchtbarkeit, zu Gebärmutterkrebs, Schizophrenie, Nymphomanie und allgemeinem Wahnsinn führte …
Morris Zapps schlechtes Gewissen rührte daher, daß besagtes unanständiges Buch der ›Playboy‹ war, den Bernadette vor einer Stunde von ihm bekommen hatte. Als er nach seiner Fahrt mit O'Shea zu Mrs. Reilly zurückkam, hatte sie im Flackerlicht des Fernsehers das Heft vor der Nase gehabt. Sie war so vertieft gewesen, daß sie Sekundenbruchteile zu langsam reagiert hatte, um die Zeitschrift noch zuzuklappen und unter den Sessel zu schieben. Puterrot und sich windend vor Verlegenheit stotterte sie eine Entschuldigung und strebte eiligst der Tür zu.

»Gefällt Ihnen der ›Playboy?‹« fragte Morris beschwichtigend. Sie schüttelte mißtrauisch den Kopf. »Ich borg Ihnen das Heft.« Zapp warf es ihr hin. Es landete vor ihren Füßen und öffnete sich zufällig beim Playmate des Monats, das einladend der Kamera seine Hinterfront zukehrte. Bernadette beglückte ihn mit einem zahnlosen Lächeln.

»Danke, Mister«, sagte sie, griff zu und verschwand.

Indessen war das Geheul in ersticktes Schluchzen übergegangen. Als Zapp die Schritte des empörten *Paterfamilias* nahen hörte, sauste er zum Sessel und schaltete den Fernseher ein.

»Mr. Zapp!« O'Shea stürzte ins Zimmer und stellte sich zwischen Morris und den Fernseher in Positur.

»Herein«, sagte Morris.

»Mr. Zapp, Ihre Lesegewohnheiten gehen mich nichts an –«

»Könnten Sie den Arm wohl ein Stück höher nehmen«, sagte Morris. »Sie verdecken das Bild.«

O'Shea kam dieser Bitte bereitwillig nach und sah jetzt aus wie ein Mann, der vor Gericht den Eid ablegt. Ein grellfarbiger Werbespot für eine Erdbeercremespeise schwoll wie eine obszöne Blase unter seiner Achsel an. »Aber ich muß Sie bitten, mir keine Pornographie ins Haus zu bringen.«

»Ich und Pornographie? Ich hab ja nicht mal einen Pornographen«, schoß Morris zurück und hoffte, daß O'Shea den Witz noch nicht kannte.

»Ich spreche von einem widerwärtigen Presseerzeugnis, das Bernadette aus Ihrem Zimmer hat mitgehen lassen. Ohne Ihr Wissen, wie ich annehme.«

Morris ignorierte den Versuchsballon. Bernadette hatte also nicht gepetzt. Mumm hatte sie, die Kleine, das mußte man ihr lassen. »Meinen Sie etwa den ›Playboy‹? Aber ich bitte Sie, das ist ja lächerlich. ›Playboy‹ ist doch keine Pornographie. Der wird sogar von Geistlichen gelesen, ja, es gibt sogar welche, die für ihn schreiben.«

O'Shea zog die Nase hoch. »Protestantische Geistliche vielleicht ...«

»Kann ich ihn zurückhaben, bitte?« sagte Morris. »Den ›Playboy‹, meine ich.«

»Ich habe das Heft vernichtet, Mr. Zapp«, verkündete O'Shea streng, aber das nahm Morris ihm nicht ab. Es dauerte bestimmt noch nicht mal eine halbe Stunde, dann hatte der gute O'Shea sich irgendwo eingeschlossen, holte sich einen runter und besah sich geifernd die Bilder – nicht die Mädchen, sondern die Werbung für Whisky und Hi-Fi-Anlagen ...

Statt des Werbespots erschien auf der Mattscheibe der Vorspann zu einer von O'Sheas Lieblingsserien, untermalt von der unverkennbaren Titelmelodie. Der Doktor schielte aus dem Augenwinkel zum Fernseher hinüber, während sein Körper nach wie vor Empörung signalisierte.

»Nun setzen Sie sich schon hin«, sagte Morris.

O'Shea ließ sich langsam auf seinen Stammplatz sinken.

»Nichts gegen Sie persönlich, Mr. Zapp«, brummelte er verlegen. »Aber Mrs. O'Shea würde mir schön was erzählen, wenn sie die Kleine bei so was erwischen täte. Immerhin ist Bernadette ihre Nichte, da fühlt sie sich verantwortlich für ihre Moral.«

»Durchaus verständlich«, sagte Morris versöhnlich. »Scotch oder Bourbon?«

»Zu einem Schluck Scotch würde ich nicht Nein sagen, Mr. Zapp. Nehmen Sie mir den Ausbruch nicht übel, aber –«

»Schwamm drüber.«

»Wir beide sind ja Männer von Welt. Aber ein junges Mädchen, das geradewegs aus Sligo kommt ... Ich meine, es würde uns schon beruhigen, wenn Sie aufreizende Lektüre in Zukunft hinter Schloß und Riegel halten würden.«

»Meinen Sie denn, Ihre Nichte könnte gewaltsam hier eindringen?«

»Das nicht gerade, aber sie ist immerhin vormittags zum Putzen da.«

»Ach ja? Das wußte ich nicht.«

Morris zahlte dreißig Schilling für diesen zusätzlichen Service und hielt es für unwahrscheinlich, daß Bernadette von diesem Geld je etwas zu sehen bekam. Als er ihr am nächsten Morgen auf der Treppe begegnete, steckte er ihr eine Pfundnote zu. »Ich hab gehört, daß Sie bei mir geputzt haben. Das haben Sie sehr schön gemacht.«

Wieder erschien das zahnlose Lächeln, begleitet von einem sehnsuchtsvollen Augenaufschlag.

»Wenn Sie möchten, komm ich heut abend zu Ihnen.«

»Nein, nein«, wehrte er erschrocken ab. »Das ist ein Mißverständnis.« Aber da hatte sie Mrs. O'Sheas schweren Schritt auf dem Treppenvorplatz gehört und war schon vorbei. Früher hätte Morris eine solche Chance nicht ungenutzt vorübergehen lassen (und dabei möglicherweise auch das zahnlose Lächeln in Kauf genommen). Aber jetzt – lag es nun am Alter oder lag es am Klima – fühlte er sich weder der Sache selbst noch den denkbaren Komplikationen gewachsen. Nur zu lebhaft konnte er sich ausmalen, wie die O'Sheas ihn mit Bernadette im Bett oder Bernadette einlaßheischend vor seiner Tür ertappten. Es stand nicht dafür, deswegen eine erneute Zimmersuche im winterlichen Rummidge auf sich zu nehmen. Um jedwedem unglücklichen Zufall aus dem Weg zu gehen und sich eine wohlverdiente Verschnaufpause zu gönnen, beschloß Morris, einen Abstecher nach London zu machen.

Philip erwachte schweißgebadet aus einem Traum, in dem er zu Hause beim Abwaschen gewesen war. Ein Teller nach dem anderen entglitt seinen kraftlosen Fingern und zerschellte auf den Fliesen vor der Spüle. Melanie, die dabeistand – offenbar hatte sie ihm geholfen –, sah entsetzt auf den immer höher werdenden Scherbenhaufen. Stöhnend rieb er sich die Augen. Zuerst registrierte er nur körperliches Unbehagen: Völlegefühl, Kopfschmerzen, einen schwefligen Geschmack im Mund. Auf dem Weg zum Badezimmer fiel sein trüber Blick durch die offenstehende Tür des Arbeitszimmers auf die zerknautschte Bettwäsche der Liege – und die Erinnerung war wieder voll da. Er krächzte ihren Namen. »Melanie?« Keine Antwort. Das Badezimmer war leer, die Küche desgleichen. Er zog die Vorhänge im Wohnzimmer zurück und zuckte zusammen, als das Tageslicht hineinflutete. Leer. Melanie war weg. Was nun?

Der Aufruhr, der in seinem Magen wühlte, erfaßte auch seine Seele. Daß Melanie so beiläufig seine müde, täppische Lust befriedigt hatte, schien ihm im Rückblick schockierend, bewegend, erregend, rätselhaft. Er hatte keine Ahnung, welchen Stellenwert die Begebenheit für sie haben mochte, und wußte daher auch nicht, wie er sich bei der nächsten Begegnung ihr gegenüber verhalten sollte. Aber, überlegte er, während er mit beiden Händen seinen Brummschädel umfaßte, gegenüber dem ethischen Problem waren Punkte der Etikette von eher untergeordneter Bedeutung. Die entscheidende Frage lautete: Wollte er es wieder tun? Oder vielmehr (blöd ausgedrückt, wer wollte das nicht!) *würde* er es wieder tun, wenn sich die Gelegenheit bot? Das kommt davon, wenn man in einer Erdrutschzone Wohnung nimmt, dachte er deprimiert und sah aus dem Fenster.

Er verbrachte an diesem Tag viel Zeit damit, aus dem Fenster zu sehen, denn ehe er wegen Melanie nicht mit sich ins reine gekommen war, konnte er sich nicht dazu aufraffen, aus dem Haus zu gehen. Sollte er die Beziehung pflegen? Sollte er so tun, als sei nichts passiert? Er spielte mit dem Gedanken, Hilary anzurufen, ihre Stimme als eine Art Elektroschocktherapie für sein verwirrtes Gemüt einzusetzen, aber im letzten Moment verließ ihn der Mut, und er ließ sich statt dessen Interflora geben. Die Sonne sank über seiner Unentschlossenheit. Er legte sich früh zu Bett und wachte mitten in der Nacht nach einem feuchten Traum auf. Offenbar fiel er rapide wieder in die pubertäre Phase zurück. Er stellte das Radio an, und »Verschmutzung« war das erste Wort, das er vernahm. Charles Boons Thema war das Ende der Welt. Offenbar hatte die U.S. Army etliche Kanister Nervengas – genug, um die gesamte Weltbevölkerung auszurotten – in dicke Betonklötze gepackt und in unterirdischen Höhlen vergraben, dabei aber leider übersehen, daß die Höhlen auf der Höhe der Verwerfung lagen, die sich quer durch den Staat Euphoria zog.

Das Beste würde sein, entschied Philip, sich ganz offen mit

Melanie auszusprechen. Wenn er ihr seine Gefühle schilderte, konnte sie vielleicht in dem Wirrwarr ein wenig Klarheit für ihn schaffen. Vage schwebte ihm eine reife, lockere, freundschaftliche Beziehung vor, die ein erneutes Miteinanderschlafen nicht ausdrücklich vorsah, eine solche Möglichkeit aber auch nicht von vornherein ausschloß. Ja, morgen würde er zu Melanie gehen. Er schlief wieder ein und träumte diesmal, daß er der letzte Mensch war, der Esseph zur Zeit des zweiten und letzten Erdbebens der Stadt verließ. Er saß allein in einem Flugzeug, das vom Flughafen Esseph startete, und während es über die Rollbahn rumpelte, schaute er aus dem Fenster und sah, wie sich Risse, einem wirren Pflastermuster gleich, im Asphalt ausbreiteten. Just in dem Moment, da die Erde sich öffnete, um sie zu verschlingen, hob die Maschine ab. Sie stieg steil nach oben, legte sich in eine Kurve, und aus dem Fenster sah er fassungslos auf die Paläste, Kuppeln und wolkenverhangenen Hochhäuser der Stadt Esseph, die brennend zusammenbrachen und ins Meer stürzten.

Am nächsten Morgen waren Bucht und Stadt noch da. Lächelnd ließen sie sich von der Sonne bescheinen und warteten auf den Genickschlag des Erdbebens. Nur Melanie war nicht da. Weder an diesem noch am nächsten oder übernächsten Tag. Philip ging ständig im Haus ein und aus, suchte Vorwände, um sich in der Diele herumzudrücken, und stieg laut pfeifend die Treppen hinauf und herunter, aber es nützte alles nichts. Carol und Deirdre begegneten ihm häufig, und schließlich nahm er allen Mut zusammen und fragte sie nach Melanie. Die sei auf ein paar Tage verreist, hieß es. Ob sie was für ihn tun könnten. Nein, danke.

An diesem Nachmittag stolperte er in einem Korridor von Dealer Hall über ein Paar Stiefel, die dem Cowboy gehörten. Der Cowboy saß auf dem Boden vor Howard Ringbaums Tür und wartete auf eine Beratung.

»Eh«, feixte er. »Was macht Melanie?«

»Weiß ich nicht«, antwortete Philip. »Ich hab sie schon eine Weile nicht gesehen. Sind Sie ihr über den Weg gelaufen?« Der Cowboy schüttelte den Kopf.

Ringbaums dünne, näselnde Stimme war bis auf den Gang zu hören. »Sie haben offenbar in Ihrem Referat die Begriffe *Satire* und *Satyr* verwechselt, Miss Lennox. Satire ist eine Gedichtform.

Ein Satyr ist ein lüsternes Wesen, halb Mann, halb Ziegenbock, das hinter Nymphen herjagt.«

»Tja, ich muß weiter«, sagte Philip.

»Tschau«, sagte der Cowboy. »Immer locker vom Hocker.«

Das war leichter gesagt als getan. Philip spürte, daß er einer Obsession zu erliegen drohte. An diesem Abend meinte er, Melanies Stimme in der Charles-Boon-Show zu erkennen. Zu seinem großen Ärger bekam er, als er einschaltete, nur noch das allerletzte Stück des Gespräches mit. »Glauben Sie nicht«, sagte Melanie gerade, »daß wir ein ganz neues Konzept zwischenmenschlicher Beziehungen anstreben müssen? Ein Konzept, das nicht auf dem Habenwollen, sondern dem Teilhabenlassen beruht? Ein Sozialismus der Gefühle gewissermaßen ...«

»Genau.«

»Und ein Sozialismus der Empfindungen, und —«

»Ja?«

»Na ja, das wäre wohl alles.«

»Herzlichen Dank jedenfalls, war toll, der Beitrag.«

»Ja, also, irgendwie ist das eben meine Meinung, Charles. Wiederhören.«

»Wiederhören. Und melden Sie sich mal wieder. Sie können mich jederzeit erreichen«, setzte Boon vielsagend hinzu. Die Anruferin – war es wirklich Melanie? – lachte und legte auf.

»QXYZ Untergrundradio«, tönte Boon. »Sie hören die Charles-Boon-Show, die Sendung, die Gouverneur Duck verbieten lassen will. Wählen Sie 024-9898 und sagen Sie uns, was Sie bewegt.«

Philip sprang aus dem Bett, zog den Morgenrock über, rannte ins Erdgeschoß und klingelte an der unteren Wohnungstür. Nach einer Weile rief Deirdre durch die Tür: »Wer ist da?«

»Ich bin's, Philip Swallow. Ich möchte Melanie sprechen.«

Deirdre machte auf. »Sie ist nicht da.«

»Ich hab sie gerade im Radio gehört. Sie hat bei der Charles-Boon-Show angerufen.«

»Aber nicht von hier aus.«

»Bestimmt nicht?«

Deirdre riß die Tür auf. »Wollen Sie die Wohnung durchsuchen?« fragte sie ironisch.

»Entschuldigen Sie vielmals«, sagte Philip.

Das muß aufhören, sagte er sich, während er die Treppe wieder hinaufstieg. Ich brauche mal eine Verschnaufpause, eine Zerstreuung. An seinem nächsten freien Tag fuhr er mit dem Bus über die lange Brücke nach Esseph. Er entstieg dem Bus in dem gleichen Augenblick (obschon von der Uhrzeit her sieben Stunden früher), als Morris Zapp im Grillroom des Londoner Hilton die Zähne genüßlich in das erste anständige Steak schlug, das man ihm seit seiner Ankunft in England vorgesetzt hatte.

Das Hilton war ein verdammt teurer Kasten, aber Morris fand, daß er sich nach drei Wochen Rummidge durchaus ein bißchen Luxus leisten durfte, und außerdem gab er sich die größte Mühe, den Preis für das warme, geräuschgedämmte und schick möblierte Zimmer im 16. Stock auch voll abzuwohnen.

Er hatte bereits zweimal geduscht, sich an der flutenden Zentralheizungswärme geweidet, war wieder ins Bett gestiegen, um fernzusehen, und hatte sich das Mittagessen vom Zimmerservice bringen lassen – ein Clubsandwich mit Pommes frites, als Aperitif einen großen Manhattan, als Nachtisch *Apple pie à la mode*. Alles simple, alltägliche Beigaben des *American way of life*, im Exil jedoch seltene Genüsse.

Vielleicht, überlegte er, während er mit angenehm vollem Bauch aus dem Restaurant watschelte und sich im Zigarrenladen in der Lobby eine teure Panatella aussuchte, sollte er sich jetzt doch mal von der Drehtür ins Freie baggern lassen, um Swinging London zu besichtigen. Er zog Mantel und Handschuhe an, setzte sich einen Chruschtschow-Hut aus schwarzem Nylonpelz auf, den er in einem Discountladen in Rummidge erstanden hatte, und wagte sich in die rauhe Londoner Nacht hinaus. Er ging über den Piccadilly zum Piccadilly Circus und über die Shaftesbury Avenue bis Soho. Alle paar Schritte sprachen ihn Schlepper an, die unter den Türen der Striplokale vor sich hinbibberten.

Morris Zapp, der viele Jahre am Rande eines der größten Stripzentren der Welt gewohnt hatte, war selbst noch nie in den Genuß einer solchen Darbietung gekommen. Natürlich hatte er Pornofilme gesehen. Selbstverständlich hatte er obszöne Bücher gelesen. Pornographie galt als eine durchaus akzeptable Form der Zerstreuung unter den Intellektuellen Euphorias. Striptease hingegen mit all seinen gerade für Esseph so typischen Abarten und Besonderheiten ...

Und eben jenen nähert sich in diesem Moment Philip Swallow zum erstenmal. Er ist zum South Strand geschlendert, um seine alten Kneipen wieder aufzusuchen, und erblickt statt dessen einigermaßen fassungslos die Striplokale, die sich in der Cortez Avenue drängen – Pingpong, Roulette, Schuhputzservice, Barbecue, Freistilringen und Gogo-Dancing, alles oben und unten ohne. Wo einst biedere Pinten und Cafés und Kunstgewerbeläden und Kunstgalerien und Kabaretts und Dichterkeller waren, kämpfen jetzt riesige Neonbuchstaben mit GIRLSGIRLSGIRLS und STRIPSTRIPSTRIP gegen die Sonne an (denn in Euphoria ist es noch Nachmittag) und bemühen sich redlich, den müßigen Menschen männlichen Geschlechts in die von Samtvorhängen verhüllte, rauchfarbige Dunkelheit zu ziehen, wo Rockmusik schwirrt und dröhnt, wo die aushängenden Bilder der Mädchen mit den blanken, Raketenköpfen gleichen Riesenbusen locken: »NACKTE TATSACHEN ... JEDE HÜLLE FÄLLT ...«

... das war nur etwas für Provinzheinis, Touristen und Geschäftsleute. Morris Zapps Ruf als Mann von Welt wäre dahin gewesen, sobald ihn ein Kollege oder ein Student als Gast in einem dieser Etablissements auf dem South Strand erspäht hätte. »Was, Morris Zapp bei den Stripperinnen? Morris Zapp blättert für nackte Titten noch Geld hin? Nanu, Morris Zapp hat's wohl nötig ...« Frotzeleien und kein Ende. Deshalb hatte Morris nie den Fuß in eins der Striplokale auf dem South Strand gesetzt, obschon er oft einen Stich niederer Neugier verspürt hatte, wenn er auf dem Weg in ein Restaurant oder ins Kino dort vorbeigekommen war. Als er jetzt sechstausend Meilen von zu Haus, umgeben nur von einigen wenigen Wildfremden (denn die Nacht ist kalt und unwirtlich), in einer fremden Pornolandschaft steht, denkt er: »Warum nicht?«, zieht den Kopf ein und betritt unter der Nase eines trübselig dreinschauenden Inders, der die Tür hütet, die nächstbeste Nacktbar.

»Warum nicht?« dachte auch Philip Swallow. »Ich habe so was noch nie gesehen, habe es immer sehen wollen, tue niemandem weh damit, wer soll's schon erfahren, und überhaupt, die Sache ist kulturell und soziologisch relevant. Wieviel mag so was wohl kosten?« Er ging die Straße hinauf und hinunter, besah sich die Etablissements, die so früh am Tag schon offen waren, und entschied sich dann für eine kleine Bar mit dem schönen Namen Pussycat Gogo, die ihm Oben-und-unten-ohne-Tänzerinnen ohne Zuschlag verhieß. Er holte tief Luft und stürzte sich in die Dunkelheit.

»Guten Abend, Sir«, sagte der Inder mit breitem Lächeln. »Ein Pfund bitte, Sir. Die Vorstellung beginnt in Kürze, Sir.«

Morris zahlte und schob sich durch einen Flauschvorhang und eine Pendeltür. Er stand in einem kleinen, trüb beleuchteten Raum, in dem Bugholzstühle in drei Reihen vor einem kleinen, niedrigen Podest aufgestellt waren. Ein Scheinwerfer warf einen violetten Lichtkreis auf die Bühne, und ein antiquierter Lautsprecher gab asthmatisch keuchend Popmusik von sich. Der Raum war sehr kalt und bis auf Morris völlig leer. Er setzte sich in die Mitte der ersten Reihe und wartete. Nach ein paar Minuten ging er zurück zum Eingang.

»Eh«, sagte er zu dem Inder.

»Wünschen Sie etwas zu trinken, Sir? Bier, Sir?«

»Ich wünsche Striptease.«

»Gewiß, Sir. Einen Augenblick, Sir. Wenn Sie sich bitte einen Moment gedulden würden. Das Mädchen kommt sofort, Sir.«

»Haben sie nur eins?«

»Eins für jeden Auftritt, Sir.«

»Und es ist hundekalt da drin.«

»Ich bringe Heizung, Sir.«

Morris ging wieder an seinen Platz, und der Inder folgte ihm mit einem elektrischen Heizöfchen, das er an einer langen Schnur hinter sich herzog. So lang, daß sie bis zu Morris gereicht hätte, war sie allerdings nicht. Der Heizofen verbreitete, etliche Meter von seinem Platz entfernt, eine matte rote Glut in dem violetten Dämmerlicht. Morris setzte die Mütze auf und zog die Handschuhe an, knöpfte den Mantel bis obenhin zu und zündete sich – entschlossen, bis zum bitteren Ende auszuharren – grimmig eine neue Zigarre an. Er hatte eine gewaltige Dummheit gemacht, was er sich aber nicht eingestehen mochte. So saß er da, rauchte, sah auf die leere Bühne und rieb sich von Zeit zu Zeit die kalten Gliedmaßen, um die Blutzirkulation in Gang zu halten.

Philip Swallow hingegen, der sich auf Enttäuschung, Manipulation, Frust und Langeweile eingestellt hatte (denn hieß es nicht immer, kommerzieller Sex sei reizlos und schierer Lug und Trug?), machte die Erfahrung, daß er sich keineswegs langweilte, sondern entzückt, ja hingerissen bei seinem Gin Tonic (ein Dollar fünfzig, teuer also, aber tatsächlich ohne Zuschlag) drei schönen jungen Frauen zusah, die keine drei Meter von ihm entfernt splitterfasernackt tanzten. Sie waren nicht nur schön, sondern sahen überraschend frisch und intelligent aus, überhaupt nicht schlampig, ordinär oder angeödet, wie er sich das vorgestellt hatte, ja, er hatte fast den Eindruck, als tanzten sie nicht um Geld, sondern um des Vergnügens willen. So, als hätten sie, da es ihnen sowieso Spaß machte, zu Popmusikklängen herumzuhopsen und die Hüften zu schwenken, auch anderen Leuten eine harmlose kleine Freude machen wollen, indem sie sich dabei ihrer Sachen entledigten. Sie waren zu dritt; während die eine tanzte, servierte die zweite die Drinks, und die dritte machte Pause. Sie trugen Schlüpfer und kleine Westen, die aussahen wie Kinderhemdchen, und zogen diese Kleidungsstücke züchtig, aber ganz unbefangen vor den Augen der Gäste an und aus, denn in dem engen Raum gab es keine Garderobe. Mit Striptease war diese Darbietung eigentlich nicht richtig bezeichnet, das Element der Lockung fehlte ganz, bei der Ablösung klopften sie sich freundschaftlich auf die Schulter wie Staffelläuferinnen beim Sportfest der Klosterschule. Etwas weniger Schlüpfriges war kaum vorstellbar.

Morris hatte die Zigarre etwa zur Hälfte aufgeraucht, als er hörte, wie sich jenseits des Flauschvorhangs eine abbittende oder aufbegehrende Frauenstimme vernehmen ließ (genaueres ließ sich nicht ausmachen, die Frau schien einen Schnupfen zu haben). Schließlich zog der Inder sie hinter einen behelfsmäßigen Wandschirm in einer Ecke. Mit ihren dicken Stiefeln, die Zapp an Mrs. Swallow erinnerten, dem schweren Gang, dem Kopftuch und der kleinen Reißverschlußtasche aus Plastik wirkte sie etwa so sexy wie eine sibirische Miß Fünfjahresplan. Doch der Inder hielt mit ihrer Ankunft offenbar seinen Ruf für gerettet. Strahlend wie ein Honigkuchenpferd griff er zum Handmikrophon, fixierte Morris, der noch immer der einzige Gast war, und verkündete dröhnend:

»Guten Abend, meine Damen und Herren. Die erste Künstlerin dieses Abends ist Fifi, die französische Zofe. Ich danke Ihnen.«

Der Inder drehte an den Knöpfen seines Tonbandgeräts herum, die Lautstärke der Musik steigerte sich, und eine Blondine mit winzigem Spitzenschürzchen über schwarzer Unterwäsche und schwarzen Strümpfen trat in den Lichtkreis des Scheinwerfers und posierte mit einem Flederwisch.

»Das darf doch nicht wahr sein«, meinte Morris laut.

Mary Makepeace (denn eben diese war es) trat einen Schritt vor und legte die Hand vor die Augen, weil das Licht sie blendete. »Die Stimme kenne ich doch …«

»Wie war's in Stratford-upon-Avon?«

»Eh, Professor Zapp, was machen Sie denn hier?«

»Dasselbe wollte ich Sie fragen.«

Der Inder eilte herbei. »Ich darf doch sehr bitten! Gespräche mit den Künstlerinnen sind den Gästen nicht gestattet. Bitte machen Sie weiter, Fifi.«

»Ja, mach nur weiter, Fifi«, bekräftigte Morris.

»Hören Sie mal, das ist kein Gast, das ist ein Bekannter von mir«, sagte Mary Makepeace. »Für Bekannte strippe ich nicht, kommt gar nicht in die Tüte. Und sonst ist ja kein Mensch da. Das ist einfach unanständig.«

»So ist Striptease ja wohl auch gedacht«, sagte Morris.

»Bitte, Fifi«, flehte der Inder. »Wenn Sie erst mal anfangen, kommen vielleicht noch mehr Gäste.«

»Nein«, sagte Mary.

»Sie sind entlassen.«

»Okay.«

»Trinken wir was zusammen«, schlug Morris vor.

»Wo?«

»Im Hilton?«

»Na schön, ich laß mich überreden«, sagte Mary. »Ich hol nur meinen Mantel.«

Morris begab sich eilfertig auf die Straße, um ein Taxi heranzuwinken. Der Abend war plötzlich gerettet. Er freute sich sehr darauf, Mary Makepeace in seinem behaglichen Zimmer im Hilton näher kennenzulernen. Als das Taxi anfuhr, legte er einen Arm um ihre Schulter.

»Was macht ein nettes Mädchen wie Sie in so einem Schuppen?«

»Wir sehen das hoffentlich beide so, daß wir nur zusammen sind, um was zu trinken, Professor Zapp?«

»Aber natürlich«, sagte er geläufig. »Was denn sonst?«

»Es ist nämlich so, daß ich immer noch schwanger bin, ich hab's nicht wegmachen lassen.«

»Das freut mich«, sagte Morris tonlos und nahm seinen Arm weg.

»Hab ich mir gedacht. Aber daß wir uns recht verstehen – mit Moral hat das nichts zu tun. Ich bin nach wie vor der Meinung, daß eine Frau das Recht haben sollte, über ihr biologisches Geschick selber zu entscheiden.«

»Ach ja?«

»Aber im letzten Moment hab ich kalte Füße gekriegt. Es war die Klinik. Frauen, die tränenüberströmt in Bettsocken auf den Gängen herumirrten, Kloschüsseln voller Blut …«

Morris schauderte. »Ersparen Sie mir die Einzelheiten. Aber haben Sie nicht gesagt, daß die Stripperei pure Ausbeutung ist?«

»Ist sie auch, aber ich brauche das Geld. Für den Job ist nun mal keine Arbeitserlaubnis nötig.«

»Wozu wollen Sie überhaupt in diesem lausigen Land bleiben?«

»Damit das Baby hier zur Welt kommt. Es soll eine doppelte Staatsbürgerschaft haben, dann können sie ihn später nicht einziehen.«

»Woher wissen Sie, daß es ein Junge wird?«

»Zu verlieren habe ich so und so nichts. Das Kinderkriegen ist hier kostenlos.«

»Aber wie lange können Sie das noch machen? Oder wollen Sie Ihren Auftritt in ›Fifi, die schwangere Zofe‹ umbenennen?«

»Ihr Sinn für Humor ist offenbar unverändert, Professor Zapp.«

»Man tut, was man kann«, sagte er.

Indessen war Philip, der vor seinem vierten Gin Tonic saß und seit zwei Stunden die Anatomie der drei Pussycat Gogo-Girls studierte, zu einer tiefen Einsicht in das Wesen der Generationenkluft gekommen. Es war eine Frage des Alters. Junge Leute waren jünger, ergo schöner. Ihre Haut war frisch und blühend, sie hatten noch ihre Weisheitszähne, sie hatten flache Bäuche, die Brüste – ah! – waren fest, die Schenkel – ah, ah! – nicht marmoriert wie Blauschimmelkäse. Und wie ließ sich die Kluft überbrücken? Natürlich durch Liebe. Durch Mädchen wie Melanie, die großherzig ihr festes junges Fleisch dürren alten Stecken wie ihm gaben und die Säfte wieder zum Steigen brachten. Melanie ... Wie schlicht, wie gut erschien ihre Geste in dem klaren Licht dieser neuen Erkenntnis. Wie unnötig hatte er sie mit Emotionen und Ethik befrachtet.

Er stand auf. Sein Fuß war wieder eingeschlafen, aber sein Herz war voller Menschenliebe. Er wunderte sich nicht, als er vor der Bar, geblendet von dem schräg über die Cortez Avenue fallenden Sonnenlicht und durch den Alkoholkonsum und seinen eingeschlafenen Fuß etwas unsicher auf den Beinen, Melanie Byrd in die Arme lief. Es war, als sei sie, verkörperte Erfüllung seiner Wünsche, geradewegs aus dem Gehsteig gewachsen.

»Nanu, Professor Swallow ...«

»Melanie! Wie schön!« Er hielt sie zärtlich mit beiden Händen fest. »Wo hast du denn gesteckt? Warum bist du vor mir weggelaufen?«

»Ich bin vor niemandem weggelaufen, Professor Swallow.«

»Philip bitte.«

»Ich war hier in der Stadt und habe bei Bekannten gewohnt.«

»Bei einem männlichen Bekannten?«

»Bei einer Freundin. Ihr Mann sitzt im Knast, er ist einer von den Euphoria Neunundneunzigern. Sie war ein bißchen einsam ...«

»Ich bin auch einsam. Komm mit mir zurück nach Plotinus, Melanie«, sagte er und fand, daß es aufregend leidenschaftlich und poetisch klang.

»Eigentlich bin ich anderweitig vergeben, Philip.«

»*Komm zu mir, Lieb, und minne mich, und schenk uns Freuden wonniglich.*« Er machte lüsterne Augen.

»Nicht so hastig, Philip.« Melanie lächelte leicht besorgt und versuchte, sich aus seinem Griff zu lösen. »Diese Gogo-Girls haben dich ganz schön angemacht. Du, sag mal, das hab ich immer schon wissen wollen: Sind sie wirklich ganz nackt?«

»Pudelnackt. Aber nicht so schön wie du, Melanie.«

»Das hast du sehr lieb gesagt, Philip.« Sie hatte es geschafft, sich zu befreien. »Aber jetzt muß ich los. Bis später.«

Sie ging rasch auf die Kreuzung Cortez Avenue und Main Street zu. Philip hinkte neben ihr her. Die Avenue hatte sich belebt, Wagen brausten hupend vorbei. Fußgänger rempelten sie auf dem Gehsteig an.

»Melanie! Du darfst nicht so einfach wieder untertauchen. Hast du vergessen, was neulich war?«

»Mußt du das der ganzen Straße erzählen?«

Philip senkte die Stimme. »Für mich war es das erste Mal.«

Melanie blieb stehen und machte runde Augen. »Soll das heißen, daß du – daß du eine Jungfrau warst?«

»Abgesehen von meiner Frau, meine ich.«

Sie legte ihm verständnisvoll eine Hand auf den Arm. »Tut mir leid, Philip. Hätte ich gewußt, daß es dir so viel bedeutet, hätte ich mich nicht drauf eingelassen.«

»Für dich war das also gar nichts?« fragte er bitter und ließ den Kopf hängen. Die Sonne war hinter den Dächern versunken, er fröstelte in dem jähen Luftzug, der kalt von der Bucht herüberwehte. Der Nachmittag hatte seinen Glanz verloren.

»Ach, weißt du, so was passiert schon mal, wenn man ein bißchen high ist. Es war nett, aber …« Sie zuckte die Schultern.

»Ich weiß, ein toller Erfolg war es nicht«, sagte er bedrückt. »Aber gib mir noch eine Chance.«

»Komm, Philip …«

»Geh wenigstens mit mir essen. Ich muß mit dir reden.«

Sie schüttelte den Kopf. »Tut mir leid, Philip, das geht nicht, ich bin verabredet.«

»Verabredet? Mit wem?«

»Mit einem Typ, den ich noch nicht besonders gut kenne. Deshalb möchte ich ihn nicht warten lassen.«

»Was wirst du mit ihm machen?«

Melanie seufzte. »Wenn du's unbedingt wissen willst: Ich helf ihm bei der Wohnungssuche. Sein Wohnungspartner ist mit LSD ausgeflippt und hat ihnen gestern abend die Bude abgebrannt. Bis später, Philip.«

»Er kann bei mir im Gästezimmer schlafen, wenn du willst«, erbot sich Philip in letzter Not.

Melanie runzelte die Stirn und zögerte. »Bei dir im Gästezimmer?«

»Nur für ein paar Tage, bis er was anderes gefunden hat. Ruf ihn an und sag ihm Bescheid, danach gehen wir zusammen essen.«

»Du kannst es ihm selber sagen«, meinte Melanie. »Da drüben steht er, vor Modern Times.«

Philip sah quer über den spiegelnden Strom rollender Wagen zum Modern Times Bookshop hinüber, einst berühmt als Beatnik-Hauptquartier. Vor dem Laden, ein wenig im Wind gebeugt, die Hände in den Taschen seiner Jeans vergraben, so daß eine Ausbuchtung wie ein mittelalterlicher Latzfleck entstand, wartete Charles Boon.

III.

Briefe

Liebster,

vielen Dank für Deinen Luftpostbrief. Wir sind alle froh, daß Du wohlbehalten angekommen bist, besonders Matthew, im Fernsehen haben sie nämlich Bilder von einem Flugzeugunglück in Amerika gezeigt, und wir haben ihn nicht davon abbringen können, daß es Deine Maschine war. Jetzt macht er sich Gedanken, weil Du aus Spaß geschrieben hast, Du wohnst in einem Haus, das jeden Augenblick ins Meer rutschen kann, also bring das bitte in Deinem nächsten Brief in Ordnung.

Ich hoffe doch, daß die jungen Frauen unter Dir sich eines armen Strohwitwers annehmen und Dir anbieten werden, Deine Hemden zu waschen, Knöpfe anzunähen und dergleichen. Daß Du mit dieser Waschmaschine im Keller zurechtkommen würdest, kann ich mir nicht vorstellen. Übrigens muß ich Dir leider mitteilen, daß unsere Waschmaschine neuerdings ganz schauderhaft knirscht, und der Kundendienstmann sagt, daß das Hauptlager fast hinüber ist und die Reparatur 21 Pfund kostet. Lohnt sich das noch, oder soll ich sie gegen eine neue in Zahlung geben, solange die alte noch läuft?

Ja, die Aussicht, natürlich erinnere ich mich noch, damals hatten wir sie von der anderen Seite der Bucht. Weißt Du noch, unsere ulkige kleine Dachwohnung in Esseph? Damals, als wir jung und töricht waren ... Aber es hat keinen Sinn, sentimental zu werden, Du bist sechstausend Meilen weit weg, und ich habe noch den Abwasch vor mir.

Ehe ich es vergesse, *Wir schreiben einen Roman* habe ich nicht finden können, weder hier noch in der Uni. Dort konnte ich allerdings nicht sehr gründlich suchen, weil in Deinem Zimmer schon Mr. Zapp sitzt, von dem ich nicht behaupten kann, daß er mir besonders sympathisch ist. Ich habe Bob Busby gefragt, wie er sich eingelebt hat, und er meint, bisher hätte ihn noch kaum jemand zu Gesicht bekommen, er scheint ein ziemlich wortkarger, reservierter Typ zu sein und vergräbt sich meist in seinem Zimmer.

Lustig, daß Du Charles Boon, dieses Schlitzohr, im Flugzeug getroffen hast und er drüben so beliebt ist. Die Amerikaner schlucken doch wirklich fast alles. Viele liebe Grüße von uns allen.

Hilary

Désirée an Morris

Lieber Morris,

schönen Dank für Deinen Brief. Er hat mir echt Spaß gemacht. Besonders die Geschichten über Dr. O'Shea und das mit den vier verschiedenen Steckdosenarten in Deinen Zimmern und dem Schwarzen Brett in der Uni. Die Kinder haben sich darüber auch amüsiert.

Es dürfte der erste richtige Brief sein, den ich je von Dir bekommen habe – wenn ich die auf Hotelbriefbogen geschmierten Aufträge nicht mitrechne, daß ich Dich vom Flughafen abholen oder Dir Deine Vortragsnotizen nachschicken soll. Wenn man ihn so liest, kommst Du einem irgendwie richtig menschlich vor. Natürlich war mir klar, daß Du Dich nach besten Kräften bemüht hast, witzig und charmant zu sein, aber dagegen habe ich ja nichts, solange Du nicht glaubst, mich damit einwickeln zu können. Das kannst Du nämlich nicht. Angekommen, Morris? Ich lasse mich von Dir nicht einwickeln.

Das mit der Scheidung ist unwiderruflich, jeder Versuch, mich umzustimmen, wäre also pure Farbbandverschwendung. Übrigens brauchst Du meinetwegen nicht auf das andere Geschlecht zu verzichten. In Deinem Brief hast du etwas in der Richtung angedeutet, und ich möchte nicht, daß Du Dir hinterher Vorwürfe machst, weil Du Dir ein halbes Jahr die besten Bumsgelegenheiten für nichts und wieder nichts hast durch die Lappen gehen lassen.

Wobei mir einfällt: Ist der Lotus Europa, den Du bestellt hast, nicht ein bißchen jugendlich für Dich? Ich habe gestern einen in Esseph gesehen. Ehrlich, Morris, das Ding ist ein Penis auf Rädern. Nein, ich habe nicht vergessen, letzte Woche den Corvair in unserem Co-op auszuhängen, aber bisher hat sich erst ein Interessent gemeldet, ich war leider nicht zu Hause, und Darcy hat den Anruf entgegengenommen, weiß der Geier, was er dem Typ alles erzählt hat.

Das Winterquartal hat diese Woche angefangen, und wie nicht anders zu erwarten, gibt es schon wieder Unruhe auf dem Campus. Im vierten Stock von Dealer Hall ist im Herrenklo eine Bombe hochgegangen, wahrscheinlich sollte sie einen Deiner Kollegen auf der Brille zerfetzen, aber nach einem anonymen Anruf haben sie das Haus geräumt. Die Hogans hatten mich zu einer grauenvollen Cocktailparty eingeladen, aber ich habe kaum ein Wort mit jemandem geredet, es waren die üblichen Fieslinge da, dazu noch ein neuer, Charles Boon von der Radiosendung gleichen Namens. Und – das hätte ich fast vergessen – ich habe Deinen Kontrahenten, Philip Swallow, kennengelernt. Da war ich schon ziemlich zu und habe ihn immerfort Sparrow genannt, aber er hat's geschluckt, ohne eine Miene zu verziehen. Wenn die Briten alle so sind wie der, kannst Du einem fast leid tun. Er hatte nicht mal – Komischer Zufall. Mitten im Satz schau ich kurz aus dem Fenster, und wer kommt die Auffahrt herauf? Mr. Swallow höchstselbst. Das heißt, ›kommt‹ wäre übertrieben, er wankte auf Händen und Knien nach oben. Er hatte nämlich den ganzen Weg vom Campus zu Fuß bewältigt. Auf dem Plan, meinte er, hätte es gar nicht so weit ausgesehen, und daß die Straße praktisch senkrecht ansteigt, wußte er natürlich nicht. Und dann stellte sich heraus, daß er der Typ war, der wegen des Corvair angerufen hatte, er wollte sich den Wagen ansehen. Zu dumm, daß ich ihn bei den Hogans kennengelernt hatte, natürlich mußte ich ihm nun das von Nader und so weiter erzählen, und da wollte er den Wagen nicht mehr, das ist ja verständlich. Er hat mir sogar ein bißchen leid getan, er hat sich nämlich schon eine Wohnung in einer Erdrutschzone andrehen lassen. Hätte er den Corvair gekauft, hätte er versicherungsmathematisch gesehen ziemlich miese Chancen gehabt, ob er sich nun auf die Straße wagte oder zu Hause blieb.

Es ist herrlich ruhig hier ohne Dich, Morris. Ich hab den Fernseher zur Wand gedreht, lese viel und höre klassische Platten, Tschaikowsky, Rimski-Korsakow und Sibelius, all diese slawischen Romantiker, die Du mir derart vermiest hast, daß ich mich nicht mehr traute, sie schön zu finden.

Den Zwillingen geht es gut. Sie sind oft stundenlang verschwunden, wahrscheinlich treiben sie Doktorspiele, aber dagegen läßt sich wohl kaum was machen. Ihre große Leidenschaft ist im Augenblick die Biologie. Sogar für den Garten interessieren sie sich neuerdings, was ich natürlich nach Kräften unterstütze. Ich habe ihnen eine sonnige Ecke auf unserem abschüssigen Grundstück zur Verfügung gestellt. Sie schicken Dir liebe Grüße. Ich meinerseits lasse das Adjektiv weg.

Désirée

P. S. Nein, ich habe Melanie länger nicht mehr gesehen. Schreib ihr doch einfach mal.

Hilary an Philip

Liebster,

heute früh kam ein Bote von Johnsons mit einem Riesenstrauß roter Rosen, die hättest Du angeblich über Interflora bestellt. Bestimmt ein Irrtum, habe ich gesagt, denn es war weder mein Geburtstag noch sonstwas, aber er wollte sie nicht wieder mitnehmen. Ich habe dann in dem Geschäft angerufen, und dort haben sie mir bestätigt, daß Du sie bestellt hättest. Ist irgendwas passiert, Philip? So was sieht Dir überhaupt nicht ähnlich. Rosen im Januar – das muß ein Vermögen gekostet haben. Natürlich sind sie aus dem Treibhaus und lassen schon die Köpfe hängen.

Hast Du meinen letzten Brief bekommen? In dem stand unter anderem, daß ich *Wir schreiben einen Roman* nicht habe finden können. Wir haben lange nichts mehr von Dir gehört. Hast Du schon Seminare gehalten?

Ich habe im Supermarkt Janet Dempsey getroffen, Robin will unbedingt weg, wenn er in diesem Trimester nicht befördert wird, sagt sie. Aber die können ihm doch nicht eher als Dir eine Dozentur geben, oder? Er ist so viel jünger.

Schreib bald. Viele liebe Grüße
Hilary

P. S. Der Krach, den die Waschmaschine macht, wird immer schlimmer.

Philip an Hilary

Liebster Schatz,

ich bekam ein furchtbar schlechtes Gewissen, als ich heute früh Deinen zweiten Luftpostbrief sah. *Mea culpa*, aber die Woche war ziemlich hektisch, weil das Trimester – oder Quartal, wie sie hier sagen – angefangen hat. Und ich hatte mir gedacht, Du würdest die Rosen als ein Zeichen dafür nehmen, daß ich gesund und munter bin und an Dich denke. Offenbar habe ich aber damit eher das Gegenteil bewirkt. Ich muß allerdings gestehen, daß ich am Vorabend einiges an Gin geschluckt hatte, vielleicht waren die Rosen auch ein Ausfluß verkaterter Bußfertigkeit. Die Cocktailparty war bei Luke Hogan, dem Fachbereichsvorsitzenden. Auf die dringende Bitte seiner Frau mußte ich meinen Einfluß geltend machen, um Charles Boon heranzuschaffen, der denn auch prompt der Held des Abends war – eine Situation, auf deren Ironie ich gern hätte verzichten können. Unter den Gästen war auch Mrs. Zapp, mit ziemlicher Schlagseite und in sehr aggressiver Stimmung. Sie war mir zunächst überhaupt nicht sympathisch, inzwischen war ich allerdings durch einen eigenartigen Zufall genötigt, meine Meinung über sie zu revidieren. Ich meldete mich auf eine Anzeige, in der ein gebrauchter Chevrolet Corvair angeboten wurde, und es stellte sich heraus, daß es der Zweitwagen der Zapps war. Als Mrs. Zapp begriffen hatte, wer ich war, gestand sie mir, daß der Corvair als Modell mit Sicherheitsmängeln gilt, und war ehrlich genug, mir vom Kauf abzuraten.

Die Zapps wohnen in einem ziemlich noblen Haus auf einem unglaublich steilen Hügel, in dem bei meinem Besuch einige Unordnung herrschte. Es gibt zwei Zapp-Sprößlinge, Zwillinge, die albernerweise Elizabeth und Darcy heißen (Zapp ist Jane-Austen-Experte – nach Ansicht vieler Leute *der* Jane-Austen-Experte überhaupt). Hier wird gemunkelt, daß es in der Ehe kriselt, und Mrs. Zapp hat mir auch so was angedeutet. Vielleicht ist das eine Erklärung für ihre ziemlich widerborstige Art, und bei ihm mag es ähnlich sein. Die Scheidungsrate liegt hier enorm hoch. Es ist ziemlich beunruhigend, wenn man an ein gefestigteres soziales Umfeld gewöhnt ist. In diese Richtung geht auch, daß alle, einschließlich Mrs. Zapp, laufend unanständige Ausdrücke benützen, auch vor den Kindern. Es schockt einen zuerst schon ein bißchen, wenn Kollegenfrauen und nette junge Mädchen von Scheiße und Kacke reden, wo man selber »verflixt« oder »zum Kuckuck« sagen würde. Es ist ein bißchen wie die erste Woche in der Army.

Auch in einer anderen Beziehung kam ich mir fast vor wie ein unbedarfter Rekrut, als ich nämlich in dieser Woche meine Studenten kennenlernte. Das System ist so ganz anders, und die Jugend ist so viel heterogener als bei uns. Sie haben die ausgefallensten Sachen gelesen, und das Naheliegendste kennen sie nicht. Neulich war ein Student bei mir, offenbar ein ganz aufgeweckter Bursche, der nur zwei Schriftsteller kannte, Gurdjieff (schreibt man das so?) und einen gewissen Asimov. Von E. M. Forster hatte er noch nie gehört.

Ich habe zwei Seminare, das heißt, ich setze mich dreimal die Woche für neunzig Minuten mit zwei Gruppen zusammen oder täte es, wenn nicht der Streik der Dritte-Welt-Studenten dazwischengekommen wäre. Einer der jungen Leute, ein gewisser Wily Smith – er behauptet, schwarz zu sein, obgleich er nicht viel dunkler aussieht als ich – setzt mir zu, seit ich angekommen bin, ich sollte ihn in mein Seminar über kreatives Schreiben aufnehmen. Schließlich habe ich mich breitschlagen lassen, er kam zur ersten Veranstaltung, und was glaubst Du, was passiert ist? Wily Smith rief die anderen dazu auf, durch Boykott meines Seminars den Streik zu unterstützen. Was natürlich nicht gegen mich persönlich geht, wie er mir freundlicherweise versichert hat, aber eine Frechheit finde ich es schon.

So, liebster Schatz, ich hoffe, daß ich durch die Länge dieses Briefes meine Säumigkeit ein bißchen habe wiedergutmachen können. Sag bitte Matthew, er könne ganz beruhigt sein, mein Haus ist nicht im Begriff, ins Meer zu rutschen. Was Robin Dempsey betrifft, halte ich es für unwahrscheinlich, daß er dieses Jahr eine Dozentur bekommt, aber leider wohl nur deshalb, weil die Aussichten in Rummidge einfach nicht danach sind. Daß ich eine Konkurrenz für ihn bin, glaube ich kaum. Er hat eine ganze Reihe von Artikeln veröffentlicht.

Viele liebe Grüße
Philip

Morris an Désirée

Na schön, Du bist also entschlossen, Dich von mir scheiden zu lassen, Désirée. Wenn Du mich so widerwärtig findest, kann ich's nicht ändern. Aber brich mir nicht das Herz. Ich meine, bestraf mich, wenn's unbedingt sein muß, aber ausgesprochen sadistische Methoden brauchst Du nun wirklich nicht anzuwenden. Oder war das ein Witz von Dir? Es muß ein Witz gewesen sein. Du hast Dir doch nicht im Ernst die Chance entgehen lassen, Swallow den Corvair anzuhängen? Du hast ihm doch nicht im Ernst vom Kauf abgeraten? Dabei wäre der Typ mit größter Wahrscheinlichkeit der einzige Interessent für einen gebrauchten Corvair im Staate Euphoria. Sollte Mr. Swallow doch noch einmal Interesse zeigen, häng Dich ans Telefon und biete ihm ein paar hundert Dollar Nachlaß. Von mir aus kannst Du ihm auch Rabattmarken und eine Tankfüllung anbieten. Hauptsache, er nimmt den Schlitten.

Dein Brief hat mir eine bittere Woche nicht gerade versüßt. Es ist nicht wahr, daß die britischen Universitäten keine Studenten haben. Diese Woche sind sie aus den langen Weihnachtsferien zurückgekommen. Schade, ich fing gerade an zu kapieren, wie alles läuft. Jetzt muß ich durch die blöden Seminare nochmal ganz von vorn anfangen. Das britische System bringt mich noch um den Verstand. Sagte ich System? Ein Versprecher. Sie haben kein System, dafür aber sogenannte Tutorien. Drei Studenten und ich sitzen in trautem Verein jeweils eine Stunde beisammen, um einen Text zu besprechen, den ich ihnen vorgegeben habe. Ich kann an Büchern besprechen, was ich will, nur hat der Buchladen auf dem Campus nie das, was ich gerade will. Wenn es uns aber doch mal gelingt, uns auf ein Buch zu einigen und vier Exemplare zusammenzukratzen, schreibt einer der Studenten ein Referat darüber, das er uns vorliest. Nach drei Minuten werden die Augen seiner Kommilitonen glasig, sie sinken in sich zusammen und hören kein Wort mehr. Ich hingegen spitze pflichtschuldigst die Lauscher, verstehe aber wegen des verdammten Tommy-Akzents immer nur Bahnhof. Dann macht er Schluß. »Danke«, sage ich und lächle wohlwollend. Er sieht mich vorwurfsvoll an, schnaubt sich die Nase und liest da weiter, wo er – mitten im Satz – aufgehört hat. Die anderen beiden erwachen kurz, wechseln einen Blick und gickern. Das ist das einzige Lebenszeichen, das sie von sich geben. Endlich ist der Typ mit seinem Referat wirklich zu Ende, ich bitte um Stellungnahmen. Schweigen. Meinem Blick wird tunlichst ausgewichen. Ich gebe selbst einen Kommentar ab. Wieder bleibt alles still. Es ist so ruhig, daß man die Bärte wachsen hört. Verzweifelt stelle ich eine direkte Frage. »Und was halten *Sie* von dem Text, Miss Archer?« Miss Archer fällt ohnmächtig vom Stuhl.

Ich will fair bleiben: Ohnmächtig vom Stuhl gefallen ist sie nur einmal, und das hatte was mit ihrer Periode zu tun.

Ob Du's glaubst oder nicht, ich habe richtig Heimweh nach dem politischen Heckmeck an der Euphoric State. Die eine oder andere Bombe könnte diesem Laden nicht schaden. Ein lohnendes Ziel wäre der Fachbereichsleiter, ein gewisser Gordon Masters, dessen Lieblingsbeschäftigung es ist, die unschuldigen Tiere des Waldes abzuschlachten und seine Opfer im Büro an die Wand zu nageln. Er ist bei Dünkirchen in Gefangenschaft geraten und hat den Krieg in einem Lager verbracht. Wie die Deutschen es mit ihm ausgehalten haben, ist mir ein Rätsel. Er leitet den Fachbereich ganz im Sinn von Dünkirchen, als strategischen Rückzug vor der Übermacht, wobei er die Übermacht als Studenten, Verwaltungskräfte, den Staat, lange Haare bei Jungen, kurze Röcke bei Mädchen, Promiskuität, Personalakten und Kugelschreiber definiert, die ganze moderne Welt eben. Ich habe auf den ersten Blick erkannt, daß er verrückt ist, oder halb verrückt, denn man sieht es nur an einem Auge, und das hat er listigerweise fast immer zu, während er mit dem anderen die Kollegen hypnotisiert, was die nicht mal zu kratzen scheint. Von der hier herrschenden Toleranz kann einem regelrecht übel werden.

Solltest Du heute eine gewisse Schärfe in meiner Prosa ausmachen und vermuten, mein Stolz, dieses zarte Pflänzchen, sei angeknickt, wärst Du der Wahrheit ziemlich nah gekommen. Ich war heute in der Bibliothek, um im ›Times Literary Supplement‹ was nachzuschlagen, und was soll ich Dir sagen, Désirée, da finde ich doch ganz zufällig eine lange Rezension über die Festschrift für Jackson Milestone, für die ich 1964 einen Beitrag geschrieben habe, erinnerst Du Dich? Keine Angst, das war eine rhetorische Frage, ich weiß, daß Du es darauf anlegst, alles zu vergessen, was ich je geschrieben habe. Wie dem auch sei, mein Beitrag war ein schwungvoller Diskurs über »apollonisch-dionysische Dialektik in Jane Austens Romanen«, aber aus irgendeinem Grunde hatte ich die Rezension nie gelesen. Natürlich habe ich nachgesehen, ob auch über meinen Beitrag was gesagt war, und tatsächlich, da lese ich: »Wenn wir uns nun Professor Zapps Essay zuwenden …«, und ich sehe auf einen Blick, daß mein Erguß ausführlich gewürdigt ist.

Stell Dir vor, Du bekommst einen anonymen Brief oder einen obszönen Telefonanruf, oder Du merkst, wie ein gedungener Mörder den ganzen Tag mit einer Kanone im Anschlag hinter Dir herläuft. Ich meine damit, daß es ein ganz besonderer Schock ist zu erfahren, daß irgend jemand aus der Anonymität heraus Bosheiten gezielt gegen Dich verspritzt, ohne daß Du diesen Jemand identifizieren oder Dir den Grund für seine Bosheiten erklären kannst. Denn dieser Bursche wollte mich da treffen, wo es weh tut. Er hat sich nicht damit begnügt, Hohn und Spott über meine Argumentation, mein Material, meine Sorgfalt und meinen Stil auszugießen, meinen Artikel als Gipfel wissenschaftlichen Schwachsinns und Wahnwitzes zu brandmarken, nein, er war auf meinen Kopf – und meine Eier – aus, er wollte mein Ego zu Brei schlagen. Ich brauche wohl kaum zu betonen, daß der Autor dieser Besprechung von allen guten Geistern verlassen war, daß seine Darstellung meines Essays eine Travestie erster Ordnung ist und seine Argumentation von falschen Schlüssen und sachlichen Fehlern wimmelt, die ein Kind durchschaut hätte. Aber – und das ist das Gemeine an der Sache – mir sind die Hände gebunden. Ich kann unmöglich in dem üblichen Stil an die ›TLS‹ schreiben:»Man hat mich auf eine Rezension aufmerksam gemacht, die vor vier Jahren in Ihrem Blatt erschienen ist …« Damit würde ich mich nur lächerlich machen. Der Zeitfaktor ist im Grunde das Ärgerlichste bei der ganzen Geschichte. Mir ist es eben erst passiert, aber für alle anderen ist es längst vorbei und abgetan. Vier Jahre lang bin ich mit einer Wunde herumgelaufen, von der ich keine Ahnung hatte. Meine Freunde und Bekannten haben es mit Sicherheit gewußt, sie müssen das Messer gesehen haben, das zwischen meinen Schulterblättern steckte. Aber keiner der Mistkerle hatte den Anstand, es mir zu sagen. Wahrscheinlich hatten sie Angst, ich würde sie zusammenscheißen, und das hätte ich natürlich auch getan, aber wozu sind denn Freunde da? Und wer ist mein Feind? Irgendein Doktorand, den ich habe durchfallen lassen? Ein britischer Wissenschaftler, dessen Buch ich in einer Fußnote verrissen, ein Typ, dem ich unbemerkt die Mutter über den Haufen gefahren habe? Hast Du vor vier oder fünf Jahren irgendwo einen besonders auffälligen Buckel auf der Fahrbahn bemerkt?

Deine Sorge um mein Sexlife ist rührend, Désirée, aber Du solltest es Dir zweimal überlegen, ehe Du solche großzügigen Vorschläge schriftlich festhältst, damit könntest Du Dir die Chancen bei der Scheidungsklage vermasseln, wobei ich immer noch hoffe, daß über unsere Ehe noch nicht das letzte Wort gesprochen ist. Ich habe bisher sowieso noch keine Neigung verspürt, Deinen liebenswürdigen Dispens in Anspruch zu nehmen. Hier drüben ist nämlich Winter, Désirée, und in dieser unwirtlichen Jahreszeit schiebt der alte Adam gern eine etwas ruhigere Kugel.

Schreib mir mehr über die Zwillinge. Oder vielmehr, sag ihnen, sie sollen ihrem alten Dad eine Zeile schreiben, wenn Euphorias öffentliche Schulen noch derart antiquierte Fertigkeiten vermitteln. Daß sie neuerdings so gern gärtnern, finde ich toll. O'Sheas Garten hat eher Happening-Charakter. Sein Grundstück ist ein Dickicht aus Unkraut und Kohlehaufen und kaputten Spielsachen und Kinderwagen ohne Räder, Kohlköpfen, umgekippten Vogeltränken und großen, düsteren Bäumen, die langsam an rätselhaften Krankheiten sterben. Ich kann's ihnen nachfühlen.

Gruß
Morris

P. S. Ich habe an Melanie geschrieben, habe aber den Brief mit dem Vermerk »Hier unbekannt« zurückbekommen. Sieh doch bitte zu, daß Du vom Sekretariat ihre neue Adresse bekommst.

Hilary an Philip

Liebster,

vielen Dank für Deinen langen und interessanten Brief. Allerdings ist es sehr schade, daß Du diese Wörter hineingeschrieben hast, denn natürlich konnte ich ihn nun Amanda nicht lesen lassen, die mich tagelang deswegen geplagt hat. Es war recht gedankenlos von Dir, denn natürlich interessieren sich die Kinder für das, was Du schreibst. Ich muß schon sagen, ich fand es sehr unangebracht.

Du hast mir übrigens nicht erzählt, daß kurz nach Deiner Ankunft eine Bombe in Deinem Gebäude explodiert ist, aber wahrscheinlich wolltest Du mich nicht beunruhigen. Warst Du in Gefahr? Wenn es dort schlimmer wird, mußt Du eben zurückkommen, das Geld spielt dann keine Rolle.

Da fällt mir ein, nachdem Du mir wegen der Waschmaschine nicht geantwortet hast, habe ich eine neue gekauft. Vollautomatisch und ziemlich teuer, aber sie läuft super.

Das mit der Bombe habe ich von Mr. Zapp erfahren. Eine sehr eigenartige Begegnung. Laß Dir erzählen. Er kam neulich vorbei und brachte *Wir schreiben einen Roman*, er hat das Buch schließlich doch noch bei Dir im Zimmer gefunden. Es war eine ganz dumme Zeit, so gegen sechs, ich war gerade dabei, das Essen aufzutragen, aber wenn er schon so nett war, Dein Buch vorbeizubringen, mußte ich ihn ja anstandshalber hereinbitten, und er sah fast ein bißchen mitleiderregend aus, wie er da im Matsch vor der Haustür stand, in Überschuhen und einer albernen Kosakenmütze. Er ließ sich nicht lange bitten, ja, er hatte es so eilig, ins Haus zu kommen, daß er mich fast über den Haufen gerannt hätte. Ich bat ihn auf einen schnellen Sherry ins Wohnzimmer, aber da war eine Temperatur wie im Eiskeller, es lohnt sich nicht zu heizen, solange Du nicht da bist, also mußte ich ihn mit ins Eßzimmer nehmen, wo die Kinder sich vor lauter Hunger schon in die Haare geraten waren. Ich fragte ihn, ob es ihm was ausmachen würde, seinen Sherry zu trinken, während ich mich um die Kinder kümmerte, und hoffte, er würde den Wink mit dem Zaunpfahl kapieren und schnellstmöglich verschwinden, aber er sagte nein, überhaupt nicht, und ich sollte doch auch essen, und er nahm die Mütze ab und zog den Mantel aus, setzte sich und sah uns zu, was Du wortwörtlich verstehen darfst. Seine Augen folgten jeder Bewegung, von der Schüssel zum Teller, vom Teller zum Mund. Es war wahnsinnig unangenehm. Bei den Kindern machte sich eine unheimliche Stille breit, und ich merkte, wie Amanda und Robert sich ansahen und vor unterdrücktem Kichern rot anliefen. Schließlich mußte ich ihn wohl oder übel fragen, ob er sich nicht zu uns setzen wolle.

Daß ein derartig schwer gebauter Mann sich so schnell bewegen kann, hatte ich noch nie erlebt. Es war ein wahres Glück, daß der Braten ziemlich groß ausgefallen war, denn nachdem Mr. Zapp die dritte Portion verdrückt hatte, hing nicht mehr viel Fleisch am Knochen. Trotz seiner etwas zweifelhaften Tischmanieren habe ich mich gefreut, daß es ihm schmeckte, er hatte offenbar lange nichts Anständiges mehr in den Magen bekommen. Außerdem hat er sich große Mühe mit den Kindern gegeben, bei Amanda ist er richtig gut angekommen, weil er sich so gut in ihren Lieblingsschlagern auskannte, er wußte, wie die Sänger und die Stücke heißen und welchen Platz sie in den Top Twenty haben und so weiter, ich fand das ja erstaunlich für einen Mann in diesem Alter und mit diesem Beruf, aber die Kinder waren enorm beeindruckt, besonders Amanda. Ich dachte, er würde wenigstens so viel Takt haben, bald nach dem Essen zu gehen, und brachte als kleinen Wink sofort den Kaffee. Aber da hatte ich mich verrechnet. Er saß da wie angewachsen, erzählte

Geschichten – zugegeben sehr komische Geschichten – über die merkwürdige Familie, bei der er wohnt (ein Arzt, ein gewisser O'Shea, hast Du von dem schon mal gehört?), bis ich Matthew ins Bett und Robert und Amanda an ihre Hausaufgaben schicken mußte. Als ich ostentativ anfing abzuräumen, wollte er mir unbedingt beim Abwaschen helfen. Offenbar hat er darin überhaupt keine Übung, denn er hat zwei Teller und ein Glas kaputtgemacht, ehe ich eingreifen konnte. Inzwischen wurde mir die Sache etwas unheimlich, und ich dachte, ich würde ihn überhaupt nicht mehr loswerden.

Dann war er plötzlich wie umgewandelt. Er ließ sich die Toilette zeigen, und als er zurückkam, hatte er den Mantel an, und sein Gesicht war wie eine Gewitterwolke. Er grummelte ein Aufwiedersehen und ein kurz angebundenes Dankeschön und rannte in den Schneesturm hinaus. Er startete seinen Wagen, kuppelte viel zu schnell aus und blieb natürlich stecken. Ich hörte die Räder durchdrehen und den Motor jaulen, und dann habe ich es einfach nicht mehr ausgehalten, habe meinen Pelz und die Stiefel angezogen und bin rausgegangen, um ihn anzuschieben. Ich bekam ihn auch richtig frei, aber dann verlor ich das Gleichgewicht und schlug lang hin.

Als ich mich wieder aufrappelte, sah ich ihn wild schleudernd um die Ecke verschwinden, er hatte nicht mehr angehalten und sich nicht mal aus dem Wagen heraus bedankt. Wenn Mrs. Zapp sich von ihm scheiden lassen will, habe ich volles Verständnis dafür.

Heute vormittag habe ich wieder Janet Dempsey getroffen (offenbar haben wir den gleichen Großeinkaufstag), und sie sagt, Robin weiß bestimmt, daß er auf Gordons Liste für die Dozentur steht. Bist Du auch drauf? Es nervt mich schon, daß Janet immer so tut, als müßte ich ebenso begeistert wie sie von den Aufstiegschancen ihres Mannes sein, und daß sie Dich so betont totschweigt, als ob Du ein hoffnungsloser Fall wärst. Professor Zapp sagt, daß man sich vordrängeln muß, wenn man in der akademischen Welt was werden will, daß niemand was kriegt, wenn er nicht den Mund aufmacht, und ich glaube, damit hat er recht.

Soll ich Dir *Wir schreiben einen Roman* noch schicken? Es ist schon ein sonderbares Machwerk. Ein ganzes Kapitel über Briefromane, aber so was schreibt doch seit dem 18. Jahrhundert kein Mensch mehr – oder?

Viele liebe Grüße von uns allen
Hilary

Philip an Hilary

Liebster Schatz,

vielen Dank für Deinen Brief. Dieser Zapp scheint wirklich ein komischer Typ zu sein. Hoffentlich belästigt er Dich nicht noch einmal. Ich muß schon sagen, der Mann wird mir immer unsympathischer, je mehr ich über ihn erfahre. Achte doch bitte darauf, daß Amanda nicht öfter als unbedingt nötig mit ihm zusammen ist! In punkto Frauen ist der Mann nämlich ohne alle Grundsätze, und wenn er, soweit ich weiß, auch kein zweiter Humbert Humbert ist, so meine ich doch, daß sein Einfluß auf ein leicht zu beeindruckendes Mädchen in Amandas Alter von Übel sein könnte. Das schließe ich jedenfalls aus den Bemerkungen von Mrs. Zapp, die auf einer äußerst liederlichen und alkoholseligen Party, zu der wir beide am Samstag eingeladen waren, das Sündenregister ihres Mannes abgespult hat. Unsere Gastgeber waren Sy und Bella Gootblatt. Er ist einer der jungen Dozenten hier, ein sehr guter Mann, glaube ich, hat *die* Monographie über Hooker geschrieben. Die Hogans waren da und noch drei Paare, alle vom Fachbereich, das hört sich ziemlich nach Inzucht an, ich weiß, aber du mußt bedenken, daß der Fachbereich hier fast so groß ist wie die ganze Philologische Fakultät in Rummidge.

An den Rhythmus einer Dinnerparty in Plotinus muß man sich erst gewöhnen. Es fängt damit an, daß eine Einladung um acht Uhr eigentlich halb neun bis neun heißt, was mir aufging, als ich zum Schrecken meines Gastgebers eine Minute nach acht vor der Tür stand. Wenn dann glücklich alle Gäste da sind, wird man mehrere Stunden intensiv unter Alkohol gesetzt, ehe die Gastgeber endlich zu Tisch bitten. Die Hausherrin (Bella Gootblatt in transparenter Bluse und weiten Samthosen) schleppt aus der

Küche allerlei Köstlichkeiten an – Würstchen in knusprigem Speckmantel, Käsefondue, Dips, zarte Artischockenherzen, Räucherfleisch und was der pikanten Leckereien mehr sind, so daß der Durst auf die vom Gastgeber gemixten üppigen Whisky Sours und Daiquiris immer wieder neu erwacht. Wenn man endlich gegen elf zu Tisch geht, sind alle total voll und nicht besonders hungrig. Mit dem Essen ist sowieso nicht mehr viel los, weil es so lange warmgestanden hat. Man trinkt eine Menge Wein, um es anstandshalber herunterzuspülen, und wird dadurch natürlich noch voller. Alles schreit herum, reißt Witze auf Teufel komm raus und brüllt vor Lachen, und dann geht irgend jemand einen winzigen Schritt zu weit – und plötzlich riecht es nach Mord und Totschlag.

Mrs. Zapp saß beim Essen neben mir. Beim Kaffee und den Resten einer unerträglich süßen Schokoladentorte habe ich, um die Flut ihrer intimen Erinnerungen zu stoppen, der Gesellschaft »Demütigung« beigebracht. Erinnerst Du Dich noch an das alte Spiel? Du glaubst nicht, wie schwierig es war, den guten Leuten den Grundgedanken begreiflich zu machen. In der ersten Runde nannten sie alle Bücher, die sie gelesen hatten und von denen sie glaubten, daß die anderen sie nicht kannten. Aber als sie es dann endlich kapiert hatten, waren sie geradezu fanatisch, besonders ein gewisser Ringbaum, der zum Schluß furchtbaren Krach mit unserem Gastgeber kriegte und beleidigt abzog. Wir anderen blieben noch eine Stunde, hauptsächlich (ich jedenfalls, ich war nämlich eigentlich schon fix und fertig), um diese peinliche Ringbaumgeschichte noch ein bißchen zu zerreden.

Ach ja, die Bombe, damit wollte ich Dich tatsächlich nicht beunruhigen. Der Vorfall hat sich nicht wiederholt, allerdings geht es auf dem Campus wegen des Streiks noch immer ziemlich drunter und drüber. Während ich dies in meinem Büro schreibe, werden unten die Streikposten abgelöst. »Dieser Campus wird bestreikt«, das hört sich auf einem Hochschulgelände schon komisch an. Hin und wieder gibt es am Tor eine Konfrontation zwischen Streikposten und Leuten, die auf den Campus wollen, und dann greift die Campus-Polizei ein, manchmal auch die Polizei aus Plotinus, und dann kommt es meist zu einem Handgemenge und zu Verhaftungen. Gestern hat die Polizei auf dem Campus eine Razzia veranstaltet, die Studenten stoben in alle Himmelsrichtungen auseinander. Ich saß an meinem Schreibtisch und las *Lycidas*, als Wily Smith ins Zimmer stürzte, die Tür hinter sich zumachte und sich mit geschlossenen Augen dagegenlehnte. Es war wie im Film. Er trug einen Sturzhelm gegen die Schlagstöcke der Polizei, und sein Gesicht glänzte von der Vaseline, mit der er sich zum Schutz gegen die sogenannte Chemische Keule eingeschmiert hatte. Ich fragte ihn, was er wolle, und er sagte, er wollte wegen seiner Arbeit mit mir sprechen. Ich war etwas skeptisch, stellte ihm aber pflichtschuldigst Fragen nach seinem Gettoroman. Er antwortete zerstreut und horchte, ob im Haus schon die Polizei zugange war. Dann fragte er, ob er mein Fenster benutzen dürfte. Gewiß, sagte ich. Er schwang ein Bein über die Brüstung und kletterte auf den Balkon. Nach ein paar Minuten sah ich hinaus, aber da war er weg. Er hat wohl ein Stück weiter ein offenes Fenster gefunden und ist auf diesem Weg entwetzt. Der Lärm ebbte allmählich ab. Ich las weiter *Lycidas* ...

Ich habe keine Ahnung, ob ich auf der Vorschlagsliste für die Dozentur stehe, und will es eigentlich auch gar nicht wissen, das ist weniger bitter, als erfahren zu müssen, daß man endgültig abgelehnt ist. Wenn Dempsey in diesen Dingen herumstochern will – meinen Segen hat er. Ich persönlich finde das englische System heimlicher Protektion gar nicht so übel. Hier hingegen herrscht das Gesetz des Dschungels, der Schwächste bleibt auf der Strecke. Die ganze Woche über war Riesenkrach wegen einer Anstellung – übrigens ging es um Ringbaum –, und ich bin froh, daß ich damit nichts zu tun habe.

Mach Dich auf eine Überraschung gefaßt: Charles Boon wohnt zur Zeit bei mir. Er mußte kurzfristig aus seiner Wohnung heraus, weil es dort gebrannt hat, und ich habe ihm angeboten, ihn vorübergehend aufzunehmen, auf Bitte seiner Freundin, die in der Wohnung unter mir wohnt. Er stört mich aber nicht weiter, da er fast den ganzen Tag schläft und praktisch die ganze Nacht nicht da ist.

Viele liebe Grüße
Philip

Wie zum Teufel sieht er aus, Désirée? Was für ein Typ ist der Mann? Swallow meine ich. Hängen ihm die Fänge über die Unterlippe? Ist sein Händedruck feuchtkalt? Steht ein mörderischer Glanz in seinen Augen? Sie ist von ihm, Désirée, die bewußte Rezension hat Swallow geschrieben, aus purer unpersönlicher Bosheit. An einem sonnigen Tag vor fünf Jahren tauchte er die Feder in Galle und versetzte meinem schönen Artikel den Todesstoß.

Ich kann es nicht beweisen. Noch nicht. Aber die Indizien sprechen für sich.

Wenn ich denke, daß Du ihm den Kauf des Corvair ausgeredet hast ... Es wäre die ideale Vergeltung gewesen. Wie konntest Du nur, Désirée?

Die Sache ist die: Ich habe ein Exemplar der Festschrift in seinem Haus gefunden. Auf dem Klo, um es ganz genau zu sagen. Übrigens ein sehr merkwürdiges Klo, offenbar mal für einen anderen Zweck vorgesehen, als Tanzsaal vielleicht, das WC steht auf einem Sockel in einer Ecke. Ein gefliester Boden und eine kleine Öllampe, die das Einfrieren der Wasserrohre verhindern soll, geben dem Ganzen einen leicht gespenstisch-sakralen Anstrich. Auch Bücher sind da, nicht ausgewählte Klolektüre, sondern Überschuß aus den übrigen Räumen, die praktisch vom Boden bis zur Decke mit widerlichen, nach Schimmel und Buchwurmkot stinkenden Schwarten vollgestopft sind. Die Milestone-Festschrift schwärt, seit ich die ›TLS‹-Rezension kenne, in meinem Unterbewußtsein, deshalb erkannte ich den Einband und die goldenen Buchstaben auf den ersten Blick. Komischer Zufall, denke ich, ein Weltbestseller war es ja nun wahrhaftig nicht, und dann nehme ich den Band aus dem Regal und blättere ihn durch, während ich auf dem Klo sitze. Stell Dir meine Gefühle vor, als ich zu meinem Artikel komme und sehe, daß *die angestrichenen Absätze genau denen entsprechen, die in der* ›TLS‹-*Rezension zitiert waren.* Eine Beschreibung der Wirkung auf mein Gedärme erübrigt sich wohl.

Warum schreibst Du mir nicht mehr, Désirée? Ich bin einsam hier in diesen langen englischen Nächten. Wie einsam ich heute abend bin, magst Du daran ermessen, daß ich zum Fachbereichsabend gehe und mir einen Vortrag über linguistische und literarische Kritik antue.

Gruß
Morris

Désirée an Morris

Lieber Morris,

also wenn Du es genau wissen willst, Philip Swallow ist etwa einsachtzig und wiegt um die 63 Kilo, mit anderen Worten, er ist groß und hager und gebeugt. Den Kopf hat er immer ein bißchen vorgestreckt, als ob er ihn sich schon zu oft an niedrigen Türstürzen gestoßen hat. Sein Haar ist dünn und fein, er hat ziemliche Geheimratsecken. Und Schuppen – aber wer hat die nicht? Seine Augen sind nett. Etwas ausgesprochen Positives zu seinen Zähnen fällt mir nicht ein, aber wie Fänge sehen sie jedenfalls nicht aus. Sein Händedruck ist von der Temperatur her normal, allerdings eher schlapp. Er raucht eine dieser luftgekühlten Patentpfeifen, bei denen einem ständig Tabaksaft über die Finger läuft.

Ich hatte die Gelegenheit zu diesen detaillierten Beobachtungen, weil ich am Samstag bei einem Essen neben ihm saß. Die Gootblatts hatten mich eingeladen. Offenbar haben sich hier alle verabredet so zu tun, als sei ich in Deiner Abwesenheit einsam und brauchte Zerstreuung. Es wurde dann wider Erwarten ein ziemlich aufregender Abend, und schuld daran war kein anderer als unser Freund Swallow.

In dem löblichen britischen Bemühen, einen schon halb verkorksten Abend zu retten, brachte er uns ein angeblich von ihm selbst erfundenes Spiel bei, das er »Demütigung« genannt hat. Ich beteuerte ihm, ich sei mit dem Weltmeister in dieser Disziplin verheiratet, aber nein, sagte er, bei diesem Spiel kann nur der gewinnen, der sich selbst demütigt. Der Witz ist, daß jeder ein Buch nennt, das er nicht gelesen hat, von dem er aber annimmt, daß die anderen es kennen, und für jeden Mitspieler, der es gelesen hat, kriegt man einen Punkt. Alles klar? Vielleicht für Dich, aber nicht für Howard Ringbaum. Du kennst ja Howard, er steht unter einem pathologischen Erfolgszwang und hat pathologische Angst davor, für ungebildet gehalten zu werden, und dieses Spiel stürzte ihn nun in grauenvolle Konflikte, denn gewinnen konnte er nur, wenn er sich zu einer Bildungslücke bekannte. Zuerst konnte seine Psyche dieses Paradox einfach nicht verkraften, und er nannte irgendein obskures Buch aus dem 18. Jahrhundert, dessen Namen ich sofort wieder vergessen habe. Natürlich kriegte er beim Zusammenzählen die wenigsten Punkte und schmollte. Blödes Spiel, sagte er und weigerte sich, bei der nächsten Runde mitzumachen. »Ich passe, ich passe«, sagte er höhnisch wie Mrs. Elton auf Box Hill (mag sein, daß ich Deine Bücher nicht lese, Zapp, aber bei meiner Jane Austen macht mir keiner was vor). Aber ich merkte, daß er die Sache aufmerksam verfolgte, wobei er die Stirn runzelte und seine Serviette zwischen den Fingern drehte, und nach und nach ging ihm offenbar auf, worauf es ankommt. Das Spiel ist im Grunde ganz schön gemein, so was wie ein intellektuelles Strip-Poker. Zum Beispiel kam heraus, daß Luke Hogan nie *Das wiedergewonnene Paradies* von Milton gelesen hat. Ich weiß natürlich, daß es nicht sein Fachgebiet ist, aber wenn Du überlegst, daß einer Fachbereichsleiter für Anglistik an der Euphoric State werden kann, ohne je *Das wiedergewonnene Paradies* gelesen zu haben, denkst Du Dir doch Dein Teil, wie? Ich sah, wie Howard sich das reinzog und ganz blaß wurde, als er begriff, daß Luke die Wahrheit gesagt hatte. In der dritten Runde lag Sy mit *Hiawatha* vorn – der einzige, der es außer ihm nicht gelesen hatte, war Mr. Swallow –, und da schlug plötzlich Howard mit der Faust auf den Tisch, lehnte sich vor und sagte: »*Hamlet!*«

Natürlich lachten wir alle, aber nicht sehr, weil uns der Witz nicht gerade vom Stuhl riß, aber es war gar nicht als Witz gemeint. Er habe den Film mit Lawrence Olivier gesehen, sagte Howard, aber das Stück von Shakespeare habe er nie gelesen. Klar, daß ihm das niemand abgenommen hat, und da wurde er stinksauer. Ob wir ihm eine Lüge unterstellen wollten, hat er gefragt, was Sy mehr oder weniger bejahte. Woraufhin Howard sich in eine richtige Wut hineinsteigerte und heilige Eide schwor, daß er in seinem Leben noch keine Zeile *Hamlet* gelesen hätte. Sy entschuldigte sich mit undurchdringlichem Gesicht dafür, daß er seine Worte angezweifelt hatte. Inzwischen waren wir vor lauter Peinlichkeit alle stocknüchtern geworden. Howard zog ab, und wir standen noch eine Weile herum und versuchten so zu tun, als ob nichts passiert wäre.

Eine pikante Geschichte, nicht? Aber warte nur, sie geht noch weiter. Howard Ringbaum ist wider Erwarten drei Tage später, als der Fall zur Beratung anstand, nicht fest angestellt worden, und es wird allgemein angenommen, daß der Fachbereich sich nicht traut, einen Anglistikprofessor zu bestallen, der in aller Öffentlichkeit zugibt, *Hamlet* nicht gelesen zu haben. Inzwischen war die Geschichte natürlich auf dem ganzen Campus herum, und sogar in der ›Euphoric State Daily‹ war eine Glosse, die darauf anspielte. Weil dadurch auf einmal eine Stelle unbesetzt war, haben sie den Fall Kroop nochmal aufgerollt und ihm doch die Position angeboten. Wahrscheinlich hat er *Hamlet* auch nicht gelesen, aber keiner hat ihn danach gefragt. Die Studenten triumphieren. Ringbaum ist davon überzeugt, daß Swallow ihn absichtlich vor Hogan diskreditiert hat. Swallow selbst hat glücklicherweise keine Ahnung, welche Rolle er in diesem Drama gespielt hat.

Leider muß ich Dir mitteilen, daß sich die plötzliche Gartenbegeisterung der Zwillinge als Versuch entpuppt hat, Marihuana anzubauen. Ich hatte alle Hände voll zu tun, das Zeug rauszurupfen und zu verbrennen, ehe die Bullen mir draufkommen konnten.

Wie man mir sagte, hat Melanie sich für dieses Quartal nicht eingeschrieben, deshalb hatte das Sekretariat ihre Adresse nicht.

Désirée

Hilary an Philip

Liebster Schatz,

heute früh ist mir der Schreck in die Glieder gefahren. Bob Busby rief an und fragte mich, wie es Dir geht. Ich sagte, soweit ich wüßte, ginge es Dir gut, worauf er meinte: »Ist ja bestens, er ist also raus aus dem Krankenhaus?« Und dann erzählte er mir eine

Gruselgeschichte, die er von einem Studenten gehört hat. Ein zum äußersten entschlossener Black Panther hätte Dich als Geisel genommen und an den Fußgelenken aus einem Fenster im vierten Stock gehalten, und schließlich hättest Du einen Schuß in den Arm bekommen, als die Polizei wild um sich ballernd das Haus im Sturm nahm. Erst als er schon halb fertig war, wurde mir klar, daß die Story eine grotesk verzerrte und ausgeschmückte Fassung einer Schilderung aus Deinem letzten Brief war, die wahrscheinlich sogar ursprünglich von mir kommt. Kann sein, daß ich mit Janet Dempsey darüber gesprochen habe.

Übrigens hat Bob mir erzählt, daß Robin beim Fachbereichsabend gar nicht gut ausgesehen hat. Mr. Zapp scheint, ungeachtet seiner etwas neandertalhaften Figur und seiner rüpelhaften Manieren, ein sehr gescheiter Mann zu sein, der sich bestens mit Chomsky und Saussure und Levi-Strauss und all diesen Leuten auskennt, die jetzt so modern sind und mit denen Robin Euch immerfort genervt hat, und offenbar hat er dafür gesorgt, daß an dem Abend Robin ganz schön dumm dastand, was die anderen stillvergnügt zur Kenntnis genommen haben. Dadurch bekam ich wieder eine etwas bessere Meinung von Mr. Zapp, was ein Glück für ihn war, denn gestern abend war er wieder da, und zwar mit einer recht eigentümlichen Bitte.

Es dauerte eine Weile, bis er zur Sache kam. Er sah sich ständig im Zimmer um und fragte nach dem Haus und wieviele Schlafzimmer es hat und ob ich mich nicht einsam fühle, so ganz allein, und ich hatte schon Angst, er wollte bei mir einziehen. Aber nein, er suchte eine Unterkunft für eine Bekannte, eine junge Dame, und fragte, ob ich ihm nicht den Gefallen tun könnte, ihr ein Zimmer zu überlassen. Ich habe ihm erzählt, daß wir mal an Studenten vermietet hatten mit dem Erfolg, daß wir uns geschworen haben, nie wieder Untermieter ins Haus zu nehmen. Er machte ein ziemlich unglückliches Gesicht, und ich fragte ihn, ob er denn schon mal in der Zeitung nachgesehen hätte. Er schüttelte bekümmert den Kopf und meinte, das hätte gar keinen Zweck, sie hätten es schon verschiedentlich versucht, und niemand wollte das Mädchen nehmen. Die Leute sind alle so voreingenommen, sagte er. Ist sie eine Farbige, fragte ich mitleidsvoll. Nein, sagte er, sie ist schwanger.

Nach dem, was Du in Deinem letzten Brief über Mr. Zapps Ruf geschrieben hast, habe ich mir mein Teil gedacht, und das muß er mir wohl angesehen haben, denn er beteuerte eilfertig, er habe nichts damit zu tun. Er ist ihr auf dem Flug hierher begegnet, und weil sie sonst in England niemanden kennt, hat sie ihn um Hilfe gebeten. Sie ist Amerikanerin und eigentlich nach England gekommen, um eine Abtreibung machen zu lassen, ist aber im letzten Augenblick abgesprungen. Sie will das Baby in England zur Welt bringen, weil es dann eine doppelte Staatsbürgerschaft hat, und falls es ein Junge wird, braucht er in zwanzig Jahren nicht zum Militär, wenn dann noch Krieg in Vietnam ist. Sie hat eine Weile illegal als Kellnerin in Soho gearbeitet, mußte aber damit aufhören, weil man ihr mittlerweile das mit dem Kind ansah. Und dann war ihr auch noch Geld gestohlen worden.

Die Geschichte hörte sich so unglaubhaft an, daß ich mir ernsthaft überlegte, ob er sich das alles vielleicht ausgedacht hatte. Ich wußte nicht, was ich denken sollte. Wo das Mädchen jetzt sei, fragte ich. Draußen im Auto, antwortete er zu meiner Verblüffung. Es war eine eiskalte Nacht, also sagte ich ihm, er sollte sie sofort hereinbringen. Er sauste los, und ich folgte ihm zur Haustür. Es war wie in einem viktorianischen Roman, Schnee, das gefallene Mädchen und so weiter, nur mit umgekehrten Vorzeichen, weil sie nicht aus dem Haus mußte, sondern im Gegenteil hereinkam, wenn Du verstehst, was ich meine. Und ich muß sagen, ein bißchen gerührt war ich schon, als sie über die Schwelle trat, schmelzende Schneeflocken im langen, blonden Haar. Sie war schon ganz blaugefroren, die Ärmste, und praktisch sprachlos, entweder von der Kälte oder vor Schüchternheit. Sie heißt Mary Makepeace. Was sollte ich machen, ich sagte, sie könnte hier übernachten, machte Suppe heiß (Professor Zapp schlang drei Teller herunter) und schickte sie mit einer Wärmflasche ins Bett. Ich habe zu Mr. Zapp gesagt, sie könnte ein paar Tage bleiben, bis sie eine andere Lösung gefunden haben, ich könne aber nicht versprechen, sie endgültig aufzunehmen. Aber ich überlege ernsthaft, ob ich sie nicht behalten soll. Sie macht einen sehr netten Eindruck, und ich hätte abends Gesellschaft. Du weißt, daß ich mich nachts manchmal immer noch graule. Albern, ich weiß, aber was soll man machen? Mal sehen, wie wir uns bei näherer Bekanntschaft verstehen. Du hättest doch sicher nichts dagegen, oder? Sie würde natürlich für Kost und Logis zahlen. Offenbar hat sie noch ein bißchen Geld, und Mr. Zapp will ihr finanziell unter die Arme greifen. Na, da trifft es jedenfalls keinen Armen, gestern kam er in einem wahnsinnig schnittigen und sichtlich sehr teuren orangefarbenen Sportwagen. Es ist der Ersatz für den, den Du nicht gekauft hast.

Ich hoffe übrigens, daß Dir Charles Boon einen Zuschuß zur Miete gibt. Ein entsprechender Wink wäre vielleicht eine Möglichkeit, ihn loszuwerden.

Viele liebe Grüße
Hilary.

P. S. Mr. Zapp hat mich ausdrücklich gebeten Dir auszurichten, wenn ich Dir das mit Mary schreibe, Du möchtest alle Informationen über sie vertraulich behandeln.

Philip an Hilary

Liebling,

nur ein paar Zeilen in aller Eile. Ich würde es mir an Deiner Stelle sehr genau überlegen, diesen Zappschen Anhang ins Haus zu holen. Er hat garantiert was mit ihr. Ob er der Vater des Kindes ist, fragt sich noch, aber das hat ja mit ihrer derzeitigen Beziehung nichts zu tun. Ich kann schon verstehen, daß Dir das Mädchen leid tut und Du helfen möchtest, aber Du solltest dabei auch an Dich denken und an die Kinder, besonders an Amanda. Sie ist in einem sehr sensiblen und beeindruckbaren Alter. Hast Du bedacht, was es nach sich ziehen kann, eine ledige Mutter im Haus zu haben? Dasselbe gilt übrigens für Robert. Ich kann mir nicht vorstellen, daß es gut für die Kinder ist. Außerdem wäre Zapp wahrscheinlich tagsüber ständig im Haus, und womöglich nachts auch. Hast Du Dir das überlegt? Ich bin ein toleranter Mensch, aber in meinem Haus Mr. Zapp einen Raum zur Verfügung zu stellen, in dem er es mit seiner schwangeren Freundin treiben kann – das geht mir denn doch etwas weit, und ich weiß nicht, ob

Du mit einer solchen Situation fertig werden würdest. Außerdem muß man, so bedauerlich es ist, im Auge behalten, daß es Tratsch geben würde, nicht nur unter den Nachbarn, sondern auch an der Uni.

Alles in allem bin ich nicht dafür. Aber natürlich mußt Du das letztlich selbst entscheiden.

Die Lage wird hier allmählich recht unerfreulich. Fenster sind zu Bruch gegangen, und in einer der kleinen Spezialbibliotheken sind die Katalogkarten auf dem Fußboden verstreut worden. Jeden Tag zur Mittagszeit gibt es eine rituelle Konfrontation, die ich mir vom Balkon meines Zimmers aus ansehe. Eine große Studentenmenge, die der Polizei feindlich gegenübersteht und mit den Streikenden sympathisiert, versammelt sich zur Ablösung der Streikposten. Dann wird gerempelt, die Polizei greift ein, die Menge heult und kreischt, Steine fliegen, und aus dem Getümmel kommt die Polizei zum Vorschein, die, verfolgt vom johlenden Mob, ein paar unglückliche Studenten zur Verwaltung schleppt, um sie dort vorübergehend einzusperren. Ich komme mir recht verächtlich vor dort oben auf meinem ungefährdeten Balkon, wie die Könige der Antike, die ihre Schlachten von eigens dafür errichteten Türmen aus verfolgt haben. Hinterher geht man nach Hause und sieht sich alles nochmal im regionalen Fernsehen an. Und am nächsten Morgen sind Berichte und Fotos in der ›Euphoric State Daily‹, das ist die von den Studenten herausgegebene Campuszeitung, die unglaublich rasch reagiert und sehr professionell gemacht ist. Dagegen wirkt unser Wochenblättchen ›Rumble‹ geradezu stümperhaft.

Viele liebe Grüße
Philip

P. S. Es ist Dir hoffentlich klar, daß Mary Makepeace mit ziemlicher Sicherheit im Sinne des Gesetzes *illegal eingewandert ist* und Du Schwierigkeiten mit den Behörden bekommen könntest, wenn Du sie aufnimmst?

Hilary an Philip

Lieber Philip,

am besten rede ich gar nicht lange drum herum: Ich habe einen anonymen Brief aus Euphoria bekommen. Darin steht, daß Du ein Verhältnis mit Morris Zapps Tochter hast. Ich weiß, es stimmt nicht, aber bitte schreib sofort und sag mir, daß es nicht wahr ist. Ich muß immerfort heulen und kann keinem sagen, warum.

Viele liebe Grüße
Hilary

XY42 ABI51 INTL PLOTINUS EUPH 609
WESTERN UNION

Mrs. Hilary Swallow
49 St. Johns Rd.
Rummidge
England

ALLES GROSSFUCK FUCK FUCK FUCK
ALLES GROSSER UNFUG STOP ZAPPS TOCHTER ERST NEUN STOP
BRIEF FOLGT GRUSS PHILIP

Philip Swallow
1037 Pythagoras Dr.
Plotinus Euph.

Morris an Désirée

Tu mir einen Gefallen, Désirée: Erheb Dich von Deinem wohl-gepolsterten Hintern und schau nach, was zum Teufel im Pytha-goras Drive 1037 gespielt wird. Mir hat heute jemand per Brief – ohne Unterschrift – mitgeteilt, daß Philip Swallow es an dieser Adresse mit Melanie treibt. Lach, soviel Du willst, aber sei so gut und kümmere Dich mal darum, ja? In der Vorstellung liegt eine so erschreckende Logik, daß an der Sache durchaus etwas dran sein könnte. Es würde zu dem Bild passen, das ich mir von Swal-

147

low gemacht habe, und zu der Rolle, die ihm in meinem Leben bestimmt zu sein scheint. Erst ruiniert er in der ›TLS‹ meinen Ruf als Wissenschaftler, dann bumst er meine Tochter. Ich zittere, Désirée, ich zittere.

Morris.

P. S. Der Umschlag ist durch den Freistempler der Hochschule gelaufen, also muß mir den Wisch jemand vom Kollegium oder eine Sekretärin geschickt haben. Wer?

Philip an Hilary

Liebste Hilary,

das ist der schwerste Brief, den ich je habe schreiben müssen. Morris Zapp hat tatsächlich außer der Neunjährigen noch eine Tochter. Sie heißt Melanie, und ich habe einmal mit ihr geschlafen. Nur einmal. Das Telegramm, das ich Dir geschickt habe, stimmte also nicht ganz. Aber es war auch nicht ganz gelogen. Daß Zapp Melanies Vater ist, habe ich eben erst erfahren, und ich war ebenso geschockt, wie Du es gewesen sein mußt. Ich will versuchen, es Dir zu erklären.

Melanie ist Zapps Tochter aus erster Ehe. Sie nennt sich Byrd, das ist der Mädchenname ihrer Mutter, weil sie an der Euphoric State mit ihrem Vater nicht in Verbindung gebracht werden möchte, was etliche gute Gründe hat. Sie ist zum Studium hergekommen, weil sie als Tochter eines Professors keine Studiengebühren zu zahlen braucht, ist aber nach Möglichkeit auf Distanz zu Zapp gegangen und hat die Beziehung streng geheimgehalten. All das habe ich heute nachmittag von Mrs. Zapp und Melanie erfahren. Sie haben mich erwartet, als ich nach Hause kam. Melanie, das muß ich noch ergänzen, ist eine der jungen Frauen, die in der Wohnung unter mir wohnen. Ganz zu Anfang geriet ich zufällig da unten in eine Art improvisierter Party. Ich war gerade von der Einladung bei den Hogans gekommen und schon ein bißchen angegangen. Eins kam zum anderen, und ich bin wohl richtig »high« geworden, aber als die Sache zu einer Orgie auszuarten drohte, habe ich mich mit Anstand zurückgezogen. Melanie allerdings auch. Für sie war es ganz selbstverständlich, daß wir miteinander schlafen würden. Was wir dann leider auch getan haben.

Ich will nicht versuchen, mich zu rechtfertigen oder zu entschuldigen. Hinterher war ich todunglücklich bei dem Gedanken, was ich Dir angetan hatte. Es hat nicht mal besonderen Spaß gemacht, ich war ziemlich alkoholisiert, und Melanie schlief halb. Ihr hat es absolut nichts bedeutet, da bin ich ganz sicher, und Du mußt mir bitte glauben, daß es nur dieses eine Mal passiert ist. Inzwischen – wenn die Sache nicht so ernst wäre, könnte ich herzlich darüber lachen – ist sie Charles Boons Freundin geworden. So wie die Dinge lagen, schien es sinnlos, Dich mit diesem Intermezzo zu beunruhigen, und allmählich vergaß ich die ganze Angelegenheit. Als ich Deinen Brief bekam, meldete sich mein schlechtes Gewissen wieder, allerdings habe ich zunächst keinen Zusammenhang zwischen Melanie und Morris Zapp gesehen. Ich nahm an, daß sich jemand einen üblen Scherz geleistet hatte – wer und warum, das konnte und kann ich mir nicht vorstellen. Aber nun steckte ich in einem fast unlösbaren moralischen Dilemma.

Wie Du weißt, wählte ich den leichteren Weg und redete mir ein, das wäre auch für Dich das Beste. Aber nachdem ich erfahren hatte, wie die Dinge wirklich liegen, habe ich mich sofort hingesetzt, um Dir diesen Brief zu schreiben und reinen Tisch zu machen. Es ist jetzt fast Mitternacht, Du kannst Dir also vorstellen, wie schwer ich mich damit getan habe. Es tut mir ganz schrecklich leid, Hilary. Bitte verzeih mir.

Alles Liebe, Philip.

Désirée an Morris

Lieber Morris,

so sehr es mir auch widerstrebt, Dir einen Gefallen zu tun – die Neugier hat mich übermannt, und so bin ich denn Deiner liebenswürdigen Aufforderung gefolgt und zum Pythagoras Dr. 1037 gefahren. Ich mußte einen Umweg durch die Stadt machen, weil wegen der Unruhen auf dem Campus an der Cable Street der Verkehr zusammengebrochen war. Ich hörte Gasgranaten knallen und lautes Gebrüll und das Knattern eines Polizeihubschraubers über uns. Man kommt sich jeden Tag mehr vor wie in Vietnam.

Pythagoras 1037 ist ein zweigeschossiges Haus, das nachträglich in zwei Wohnungen unterteilt wurde. Als ich unten klingelte, rührte sich nichts, also versuchte ich es im ersten Stock. Nach einer Weile kam Melanie zur Tür, sie sah erhitzt und verknittert aus. Ehe Du anfängst, mit den Zähnen zu knirschen und zur Reitpeitsche greifst, warte gefälligst ab, wie es weiterging. Wir waren beide überrascht, Melanie natürlich noch mehr. »Désirée? Was machst du denn hier?« rief sie. »Dasselbe könnte ich dich fragen«, schoß ich in meiner besten Perry-Mason-Manier zurück. »Ich denke, hier wohnt Philip Swallow.« »Stimmt, aber er ist nicht da.« »Wer ist es denn, Mel, die Gestapo?« fragte jemand von drinnen. Ich sah über Melanies Schulter, und da lehnte Charles Boon in einem Frotteebademantel an der Wand und rauchte eine Zigarette. »Besuch für Philip«, rief sie zurück. »Der ist nicht da, er ist an der Uni.« »Darf ich warten?« fragte ich. Melanie zuckte die Schultern. »Meinetwegen.«

Ich drängelte mich hinein, Melanie machte die Tür zu und kam hinterher. »Das ist Désirée, die zweite Frau meines Vaters«, sagte sie zu dem glotzenden Boon. »Und das ist –« »Ich kenne Mr. Boon, Liebes«, fuhr ich dazwischen. »Wir waren vor ein paar Wochen zusammen auf einer Party. Ich hätte Ihnen damals schon gern gesagt, Mr. Boon, wie schauderhaft ich Ihre Sendung finde.« Er lächelte und pustete Rauch durch die Zähne, während er sich eine passende Replik ausdachte. Mit einem Auge sah er mich an, das andere schweifte im Zimmer umher, als ob es nach einer Inspiration suchte. »Wenn jemandem aus Ihrer Altersgruppe die Sendung gefallen würde«, sagte er schließlich, »wüßte ich, daß ich was falsch gemacht habe.« So ging das noch eine Weile hin und her, es war ein ganz netter Schlagabtausch. Dieser Boon scheint bei Swallow zu wohnen, was mich eigentlich wundert, ich hatte Swallow immer so verstanden, daß er den Typ nicht ausstehen kann. Wie dem auch sei, es sah so aus, als ob Boon und Melanie an diesem Nachmittag miteinander im Heu gewesen waren, und nachdem beide nicht die Spur von Bestürzung erkennen ließen, als Swallow an der Wohnungstür schloß, hatten sie offenbar vor ihm nichts zu verbergen. Er war begreiflicherweise leicht geplättet, als er mich sah, und machte mit großem Getue Tee für uns alle, wirkte aber eigentlich nicht sehr defensiv. Ich war schon fast überzeugt davon, daß seine Beziehung zu Melanie rein onkelhafter Art sein müßte, da kam heraus, daß Du ihr Vater bist. Er wurde weiß wie die Wand, Morris. Wenn ihm jemand gesagt hätte, daß er seine eigene Tochter gebumst hat, hätte der Schock nicht größer sein können. Irgendwie hat es wohl wirklich etwas Inzestuöses an sich, wenn man mit der Tochter seines Austauschpartners schläft. Wenn er allerdings nach wie vor mit Melanie Sex macht, muß es eine ziemlich heiße Sache sein, denn Charles mischt da mit Sicherheit auch mit.

Wenn Du mich fragst, hat den anonymen Brief Howard Ringbaum verbrochen, der hat ein Motiv und ist knickerig genug, um die Uni-Poststelle dafür zu mißbrauchen. So wie der ist, würde er, wenn das ginge, geile Anrufe per R-Gespräch führen.

Désirée

Morris an Désirée

Vielen Dank für Deine prompte Antwort, aber kannst Du mir mal verraten, wieso Du Swallow nicht geradeheraus danach gefragt hast? Ich lege eine Fotokopie des anonymen Briefes bei, die kannst du ihm unter die Nase halten. So ein Dreckskerl! Mrs. Swallow sieht in letzter Zeit derart unglücklich aus, daß ich den Verdacht habe, daß sie auch so einen Wisch bekommen hat. Im Grunde ist sie eine liebe Frau, und sie tut mir leid. Übrigens hat sie mir erzählt, daß Boon früher einer von Swallows Studenten war. Alte Kumpel also … Was da mit Melanie läuft, will mir gar nicht gefallen. Armes Kind. Nicht daß ich sie noch für unberührt gehalten hätte, aber ist das ein Leben für ein junges Mädchen, ewig nur von einem Typ zum anderen weitergereicht zu werden? Wenn wir beide einen neuen Anfang machen könnten, Désirée, würde sie vielleicht zu uns ziehen.

Morris

Désirée an Morris

Lieber Morris,

tu mir den Gefallen und hör auf, den besorgten Vater zu mimen, ich lach mich sonst noch tot. Es ist ein bißchen spät, von einem schönen Zuhause für die »arme kleine Melanie« zu sabbeln. Das hättest Du Dir überlegen sollen, ehe Du sie und ihre Mutter hast sitzenlassen. Vielleicht darf ich Dich daran erinnern, daß Dir die arme kleine Melanie das nie verziehen hat, und da Du die beiden meinetwegen hast sitzenlassen (unter Hinterlassung von fünf Dollar für Süßigkeiten, wenn ich mich recht erinnere, der schäbigste Fall einer pekuniären Beschwichtigung des Gewissenswurms, der mir je untergekommen ist), hat sie auch mich nicht gerade ins Herz geschlossen.

Ich habe nicht vor, Philip Swallow Deinen jämmerlichen Wisch unter die Nase zu halten. Weder er noch Melanie schulden mir irgendeine Erklärung. Schreib ihnen doch selbst, wenn Dir soviel daran liegt. Aber ehe Du Dich allzusehr in gerechte Empörung hineinsteigerst und da wir schon beim Thema Erklärungen sind, könntest Du mir mal verraten, was mit der blonden Puppe ist, die Du der großherzigen Mrs. Swallow aufgehängt hast und die schwanger sein soll. Du wirst doch nicht unseren Planeten mit einem weiteren kleinen Zapp verschmutzen wollen, Zapp? Britische Heuchelei ist mir durchaus ein Begriff, aber daß sie ansteckend ist, das habe ich bisher nicht gewußt.

Désirée

Philip an Hilary

Liebste Hilary,

es ist jetzt zwei Wochen her, seit mein Brief an Dich abgegangen ist, und das Warten auf Antwort belastet mich sehr. Falls Du noch nicht geschrieben hast, schieb es bitte nicht länger auf. Ich hatte gehofft, daß es Dir möglich sein würde, zu vergeben und zu vergessen, nachdem ich Dir alles gestanden habe, und daß wir dann einen dicken Strich unter die ganze Sache machen könnten.

Ich hoffe doch, Du denkst nicht an etwas so Törichtes wie eine Scheidung?

Es ist sehr schwer, diese Dinge brieflich zu bereden. Wie kann man über sechstausend Meilen hinweg ein Mißverständnis ausräumen. Wir müssen uns sehen, miteinander reden, uns küssen und uns versöhnen. Was hältst Du davon, über Ostern zum Holiday-Tarif herzukommen? In den Ferien würde bestimmt Deine Mutter die Kinder nehmen, vielleicht könntest Du sie sogar bei dieser Mary Makepeace lassen. Es wäre ein richtiger Urlaub für uns beide, ohne Kinder, raus aus dem täglichen Trott. »Zweite Flitterwochen« nennt man so was wohl – ein ziemlich kitschiger Ausdruck, aber die Idee hat etwas für sich. Weißt Du noch, wieviel Spaß wir in der primitiven kleinen Bude in Esseph hatten?

Überleg es Dir ernsthaft, Liebling, und laß dich von den Studentenunruhen nicht abschrecken. Alles deutet darauf hin, daß sich mit Ende des Winterquartals die Wogen glätten und es zu einem Kompromiß zwischen Studentenschaft und Administration kommt. Heute gab es zum erstenmal seit Wochen keine Verhaftungen. Vielleicht liegt es auch am Wetter. Der Frühling hat jetzt ernst gemacht, die Hügel sind grün, der Himmel blau, wir haben 26 Grad im Schatten. Die Bucht blinkt in der Sonne, die Kabel der Hängebrücke schimmern wie Harfensaiten am Horizont. Als ich heute mittag über den Campus ging, spürte man förmlich die veränderte Stimmung. Mädchen in Sommerkleidern, Gitarrespieler überall. Es würde Dir gefallen.

Viele liebe Grüße
Philip

Morris an Désirée

Du wirst es nicht glauben, Désirée, aber Mary Makepeace und ich sind wirklich nur gute Freunde. Ich habe nie mit ihr geschlafen. Ich will gern zugeben, daß ich nicht abgeneigt gewesen wäre, aber als ich sie kennenlernte, war sie schwanger, und ich habe was dagegen, mit einer Frau ins Bett zu steigen, die schon jemand anders geschwängert hat. Irgendwie nicht die feine koschere Art, wie? Besonders in diesem Fall, der Vater des Kindes ist katholischer Priester. Habe ich Dir erzählt, daß die Maschine, mit der ich hergeflogen bin, voller Frauen war, die in England eine Abtreibung machen lassen wollten? Eine davon war Mary, sie saß neben mir, und wir kamen ins Gespräch. Wie ich vor ein paar Wochen aus der Uni komme, lauert mir Mr. O'Shea im Hausflur auf, hinter der Standuhr. Er schleppt mich ins Vorderzimmer, in dem um diese Jahreszeit eine Temperatur wie am Nordpol herrscht, die riesigen Polstersessel ragen aus dem Nebel wie Eisberge. Der Gute war ganz aus dem Häuschen. Eine junge Frau, sichtbar Mutterfreuden entgegensehend, aber ohne Trauring, habe nach mir gefragt und darauf bestanden, in meiner Wohnung auf mich zu warten. Es war Mary. Sie hatte sich entschlossen, in England zu bleiben und das Kind zu bekommen, aber sie hatte ihren Job verloren, und außerdem war ihr Geld gestohlen worden, und ich war eben der Einzige, den sie in England kannte. Ich versuchte, O'Shea zu beruhigen, aber der kam an seiner Bigotterie und an Mrs. O'Shea nicht vorbei. Nichts und niemand konnte ihn davon überzeugen, daß nicht ich Mary zu ihrem Zuwachs verholfen hatte. Sein Ultimatum war knallhart: Mary oder ich – einer mußte weg. Nun konnte ich das Mädchen ja nicht einfach hängenlassen, also habe ich versucht, eine Unterkunft für sie zu finden. Aber an dem Abend war in Rummidge einfach nichts zu machen. In den Augen der Zimmerwirtinnen, bei denen wir es versuchten, war Mary offenbar eine Nutte und ich ein kleiner Gauner. Nicht mal im Hotel hatten sie angeblich ein Zimmer frei. Dann fuhren wir zufällig an Mrs. Swallows Haus vorbei, und ich dachte mir, mehr als nein sagen kann sie nicht. Und siehe da, es hat geklappt. Die beiden sind inzwischen richtig befreundet, und es sieht so aus, als könnte Mary dort bleiben, bis das Baby kommt. Ich wollte Dich mit der Geschichte nicht anöden und finde es ziemlich schäbig von Philip, daß er damit zu Dir gekommen ist.

Morris

Lieber Philip,

vielen Dank für Deinen letzten Brief. Tut mir leid, daß ich auf
den vorigen nicht gleich geantwortet habe, aber nachdem Du
sechs oder sieben Wochen gebraucht hast, um mir das von Melanie Zapp (oder Byrd) zu erzählen, habe ich mir gedacht, daß mir
ebensoviele Tage für meine Bedenkzeit schon auch zustehen.

Das soll nicht heißen, daß ich an Scheidung denke – eine erstaunliche Panikreaktion Deinerseits, finde ich. Dabei gehe ich
davon aus, daß Du mir reinen Wein eingeschenkt hast und nicht
mehr mit ihr zusammen bist. Es ist schon bedauerlich, daß Du
unter allen weiblichen Wesen in Euphoria ausgerechnet auf
Mr. Zapps Tochter verfallen mußtest. Und es riecht ein wenig
nach Ironie – um nicht zu sagen nach Heuchelei –, daß Du Dir
solche Sorgen wegen *seines* schlechten Einflusses auf *Deine* Tochter gemacht hast. Ich habe Mary Deine Briefe gezeigt, und sie
sagt, Dein zwanghaftes Bemühen, Amandas Unschuld zu schüt-
zen, deutet darauf hin, daß Du selbst in sie verliebt bist und daß
Dein Verhältnis mit Melanie eine Ersatzbefriedigung für inze-
stuöse Begierde war. Eine interessante Theorie, nicht? Sehen
Melanie und Amanda sich ein bißchen ähnlich? Aus Deinem Vorschlag, in Euphoria Urlaub zu machen, kann leider nichts werden. Es würde mir nie einfallen, Mary oder meiner Mutter die
Kinder aufzuhalsen, und ich glaube nicht, daß wir den Flug für
drei aufbringen könnten, für mich allein übrigens wohl auch
nicht. Ich habe nämlich beschlossen, mit der Zentralheizung
nicht mehr zu warten, sondern sie gleich einbauen zu lassen, auf
Abzahlung. Es war meine erste Tat, nachdem Du mir das mit Melanie geschrieben hattest. Ich habe mir Heizungsfirmen im Telefonbuch herausgesucht und sie um Kostenvoranschläge gebeten.
Hört sich vielleicht komisch an, aber es war vollkommen logisch.
Da schufte ich mich ab, habe ich mir gesagt, plage mich allein mit
Haus und Kindern, der Karriere meines Mannes und der Ausbil-
dung meiner Brut zuliebe, und muß dabei auch noch frieren.
Wenn er mit dem Sex nicht warten kann, bis er wieder zu Hause
ist, warum soll ich dann mit der Zentralheizung warten? Eine

sinnlichere Frau hätte sich wahrscheinlich aus Rache einen Liebhaber genommen.

Mr. Zapp hat mir netterweise mit den Voranschlägen geholfen und von dem günstigsten Angebot noch hundert Pfund runtergehandelt, war das nicht gut? Natürlich sind die Raten trotzdem ziemlich happig, und durch die Anzahlung haben wir unser Konto überzogen, schick also recht bald Geld.

Aber ganz abgesehen von den Kosten und dem Problem mit den Kindern würde ich wahrscheinlich sowieso nicht kommen wollen, Philip. Ich habe Deinen Brief sehr aufmerksam gelesen und kann leider nicht umhin zu vermuten, daß Du mich hauptsächlich bei Dir haben willst, um ganz legal mit einer Frau zu schlafen. Die Lust an weiteren außerehelichen Abenteuern ist dir wohl vergangen, aber der Frühling in Euphoria hat Dein Blut in Wallung gebracht, so daß Du bereit wärst, mich über sechstausend Meilen einfliegen zu lassen, um Dir Erleichterung zu verschaffen. Unter diesen Voraussetzungen fände ich die Reise belastend, Philip. Selbst mit Holiday-Tarif kostet der Flug über 165 Pfund, und damit wären meine Leistungen im Bett entschieden überbezahlt.

Klingt das sehr bissig? So war es nicht gemeint. Mary sagt, daß die Männer immer versuchen, Auseinandersetzungen mit einer Frau durch eine Vergewaltigung zu beenden, entweder buchstäblich oder im übertragenen Sinne, Du benimmst Dich also durchaus rollenkonform. Mary hat lauter so faszinierende Theorien über Männer und Frauen. Sie sagt, daß in Amerika jetzt eine Frauenbewegung angefangen hat. Hast Du davon schon was bemerkt?

Schön, daß die Lage in Euphoria sich endlich ein bißchen entspannt. Ob Du's glaubst oder nicht, es könnte sein, daß es jetzt bei uns mit Studentenunruhen losgeht. Man munkelt von einem Sit-in im nächsten Trimester. Die älteren Kollegen sind offenbar völlig verunsichert. Morris sagt, daß Gordon Masters total ausgeflippt ist, er kommt neuerdings mit einer alten Uniform der Territorialarmee zur Uni.

Liebe Grüße
Hilary

Désirée an Morris

Lieber Morris,

komischerweise nehme ich Dir das mit Mary Makepeace sogar ab, die fiese Bemerkung über die koschere Art allerdings war mal wieder typisch für Dich. Aber es war nicht Philip Swallow, der es mir gesteckt hat. Der Orthographie nach tippe ich auf Dein irisches Naturkind, die zahnlose Bernadette, die Dich und Deine »gelpharige Huhre« in einer schmierigen, fettfleckigen und verheulten Epistel ohne Unterschrift bei mir angeschwärzt hat.

Hast Du schon mal von Women's Lib gehört, Morris? Habe ich gerade für mich entdeckt. Ich hatte zwar gelesen, wie die Emanzen im November die Miss-America-Wahl haben platzen lassen, aber da habe ich sie noch für spinnige Weiber gehalten. Sind sie aber nicht. Sie haben gerade eine Diskussionsgruppe in Plotinus gegründet. Ich war da und bin fasziniert. Ich sage Dir, Morris, so Typen wie Dich haben die voll durchschaut.

Désirée

IV

Verlautbarungen

Ehepaar, Mitte dreißig, Frau füllig, möchte diskretes Paar kennenlernen.

Naturliebendes Pärchen sucht Brüder der Erde für kuscheliges Nest.

Grün grüner am grünsten. Big Sur Dylan Hesse Bach Waschbärenbabys Gras Strände Sensibilität Kreativität Sex und Liebe. Suche Frau auf gleicher Welle.

Suche zwei oder mehr Bi-Frauen für fröhliche Dreiernummer (oder mehr) mit attraktivem Mittdreißiger. Partnerin mit guter Figur steht ebenfalls zur Verfügung. Falls gewünscht, auch junger, sehr feminin-attraktiver Transvestitenvetter. Anfragen von weiblichen Paaren oder auch einzeln. Wir wenden uns besonders an junge Singles oder gefrustete Hausfrauen, die Lust haben, Gruppensexfreuden zu testen. Diskretion zugesichert. Foto kein Muß, aber willkommen. Leute, wagt es, greift zur Feder.

Kleinanzeigen, ›Euphoric Times‹

FRAUEN VON PLOTINUS MARSCHIEREN

Die Frauenbefreiungsbewegung von Plotinus hatte am Samstag ihren ersten öffentlichen Auftritt mit einer Feier zum Internationalen Frauentag. Die Transparente trugen Aufschriften wie: »Frauenpower macht Männer sauer«, »*Richtig* auf den Strich gehen ist einträglicher« und »Kostenlose Kinderbetreuungsstätten rund um die Uhr«. Diese Parole veranlaßte eine Puertoricanerin, sich der Demonstration in den Weg zu stellen. Wo denn bitte diese Kinderbetreuungsstätten seien, wollte sie wissen. Bedau-

ernd erklärten die Demonstrantinnen, das sei noch Zukunfts-
musik.

›Plotinus Gazette‹

GARTEN DES VOLKES FÜR PLOTINUS

Studenten und andere Demonstranten besetzten am Wochen-
ende ein unbebautes Grundstück an der Poplar Ave zwischen
Clifton und King Street, um einen sogenannten »Garten des
Volkes« anzulegen. Das Grundstück war vor zwei Jahren von der
Universität angekauft worden und wird seither als »wilder« Park-
platz genutzt.

Ein Sprecher der Gartenfreunde erklärte: »Das Grundstück
gehört nicht der Universität. Wenn überhaupt, dann gehört das
Land dem Stamm der Costanoer-Indianer, denen man es vor
zweihundert Jahren gewaltsam genommen hat. Sollten die Costa-
noer Ansprüche geltend machen, ziehen wir uns selbstverständlich sofort zurück. Inzwischen aber soll hier eine offene Begeg-
nungsstätte für die Bevölkerung von Plotinus entstehen. Die
Hochschule hat ein erschreckendes Maß an Gleichgültigkeit
gegenüber den Bedürfnissen des Gemeinwesens an den Tag gelegt.«

Die Gartenfreunde arbeiteten das ganze Wochenende über, sie
gruben um und planierten und legten Rasen an. »Ein Hippie, der
arbeitet – so was muß man mal gesehen haben«, wunderte sich
ein älterer Mitbürger aus der nahegelegenen Pole Street.

›Plotinus Gazette‹

STUDENTENVORSTAND VON RUMMIDGE HÄLT SONDERSITZUNG AB

Unter Punkt 4b der TO werden folgende Anträge gestellt:
Der Vorstand
1. ruft den Studentenausschuß zu geeigneten Maßnahmen auf,
falls das Hochschulpräsidium auf seiner Sitzung am Mittwoch
nicht den folgenden Forderungen zustimmt:
a) unveränderte Annahme der Vorlage *Studentenmitverwaltung*,
die seit November Senat und Präsidium vorliegt;

b) sofortige Schritte zur Bildung einer Kommission, die Struktur und Funktion der Hochschule untersuchen soll;

c) zweitägige Unterbrechung aller Lehrveranstaltungen in allen Fachbereichen zwecks Abhaltung eines Teach-in über Zusammensetzung und Aufgabenstellung der vorgesehenen Kommission.

HAUS RUTSCHT AB

Durch einen leichten Erdrutsch in der Pythagoras Avenue ist, wie das Gesundheitsamt heute befand, ein Haus unbewohnbar geworden. Die Bewohner des Pythagoras Drive 1037 wurden am Samstag um 1.30 Uhr aus dem Schlaf geweckt, als ihr Haus sich infolge einer Bodensenkung nach ungewöhnlich heftigen Regenfällen um 45 Grad drehte. Verletzt wurde niemand.

›Plotinus Gazette‹

BETR.: LIEGENSCHAFT POPLAR AVENUE ZWISCHEN CLIFTON UND KING STREET

Dieses Grundstück wurde vor etwa eineinhalb Jahren von der Universität erworben und geräumt. Aufgrund finanzieller Schwierigkeiten konnte der dort vorgesehene Bau eines Sportplatzes nicht sofort in Angriff genommen werden. Inzwischen stehen die erforderlichen Mittel zur Verfügung, die Pläne werden zur Zeit ausgearbeitet.

Die Fairneß allen gegenüber, die in den letzten Wochen – oft mit ehrlicher Begeisterung und Hingabe – auf diesem Grundstück gearbeitet haben, gebietet es, auf die Unzweckmäßigkeit jedes zusätzlichen Aufwandes für dieses Projekt hinzuweisen. Das Grundstück wird in Kürze eingeebnet, um die nötigen Vorarbeiten für die Anlage der vorgesehenen Freizeitstätte zu ermöglichen.

Informationsbüro, State University of Euphoria.

Das wiedergewonnene Paradies

Mit dem Garten des Volkes in Plotinus wird ein neues Eden geschaffen. Es ist das bisher spontanste und hoffnungsvollste Geschehen in dem permanenten Kampf zwischen Universität/Industrie/Militär und der alternativen Gesellschaft der Liebe und des Friedens. Nicht nur Demonstranten und Studenten finden sich in dem Garten ein, um dort gemeinsam zu arbeiten und ihre Freizeit zu verbringen, sondern auch die übrige Bevölkerung, Berufstätige, Hausfrauen, Kinder, ja sogar Hochschullehrer.

›Euphoric Times‹

Grand Prix von Rummidge geplant

Ein kürzlich in Rummidge gegründetes Konsortium aus Geschäftsleuten und Motorsportenthusiasten hat gestern Pläne vorgelegt, auf dem neuen Inneren Ring der Stadt Formel-1-Rennen auszutragen. »Der Ring ist ideal für den Motorsport«, sagte der Sprecher der Gruppe, Jack »Gasket« Scott. »Man könnte denken, die Planer hätten das von Anfang an im Sinn gehabt.«

›Rummidge Evening Mail‹

Professor und Studenten der Euphoric State wegen Baustoff-Diebstahl verhaftet

Sechzehn Personen, darunter ein englischer Gastprofessor und eine Reihe von Studenten, wurden am Samstag wegen des Diebstahls von Bausteinen auf dem Abrißgrundstück der Lutherischen Kirche in der Buchanan Street verhaftet. Die Bausteine – Wert 7,50 Dollar – waren offenbar für den Garten des Volkes bestimmt, wo zur Zeit ein Fischteich des Volkes angelegt wird.

›Plotinus Gazette‹

Militante Studenten besetzen Audimax der Rummidge University

Mitglieder des Präsidiums der Rummidge University mußten sich gestern nachmittag einen Weg durch studentische Streikposten bahnen, um ihren Sitzungsraum zu erreichen. Die Studenten verlangten die Öffentlichmachung der Beratungen über ihr Schriftstück *Studentische Mitbestimmung*. Schließlich gestattete man es dem Vorsitzenden des Studentenausschusses und zwei weiteren Studierenden, eine Erklärung vor dem Präsidium abzugeben, das es aber ablehnte, an Ort und Stelle auf die Forderungen der Studenten einzugehen.

Sobald dieser Sachverhalt bekannt wurde, besetzten etwa 150 bereits mit Schlafsäcken und Decken ausgerüstete Studenten das Auditorium Maximum. Nach einer Diskussion über die Idealstruktur einer umorganisierten Hochschule kam es zu einem improvisierten Diskothekabend. Früh um zwei befanden sich noch etwa 85 Studenten im Auditorium. Heute vormittag soll in einer außerordentlichen Generalversammlung des Studentenausschusses der Antrag zur Diskussion gestellt werden, die Besetzung der Universitätsräume zu sanktionieren und auszuweiten.

›Rummidge Morning Post‹

GASTPROFESSOR UND STUDENTEN WIEDER FREI

Professor Philip Swallow, britischer Gastprofessor am Fachbereich Englisch, gehörte zu den sechzehn Personen, die am Samstag unter der Anklage des Diebstahls von Bausteinen von einem Abrißgrundstück in der Buchanan Street in Haft genommen worden waren. Das Verfahren gegen die sechzehn Angeklagten, hauptsächlich Studenten der Euphoric State, wurde gestern vom Amtsgericht Plotinus eingestellt, da der Eigentümer des Baumaterials, Joe Mattiesen, sich weigerte, die Anzeige zu unterschreiben. Eine Gruppe von Studenten hatte sich vor dem Gerichtsgebäude eingefunden und klatschte Beifall, als Professor Swallow lächelnd auf die Straße trat.

»Ich war das erste Mal im Knast«, sagte er. »Es war eine denkwürdige Erfahrung. Auf eine Wiederholung lege ich allerdings keinen gesteigerten Wert.«

›Euphoric State Daily‹

Statement von Rektor Binde

Wir sehen uns mit einem Garten konfrontiert, den wir nicht geplant oder verlangt haben, über den niemand hundertprozentig glücklich ist. Die jungen Leute, die sich an der Erstellung der Anlage beteiligt haben, sorgen sich um die Zukunft ihrer Gabe. Die Anwohner sind unglücklich über die Menschenmassen, den Lärm und das Betragen gewisser Gartenbesucher. Die Stadtväter machen sich Sorgen wegen der durch den Garten aufgeworfenen Fragen der Verbrechensbekämpfung und öffentlichen Sicherheit. Viele Steuerzahler sind empört über ein Vorgehen, das in ihren Augen die illegale Inbesitznahme von Hochschul- und daher Staatseigentum darstellt. Die für den Hochschulsport Verantwortlichen befürchten den Verlust einer zusätzlichen Freizeitstätte. Die meisten Bürger sehen voller Sorge eine mögliche Konfrontation auf uns alle zukommen, einige wenige hegen die Befürchtung, es könne nicht zu dieser Konfrontation kommen. Für mich persönlich sind all diese Sorgen sowie etliche andere, von denen ich noch gar nicht gesprochen habe, äußerst belastend.

Wie soll es nun also weitergehen? Zunächst werden wir einen Zaun ziehen müssen, um die bequemerweise verdrängte Tatsache wieder in Erinnerung zu rufen, daß das Grundstück Hochschuleigentum ist, und um Unbefugte fernzuhalten. Es ist hart, zu Reaktionen dieser Art gezwungen zu sein, um einen Standpunkt klarzustellen, aber die getroffene Entscheidung ist unumgänglich.

Verteidigt den Garten

Wir haben feierlich geschworen, den Garten zu verteidigen und Vergeltungsmaßnahmen gegen die Universität zu ergreifen, falls sie Schritte gegen den Garten unternimmt. Wenn wir bei unserem Kampf ebenso fest zusammenstehen wie bei der Schaffung des Gartens – einig, entschlossen und brüderlich –, werden wir siegen.

KEINEN ZAUN GEGEN DAS VOLK

KEINE BULLDOZER

SEID HERREN DES SCHWEIGENS, HERREN DER NACHT MIT
SCHAUFELN UND WAFFEN
ALLE MACHT DEM VOLKE UND SEINEN WAFFEN

Die Gartenfreunde

In Plotinus verteiltes Flugblatt

UNTERSTÜTZUNG FÜR BESETZER GEFORDERT

Studenten von Rummidge! Sprecht euch bei der heutigen Sitzung
für die Besetzung aus, dann kommt zu uns ins Audimax. Zeigt
der Verwaltung, daß dies eure Universität ist!

Flugblatt herausgegeben vom Besetzer-Lenkungsausschuß

POLIZEI BESETZT GARTEN, 35 DURCH SCHÜSSE VERLETZT,
EINSATZ VON TRÄNENGAS AUF DER CABLE AV. TRIFFT
PASSANTEN UND STUDENTEN.
NOTSTAND UND AUSGANGSSPERRE VERHÄNGT

Eine gestern mittag abgehaltene Demonstration mit anschlie-
ßender Kundgebung, auf der Protest gegen die Besetzung des
Gartens des Volkes durch die Polizei zum Ausdruck gebracht
werden sollte, wuchs sich zu einer den ganzen Nachmittag an-
dauernden brutalen Schlacht zwischen Polizei und Demonstranten aus. Sechzig Personen mußten in Krankenhäuser eingeliefert
werden, und bei Anbruch der Dämmerung hatte sich das Tränengas über den ganzen südlichen Campus und die benachbar-
ten Wohngebiete ausgebreitet. Die Polizei machte ganz offen von
der Schußwaffe Gebrauch und verschoß Schrotladungen auf die
dichte Menge der Demonstranten, von denen viele blutüber-
strömt die Flucht ergriffen. Ein Polizist trug Messerstiche davon,
drei weitere Beamte wurden durch Steine und Glasscherben
leicht verletzt. Gouverneur Duck gab Einsatzbefehl für die
Nationalgarde, und für die Zeit zwischen 22.00 und 6.00 Uhr
wurde Ausgehverbot verhängt.

Früh um sechs war – nach Entfernung von Studenten und

anderer, die in der Nacht im Garten des Volkes kampiert hatten, durch die Polizei – von der Esseph Fence Company ein drei Meter hoher Maschendraht – (Forts. letzte Seite)

›Euphoric State Daily‹

RUMMIDGER SIT-IN DAUERT AN

Eine außerordentliche Sitzung des Studentenausschusses von Rummidge, an der über 1000 Studierende teilnahmen, sprach sich heute für die Billigung und Fortführung des von 150 Linksextremisten gestern abend eingeleiteten Sit-in aus. Nach Ende der Sitzung begaben sich die Studenten geschlossen zum Auditorium Maximum, einige drangen mit Gewalt in das Vorzimmer des Vizerektors ein und bestanden darauf, Vizerektor Steard Stroud ihr Anliegen vorzutragen.

»Es war reine Zeitverschwendung«, erklärte einer der Studenten hinterher. »Er zeigte keinerlei Verständnis für die legitimen Forderungen der Studenten nach demokratischer Mitbestimmung bei der universitären Entscheidungsfindung.«

Die Studenten besetzten mehrere Büros im Verwaltungstrakt, wo sie nach Aussage eines Hochschulangestellten »beträchtliche Unruhe« bei den Schreibkräften auslösten.

›Rummidge Evening Mail‹

ZUSAMMENSTÖSSE ZWISCHEN GARTENANHÄNGERN, COPS UND MILITÄR IN PLOTINUS

Anhänger des inzwischen eingezäunten Gartens des Volkes spielten übers Wochenende Katz und Maus mit Polizei und Nationalgarde. Am Samstag stürmten sie die Einkaufszone der Innenstadt von Plotinus und schwärmten über ein Gebiet von drei Blocks auf der Shamrock Ave. aus, wo sie auf eine geschlossene Reihe von Nationalgardisten trafen, die sie mit aufgepflanztem Bajonett zurückdrängten.

Gegen etwa 13.00 Uhr stürzten sich zwei Sheriff Deputies auf einen jungen Mann, der mit einer Ärosoldose WILLKOMMEN IN PRAG an ein Schaufenster von Coopers Warenhaus gesprüht hatte, und schlugen ihn zu Boden. Er wurde mit stark blutenden Wunden zum Polizeirevier geschleppt und später als ein schwarzer Student von der Euphoric State, Wily Smith (21), identifiziert.

Am Sonntag wand sich ein langer Zug von Gartenfreunden durch die Straßen von Plotinus, wo sie auf jedem am Wege liegenden unbebauten Grundstück einen Minigarten des Volkes pflanzten. Auf die Frage, weshalb er seine Leute angewiesen habe, Rasen und Blumen wieder zu entfernen, antwortete Sheriff O'Keene: »Das ist Sachschaden!«

›Esseph Chronicle‹

RUMMIDGE-PROFESSOR WARNT VOR HOCHSCHULKRIEG

Gordon Masters, Professor für englische Literatur an der Universität Rummidge, hat das derzeitige Sit-in der Studenten auf das schärfste verurteilt.

»Die Situation erinnert stark an die europäische Lage im Jahre 1940«, sagte er gestern. »Das unannehmbare Ultimatum, gefolgt von einem Blitzkrieg und der Besetzung benachbarter Gebiete – das war Hitlers Grundstrategie. Wir haben damals nicht klein beigegeben, wie werden es auch jetzt nicht tun.«

In Professor Masters Büro hängt ein großformatiger Plan des Zentralheizungssystems der Hochschule. »Die Heizungsrohre stellen ein Labyrinth von Tunnel dar«, erläuterte er, »die sich vorzüglich als Stützpunkte für Widerstandtätigkeit anbieten, falls Senat und Verwaltung genötigt wären, in den Untergrund zu gehen. Zweifellos verfügt der Vizerektor über einen Geheimbunker, in den er sich kurzfristig zurückziehen kann.«

Das Büro des Vizerektors lehnte jeden Kommentar ab.

›Rummidge Morning Post‹

DEMONSTRANT ROBERTS GESTORBEN
STUDENTISCHE ABSTIMMUNG GEPLANT
AKADEMISCHER SENAT SETZT TERMIN FÜR
SITZUNG ÜBER GARTEN FEST

›Euphoric State Daily‹, Schlagzeilen

WIR KLAGEN AN!

Das Volk von Plotinus weiß, wer die Schuldigen am Tod von John Roberts sind.

Rektor Binde, der dem Volk wegen eines Stückchens Land den Krieg erklärt hat.

Sheriff O'Keene, der seine Bullen bewaffnet und auf die Straße geschickt hat.

Das anonyme Schwein, das aus nächster Nähe einem wehrlosen jungen Mann zwei Schrotladungen in den Rücken gejagt hat.

Unser Land ist entweiht, aber der Geist des Gartens an der Ecke Shamrock Ave. und Howle Plaza lebt. Das Volk von Plotinus steht geschlossen gegen Bullen und Tyrannen. Die Schranken unverbindlichen Gesabbels fallen, laßt uns Barrikaden der Liebe gegen die Bullen bauen. Straßenfreaks, Politische, Macker, Ökos, Homos, Friedensfrauen, sie alle reißen sich die Maske der Isolation vom Gesicht, und ihre Herzen finden sich.

›Euphoric Times‹

PROFESSOR TRITT ZURÜCK

Professor Gordon H. Masters, Professor für Englisch an der Rummidge University, überreichte gestern dem Vizerektor sein Entlassungsgesuch, das dieser »mit Bedauern« entgegennahm.

Wie verlautet, hat Professor Masters, der in wenigen Jahren in den regulären Ruhestand getreten wäre, seit einiger Zeit gesundheitliche Probleme, und Freunde ergänzen, daß die derzeitigen Studentenunruhen ihn stark belasten.

Professor Masters' Amtsniederlegung wird ab Oktober dieses Jahres wirksam, er hat aber bereits jetzt Rummidge verlassen, um gründlich auszuspannen.

›Rummidge Morning Post‹

HUBSCHRAUBER-GASANGRIFF AUF DEMONSTRANTEN. TRÄNENGASWOLKE ÜBER CAMPUS

Ein Hubschrauber der Nationalgarde knatterte gestern über den Campus der Euphoric State und besprühte etwa 700 Studenten und Lehrende, die durch einen Kordon von Militär auf der Howle Plaza festgehalten wurden, mit Tränengas.

Der Gasangriff war von Sheriff Hank O'Keene von Miranda County befohlen worden, um den harten Kern einer dreitausendköpfigen Menge zu zerstreuen, die zu einer Trauerfeier für John Roberts zusammengekommen war. Der Wind wehte das Gas kilometerweit über Wohnhäuser, in Hörsäle und Büros der Hochschule und bis in die Räume der Universitätsklinik. Auch bei Frauen und Kindern von Hochschullehrern, die sich in dem zwei Kilometer entfernten Blueberry-Creek-Schwimmbad befanden, traten Beschwerden durch das Gas auf. Eine Gruppe von Hochschullehrern hat bei Rektor Binde schärfstens gegen den wahllosen Einsatz von Gas durch die Ordnungskräfte protestiert.

›Esseph Chronicle‹

Wie ein Achtjähriger die Krise sieht

So richtig habe ich den Garten des Volkes ja nicht gesehen, aber ich hab gefühlt, daß er schön ist. Im Garten, da haben die Leute alles mit dem Gefühl gemacht, nicht bloß mit ihren Händen, mit dem Herzen haben sie ihn gemacht, wer weiß, ob sie ihn für immer gemacht haben, viele hundert Leute haben den Garten gemacht, und nun werden wir das nie wissen, ob sie ihn für immer gemacht haben.

Die Bullen, die machen ja ihr Leben kaputt mit dem, was sie tun, die können doch überhaupt nicht mehr Mensch sein. Die benehmen sich wie gereizte Tiere.

Von einer Lehrerin in Plotinus der ›Euphoric State Daily‹ zur Verfügung gestellt

Teach-in im Audimax

Die Veranstalter des Sit-in haben für dieses Wochenende ein Teach-in über das Thema UNIVERSITÄT UND GEMEINWESEN angesetzt.

Dabei wollen sie in einer Podiumsdiskussion unter anderem

folgende Fragen zur Debatte stellen und gemeinsam mit den Teilnehmern klären:

Welche Rolle spielt die Universität in der modernen Gesellschaft?

Welche gesellschaftliche Rechtfertigung hat eine Hochschulausbildung?

Was denken gewöhnliche Leute in Wirklichkeit über Hochschulen und Studenten?

Flugblatt, Rummidge University

RUMMIDGER SCHULKINDER ÜBER STUDENTEN

Die meißten Stuhdenten finden es nicht gut wie das in der Uni läufft und, darum machen sie protesd und Sitinn. Wenn die Stuhdenten mal elter sind merken sie dan schon das das ganz gut so war wie das gelauffen ist. Die Stuhdenten vertuhn blos den Leuten und den Pollezisten ihre Zeit nur so aus Blötsinn glaub ich. Die meißten sind Hipis und benehmen sich ganz doof und vergeuden nur ihren Gripps andere Leute täten froh sein wenn sie Gripps häten.

Studenten fint ich doof die schmeißen mit Stinkbomben nach Leuten blos weil daß sie auffallen wolen richtige Penner sind die mit dem langen Zotelhaar und aussehn tuhn sie als wenn sie sich nie waschen. Sie tragen eklige Klamotten und Gelt haben sie auch nicht und dann kommen sie ins Fernsehn und rauchen Hasch vor allen Leuten. Auf der Straße machen sie Rabaz und boltzen rum und machen alles kaput was ihnen unterkomt. Dann gipts auch noch Studenten die sint orntlich und haben nette Sachen an und saubere Haare und ne nette Familie die sint nicht doof.

Wenn ein Student zu mir kommt und mir was sagen würd dann würd ich einfach weitergehn. Mal angenommen du bist ne Katze und da kommt son Student und nimmt dich mit und du denkst der ist aber nett und dann schnipselt der dich auf und macht Eksperimente mit dir. Dann gibts auch noch nette Studenten aber die Nase tragen sie alle zu hoch.

Ich mag keine Studenten die machen sich alle gegenseitig nach alle tragen sie so ähnliche Sachen und reden wie Amerikahner und rauchen Hasch und spritzen sich damit sie glüklig sind und quasseln von Liebe und Frieden wen sie unglüklig sind. Wenn ich die Pollizei wär ich würt sie aufhengen.

Für ›Rumble‹ gesammelt von einem Pädagogikstudenten.

VERMITTLERVORSCHLAG DER RUMMIDGER HOCHSCHULLEHRER

Der Verband der Hochschullehrer an der Rummidge University hat vorgeschlagen, für die Verhandlungen zwischen Verwaltung und Studentenausschuß über Möglichkeiten der Beendigung des Sit-in einen Vermittler zu benennen. Die Studenten hatten sich heute für die Weiterführung des Sit-in ausgesprochen.

Professor Morris J. Zapp, Gastprofessor der State University of Euphoria, U.S.A., ist als Kandidat für die Aufgabe des Vermittlers im Gespräch.

›Rummidge Evening Mail‹

HEILUNG DURCH ERDBEBEN

Erdbeben, sagte ein Sprecher beim gestrigen Teach-in über Ökologie und Politik an der Euphoric State, seien der Protest der Natur gegen die Betonmassen, mit denen die gute Erde zugeschüttet worden ist. Wer etwas pflanzt, befreit den Boden und verhindert dadurch Erdbeben.

›Plotinus Gazette‹

REKTOR SCHLÄGT VERPACHTUNG DES GARTENS VOR.
BÜRGERMEISTER HAT BEDENKEN.
GROSSKUNDGEBUNG ZUM MEMORIAL DAY GEPLANT

Rektor Harold Binde erklärte auf der gestrigen Pressekonferenz, seiner Meinung nach wäre es eine Lösung der leidigen Schwierigkeiten um den Garten des Volkes, wenn die Universität einen Teil des Grundstücks der Stadt Plotinus zur Anlage eines öffentlichen Parks in Pacht gäbe, wobei man versuchen würde, die dort schon geleisteten Arbeiten soweit wie möglich zu erhalten.

Der Stadtrat von Plotinus wird voraussichtlich auf seiner nächsten Sitzung über den Vorschlag beraten; wie verlautet, steht Bürgermeister Holmes dem Plan nicht positiv gegenüber. Es wird auch bezweifelt, ob Gouverneur Duck, der *ex officio* Mitglied des Hochschul-Verwaltungsrates ist, den Abschluß eines solchen Pachtvertrages zulassen würde, da er strikt gegen Zugeständnisse an die Gartenfreunde ist.

Letztere planen für den Memorial Day am 30. Mai eine Groß-demonstration durch Plotinus. Es ist, wie die Veranstalter betonen, an einen friedlichen, gewaltlosen Protest gedacht. Allerdings haben die Einwohner gewisse Bedenken, nachdem bekannt wurde, daß etwa 50 000 Demonstranten in Plotinus erwartet werden, die bis aus Madison und New York anreisen wollen.

»Der Antrag für die Demonstration liegt vor«, bestätigte heute ein Rathaus-Sprecher, »und wird zur Zeit von den zuständigen Stellen geprüft.«

›Esseph Chronicle‹

Eisblock beschädigt Wohnhaus

Ein dreißig Kubikzentimeter großer Würfel aus grünem Eis durchschlug in der vergangenen Nacht das Dach eines Hauses im Süden von Rummidge und beschädigte ein Zimmer im Ober-geschoß, in dem sich zur betreffenden Zeit niemand aufhielt. Es gab keine Verletzten.

Die mit der Untersuchung befaßten Wissenschaftler hielten den Eisklotz zunächst für ein besonders groß geratenes Hagel-korn, stellten dann aber bald fest, daß es sich um gefrorenen Urin handelte. Man nimmt an, daß er verbotenerweise in großer Höhe aus einem Flugzeug abgeworfen wurde.

Der Hausbesitzer, Dr. Brendan O'Shea, erklärte heute früh: »Ich bin fassungslos. Es ist ja noch nicht mal raus, ob die Versi-cherung dafür aufkommt. Vielleicht gilt es ja als ein Fall von höherer Gewalt.«

›Rummidge Evening Mail‹

V.

Wechselspiele

»Meinst du nicht, daß er ein bißchen klein ist?«

»Ich find ihn gut.«

»In letzter Zeit kommt er mir ein bißchen klein vor.«

»Eine neuere Umfrage besagt, daß neunzig Prozent aller Amerikaner glauben, ihr Penis sei unterdurchschnittlich klein.«

»Ist ja vielleicht verständlich, wenn man zu den oberen zehn Prozent gehören will.«

»Das sind nicht die *oberen* zehn Prozent, du Dummerjan, sondern die zehn Prozent, die das überhaupt nicht kümmert. Ist doch klar, daß nicht neunzig Prozent unter dem Durchschnitt sein können.«

»Ach so, ja. Statistik war noch nie meine Stärke.«

»Jetzt bin ich aber echt enttäuscht von dir, Philip. Ich dachte, du stehst nicht auf diese Männlichkeitsmasche. Das finde ich ja gerade so gut an dir.«

»Daß mein Penis so klein ist?«

»Daß du nicht ständig Applaus für deine Potenz forderst. Bei Morris mußte es jedesmal ein Vier-Sterne-Fuck sein. Ich mußte bei der Klimax stöhnen und mit den Augen rollen und Schaum vor dem Mund haben, sonst hat er mir sofort vorgeworfen, ich mache wohl auf Miss Tiefgekühlt.«

»War er auch einer von den neunzig Prozent?«

»Na ja, das nicht gerade.«

»Soso.«

»Außerdem sieht er für dich nur kleiner aus, weil du immer von oben runterguckst, das verkürzt.«

»Nicht ausgeschlossen.«

»Schau in den Spiegel.«

»Nein, ich nehm's dir unbesehen ab.«

Aber am nächsten Morgen stellte sich Philip nach dem Duschen zum Abtrocknen auf einen Stuhl, um in dem Spiegel über dem Handwaschbecken seinen Luxuskörper zu betrachten. Tatsächlich brachte der normale Blickwinkel eine gewisse Verkürzung mit sich, wenn auch nicht so stark, wie man es vielleicht gern gehabt hätte. Gewiß, mit vierzig war man zugegebenermaßen schon ein bißchen alt, um solche Dinge wichtig zu nehmen, aber Philip standen erst seit kurzem Vergleichsmaßstäbe zur Verfügung. Seit seiner Schulzeit hatte er kein männliches Glied mehr genauer angesehen. Dann war er nach Euphoria gekommen, und dort waren ihm von allen Seiten Penisse präsentiert worden. Angefangen hatte es mit Charles Boon, der Pyjamas verschmähte und ständig im Adamskostüm herumlief. Dann hatten die Schallplattenläden in der Cable Avenue das John Lennon/Yoko Ono-Album in ihre Schaufenster gestellt, auf dessen Cover das prominente Paar als Ganzakt von vorn abgelichtet war. Weiter waren da der Held des Streifens *I am Curious Yellow*, den sie sich in Esseph angesehen hatten, nach zweistündigem geduldigen Anstehen in Gesellschaft von – laut Désirée – zweihundert weiteren Voyeuren mittleren Alters, die hofften, er würde sie anmachen (was er auch tat), und der junge Mann im Zuschauerraum eines Avantgarde-Theaters, der den Akteuren beim Striptease zuvorkam und ihnen damit die Schau stahl. Diese Darbietungen hatten Philip seine eigene Unzulänglichkeit vor Augen geführt. Désirée blieb ungerührt. »Jetzt weißt du, wie es ist, wenn man als Bügelbrett in einer Tittenkultur aufwächst«, sagte sie.

»Ich finde deine Brust sehr hübsch.«

»Was ist mit deiner Frau?«

»Mit Hilary? Wie meinst du das?«

»Ist sie gut bestückt?«

»Sie hat eine gute Figur, ja. Allerdings –«

»Was?«

»Ohne BH, so wie du, könnte sie nie rumlaufen.«

»Warum nicht?«

»Weil es dann wabbelt.«

»Es? Du meinst wohl sie, Plural.«

»Äh – ja.«

»Warum sollen sie nicht wabbeln? Wer behauptet, daß sie vorkragen müssen wie ein freitragender Balkon? Ich will dir sagen, wer so was behauptet. Die Büstenhalterindustrie.«

»Da magst du recht haben.«

»Was würdest du sagen, wenn du ständig einen stützenden Latzfleck an der Hose tragen müßtest?«

»Wär mir gräßlich. Aber ich wette, mit einer Anzeige in der ›Euphoric Times‹ könntest du die Dinger an den Mann bringen.«

»Morris steht auf große Euter. Seit jeher. Wieso er mich geheiratet hat, ist mir schleierhaft. Warum heiratet man überhaupt? Warum hast du Hilary geheiratet?«

»Ich weiß nicht. Ich war einsam.«

»Genau. Wenn du mich fragst, ist an vielem einfach die Einsamkeit schuld.«

Philip kletterte vom Stuhl herunter und trocknete sich fertig ab. Er verrieb Talkum auf der Haut und strich mit leise narzißtischem Genuß über die neuen Gewebepolster an Hüften und Brust. Seit er nicht mehr rauchte, hatte er zugenommen, was er gar nicht unkleidsam fand. Straffes Fleisch spannte sich jetzt über den Rippen, und sein Schlüsselbein wirkte nicht mehr so erschreckend hager, als habe er einen Kleiderbügel verschluckt.

Er schlüpfte in den Baumwollkimono, den Désirée ihm geliehen hatte. Sein Bademantel war noch im Pythagoras Drive, und Charles Boon hatte ihn sich so oft geborgt, daß Philip ihn auch nicht mehr besonders gern trug. Wenn Boon nicht ostentativ unbekleidet in der Wohnung herumrannte, klaute er einem ständig die Klamotten. Wieviel angenehmer war doch das Leben in der Socrates Avenue! Der Erdrutsch, der ihm die eine Adresse geraubt und ihm dafür zu dieser hier verholfen hatte, erwies sich im Rückblick als eine überaus freundliche Fügung des Schicksals. Der Kimono hatte ein meerfarbenes Muster in Blau und Grün, war mit weißem Frottee gefüttert und sagenhaft bequem. Er verlieh Philip etwas von dem sportlich-gestählten, gebieterischen Habitus eines asiatischen Ringers, und entsprechend fühlte er sich auch. Stirnrunzelnd betrachtete er sein Spiegelbild, kniff die Augen zusammen und blähte die Nüstern. Er verbrachte neuerdings viel Zeit vor dem Spiegel. Vielleicht in der Hoffnung, sich in irgendeiner verräterischen Haltung, bei einem bedeutungsvollen Ausdruck zu ertappen.

Er ging ins Schlafzimmer, schlug die Bettdecke zurück und drückte eine kleine Kuhle ins Kissen. Das war seine einzige andeutungsweise Verbeugung vor der Konvention: nach einer mit Désirée verbrachten Nacht früh aufzustehen und in seinem Zimmer das Bettzeug zu verknautschen. Hätte man ihn gefragt, wen er damit hinters Licht zu führen hoffte, hätte er die Antwort schuldig bleiben müssen. Die Zwillinge bestimmt nicht. Désirée hatte die erschreckende Gewohnheit progressiver amerikanischer Eltern, Kinder wie Erwachsene zu behandeln, und hatte ihnen bestimmt genau erklärt, welcher Art die Beziehung zwischen ihr und Philip war. Eigentlich, dachte er mit einem leicht wehmütigen Blick in einen anderen Spiegel, könnte sie mir das auch mal erklären, ich finde mich da schon lange nicht mehr zurecht.

Philip war zwar von Natur aus kein Frühaufsteher, an diesem sonnigen Morgen in der Socrates Avenue 3462 aber war es ihm nicht schwergefallen, beizeiten aus den Federn zu finden. Es war schön, im nadelscharfen heißen Wasserstrahl zu duschen, barfuß über die Teppichböden in dem stillen Haus zu wandern, Besitz von der Küche zu ergreifen, die der Kanzel eines computergesteuerten Raumschiffes glich, ganz in strahlendem Weiß und voll von blitzendem Edelstahl, mit Skalen, technischen Spielereien und einem summenden Riesenkühlschrank. Philip deckte für sich und die Zwillinge, ließ Orangensaft in einem Krug auftauen, legte Speckscheiben in den auf die niedrigste Stufe gestellten elektrischen Grill und goß kochendes Wasser auf einen Teebeutel. In abgelegten Hausschuhen schlurfte er mit dem Tee durch den Patio in den Garten und hockte sich an eine sonnige Wand, um die immer wieder umwerfende Aussicht zu genießen. Es war ein windstiller, klarer Morgen. Das Wasser der Bucht war glatt wie ein Spiegel, man konnte fast die Kabel an der Silver Span Bridge zählen. Unten auf dem Shoreline Freeway rollten spielzeughaft klein Personenwagen und Laster vorbei, aber Lärm und Auspuffgase drangen nicht bis zu ihm. Hier oben war die Luft wohltuend kühl und duftete nach der subtropischen Vegetation, die in den Gärten des wohlhabenden Plotinus in verschwenderischer Fülle wuchs.

Eine silbrige Düsenmaschine mit gedrosselten Triebwerken kam fast in Augenhöhe von Norden herein, Philip folgte ihrem gemächlichen Zug über die Cinemascopefläche des Himmels. Es mußte schön sein, um diese Zeit in Euphoria anzukommen. Man konnte sich fast vorstellen, wie den Seeleuten zumute gewesen war, die – wahrscheinlich ganz zufällig – durch die jetzt von der Silver Span Bridge überspannte Meerenge gesegelt waren und plötzlich diese erstaunliche Bucht vor sich gesehen hatten, von keiner Menschenhand berührt. Wie hieß es doch in *Der große Gatsby*: »Eine schwellende grüne Brust der neuen Welt ... Einen vergänglichen, verzauberten Moment lang muß der Mensch angesichts dieses Kontinents den Atem angehalten haben ...«

Während Philip noch versuchte, das Zitat zusammenzubekommen, zerriß ein häßliches Geräusch die Morgenstille, es hörte sich an, als rattere ein gewaltiger Rasenmäher über den Himmel, und ein dunkler, spinnenartiger Schatten huschte über den Hang. Der erste Hubschrauber des Tages stieß auf den Campus der Euphoric State nieder.

Philip ging ins Haus zurück. Inzwischen waren Elizabeth und Darcy aufgestanden. Sie kamen im Pyjama in die Küche, gähnten, rieben sich die Augen und strichen sich die langen Haarzotteln zurück. Sie glichen sich nicht nur wie ein Ei dem anderen, nein, um die Sache noch komplizierter zu machen, wirkte Darcys hübsches Gesicht eher feminin, so daß Philip ganz auf Elizabeths Zahnspange angewiesen war, wenn er sie auseinanderhalten wollte. Sie waren undurchschaubar, diese beiden, schienen sich auf telepathischem Wege zu verständigen und machten äußerst sparsamen Gebrauch von den normalen Möglichkeiten der Sprache. Philip fand das nach seinen altkluggeschwätzigen und unermüdlich Fragen stellenden Kindern einerseits erholsam, andererseits aber auch verwirrend. Er überlegte oft, was die Zwillinge von ihm denken mochten, aber sie ließen nichts raus.

»Guten Morgen«, begrüßte er sie munter. »Heute wird's heiß, glaube ich.«

»Hi«, sagten sie höflich. »Hi, Philip.« Sie setzten sich an die Frühstücksbar und verschlangen große Mengen einer bestimmten Sorte knusprig-gezuckerter Frühstücksflocken.

»Möchtet ihr Speck?«

Sie schüttelten den Kopf, den Mund voller Flocken. Er holte die röschen, ganz gleichmäßigen Speckstreifen aus dem Grill, machte sich ein Brot und noch eine Tasse Tee. »Was wollt ihr heute als Pausenbrot?« fragte er. Die Zwillinge sahen sich an.

»Erdnußbutter und Gelee«, sagte Darcy.

»Ist gut. Und du, Elizabeth?« Die Frage war im Grunde überflüssig.

»Dasselbe bitte.«

Er griff zu dem geschnittenen Weißbrot – mit Vitaminen angereichert und garantiert nach nichts schmeckend –, das sie so liebten, machte die Brote und packte sie zusammen mit je einem Apfel in die Frühstücksboxen. Die Zwillinge nahmen sich eine zweite Portion Frühstücksflocken. Die ›Euphoric Times‹ hatte neulich über einen Versuch berichtet, bei dem man Ratten mit Cornflakes-Packungen gefüttert und festgestellt hatte, daß ihr Gesundheitszustand besser war als der von Vergleichstieren, die als Futter die Cornflakes bekommen hatten. Philip erzählte den Zwillingen davon. Sie lächelten höflich.

»Habt ihr euch gewaschen?« fragte er.

Während sie im Bad waren, setzte er den Kessel für Désirées Kaffee auf und griff nach dem gestrigen ›Chronicle‹.

»Es ist, wie die Veranstalter betonen, an einen friedlichen, gewaltlosen Protest gedacht. Allerdings haben die Einwohner gewisse Bedenken, nachdem bekannt wurde, daß etwa 50000 Demonstranten in Plotinus erwartet werden.« Er sah aus dem Fenster dem Hubschrauber nach, der wie eine Libelle über dem Zentrum von Plotinus schwebte. Über zweitausend Mann Militär waren in der Stadt, ein Teil biwakierte in dem Garten, man erzählte sich, daß sie heimlich die Blumen gossen. Tatsächlich sahen die Soldaten oft aus, als würden sie gern ihre Waffen wegwerfen und sich den protestierenden Studenten anschließen, besonders, wenn das weibliche Kontingent der Gartenfreunde den Oberkörper freimachte und ihren Bajonetten blanke Busen entgegenreckte – eine Konfrontation von Hardware und Software, der die Fotografen der ›Euphoric Times‹ nie widerstehen konnten. Die meisten Gardisten waren sowieso junge Leute, die nur in der Nationalgarde waren, um aus dem Vietnamkrieg rauszukommen. Sie sahen jetzt genauso aus wie die GIs, die im Fernsehen gezeigt wurden – verunsichert und unglücklich. Manche machten vor den Kameras das Friedenszeichen. Das ganze glich überhaupt sehr einem Vietnamkrieg im kleinen, die Hochschule in der Rolle des Thieu-Regimes, die Nationalgarde als Army, Studenten und Hippies als Vietkong … Eskalation, Overkill, Helikopter, Entlaubung, Guerillakrieg, es kam alles wunderbar hin. Eine gute Bemerkung für die Charles-Boon-Show. Was er da sonst noch von sich geben konnte, war ihm vorläufig noch schleierhaft.

Die Zwillinge kamen wieder in die Küche, um ihre Frühstücksboxen zu holen. Sie trugen jetzt Jeans, Turnschuhe und verwaschene T-Shirts und sahen eine Kleinigkeit sauberer und ordentlicher aus.

»Habt ihr euch bei eurer Mutter verabschiedet?«

»Tschüs, Désirée«, riefen sie beiläufig im Hinausgehen, und gedämpft kam die Antwort zu ihnen zurück. Philip stellte Kaffee, Orangensaft, getoastete Muffins und Honig auf ein Tablett und ging damit in Désirées Schlafzimmer.

»Hi«, sagte sie. »Fabelhaft, dein Timing.«

»Es ist ein herrlicher Tag.« Er setzte das Tablett ab, ging ans Fenster und stellte die Jalousien so, daß die Sonne in langen Streifen ins Zimmer fiel. Désirées rote Flechten flammten auf dem safrangelben Kissen des breiten Bettes.

»War das ein Hubschrauber, der da eben fast das Dach weggerissen hätte?« fragte sie und machte sich genüßlich über ihr Frühstück her.

»Ja. Ich war gerade im Garten.«

»Scheißkerle. Sind die Kinder gut zur Schule gekommen?«

»Ja, ich habe ihnen Brote mit Erdnußbutter gemacht. Es war der Rest aus dem Glas.«

»Stimmt, ich muß heute einkaufen fahren. Hast du was Besonderes vor?«

»Ich muß heute vormittag in die Uni. Der Fachbereich macht eine Mahnwache vor Dealer.«

»Was, bitte?«

»Es ist wahrscheinlich nicht der richtige Ausdruck, aber so nennen sie's nun mal. Mit einer Wache assoziiert man normalerweise irgendwas Nächtliches, nicht? Ich glaube, wir sollen uns nur ein, zwei Stunden da hinstellen. In stummem Protest.«

»Und ihr glaubt, Duck zieht die Nationalgarde ab, nur weil euer Fachbereich mal zwei Stunden aufhört rumzulabern? Wäre eine starke Leistung, das muß ich ja zugeben, aber –«

»Ich glaube, der Protest richtet sich gegen Rektor Binde. Wir wollen versuchen, ihm gegen Duck und Keene Korsettstangen einzuziehen.«

»Dem Binde?« Désirée schnaubte höhnisch. »Der hat sich doch sein Gewissen auf Gummizug genäht.«

»Er ist in einer schwierigen Situation, das mußt du zugeben. Was würdest du in seiner Lage tun?«

»Ich käme nie in seine Lage. Die State University of Euphoria hat in ihrer Geschichte noch keinen einzigen weiblichen Rektor gehabt. Bist du übrigens heute abend zu Hause? Wir brauchen sonst einen Babysitter, ich hab meine Karatestunde.«

»Bei mir kann es auch spät werden. Ich hab doch diese blöde Sendung bei Charles Boone.«

»Richtig. Worüber redest du?«

»Ich glaube, ich soll mich über die Lage in Euphoria äußern. Aus britischer Sicht.«

»Na, das schüttelst du doch aus dem Ärmel.«

»Aber ich komme mir überhaupt nicht mehr britisch vor. Jedenfalls nicht so wie früher. Amerikanisch allerdings auch nicht. Eher als ›Wanderer zwischen zwei Welten‹.«

»Bestimmt fragen sie dir wegen des Gartens ein Loch in den Bauch. Schließlich bist du ja sozusagen einer seiner prominentesten Verfechter.«

»Das war purer Zufall, wie du sehr wohl weißt.«

»Puren Zufall gibt es nicht.«

»Ich habe für den Garten nie mehr als gemäßigte Sympathie gehabt. Bisher war ich noch nicht mal drin. Jetzt kommen wildfremde Menschen auf mich zu, schütteln mir die Hand und beglückwünschen mich zu meinem Einsatz. Es ist richtig peinlich.«

»Ein jegliches hat seine Zeit, Philip. Du bist in einen historischen Prozeß hineingeraten.«

»Ich komme mir vor wie ein Defraudant.«

»Und warum gehst du dann zu dieser Mahnwache?«

»Wenn ich nicht hingehe, halten mich alle für einen Überläufer, und das bin ich ja nun auch wieder nicht. Daß die Truppen vom Campus abgezogen werden, das ist mir sogar ein großes Anliegen.«

»Laß dich bloß nicht verhaften. Beim nächsten Mal ist es vielleicht nicht so leicht, dich auf Kaution freizukriegen.«

Désirée verspeiste ihr Brötchen, leckte sich die Finger und legte sich, eine Tasse Kaffee an den Lippen, in die Kissen zurück.
»Du siehst richtig toll aus in dem Kimono«, stellte sie fest.

»Wo kann man so was kaufen?«

»Behalt ihn. Morris trägt ihn doch nie, es war ein Weihnachtsgeschenk von mir, vor zwei Jahren. Hast du übrigens an Hilary geschrieben? Oder hoffst du, daß dir auch diesmal eine anonyme Giftspritze die Arbeit abnimmt?«

»Ich weiß ja nicht, was ich schreiben soll.« Er ging im Zimmer auf und ab und bemühte sich, nicht auf die Sonnenstreifen zu treten. Drei Ausfertigungen seines Ich liefen in dem Spiegeltriptychon von Désirées Frisierkommode aufeinander zu und zeigten ihm, als er kehrtmachte, die kalte Schulter.

»Schreib ihr, was passiert ist und wie du dir die Fortsetzung vorgestellt hast.«

»Aber ich habe doch überhaupt keine Vorstellung von der Fortsetzung.«

»Deine Zeit hier läuft ab, nicht?«

»Ich weiß, ich weiß.« Er fuhr sich verzweifelt mit den Fingern durchs Haar. »Aber ich bin so was nicht gewöhnt, ich habe keine Übung im Ehebruch. Ich weiß nicht, was das Beste für Hilary, für die Kinder, für mich und für dich wäre ...«

»Meinetwegen brauchst du dir keine Gedanken zu machen«, sagte Désirée. »Mich kannst du vergessen.«

»Leichter gesagt als getan.«

»Eins muß ich vielleicht doch sagen, Philip. Ich habe nicht die Absicht, wieder zu heiraten. Nur für den Fall, daß du dir irgendwas in dieser Richtung überlegt haben solltest.«

»Aber du willst dich doch scheiden lassen, nicht?«

»Ja, ganz klar. Aber von jetzt ab stehe ich allein meine Frau und lebe nach meinem eigenen Stiefel, ohne daß mir so ein Sack auf den Geist geht.« Sein Gesicht mußte eine Spur von Kränkung verraten haben, denn sie fuhr fort: »Das ist nicht persönlich gemeint, Philip, du weißt, daß ich dich sehr gern habe. Wir können echt gut miteinander. Die Kinder mögen dich auch.«

»Wirklich? Das habe ich mir schon oft überlegt.«

»Klar. Du gehst mit ihnen in den Park und so Sachen. Morris hat das nie gemacht.«

»Komisch, und gerade diesen Dingen habe ich entfliehen wollen, als ich herkam. Muß eine Zwangshandlung sein.«

»Du kannst gern bleiben, solange du willst. Und kannst gehen, wann du magst. Du kannst dich ganz frei für das entscheiden, was deiner Meinung nach das Beste ist.«

»Ich habe mich in diesen Wochen sehr frei gefühlt«, sagte er. »Freier als je zuvor.«

Désirée lächelte ihn an. Sie lächelte selten. »Das freut mich.« Sie stand auf und kratzte sich durch das Baumwollnachthemd hindurch.

»Ich wünschte nur, das könnte immer so weitergehen. Du und ich und die Kinder hier, Hilary und die Kinder dort – vergnügt und ahnungslos.«

»Wie lange hast du noch?«

»Der Austausch läuft offiziell in einem Monat ab.«

»Könntest du an der Euphoric State bleiben, wenn du wolltest? Ich meine, würdest du einen Job bekommen?«

»Hoffnungslos.«

»Ich habe gehört, daß du im letzten ›Seminar-Info‹ unheimlich gut weggekommen bist.«

»Das war nur Wily Smith.«

»Du bist zu bescheiden, Philip.« Désirée zog sich das Nachthemd über den Kopf und ging in das angrenzende Badezimmer. Philip folgte ihr und setzte sich auf den Toilettendeckel, während sie duschte.

»Vielleicht hätte eins der kleineren Colleges hier was für dich.«

»Kann schon sein. Aber dann wird es mit dem Visum problematisch. Wenn ich eine amerikanische Staatsbürgerin heiraten würde, wäre das natürlich was anderes.«

»Klingt sehr nach Erpressung.«

»War nicht so gemeint.« Er stand auf, und sein Spiegelbild tauchte aus dem Spiegel über dem Handwaschbecken hoch. »Ich muß mich rasieren. Diese Unterhaltung wird immer irrealer. Natürlich fliege ich in einem Monat zurück. Zurück zu Hilary und den Kindern. Zurück nach Rummidge. Zurück nach England.«

»Möchtest du das?«

»Ganz und gar nicht.«

»Du könntest einen Job bei mir haben.«

»Bei dir?«

»Als Hausmann. Du machst das sehr gut. Viel besser als ich. Ich will wieder arbeiten.«

Er lachte. »Wieviel würdest du mir zahlen?«

»Nicht viel. Aber du brauchst dann keine Arbeitsgenehmigung. Holst du mir ein Handtuch aus dem Schrank?«

Er hielt ihr das Handtuch hin, als sie naßglänzend aus der Dusche kam, und begann, sie kräftig abzurubbeln.

»Mmm, schön ist das.« Nach einer Weile sagte sie: »Du mußt aber wirklich nach Hause schreiben, hörst du?«

»Hast du es Morris gesagt?«

»Ich schulde Morris keine Erklärungen. Außerdem würde er sofort damit zu deiner Frau laufen.«

»Ja, sicher, daran hatte ich nicht gedacht. Sie wissen natürlich beide, daß ich hier wohne ...«

»Aber sie glauben, daß auch Melanie hier ist, als Anstandswauwau. Oder hatte ich dich und Melanie im Auge behalten sollen? Ich blicke da nicht mehr ganz durch.«

»Ich hab den Durchblick schon vor Wochen verloren.« Philip rubbelte jetzt mit etwas weniger Kraftaufwand. Er hatte sich hingekniet und trocknete ihre Beine ab. »Weißt du eigentlich, wie aufregend das ist?«

»Cool bleiben, Baby«, sagte Désirée. »Vergiß deine Mahnwache nicht.«

Liebling,

vielen Dank für Deinen letzten Brief. Freut mich, daß Du deine Erkältung überstanden hast. Mein Heuschnupfen hat sich noch nicht gemeldet, ich kann nur hoffen, daß ich gegen die Euphoric-Pollen nicht allergisch bin. Übrigens, ich habe ein Verhältnis mit Mrs. Zapp. Ich hätte es Dir schon längst schreiben sollen, aber irgendwie hab ich's verschusselt ...

Liebe Hilary,

nicht »Liebling«, denn das Recht auf diese Zärtlichkeit habe ich verwirkt. Nur wenige Monate nach der Sache mit Melanie ...

Liebste Hilary,

Du hast schon einen guten Blick, wenn Du schreibst, daß meine letzten Briefe so locker und vergnügt klangen. Um es knallhart zu sagen – ich schlafe neuerdings drei- oder viermal in der Woche mit Désirée Zapp, und es tut mir unheimlich gut ...

Auf dem ganzen Weg zum Campus entwarf er Briefe an Hilary, um sie, kaum angefangen, im Geist wieder zu zerreißen. Seine Gedanken kamen ins Trudeln, verirrten sich ins Absurde, Sentimentale, Obszöne, sobald er versuchte, Bilder von daheim, von Rummidge, von Hilary und den Kindern mit seinem jetzigen Leben in Deckung zu bringen. Der Gedanke, ein Flug könnte ihn binnen weniger Stunden wieder in jene graue, nasse Spießerwelt zurückversetzen, aus der er gekommen war, schien nahezu unglaubhaft. Ebenso unglaubhaft wie die Vorstellung, er könne durch Désirées Ankleidespiegel hindurch in seinem eigenen Zimmer verschwinden. Könnte er nur, wenn die Zeit gekommen war, einen nach seinem Bilde geschaffenen Zombie heimschicken, einen Swallow-Roboter, programmiert auf Abwaschen, auf Tutorien, Hypothekrückzahlungen am Dritten jeden Monats, während er selbst in Euphoria untertauchte, sich die Haare wachsen ließ und es stillvergnügt mit Désirée trieb ... In Rummidge würde kein Mensch etwas merken. Wenn er hingegen in seiner derzeitigen Gemütsverfassung zurückkam, würden ihn alle für einen Betrüger halten. Der echte Philip Swallow wird gebeten, sich zu melden. Den würde ich selber gern kennenlernen, dachte Philip, während er mit dem Corvair über die Serpentinen der Socrates Avenue kurvte, indes die Reifen auf dem glatten Asphalt quietschten und Häuser und Gärten schwindelerregend im Rückspiegel rotierten. Nun fuhr er doch Morris Zapps Wagen. »Dann bleibt wenigstens die Batterie in Schwung«, hatte Désirée ein paar Tage nach seinem Einzug gesagt. »Ich kann's gar nicht mit ansehen, wie du jeden Morgen zum Bus trottest, während der Wagen in der Garage herumsteht.«
Angefangen hat alles in der Erdrutschnacht. Mrs. Zapp und ich waren wieder mal zu einer Party eingeladen, und sie bot mir an, mich heimzufahren, wir hatten nämlich eine Art Tropengewitter ... Der Pythagoras Drive war wie ein reißender Fluß. Regengüsse wehten, großen,

nassen Tüchern gleich, durch das Licht der Scheinwerferkegel, trommelten aufs Dach, und die Scheibenwischer waren bald überfordert. Die Straßenlampen brannten nicht, wahrscheinlich ein Kurzschluß. Man kam sich vor wie auf einer Fahrt über den Meeresboden. »Das darf doch nicht wahr sein«, stöhnte Désirée und sah durch die triefende Windschutzscheibe. »Wenn Sie ausgestiegen sind, sitze ich das am besten erst mal aus.«

Aus Höflichkeit bat er sie noch auf eine Tasse Kaffee ins Haus, und zu seiner Überraschung nahm sie die Einladung an. »Ich fürchte nur, Sie werden schrecklich naß werden«, sagte er.

»Ich habe einen Schirm. Wir können ja Tempo vorlegen.«

Sie legten Tempo vor – und rannten geradewegs in die Hauswand hinein.

»Das versteh ich nicht«, sagte Philip. »Hier müßte eigentlich die Haustür sein.«

»Wer das Trinken nicht verträgt, soll's lassen«, sagte Désirée ziemlich spitz. Trotz des Schirms wurde sie sehr naß. Philip war total durchweicht. Außerdem standen sie statt auf dem Gartenweg in zentimeterhohem Schlamm.

»Ich bin stocknüchtern.« Philip tastete in der Dunkelheit nach den Eingangsstufen.

»Da hat wohl jemand dran gedreht«, sagte Désirée ironisch. Womit sie gewissermaßen recht hatte. Als sie auf der Suche nach der Haustür um die Ecke kamen, stießen sie auf drei verängstigte junge Frauen in schlammbespritzten Nachthemden – Melanie, Carol und Deirdre. Die drei waren aus dem Schlaf geschreckt, als das Haus sich in einem großen Bogen um die eigene Achse gedreht hatte. (Charles Boon hatte wieder mal Glück gehabt, er saß warm und trocken in seinem behaglichen Studio.) »Wir haben gedacht, es ist ein Erdbeben«, sagten sie. »Wir haben gedacht, die Welt geht unter.«

»Am besten kommt ihr alle erst mal mit zu mir«, entschied Désirée.

Du siehst also, es war reine Nächstenliebe und sollte eigentlich nur eine provisorische Lösung sein, ein Dach über dem Kopf, bis wir wieder in den Pythagoras Drive ziehen konnten oder etwas anderes gefunden hatten.

Carol und Deirdre zogen bald aus. Melanie und Charles Boon

taten sich zusammen und suchten sich eine Bude auf dem südlichen Campus. Sie waren beide voll in das Gartenprojekt eingestiegen und wollten, wenn sich was tat, hautnah dabei sein. Als einziger noch verbliebener Erdrutschflüchtling wartete Philip im Zappschen Haushalt auf Nachricht über eine Instandsetzung der Wohnung im Pythagoras Drive. Es sei ja nicht eilig, meinte Désirée. Ohne großen Eifer begann er, sich nach einer anderen Behausung umzusehen. Er könne sich ruhig Zeit lassen, sagte Désirée. Er hatte im Grunde nicht das Gefühl, sie auszunutzen, denn sie mußte abends oft zu Sitzungen, und wenn er zu Hause war, brauchte sie sich nicht um einen Babysitter zu bemühen. Außerdem kam sie früh schlecht aus dem Bett, und es war ihr nur lieb, wenn er das Frühstück für die Zwillinge machte und sie zur Schule schicke. Unmerklich spielte sich eine gewisse Routine ein. Es war fast wie bei einem Ehepaar. Am Sonntag fuhr er mit den Zwillingen in den Park und erkundete mit ihnen die Wälder der Umgebung. Es war eine Neuauflage seines Lebens in England, das gleiche Anzugmodell gewissermaßen, nur lässiger und bequemer im Sitz. Das Interregnum im Pythagoras Drive war wie ein wüster Traum, der rasch Vergangenheit wurde. Es war irgendwie unnatürlich, ungesund gewesen; etwas Unwürdiges, Lächerliches hatte der Rolle angehaftet, die er dort übernommen hatte – ein schon leicht angejahrter Parasit der alternativen Szene, mit dankbarem Hundeblick um das junge Volk herumschwänzelnd, um Wohlverhalten bemüht, bestrebt, nirgends anzuecken, und auf ein Spiel hoffend, aus dem nie etwas werden sollte. Jenes Spiel, das sich an dem bewußten Abend in der Wohnung unter ihm angebahnt hatte, mit dem Cowboy, dem Konföderierten und dem schwarzen Judokämpfer. Sie hatten es offenbar nie wieder gespielt – oder aber sie vergnügten sich damit wohlweislich nur, wenn er aus dem Haus war. Seit jener Nacht hatte er nie auch nur den Hauch einer Orgie gewittert, obschon er seine Antennen weit ausgefahren hatte. Am nächsten kam er dem Gruppensex noch durch eine Lektüre der Kleinanzeigen in der ›Euphoric Times‹. Vielleicht hätte er selbst mal inserieren sollen: *Britischer Professor, nicht besonders gut drauf, Hobbies Jane Austen, Top of the Pops, Gin Tonic, sucht Orgie, anfängergeeignet.* Oder eine Notiz unter Persönliches: *Melanie, gib mir noch eine Chance. Ich brauche Dich, aber ich finde keine Worte. Ich liege in meinem Zimmer wach und warte auf Dich.*

Wach und schwitzend horchte er in die Dunkelheit hinein, horchte auf die gedämpften Geräusche aus dem Nebenzimmer, wo sie und Charles Boon sich liebten. Im Grunde abartig, die ganze Situation. Mit dem Erdrutsch war ein ganzes Sodom und Gomorrha geheimer Phantasien und Begierden in die Tiefe gerissen worden. Er fühlte sich wie neugeboren in der ruhigen, zunächst neutralen Atmosphäre von Désirée Zapps Luxushorst dort oben in der Socrates Avenue. Er aß besser, er schlief besser. Désirée und er gaben gemeinsam das Rauchen auf. »Wenn du deine stinkige Pfeife weglegst, trenn ich mich von meinem Glimmstengel, abgemacht?«

Bei ihr, sagte Désirée, sei der Auslöser der Karateunterricht gewesen. Sie habe es als demütigend empfunden, daß sie nach zehn Minuten körperlicher Betätigung nur noch japsen konnte. Philip stellte fest, daß ihm der Verzicht überraschend leicht fiel, wahrscheinlich hatte er sich im Grunde nie viel aus der Pfeife gemacht. Er war froh, daß er die Rauchutensilien los war. Es war warm geworden, und jetzt konnte er leichte Hosen und taillierte Hemden tragen, ohne daß sich überall an seinem Körper häßliche Beulen abzeichneten. Gewiß, dafür trank er neuerdings mehr, meist vor dem Essen zwei Gin Tonic, zum Essen selbst Wein oder Bier, danach, wenn sie auf der Mattscheibe die Unruhen des Tages besichtigten, vielleicht einen Scotch. An einem dieser Abende sagte er: »Ich hab heute eine ganz nette Wohnung gefunden. In der Pole Street.«

»Warum bleibst du nicht hier?« fragte Désirée, ohne den Blick vom Bildschirm zu nehmen. »Platz genug ist da.«

»Ich kann nicht ständig bei dir schmarotzen.«

»Du kannst mir Miete zahlen, wenn du willst.«

»Na schön. Wieviel?«

»Sagen wir fünfzehn Dollar die Woche für das Zimmer, dazu zwanzig Dollar pro Woche für Verpflegung und Getränke plus drei Dollar Heizung und Beleuchtung, macht 38 Dollar pro Woche und 160 Dollar im Kalendermonat.«

»Donnerwetter«, staunte Philip. »Das hast du aber sehr schnell ausgerechnet.«

»Ich hatte es mir schon überlegt. Scheint mir eine vernünftige Lösung. Bist du übrigens morgen abend zu Hause? Ich hab einen Selbstfindungs-Workshop.«

Philip hielt vor einer roten Ampel und kurbelte das Fenster herunter. Am Gebrumm eines Hubschraubers erkannte er, daß er jetzt in der militarisierten Zone war, aber sonst war auf dieser Seite des Campus von studentischen Unruhen nichts zu spüren. Er ließ den Wagen durch das breite Tor rollen, vorbei an Rasenflächen und Büschen, über denen die Gischt der Sprengerdüsen regenbogenfarbig in der Sonne aufleuchtete. Ein einsamer Wachmann in seinem Häuschen hob lässig grüßend die Hand. Doch als er sich Dealer Hall näherte, mehrten sich die Zeichen des Konflikts. Eingeschlagene, verbretterte Fenster, Flugblätter und Benzinkanister auf den Wegen, Gardisten und Campuspolizisten, die leise in ihre Walkie-talkies sprachen, auf Streife und beim Objektschutz.

Er fand einen Platz auf der Parkfläche hinter Dealer Hall, vor ihm war gerade Luke Hogan in seinem großen grünen Thunderbird hereingefahren.

»Hübscher Wagen, Philip«, sagte der Fachbereichsvorsitzende. »So einen hatte Morris Zapp auch.«

Philip steuerte rasch ein anderes Thema an. »Ein Gutes haben ja die Studentenunruhen. Man kommt leichter zu einem Parkplatz.«

Hogan nickte bekümmert. Für ihn, hart bedrängt von radikalen Kollegen auf der einen und konservativen Kollegen auf der anderen Seite, war die Krise wahrhaftig kein Spaß. »Tut mir wirklich leid, Phil, daß Sie ausgerechnet so eine Zeit erwischt haben.«

»Ich find's eigentlich ganz interessant. Wahrscheinlich dürfte ich es gar nicht so interessant finden ...«

»Sie müssen einfach nochmal wiederkommen.«

»Wie sieht's denn mit einer festen Anstellung aus?« fragte Philip halb im Scherz. Er dachte an sein Gespräch mit Désirée.

Aber Hogan meinte es mit seiner Antwort völlig ernst. Ein schmerzlicher Ausdruck ging über das breitflächige, gebräunte Gesicht, das ausgedörrt und zerklüftet war wie eine Westernlandschaft. »Ehrlich, Phil, ich wünschte –«

»Ich mache ja nur Spaß.«

»Fabelhafte Beurteilung hatten Sie im ›Seminar-Info‹. Und gerade heute ist das pädagogische Talent so wichtig.«

»Es ist mir klar, daß ich keine Veröffentlichungen vorzuweisen habe ...«

Luke Hogan seufzte. »Um Ihnen ein Angebot machen zu können, das Ihrem Alter und Ihrer Erfahrung Rechnung trägt, müßten schon ein, zwei Bücher vorliegen, das muß ich allerdings zugeben, Phil. Wenn Sie *schwarz* wären, sähe die Sache natürlich anders aus. Inder wäre noch besser. Was gäbe ich nicht für einen echten Inder mit Doktortitel«, sagte er sehnsuchtsvoll wie der Mann auf der einsamen Insel, der von Steaks und Pommes frites träumt. Im Zuge der Beilegung des Streiks vom vergangenen Quartal hatte sich die Universität verpflichten müssen, mehr Lehrkräfte aus der Dritten Welt einzustellen, aber da die meisten Hochschulen ähnliche Zusagen gemacht hatten, wurde allmählich der Nachschub knapp.

»Daß ich keinen Doktortitel habe, kommt natürlich noch dazu«, meinte Philip.

Diese Tatsache war Hogan bekannt, dennoch empfand er offenbar Philips Hinweis als geschmacklos, denn er ging nicht darauf ein. Schweigend betraten sie Dealer Hall und warteten auf den Lift. An der Wand hing ein handgeschriebener Hinweis: »Mahnwache Fachbereich Anglistik. 11.00 Uhr. Vor dem Eingang Dealer.«

Als die Aufzugtür sich öffnete, schob sich hinter ihnen rasch noch Karl Kroop hinein. Er war klein und wirkte mit seiner Brille und dem schütteren Haar enttäuschend unheroisch, fand Philip. Er trug noch immer einen KÄMPFT FÜR KROOP-Button am Revers, wie ein Kriegsveteran seinen Orden. Vielleicht trug er ihn auch nur, um Hogan eins auszuwischen, der ihn gefeuert und dann doch wieder angeheuert hatte.

»Tag Luke, Tag Philip«, begrüßte er sie munter. »Sehen wir uns nachher draußen?«

Hogan lächelte bläßlich. »Nein, leider ... Ich hab heute vormittag eine Sitzung am Hals.« Sobald die Aufzugtür sich öffnete, verschwand er eiligst in seinem Büro.

»Scheißliberaler«, grummelte Kroop.

»Ich bin auch liberal«, wandte Philip ein.

Kroop klopfte Philip auf den Rücken. »Dann wünschte ich nur, es gäbe mehr Liberale wie Sie, Philip. Liberale, die bereit sind, ihren Liberalismus auch zu leben, ja, für ihren Liberalismus ins Gefängnis zu gehen. Sie kommen zu der Mahnwache?«

»Aber ja«, sagte Philip errötend.

Als er ins Sekretariat kam, um sein Postfach zu inspizieren, wurde er von Mabel Lee begrüßt. »Eh ich's vergesse, Professor Swallow, Mr. Boon hat Ihnen einen Zettel in Ihr Fach gelegt.« Sie lächelte verzückt. »Sie sind heute abend in seiner Show, nicht? Das lasse ich mir bestimmt nicht entgehen.«

»Ich weiß nicht, ob ich Ihnen da zuraten soll ...«

Er griff sich ein Exemplar der auf dem Tresen ausliegenden ›Euphoric State Daily‹ und überflog die erste Seite. SHERIFF O'KEENE ZUR ZURÜCKHALTUNG AUFGEFORDERT ... ANDERE HOCHSCHULEN SAGEN SOLIDARITÄT ZU ... ÄRZTE, WISSENSCHAFTLER PRÜFEN ANGEBLICHES NERVENGAS ... PROTESTMARSCH DER FRAUEN UND KINDER ZUM GARTEN. Zu dem Text gehörte ein Foto des Gartens, der sich schon fast wieder in ein verwahrlostes, unbebautes Grundstück zurückverwandelt hatte, mit ein paar Spielgeräten und welken Büschen in einer Ecke, umgeben von dem bewußten Maschendrahtzaun. Hinter dem Zaun ein paar sture Soldaten, davor eine Gruppe von Frauen und Kindern, wie die surrealistische Umkehrung eines Konzentrationslagers. War das vielleicht etwas für die Charles-Boon-Show? »Wer, so fragt man sich, sind hier wirklich die Gefangenen? Wer sitzt hinter, wer vor dem Zaun?« Und so weiter ... Er hob die Klappe seines Postfachs. Ein flaues Gefühl überkam ihn beim Anblick eines eigenartig verformten Päckchens, auf dessen Anschriftenfeld er Hilarys Schrift erkannte, doch dann sah er, daß es auf dem Seeweg gekommen, also schon Monate unterwegs war. Post, die nicht aus Euphoria kam, beunruhigte ihn neuerdings, weil sie ihm seine Bindungen und Verantwortungen in einem anderen Land bewußt machte. Insbesondere scheute er Hilarys Luftpostbriefe, jene lichtblauen, oblatendünnen Episteln, auf denen das Profil der Königin in der rechten Ecke Philips schuldbewußtem Blick schmerzliche Mißbilligung zu signalisieren schien. Dabei war in Hilarys letzten Briefen keinerlei Groll oder Argwohn zum Ausdruck gekommen. Sie erzählte vergnügt von den Kindern, von

Mary Makepeace und Morris Zapp, der neuerdings eine führende Rolle im öffentlichen Leben von Rummidge zu spielen schien, nachdem er irgendwelchen Ärger mit den dortigen Studenten erfolgreich beigelegt hatte. Im Grunde war ihm kaum etwas von ihren Mitteilungen im Gedächtnis geblieben, er hatte die Zeilen mit der sauberen, gerundeten Schrift nur rasch überflogen, um sich zu vergewissern, daß keine Kunde von seiner Untreue bis Rummidge vorgedrungen war und einen Aufschrei des Zorns und der Empörung ausgelöst hatte. Es war in Plotinus kein Geheimniß, daß er im Haus der Zapps wohnte, aber die meisten Leute waren offenbar zu sehr mit den Gartenunruhen beschäftigt, um der Sache genauer nachzugehen. Oder aber sie hielten – so Désirées Theorie – Philip für schwul, weil er Charles Boon bei sich aufgenommen hatte, und Désirée für lesbisch, weil sie sich für Women's Lib engagierte, und konnten sich deshalb ein Verhältnis zwischen den beiden nicht vorstellen. Zudem war Howard Ringbaum, dem mit ziemlicher Sicherheit der anonyme Brief in Sachen Melanie anzulasten war (der Cowboy, als einer seiner Studenten, war als Informationsquelle denkbar), nicht mehr in Euphoria. Man hatte ihm eine Stelle in Kanada angeboten, und Hogan hatte ihn mit großer Erleichterung kurzfristig ziehen lassen.

Philip las Charles Boons Brief, mit dem dieser ihn sicherheitshalber noch einmal auf Zeitpunkt und Ort der Sendung festnagelte. Er erinnerte sich an die Begegnung im Flugzeug, die Jahre zurückzuliegen schien. »Hey, Sie müssen auch mal in die Show kommen ...« Inzwischen hatte sich vieles geändert, auch seine Einstellung Charles Boon gegenüber, die von den verschiedenartigsten Empfindungen geprägt gewesen war – von Belustigung, Ärger, Neid, Zorn, rasender sexueller Eifersucht – und bei der jetzt, da alle Leidenschaft sich verausgabt hatte, so etwas wie widerstrebender Respekt vorherrschte. Man sah Boon in diesen Tagen überall, auf der Straße und im Fernsehen, bei jeder Kundgebung, jeder Demonstration, leicht zu erkennen durch einen weißen Armgips, als wolle er die Polizei herausfordern, ihm auch noch den anderen Arm zu brechen. Seine Dreistigkeit, sein Vorwitz, sein Selbstbewußtsein kannten keine Grenzen, wurden zu einer Art von Mut. Melanies Verliebtheit, die keinerlei Ermüdungserscheinungen zeigte, war um einiges verständlicher geworden.

Philip zerknüllte den Zettel und warf ihn in den Papierkorb. Das Päckchen aus England würde er aufmachen, wenn er ungestört in seinem Büro saß. Unterwegs machte er einen Abstecher in die inzwischen wiederhergestellte und frisch getünchte Herrentoilette im vierten Stock, in der an seinem ersten Tag die Bombe hochgegangen war. Angeblich war der Blick durch das offene Fenster über dem Pissoir – direkt auf die Bucht und die Silver Span Bridge – der Welt schönste Aussicht von einer solchen Örtlichkeit, aber heute sah Philip nur nach unten. Ganz recht, entschieden verkürzt.

Bitte glaub mir, Hilary, die Sache hatte zunächst keine sexuelle Komponente. Wir waren uns ja bis dahin nur ein paarmal begegnet und waren uns nicht sonderlich sympathisch gewesen; außerdem hatte sich Désirée gerade erst zur Frauenbewegung bekehrt und war Männern gegenüber sehr kritisch eingestellt. Genau das fand sie ja so positiv an unserer Regelung …

»Ach je«, seufzte Désirée, nachdem sie zum ersten Mal miteinander geschlafen hatten.

»Was ist?«

»Es war schön, aber nicht von Dauer.«

»Es war riesig. Bin ich zu schnell gekommen?«

»Das meine ich nicht, du Dummer. Unsere Unschuld war schön, aber nicht von Dauer.«

»Unschuld?«

»Unschuld hatte für mich immer einen ganz besonderen Reiz. War es nicht nett in diesen letzten Wochen, wo wir wie Bruder und Schwester miteinander gelebt haben? Und jetzt haben wir ein Verhältnis wie alle anderen auch. Wie banal.«

»Du brauchst ja nicht dabei zu bleiben, wenn du nicht willst«, sagte er.

»Wenn man erst mal angefangen hat, kann man nicht mehr zurück. Dann hilft nur noch die Flucht nach vorn.«

»Gut«, sagte er und nahm sich den Grundsatz zu Herzen, indem er sie am nächsten Morgen ganz früh weckte, um es noch einmal zu machen. Es dauerte lange, bis er sie erregt hatte, aber dann kam sie in einer Serie vehementer Konvulsionen, bei denen er buchstäblich von der Matratze abhob.

»Wenn ich nicht wüßte, daß der vaginale Orgasmus ein Märchen ist«, sagte sie hinterher, »hättest du mich glatt reinlegen können. So gut war es mit Morris nie.«

»Es fällt mir ein bißchen schwer, dir das abzunehmen. Aber lieb, daß du es sagst.«

»Doch, ehrlich. Seine Technik war super, früher jedenfalls, aber ich kam mir immer vor wie ein Motor im Test. In einer – wie nennt man das – in einer Zerstörungsprüfung.«

Er ging in sein Zimmer, machte das Fenster auf und setzte sich an den Schreibtisch. Hilarys Päckchen schien ein Buch zu enthalten und trug den Vermerk »Durch Seewasser beschädigt«, was die eigenartige, fast bedrohliche Verformung erklärte. Er schälte das Packpapier herunter. Zum Vorschein kam ein verzogener, ausgebleichter, zerknitterter Band, den er nicht gleich identifizieren konnte. Der Rücken fehlte, und die Seiten klebten zusammen. Endlich bekam er das Buch in der Mitte auseinander und las: »Von Rückblenden sollte, wenn überhaupt, sparsam Gebrauch gemacht werden. Sie hemmen den Erzählfluß und verwirren den Leser. Schließlich ist das Leben vorwärts und nicht rückwärts gerichtet.«

Verlegen fanden sie sich auf den Stufen der Dealer Hall ein – Professoren, Dozenten und Assistenten des Fachbereiches Anglistik. Karl Kroop lief geschäftig herum und verteilte schwarze Armbinden. Ein paar selbstverfertigte Transparente waren zu sehen, mit Aufschriften wie TRUPPEN RUNTER VOM CAMPUS und SCHLUSS MIT DER BESETZUNG – SOFORT. Philip nickte und lächelte Freunden und Bekannten in der hemdsärmeligen und sommerkleidbunten Menge zu. Es war ideales Demowetter. Die Stimmung paßte eher zu einem Picknick als zu einer Mahnwache. Auch Karl Kroop schien dieser Meinung zu sein, denn er rief die Versammlung mit vernehmlichem Händeklatschen zur Ordnung.

»Was wir hier machen, ist eine Schweigestunde, Leute«, sagte er. »Und es wäre wohl der Würde unseres Protestes angemessen, wenn wir während der Mahnwache auf das Rauchen verzichten würden.«

»Und auf Alkohol und Sex«, ergänzte ein Witzbold aus der hintersten Reihe. Sy Gootblatt, der neben Philip stand, warf murrend seine Zigarette weg. »Sie kratzt das ja nicht, Sie haben aufgehört«, sagte er. »Wie machen Sie das bloß?«

»Ich kompensiere durch ein Mehr an Alkohol und Sex«, gab Philip lächelnd zurück. Am sichersten bewahrte man seine Geheimnisse in Euphoria, wenn man die Wahrheit sagte – aber so, daß sie wie ein Witz klang.

»Ja, aber die Zigarette danach … Fehlt die Ihnen nicht?«

»Ich war Pfeifenraucher.«

»Und nicht vergessen«, mahnte Karl Kroop, »wenn die Cops oder die Gardisten versuchen, die Versammlung zu sprengen: Ganz locker lassen, aber keinen Widerstand leisten. Falls ein Bulle euch zusammenschlägt, seht zu, daß ihr die Nummer mitkriegt, allerdings tragen diese Arschlöcher heute kaum mehr eine. Noch Fragen?«

»Wenn sie nun Gas einsetzen?« fragte jemand.

»Dann sind wir aufgeschmissen und treten den Rückzug an. So würdevoll wie möglich. Im Schritt, nicht im Trab.«

Schlagartig senkte sich Ernst auf die Gruppe herab. Im Fachbereich waren kaum echte Radikale vertreten und erst recht keine Märtyrer. Karl Kroops Worte hatten sie daran erinnert, daß sie in dieser aufgeheizten Stimmung durchaus ein – wenn auch nur minimales – Risiko eingingen. Streng juristisch gesehen, verletzten sie das von Gouverneur Duck über den Campus verhängte Versammlungsverbot.

Angefangen hat alles mit meiner Verhaftung, sonst wäre wahrscheinlich überhaupt nichts passiert. Désirée hat die Kaution für mich gestellt und …

»Hallo, Désirée?«

»Wird auch Zeit. Hast du vergessen, daß ich heute abend weg will?«

»Nein, ich hab's nicht vergessen.«

»Wo zum Teufel steckst du?«

»Ja, also … Ich bin im Knast.«

»*Im Knast?*«

»Ich bin wegen Baustoffdiebstahl festgenommen worden.«

»Ist ja stark. Und hast du Baustoffe geklaut?«

»Natürlich nicht, das heißt, ich hatte sie im Wagen, aber geklaut habe ich sie nicht … Es ist eine lange Geschichte.«

»Machen Sie's kurz, Professor«, sagte der Polizeibeamte, der neben ihm Wache stand.

»Hör zu, Désirée, kannst du herkommen und versuchen, mich gegen Kaution rauszuholen? Es kostet etwa hundertfünfzig Dollar, hat man mir gesagt.«

»In bar«, sagte der Beamte.

»In bar«, wiederholte Philip.

»Soviel hab ich nicht im Haus, und die Banken sind zu. Akzeptieren die auch eine American-Express-Karte?«

»Nein.«

»Nein, machen sie nicht.«

»Irgendwie treib ich das Geld auf, sorg dich nicht.«

»Ich sorg mich ja gar nicht«, sagte Philip unglücklich. Er hörte, wie Désirée auflegte, und legte ebenfalls den Hörer aus der Hand.

»Ein Gespräch können Sie noch führen«, sagte der Beamte.

»Das heb ich mir lieber noch auf.«

»Entweder jetzt oder gar nicht. Und rechnen Sie lieber nicht so fest damit, daß Sie gegen Kaution freikommen. Jedenfalls nicht vor Montag. Sie sind Ausländer, das kompliziert die Sache.«

»Ach du liebe Güte. Und was passiert jetzt?«

»Tja, jetzt muß ich Sie einsperren. Die Zelle für die minderen Delikte ist schon voll, da sitzen noch mehr Leute, die sich mit Backsteinen bedient haben, ich muß Sie zu den Schwerverbrechern stecken.«

»Schwerverbrechern?« Das Wort klang unheilvoll, und Philips Bedenken wurden durch die beiden kräftig gebauten Neger, die mit raubtierhafter Geschmeidigkeit aufsprangen, als die Tür aufging, in keiner Weise zerstreut.

»Das hier ist ein Professor, Jungs«, sagte der Polizist, schob Philip energisch in die Zelle und schloß ab. »Benehmt euch entsprechend.«

Die Schwerverbrecher schlichen um ihn herum.

»Für was haben sie dich eingebuchtet, Professor?«

»Bausteindiebstahl.«

»Haste das gehört, Al?«

»Hab's gehört, Lou.«

»Und wie viele Bausteine, Professor?«

»Ungefähr fünfundzwanzig.«

Die Schwerverbrecher sahen sich verwundert an. »Vielleicht waren die Dinger aus Gold«, sagte einer. Der andere schlug eine hohe, klagende Lache an.

»Haste Zigaretten, Professor?«

»Leider nicht.« Zum ersten und einzigen Mal bedauerte er, daß er dem blauen Dunst abgeschworen hatte.

»Schicke Hosen, die der Professor da anhat, Al.«

»Stimmt, Lou.«

»Ich steh auf enge Hosen, Al.«

»Ich auch, Lou.«

Philip setzte sich rasch auf die Holzbank, die an der Wand entlanglief, und rührte sich nicht vom Fleck, bis Désirée die Kaution für ihn hinterlegt hatte. »Du bist gerade noch zurechtgekommen«, sagte er, als sie wegfuhren. »Hätte ich die Nacht über bleiben müssen, hätten die mich vergewaltigt.«

Im Rückblick war es komisch, aber er hatte nicht die geringste Lust, so etwas noch einmal durchzumachen. Wenn jetzt eine Horde von Cops durch das Mather-Tor stürmen würde, um uns hoppzunehmen, dachte er, wäre ich wahrscheinlich einer der ersten, der die Reihen sprengen und in den Schutz seines Büros flüchten würde. Zum Glück war es ein ruhiger Tag für den Campus, und es sah nicht so aus, als würde die Mahnwache einen Landfriedensbruch provozieren. Vorübergehende sahen sich die Gruppe nur interessiert an und lächelten, ein paar machten das Friedenszeichen oder salutierten mit dem Gruß der Black Panthers, riefen »Weiter so!« und »Alle Macht dem Volke!« Ein Fernsehteam, bestehend aus Reporter und einem Kameramann, der die schwere Ausrüstung auf dem Rücken herumschleppte wie eine Bazooka, filmte ein paar Minuten, die Kamera wanderte langsam über die Stufen, wobei man unabweislich an das alljährlich fällige Schulfoto erinnert wurde. Sy Gootblatt hielt sich die ›Euphoric State Daily‹ vors Gesicht. »Wer weiß, ob die nicht für den FBI arbeiten«, erläuterte er.

Am besten beginne ich ganz von vorn. An einem Samstagnachmittag fuhr ich durch Plotinus – ich hatte in der Stadt eingekauft –, und auf dem Rückweg kam ich an einer Kirche vorbei, die gerade abgerissen wurde, und sah, wie ein Haufen Leute, hauptsächlich Studenten, in Schubkarren und Einkaufswagen die alten Backsteine abtransportierten. Ich überholte eine

Gruppe junger Leute, die sich mit Papier- und Plastiktüten abschleppten,
und erkannte einen meiner Studenten ...

Wily Smith. Mit zwei schwarzen Freunden aus dem Ashland-Getto und einem barfüßigen Kaftanmädchen. Freudig akzeptierten sie sein Angebot, sie bis zum Garten mitzunehmen, packten die Steine in den Kofferraum des Corvair und klemmten sich auf die freien Sitze. Als Philip an einer Kreuzung kurz vor dem Garten hielt, brüllte Wily Smith plötzlich: »Bullen!« Drei Wagentüren öffneten sich simultan, und Philips Fahrgäste stoben in alle Himmelsrichtungen davon. Die beiden Polizisten in dem Wagen, der hinter ihm angehalten hatte, machten sich nicht die Mühe, ihnen nachzusetzen. Sie konzentrierten sich auf Philip, der gelähmt vor Angst am Steuer saß. »Habe ich eine Ampel übersehen oder was?« fragte er mit bibbernder Stimme.

»Bitte öffnen Sie den Kofferraum.«

»Da sind bloß ein paar alte Steine drin.«

»Bitte aufmachen.«

Er war so durcheinander, daß er vergaß, daß beim Corvair der Motor hinten saß, und aus Versehen die Motorhaube öffnete.

»Keine Mätzchen, Kumpel, dazu haben wir keine Zeit.«

»Entschuldigung.« Philip machte den Kofferraum auf.

»Woher haben Sie die Steine?«

»Da – äh – wird ein Haus abgerissen, eine Kirche, haben Sie bestimmt gesehen. Eine Menge Leute nehmen sich Bausteine mit.«

»Haben Sie eine schriftliche Genehmigung?«

»Hören Sie mal, ich hab mit dem Zeug gar nichts zu tun, das gehört den Studenten, die im Wagen gesessen haben, die hab ich nur ein Stück mitgenommen.«

»Name und Adresse.«

Philip zögerte. Er wußte, wo Wily Smith wohnte, und er war normalerweise ein wahrheitsliebender Mensch, besonders der Polizei gegenüber.

»Weiß ich nicht. Ich war davon ausgegangen, daß sie die Erlaubnis hätten.«

»Niemand hatte die Erlaubnis. Die Steine sind Diebesgut.«

»Ach ja? Na, große Werte können es ja nicht sein, aber ich bring sie gleich zu der Kirche zurück.«

»Hat sich was mit Kirche. Können Sie sich ausweisen?«

Philip zückte seinen Universitätsausweis und seinen britischen Führerschein. Ersterer löste unfreundliche Bemerkungen über Hochschullehrer aus, die Eigentumsdelikten ihrer Studenten Vorschub leisteten, letzterer weckte tiefen, aber stummen Argwohn. Beide Dokumente wurden beschlagnahmt. Ein zweiter Streifenwagen hielt neben ihnen, die Insassen luden die Steine aus Philips Wagen in die Streifenwagen um, dann fuhren sie alle miteinander zum Revier.

Der Raum, in den sie ihn zuerst steckten, war klein, fensterlos und stickig. Philip wurde streng ermahnt, nichts kaputtzumachen und keine unanständigen Sachen an die Wände zu schmieren, wurde nach Waffen abgesucht und eine halbe Stunde alleingelassen, um über seine Schandtat zu meditieren. Dann holten sie ihn heraus und verlasen den formellen Haftbefehl. Universitätsausweis und Führerschein wurden erneut einer genauen Prüfung unterzogen, der Inhalt seiner Taschen zu Protokoll genommen und beschlagnahmt. Es war eine Erfahrung, die ihn erheblich verunsicherte und ihn an ein Spiel erinnerte, das er – lang, lang ist's her – im Pythagoras Drive gespielt hatte. Am Schreibtisch des Diensthabenden kam Heiterkeit auf, als sich in Philips Jackentasche eine Murmel fand, die Darcy gehörte (»Guckt mal, der Professor hat eine von seinen Murmeln verloren, haha!«), doch die machte sehr bald moralischer Mißbilligung und neidischer Begehrlichkeit Platz, nachdem sich herausgestellt hatte, daß der Wagen, den Philip fuhr, und das Haus, in dem er wohnte, einer Lady gehörten, die mit der auf dem Brieftaschenfoto abgelichteten Ehefrau nicht identisch war. Sie fotografierten ihn und nahmen ihm die Fingerabdrücke ab. Danach durfte er mit Désirée telefonieren und wurde zu den Schwerverbrechern gesperrt. Désirée holte ihn abends um sieben, als er gerade die Hoffnung aufgegeben hatte, noch vor Montag herauszukommen. Sie wartete in der Halle des Gerichtsgebäudes, cool, elegant und selbstsicher in einem cremefarbenen Hosenanzug, das rote Haar zu einem Knoten frisiert. Er fiel ihr um den Hals.

»Désirée ... Gott sei Dank!«

»Hey, du bist ja ganz fertig. Haben sie dich zusammengeschlagen?«

»Nein, nein, aber es war … unerfreulich.«

Désirée war zum erstenmal, seit sie sich kannten, sanft, ja, zärtlich. Sie stellte sich auf die Zehenspitzen, küßte ihn auf die Lippen, hakte sich bei ihm ein und zog ihn zum Ausgang. »Und jetzt erzähl mal«, sagte sie.

Er erzählte in weitschweifigen, abgerissenen Sätzen. Es war nicht nur der Schock der Erleichterung. Wie schon einmal hatte der unerwartete Kuß einen Gletscher in ihm zum Schmelzen gebracht, plötzlich durchströmten ihn ungeahnte Emotionen, vergessene Empfindungen. Er dachte nicht mehr an die Verhaftung. Er dachte daran, daß sie sich zum ersten Mal berührt hatten. Und es schien fast, als gingen Désirées Gedanken in dieselbe Richtung. Auf seine abgehackten Bemerkungen gab sie abgehackte Antworten. Bei der Heimfahrt nahm sie gefährlich lange den Blick von der Straße, um ihn anzusehen, ihr Lachen, ihre Flüche klangen ein bißchen hysterisch. Philip sah und deutete diese Zeichen, und seine Erregung und Ratlosigkeit steigerten sich. Ein unbeherrschbares Zittern hatte seinen ganzen Körper erfaßt, als er aus dem Wagen stieg und ins Haus ging. »Wo sind die Zwillinge?« fragte er. »Bei den Nachbarn.« Désirée warf ihm einen eigenartigen Blick zu. Sie schloß die Haustür und zog die Jacke aus. Und die Schuhe. Und die Hose. Und die Bluse. Und den Schlüpfer. Sie trug keinen BH.

»Entschuldigen Sie, Phil«, flüsterte Sy Gootblatt. »Ich glaube, Sie haben eine Erektion, und das macht sich bei einer Mahnwache nicht gut.«

Gegen halb eins endete die Mahnwache ohne besondere Vorkommnisse, und die Demonstranten schlenderten plaudernd zum Mittagessen. Philip aß mit Sy Gootblatt im Silver Steer auf dem Campus ein Krabbensalatsandwich. Danach ging Sy wieder in sein Büro, um auf der elektrischen Schreibmaschine einen weiteren Artikel über Hooker zu produzieren. Philip, der zu nervös zum Arbeiten war (er hatte seit Wochen kein Buch – kein richtiges Buch – mehr zu Ende gelesen), ging ein bißchen an die frische Luft. Er bummelte bei strahlendem Sonnenschein über die Howle Plaza, auf der sich die Buden und Stände politischer Studentengruppen drängten. Es war eine Art ideologischer Jahrmarkt, auf dem man Mitglied des SDS werden, Literatur über die Black Panthers kaufen, Beiträge zum Kautionsfonds Garten des Volkes leisten, sich zur Rettung der Bucht verpflichten, Blut für den Vietkong spenden, Broschüren über Erste Hilfe bei Gasangriffen erwerben, eine Bittschrift zur Legalisierung von Hasch unterschreiben und hundert andere reizvolle Möglichkeiten der Selbstverwirklichung wahrnehmen konnte. Auf der anderen Seite der Plaza rangen ein Fundamentalistenprediger und eine Gruppe singender Buddhistenmönche um die Seele derjenigen Mitmenschen, die sich weniger für die Dinge dieser Welt engagierten. Es war ein relativ ruhiger Tag für Plotinus. Zwar waren an jeder Kreuzung der Cable Avenue Nationalgardisten postiert, die den Verkehr regelten, die Gehsteige freihielten, Zusammenrottungen verhinderten, aber es lag wenig Spannung in der Luft, die Stimmung in der Menge war langmütig und friedfertig. Es war wie ein Atemholen nach der Gewalt, den Gasangriffen, dem Blutvergießen der jüngsten Vergangenheit und vor der noch dunklen Zukunft der geplanten Großkundgebung. Die Gartenfreunde brachten sich voll in die Vorbereitung der Demo ein, und die Polizei, die wegen ihres Verhaltens bei den Garten-Unruhen eine schlechte Presse hatte, hielt sich zurück. Alles lief wie gewohnt auf der Cable Avenue, obschon etliche Fenster kaputt und verbrettert waren und es im Beta Bookshop, einem beliebten Radikalentreff, stark und pfeffrig nach Gas roch. Die Polizei hatte so viele Gasgranaten dort hineingedonnert, daß man angeblich in den Seminaren die Studenten, die dort ihre Bücher gekauft hatten, an den Tränen erkennen konnte, die ihnen übers Gesicht liefen. Gesündere, appetitlichere Düfte nach Hamburgern, überbackenem Käse und Pizza, Kaffee und Zigarren drangen aus überfüllten Bars und Cafés auf die Straße, die Plattenläden spielten über den Außenlautsprecher den neuesten Rock-Gospel-Hit »Oh Happy Day«, die Perlenvorhänge vor den Indienläden, in denen es penetrant nach Weihrauch roch, klapperten, und die Sitarklänge vom Band vermischten sich mit den Geräuschen fünfundzwanzig verschiedener Sender rund um die Bucht, die aus den offenen Fenstern der sich Stoßstange an Stoßstange durch die engen Straßen schiebenden Autos drangen.

Philip ergatterte einen freien Tisch am offenen Fenster von

Pierre's Café, bestellte Eis und Irish Coffee, lehnte sich zurück und ließ die Passantenparade an sich vorüberziehen. Junge, bärtige Jesusgestalten und barfüßige Magdalenen in Baumwollmaxis, Neger mit atompilzgleichen Afrofrisuren und Sonnenbrillen mit metallicbeschichteten Gläsern, die ihren Brüdern auf der anderen Straßenseite revolutionäre Botschaften heliographierten. Junkies und Fixer, die, besinnungslos high, am Bordstein entlangwankten oder an einer besonnten Hauswand lehnten. Gettokinder und Trebegänger, die sich um die Parkuhren herumdrückten, von Fahrern Zehncentstücke schnorrten und auch bekamen, weil eine Ablehnung Kotflügelkratzer bedeutet hätte. Priester und Polizisten, Plakatkleber und Müllmänner, ein Jüngling, der ohne große Überzeugung Broschüren über Scientologykurse verteilte, Hippies in abgewetzten, zerschlissenen Lederjacken, die ihre Gitarren herumschleppten. Und Mädchen. Mädchen jeder Größe und Erscheinungsform. Mädchen mit langem, glatten Haar bis zur Taille, Mädchen mit Zöpfen, Mädchen mit Locken, Mädchen in kurzen Röcken, Mädchen in langen Röcken, Mädchen in Jeans, Mädchen in Hosen mit Schlag, Mädchen in Bermudashorts, Mädchen ohne BH, Mädchen mutmaßlich ohne Höschen, weiße, braune, gelbe, schwarze Mädchen, Mädchen in Kaftans, Saris, hautengen Pullis, Shorts, Hemdchen, Nostalgiekleidern, Bomberjacken, in Sandalen, Turnschuhen, Stiefeln, persischen Pantoffeln, barfuß, Mädchen mit Perlen, Blumen, Sklavenketten, Fußgelenkkettchen, Ohrringen, Strohhüten, Kulihüten, Sombreros, Castromützen, dicke und dünne Mädchen, kleine und große, saubere und schmutzige, Mädchen mit großen Busen und Mädchen mit flacher Brust, Mädchen mit festen, geschmeidigen, arroganten Pos und Mädchen mit schlaffen Hinterbacken, die bei jedem Schritt wabbelten. Ein Mädchen fiel Philip besonders auf, als sie am Randstein stehenblieb, um die Straße zu überqueren; sie trug einen knapp die Hinterfront bedeckenden Mini, hatte lange, nackte weiße Beine und hoch an einem Schenkel einen perfekt mundförmigen Knutschfleck.

Während Philip das alles mit dem gleichen lässigen Genuß in sich aufnahm wie den schwarzen Kaffee mit Schuß, den er durch den Schlagsahnefilter saugte, freundete er sich immer mehr mit der Idee einer Auswanderung an. Gleichzeitig sah er sich als einen großen historischen Prozeß zugehörig, einer Umkehrung jenes kulturellen Golfstroms, der in der Vergangenheit so viele Amerikaner auf Erfahrungssuche nach Europa getragen hatte. Jetzt war nicht Europa, sondern die Westküste Amerikas die Peripherie des Experiments im Leben und in der Kunst, die Pilgerstätte, die man aufsuchte, wenn es einem um Befreiung und Aufklärung zu tun war, und ebenso erwartete jetzt der Europäer, ein Spiegelbild seiner Suche in der amerikanischen Literatur zu finden. Er dachte an *Die Gesandten* von Henry James und Strethers Ermahnung an Little Bilham in jenem Garten in Paris, »zu leben, zu leben, so sehr du kannst, alles andere wäre ein Fehler.« Dabei hatte er das Gefühl, daß er etwas von beiden Figuren hatte, dem Sprecher, der diese Einsicht zu spät entdeckt hat, und dem jungen Mann, der vielleicht noch Nutzen daraus zu ziehen vermag. Er dachte an Henry Miller, der bei einem Bier in irgendeinem schmierigen Pariser Café saß, das Notizbuch auf den Knien, den Geruch nach Fotze noch an den Fingern, und er spürte eine ferne Verwandtschaft mit diesem kruden, sprunghaften, priapischen Genie. Zum erstenmal in seinem Leben dämmerte Verständnis für amerikanische Literatur in Philip auf, an diesem Nachmittag bei Pierre's auf der Cable Avenue, auf der das Leben von Plotinus vorbeiflutete. Zum erstenmal begriff er ihre Fülle, ihre Grobschlächtigkeit, ihre bejahende Heterogenität, begriff Walt Whitman, der Worte aneinanderfügte, die man vorher noch nie außerhalb eines Wörterbuches nebeneinander gesehen hatte, und Herman Melville, der das Atom des herkömmlichen Romans zertrümmert hatte mit dem Versuch, den Walfang zu einer universellen Metapher zu machen, der in ein Buch, das sich an der Welt puritanischstes Publikum wandte, ein Kapitel über die Vorhaut des Wals geschmuggelt hatte und damit durchgekommen war. Begriff, warum Mark Twain beinah eine Fortsetzung zu *Huckleberry Finn* geschrieben hätte, in der Tom Sawyer Finn in die Sklaverei hätte verkaufen lassen, und warum Stephen Crane erst seinen großen Kriegsroman schrieb und dann den Krieg erlebte, und was Gertrude Stein damit meinte, als sie schrieb: »Alles, woran man sich erinnert, ist eine Wiederholung, doch ein Menschenwesen zu sein, das ist Sein, Hören und Sehen, ist niemals

Wiederholung.« All das bedachte er, obschon er es seinen Studenten nicht hätte erklären können, manche Gedanken sind eben einfach zu tief für Seminare, und endlich hatte er auch begriffen, was er Hilary eigentlich sagen wollte.

Weil ich mich geändert habe, Hilary, mehr als ich je für möglich gehalten hätte. Seit der Erdrutschnacht wohne ich nicht nur bei Désirée Zapp – das weißt Du ja –, sondern seit meiner Verhaftung schlafe ich auch regelmäßig mir ihr, und ehrlich gesagt regen sich bei mir deswegen weder schlechtes Gewissen noch Bedauern. Natürlich möchte ich Dir nicht weh tun, aber wenn ich mich frage, womit ich Dich verletzt, was ich Dir weggenommen habe, bin ich um eine Antwort verlegen. Mir scheint, daß nicht meine Beziehung zu Désirée, sondern unsere Ehe verkehrt ist. Wir haben einander total, aber freudlos besessen. Ich glaube, daß wir in unseren dreizehn Ehejahren außer dieser meiner Amerikareise nie mehr als ein, zwei Tage getrennt waren. In all den Jahren hat es wohl kaum eine Stunde gegeben, in der Du nicht wußtest – oder Dir denken konntest –, was ich gerade mache, und in der ich nicht wußte – oder mir denken konnte –, was Du gerade machst. Ich glaube, wir haben sogar gewußt, was der andere dachte, so daß wir kaum mehr miteinander zu sprechen brauchten. Jeder Tag war mehr oder weniger wie der vorhergehende, und der nächste würde mehr oder weniger sein wie dieser. Wir wußten, daß wir beide dieselben Werte hochhielten: Fleiß, Sparsamkeit, Bildung, Mäßigung. Unsere Ehe, das Zuhause, die Kinder waren wie eine Maschine, die wir stur und rationell bedienten und warteten wie Techniker, die schon so lange zusammen arbeiten, daß sie nie nach einem Werkzeug zu fragen brauchen, sich nie in die Quere kommen, nie einen Fehler machen oder Streit haben, und die bei ihrem Job vor lauter Langeweile fast den Verstand verlieren.

Ich sehe, daß ich unbewußt in die Vergangenheitsform gerutscht bin, wahrscheinlich, weil ich mir nicht vorstellen kann, in so eine Beziehung zurückzukehren. Das soll nicht heißen, daß ich eine Scheidung oder eine Trennung will, sondern nur, daß wir eine neue Basis finden müssen, wenn wir miteinander weitermachen wollen. Schließlich ist das Leben nach vorn und nicht nach rückwärts gerichtet. Es wäre sicher gut, wenn Du auf ein, zwei Wochen herkommen könntest, damit Du das, was ich auszudrücken versuche, gewissermaßen im Zusammenhang siehst und Deine eigene Entscheidung treffen kannst. Ich glaube kaum, daß ich Dir in Rummidge klarmachen könnte, was ich meine.

Im übrigen stellt Désirée keinerlei Ansprüche an mich, und ich stelle keine an sie. Ich werde immer Zuneigung und Dankbarkeit für sie empfinden und diese Beziehung nie bereuen, aber natürlich ist das keine Einladung zu einer ménage à trois. Ich werde bald wieder in eine eigene Wohnung ziehen ...

Ja, so müßte es gehen, dachte Philip und zahlte. Ich brauche es ja noch nicht gleich abzuschicken, aber wenn es so weit ist, müßte es so sehr gut gehen.

»Ich glaube, man muß akzeptieren«, sagte Philip ernsthaft in das Mikrophon von QXYZ, »daß die ursprünglichen Planer des Gartens Radikale waren, die mit einem konkreten Problem das Establishment herausfordern wollten. Es war ein im wesentlichen politischer Akt der radikalen Linken mit dem Ziel, eine extreme Reaktion der Stärke bei der Law-and-Order-Partei zu provozieren und so die revolutionäre These anschaulich zu machen, daß diese angebliche demokratische Gesellschaft in Wirklichkeit totalitär, repressiv und intolerant ist.«

»Wenn ich Sie recht verstehe, Professor Swallow«, meinte der näselnde Anrufer, »sagen Sie, daß die Leute, die mit dem Garten angefangen haben, im Grunde an all der Gewalttätigkeit schuld sind, die danach kam?«

»Wollten Sie das sagen, Phil?« schaltete Boon sich ein.

»In gewissem Sinne ja. Aber die These hat sich noch in einem anderen, vielleicht bedeutungsvolleren Sinne als richtig erwiesen. Wenn in diesem kleinen Gemeinwesen 2000 Mann Militär kampieren, den ganzen Tag Hubschrauber in der Luft herumschwirren, eine nächtliche Ausgangssperre verhängt wird, die Leute auf der Straße angeschossen, vergast, wahllos verhaftet werden – und das alles nur, um einer kleinen öffentlichen Anlage den Garaus zu machen –, kann, das werden Sie mir zugeben, irgendwas mit dem System nicht stimmen. In diesem Sinne mag zwar die Idee des Gartens für die Planer ein politischer Schachzug gewesen sein, im Laufe der Verwirklichung aber ist sie möglicherweise zu einer authentischen, wertvollen Idee geworden. Hoffentlich glauben Sie jetzt nicht, ich hätte Ihren Fragen ausweichen wollen.«

»Nein«, sagte die Stimme in seinen Kopfhörer. »Nein, das ist sehr interessant. Sagen Sie, Professor Swallow, hat es an Ihrer Hochschule in England auch schon mal so was gegeben?«

»Nein«, sagte Philip.

»Schönen Dank für Ihren Anruf«, sagte Boon.

»Danke«, sagte der Anrufer.

Boon legte den Schalter der offenen Leitung um und gab die Senderkennung übers Mikrophon. Sein linker Arm lag in Gips und trug die Aufschrift: »Gebrochen durch Deputy Sheriffs von Arcadia County am Samstag, 17. Mai, Shamrock Ecke Addison. Zeugen gesucht.« »Für ein, zwei Fragen hätten wir noch Zeit«, sagte er. Das rote Lämpchen blinkte. »Hallo und guten Abend. Hier spricht Charles Boon, neben mir sitzt mein Gast, Professor Swallow. Was haben Sie auf dem Herzen?«

Diesmal war es eine alte Dame, offensichtlich eine Stammhörerin, denn Boon ließ verzweifelt sein bewegliches Auge rollen, als er ihre langsame, zittrige Stimme hörte.

»Finden Sie nicht, Professor, daß die jungen Leute eigentlich heuzutage Seminare in Selbstbeherrschung und Selbstverleugnung nötig hätten?«

»Tja –«

»Als ich ein junges Mädchen war – und das, darf ich Ihnen verraten, ist schon ganz hübsch lange her, hihi … Raten Sie mal, wie alt ich bin, Professor …«

Charles Boon fuhr rücksichtslos dazwischen. »Okay, Oma, was wollen Sie uns beibiegen? Daß der beste Freund einer Frau das Wörtchen NEIN ist?«

Eine kleine Pause, dann sagte die zittrige Stimme: »Meiner Seel, Mr. Boon, genau das habe ich sagen wollen.«

»Was ist, Phil?« fragte Charles Boon. »Haben Sie was zu sagen über die vier Buchstaben N-E-I-N als Allheilmittel für unsere Zeit?« Er nahm einen Schluck aus der vor ihm stehenden Colaflasche und gab einen routiniert-lautlosen Rülpser von sich. Durch die Glasscheibe links von Boon sah Philip den Toningenieur, der gähnend vor seinen Knöpfen und Skalen saß, und einen ziemlich gelangweilten Eindruck machte. Philip hingegen langweilte sich keineswegs, ihm hatte die Sendung einen Mordsspaß gemacht. Fast zwei Stunden hatte er für die Zuhörer der Charles-Boon-Show liberale Weisheiten über jedes nur denkbare Thema verzapft – den Garten, Drogen, Law and Order, das Niveau der Hochschulen, Vietnam, Umweltfragen, Atombombentests, Abtreibung, Selbsterfahrungsgruppen, die Undergroundpresse, den Tod des Romans, und auch jetzt noch fand er voller Schwung und Begeisterung für die alte Dame ein Wort zur sexuellen Revolution.

»Sehen Sie«, sagte er, »die Sexualmoral war natürlich von jeher ein Zankapfel zwischen den Generationen. Aber es gibt heutzutage in diesen Dingen mehr Ehrlichkeit und weniger Heuchelei als früher, und das, finde ich, ist gut so.«

Jetzt hatte Charles Boon endgültig genug. Er warf die alte Dame aus der Leitung und kam zum Schluß. Das rote Licht flackerte erneut. Okay, sagte er, einen letzten Anruf würden sie noch beantworten. Die Stimme klang fern, aber ganz deutlich.

»Bist du das, Philip?«

»Hilary!«

»Endlich!«

»Großer Gott. Wo bist du?«

»Zu Hause natürlich. Du glaubst gar nicht, wie schwer es war, zu dir durchzukommen.«

»Du kannst jetzt nicht mit mir sprechen.«

»Jetzt oder nie, Philip.«

Charles Boon hatte sich kerzengerade aufgerichtet und setzte mit der freien Hand die Kopfhörer fester, als habe er soeben ein Gespräch aus dem All aufgefangen. Dem Toningenieur hinter der Scheibe war das Gähnen vergangen, er machte hektische Zeichen.

»Es handelt sich um ein Privatgespräch, das versehentlich durchgestellt worden ist«, sagte Philip. »Bitte trennen Sie die Verbindung.«

»Untersteh dich, Philip«, sagte Hilary. »Seit einer Stunde versuche ich durchzukommen.«

»Woher hast du bloß diese Nummer?«

»Von Mrs. Zapp.«

»Hat sie dir auch gesagt, daß es die Nummer einer Rundfunksendung mit Höreranrufen ist?«

»Wie meinst du? Sie sagt, du wolltest mich sowieso gern sprechen. Ist es wegen meines Geburtstags?«

»Ach herrje, den hatte ich ganz vergessen.«

»Ist nicht wichtig.«

»Hör mal, Hilary, du mußt aus der Leitung gehen.« Er beugte

sich über den Tisch mit dem grünen Friesbezug, um an den Schalter zu kommen, aber Boon wehrte ihn diabolisch grinsend mit seinem Gipsarm ab und bedeutete dem Toningenieur, die Lautstärke höherzufahren. Sein mobiles Auge schoß aufgeregt hin und her. »Was willst du, Hilary?« fragte Philip gequält.

»Du mußt sofort heimkommen, Philip, wenn du unsere Ehe retten willst.«

Philip lachte kurz und hysterisch auf.

»Warum lachst du?«

»Ich wollte dir gerade schreiben, um dir mehr oder weniger dasselbe mitzuteilen.«

»Mir ist nicht zum Lachen, Philip.«

»Mir auch nicht. Hast du übrigens eine Ahnung, wie viele Leute dieses Gespräch mithören?«

»Ich verstehe wirklich nicht, wovon du redest.«

»Eben. Sei also jetzt so freundlich, aus der verdammten Leitung zu gehen.«

»Ja, wenn du das so siehst … Ich wollte dir ja nur sagen, daß ich höchstwahrscheinlich ein Verhältnis haben werde.«

»Ich habe schon eins«, schrie er. »Aber ich posaune es nicht in die ganze Welt hinaus.«

Das war selbst für Hilary zuviel. Man hörte ein deutliches Luftschnappen, Stille, dann ein Klicken.

»Riesig«, sagte Charles Boon, als das rote und das grüne Licht ausgegangen waren. »Riesig. Eine Sensation. Tolle Sendung.«

Der Wetterbericht hatte sonnige Abschnitte vorausgesagt, deren erster Morris zeitig weckte. Er schien ihm durch die dünnen Baumwollvorhänge genau ins Gesicht. Sonnige Abschnitte … »Wer verteilt diese Abschnitte?« hatte er seine Bekannten in Rummidge gefragt. »Was für ein Format haben sie, mit was für einer Schere werden sie auseinandergeschnipselt?« Niemand außer ihm schien das komisch zu finden, und jetzt hatte sogar er sich an den absonderlichen Meteorologenslang gewöhnt. »Temperatur im jahreszeitlichen Durchschnitt.« »Ziemlich kalt.« »Wechselnd Schauer und Aufheiterungen.« Die Unschärfe dieser Aussagen störte ihn nicht mehr. Er hatte sich damit abgefunden, daß auch dieser Jargon, wie man das so oft in der britischen Sprache hatte, mit Ausflüchten und Kompromissen arbeitete, er darauf aus war, dem Wetter die Dramatik zu nehmen. Von »Tiefs« und »Hochs« war nie die Rede, alles war maßvoll, ausgeglichen, wohltemperiert.

Er blieb eine Weile mit geschlossenen Augen auf dem Rücken liegen, weil ihn die Sonne und das Blumenmuster der Tapete blendete, das die Wände des Swallowschen Gästezimmers zierte, und hörte zu, wie das Haus ächzend und stöhnend – einem Saal voll alter Männer in der Penne gleich – zu einem neuen Tag erwachte. Die Dielenbretter knarrten, die Rohrleitungen wimmerten und pochten, Scharniere quietschten, Scheiben klapperten in den Rahmen, es war ein Heidenlärm. Morris leistete seinen Beitrag mit einem anhaltenden Furz, der ihn fast von der Matratze hob. Es war sein üblicher Gruß an den Morgen; aus irgendeinem Grunde – vielleicht lag es am Wasser – litt er hier in Rummidge an fürchterlichen Blähungen.

Er spitzte die Ohren, als er Schritte auf dem Gang hörte, Hilary? Er sprang aus dem Bett, stürzte zum Fenster, riß es auf und wedelte heftig mit der Bettdecke.

Der Aufwand war verschenkt. Die Schritte gehörten zu Mary Makepeace, jetzt erkannte er den schweren Gang der Schwangeren. Einen Augenblick hatte er gedacht, Hilary hätte ein Einsehen gehabt und sich zu einer kurzen Nummer vor dem Wecken in sein Zimmer schleichen wollen. Er schlug das Fenster lautstark wieder zu und sprang fröstelnd zurück ins Bett. Dabei wäre es gestern mit ihm und Hilary beinah zum Klappen gekommen.

Sie war deprimiert gewesen, weil sie Geburtstag hatte und Swallow ihr kein Geschenk, ja nicht mal eine poplige Geburtstagskarte geschickt hatte. »Erst schenkt er mir Rosen über Interflora, die ich gar nicht will, und dann vergißt er meinen Geburtstag«, klagte sie mit einem mühsamen Lächeln. »Er ist hoffnungslos in diesen Dingen. Sonst erinnern ihn die Kinder meist daran.« Um sie aufzuheitern, hatte Morris sie zum Essen eingeladen. Sie zierte sich. Er drängte. Mary unterstützte ihn, Amanda desgleichen. Schließlich hatte Hilary sich überreden lassen, hatte geduscht, sich die Haare gewaschen und erschien in einem flotten schwarzen Maxikleid, das Morris noch nicht kannte und dessen tiefes Dekolleté die zarte Blässe von Schultern und Busen voll zur Geltung brachte. »Hey, du siehst riesig aus«, sagte er ehrlich, und sie errötete bis tief in den Ausschnitt hinein. Zuerst spielte sie ständig an den Trägern herum und legte sich ein Tuch um die Schultern, aber nach dem zweiten Martini Dry lehnte sie sich lässig über den Tisch und schien nichts dagegen zu haben, daß er lange, anerkennende Blicke in ihr Kleid warf.

Er ging mit ihr in die einzige einigermaßen ordentliche Trattoria von Rummidge und danach zu Petronella, eine kleine Kellerbar in der Nähe des Bahnhofs, wo es meist anständige Musik gab und in der nicht ausschließlich jugendliches Publikum verkehrte. An diesem Abend sorgte eine mittelprächtige Folk-Blues-Gruppe für die Unterhaltung, die sich Morte d'Arthur nannte. Eine traurige Sängerin gab Imitationen von Joan Baez und Künstlerinnen ähnlichen Kalibers zum Besten. Aber es hätte schlimmer kommen können, eine Heavy-Rock-Band zum Beispiel wäre bestimmt nicht Hilarys Fall gewesen. Ihr schien es jedenfalls zu gefallen; mit großen Augen sah sie sich in dem auf Tudor hochgemotzten Raum um, klatschte begeistert nach jedem Lied und sagte: »Ich hab nie gewußt, daß es so was in Rummidge gibt. Wie bist du bloß darauf gekommen?« Er verkniff sich den Hinweis, daß Petronella und ein Dutzend ähnlicher Etablissements jeden Tag in der Zeitung inserierten, er wollte sie schließlich nicht vor den Kopf stoßen, aber Hilary und ihre Altersgruppe bekamen wirklich erstaunlich wenig von dem mit, was in der Stadt lief. Es gab – unglaublich, aber wahr – so etwas wie eine Szene in Rummidge, nach der man allerdings zum Teil recht intensiv fahnden mußte – die Schwulenklubs beispielsweise oder die westindischen Keller im Arbury-Getto. Andere Örtlichkeiten aber waren fast ebenso interessant und frei zugänglich. Zum Beispiel die Cocktailbar des Ritz, bestes Hotel am Platze, am Samstagabend, wenn sich dort die Arbeiter aus den Automobilwerken mit ihren Frauen und Freundinnen trafen, um einen draufzumachen. So hoch das Hotel die Preise auch ansetzen mochte, um die Vornehmheit zu wahren, die Arbeiter hielten mit. Sie saßen an den Tischen oder hockten an der Bar, die Frauen mit gewaltig toupierten Perücken, die wie Kumuluswolken über ihren untersetzten, breitschultrigen Begleitern schwebten, die Männer in steifer Haltung, mit schwieligen Händen, die aus modischen Anzugärmeln ragten, unermüdlich neue Runden Daiquiris, Whisky Sours, White Ladies, Orange Blossoms und Spezialkreationen bei Meistermixer Harold bestellend, Mushroom Cloud, Supercharger, Fireball und Rummidge Dew ... »Irgendwann geh ich mal mit dir hin«, versprach er Hilary.

»Enorm, wie gut du dich auskennst, Morris. Man könnte meinen, du wohntest schon jahrelang in Rummidge.«

»Manchmal kommt es mir tatsächlich so vor«, scherzte er milde.

»Du freust dich bestimmt schon auf Euphoria.«

»Ach, ich weiß nicht. Daß ich nun den ersten Grand Prix von Rummidge nicht miterlebe, tut mir richtig leid.«

»Aber das Klima ... und deine Familie.«

»Auf die Zwillinge freue ich mich. Vielleicht sehe ich sie zum letztenmal. Ich hab dir ja erzählt, daß Désirée sich scheiden lassen will.«

Hilarys Augen füllten sich mit alkoholisierten Tränen. »Das tut mir leid.«

Er zuckte die Schultern und setzte seine stoisch-resignierte Humphrey-Bogart-Miene auf. Hinter Hilarys Kopf hing ein pinkfarbiger Spiegel, in dem er unauffällig sein Gesicht zurechtrücken konnte, sofern er nicht damit beschäftigt war, Hilary in den Ausschnitt zu sehen.

»Und eine Versöhnung kommt überhaupt nicht in Frage?« wollte sie wissen.

»Ich hatte gehofft, sie nach diesem Austausch vielleicht umstimmen zu können, aber sie scheint noch immer wild entschlossen zu sein.«

»Das tut mir leid«, wiederholte Hilary.

Die Sängerin bot ihnen »Who Knows Where the Time Goes« in einer sehr passablen Judy-Collins-Imitation.

Er machte einen behutsamen Vorstoß. »Hast du mit Philip schon mal ... irgendwelche Probleme gehabt?«

»Nein, nie. Das heißt –« Sie unterbrach sich verlegen.

Er legte über den Tisch hinweg seine Hand über die ihre. »Das mit Melanie weiß ich ja ...«

»Eben.« Sie sah auf seine große braune Hand mit den üppig behaarten Knöcheln. Sieht aus wie eine Bärentatze, pflegte Désirée zu sagen, aber Hilary zuckte nicht mit der Wimper. »Das war das erste Mal«, sagte sie.

»Woher weißt du das?«

»Ich weiß es eben.« Sie sah zu ihm auf. »Es tut mir leid, daß es ausgerechnet deine Tochter war.«

Gab es eine korrekte Formel der Erwiderung auf solche Apologien? Morris wollte nichts Passendes einfallen. Er zuckte erneut die Schultern. »Und das hast du ihm verziehen?«

»Aber ja. Ich … Ja, ich denke doch.«

»Wenn nur Désirée so verständnisvoll wäre wie du«, seufzte er.

»Vielleicht hat sie mehr zu verzeihen?« mutmaßte Hilary schüchtern.

Er produzierte ein Lebemannslächeln. »Vielleicht.«

Der Frauenstimme hatten sich jetzt der Lead- und der Baßgitarrist zugesellt, sie sangen »Puff the Magic Dragon« à la Peter, Paul und Mary. Die Schwachstelle, entschied Morris, war die Leadgitarre. Falls es Arthur war, der sie zupfte, konnte man nur hoffen, daß sich die Verheißung, die in dem Namen der Gruppe lag, bald erfüllte. »Gehen wir woanders hin?« fragte er. Nachdem die Pubs geschlossen hatten, füllte sich Petronella mit weniger reputierlichen Gästen, es kamen die Hartsäufer, hier und da war auch eine vom horizontalen Gewerbe. Gleich würden Morte d'Arthur die Instrumente einpacken, und dann gab es lärmenden Discosound. Morris kannte ein Gasthaus mit einer Jukebox, die nur Swingplatten aus den vierziger Jahren hatte.

»Ich glaube, es wird Zeit, daß wir an den Heimweg denken«, sagte Hilary.

Er sah auf die Uhr. »Das hat keine Eile. Mary paßt ja auf die Kinder auf.«

»Trotzdem. Ich werde schon ganz schläfrig. Ich bin es nicht gewöhnt, an einem Abend so viel zu trinken.«

In dem Lotus lehnte sie den Kopf an die Kopfstütze und schloß die Augen. »Es war ein wunderbarer Abend, Morris. Ich dank dir schön.«

»Ich danke dir.« Er beugte sich vor und küßte sie versuchsweise auf die Lippen. Sie legte ihm die Arme um den Hals und reagierte mit unbefangener Zärtlichkeit. Morris beschloß, doch mit ihr nach Hause zu fahren.

Die übrige Familie schien zu schlafen, und sie bewegten sich stumm und auf Zehenspitzen. Während Hilary den Frühstückstisch für den nächsten Morgen deckte, ging Morris ins Badezimmer, wusch sich gründlich untenherum und putzte sich die Zähne, zog einen sauberen Pyjama und einen Seidenkimono an und wartete gespannt in seinem Zimmer, bis sie die Treppe heraufkam. Er gab ihr ein paar Minuten Zeit, dann ging er leise über den Gang und betrat das Schlafzimmer. Hilary saß an der Frisierkommode und bürstete sich das Haar. Sie drehte sich erschrocken um. »Was ist, Morris?«

»Ich habe gedacht, ich könnte vielleicht heute nacht hier schlafen. Hab ich dich da mißverstanden?«

Sie schüttelte bestürzt den Kopf. »Aber nein, das könnte ich nie tun.«

»Warum nicht?«

»Nicht hier. Nicht, wenn die Kinder im Haus sind. Und Mary.«

»Wo sonst? Wann sonst? Morgen ziehe ich wieder zu den O'Sheas. Das Dach ist repariert.«

»Ich weiß. Es tut mir leid, Morris.«

»Komm, Hilary, gib deinem Herzen einen Stoß. Du mußt das alles ein bißchen lockerer sehen, du bist ja ganz verkrampft. Soll ich dich massieren?« Er trat hinter sie, legte ihr die Hände auf den Nacken und begann ihre Schultermuskeln zu kneten. Aber sie verharrte in ihrer steifen Haltung und wandte den Kopf ab, so daß sie im Spiegel aussahen wie ein lebendes Bild des Würgers und seines Opfers. »Es tut mir leid, Morris, ich kann nicht«, sagte sie halblaut.

»Okay«, entgegnete er kalt und ging, während sie unbeweglich vor dem Spiegel sitzenblieb.

Wenige Minuten später trafen sie sich draußen auf dem Weg zum Badezimmer. Hilary war im Nachthemd und Morgenrock, ihr eingecremtes Gesicht glänzte. Er mußte wohl eine grimmig grollende Miene gezogen haben, denn sie legte ihm eine Hand auf den Arm.

»Es tut mir leid, Morris«, flüsterte sie.

»Vergiß es.«

»Wenn das nur ginge. Ich wünschte … Du warst so lieb.«

Sie schwankte ein bißchen, er zog sie an sich und küßte sie, schob seine Hand unter den Morgenrock und kam gut voran, bis ein Dielenbrett ganz in ihrer Nähe knarrte. Hilary machte sich los und floh in ihr Zimmer. Natürlich war niemand da. Es war nur das verdammte Haus, das wie üblich Selbstgespräche führte. Durch die Zentralheizung arbeite das alte Holz, so hatte Hilary es ihm mal erklärt. Schon möglich. Im Gästezimmer klafften breite Spalten zwischen den Dielenbrettern, durch die jetzt ein köstlicher Duft nach Speck und Kaffee zog. Es wurde wohl langsam Zeit zum Aufstehen.

Unten machte Mary Makepeace Frühstück für die drei Kinder, sie trug eine von Hilarys Kittelschürzen, die sich kaum noch über dem gewölbten Leib knöpfen ließen.

»Was hast du gestern abend mit Hilary angestellt?« begrüßte sie ihn.

»Wie meinst du das?«

»Sie ist heute früh noch nicht aufgetaucht. Hast du sie unter Alkohol gesetzt?«

»Nur ein, zwei Martinis.«

»Willst du Eier zu deinem Speck?«

»Ja, zwei. Als Rührei.«

»Was glaubst du, wo du hier bist? Bei Howard Johnson's?«

»Ja, und dazu die goldgelb-knusprigen Rancherbratkartoffeln.« Er zwinkerte Matthew zu, der ihn über die Cornflakes-Schüssel hinweg mit offenem Mund anstarrte. Die jungen Swallows waren Frotzeleien der Erwachsenen am Frühstückstisch nicht gewöhnt.

»Sag mal, Morris, könntest du mich zum Bahnhof bringen, wenn du nachher zur Uni fährst?«

»Natürlich. Willst du verreisen?«

»Ich hab dir doch erzählt, daß ich mir das Grab meiner Familie in Durham ansehen will.«

»Ist das nicht ziemlich weit?«

»Ich übernachte in Durham und komme morgen wieder.«

Morris seufzte. »Da bin ich nicht mehr hier. O'Shea hat das Dach repariert, ich ziehe um. Eure Küche wird mir fehlen.«

»Hast du keine Angst, wieder da zu wohnen?«

»Du kennst ja das schöne Sprichwort: Ein Urinklotz schlägt nie zweimal an derselben Stelle ein.«

»Beeilt euch, Kinder, oder ihr kommt zu spät zur Schule.«
Mary stellte Morris einen Teller mit Rührei und Schinken hin,
und er machte sich genüßlich darüber her.

»Weißt du, Mary«, sagte er, als die Kinder draußen waren, »es
ist eigentlich schade um deine Talente. Wenn du ledige Mutter
bleibst, verkümmern die nur. Du solltest deinen Priester überreden, evangelisch zu werden.«

»Komisch, daß du das gerade jetzt sagst.« Sie nahm einen Luft-
postumschlag aus der Tasche und schwenkte ihn vor seiner Nase.

»Er hat geschrieben, daß er in den Laienstand versetzt worden
ist.«

»Super. Und er will dich heiraten?«

»Zumindest will er mit mir zusammenziehen.«

»Was wirst du machen?«

»Ich überleg's mir noch. Wo bleibt bloß Hilary? Ich muß ihr
noch was sagen, ehe ich fahre.«

Amanda erschien in Schuluniform – dunkelbrauner Blazer,
weiße Hemdbluse und Krawatte, grauer Rock – an der Tür. Die
Schülerinnen der Rummidge High Schoof for Girls trugen ihre
Röcke sehr, sehr kurz, so daß sie an doppelgestaltige Fabelwesen,
Nixen oder Zentauren etwa, erinnerten – oberhalb der Taille
ganz biedere Bravheit, darunter nackt und animalisch. Die Bus-
haltestellen in der Umgebung waren um diese Zeit ein Paradies
für Lolitomanen. Amanda errötete unter Morris' vielsagendem
Blick. »Ich geh jetzt, Mary.«

»Schau doch noch mal nach oben, Mandy, und frage deine
Mutter, ob sie eine Tasse Tee möchte.«

»Mummy ist nicht oben, sie ist in Daddys Arbeitszimmer.«

»Ach so. Ich muß ihr noch wegen des Abendessens Bescheid
sagen.« Mary ging rasch hinaus.

»Ich hab gelesen, daß die Bee Gees übernächste Woche hier
gastieren«, sagte Morris zu Amanda. »Soll ich Karten besorgen?«
Amanda strahlte. »O ja, bitte.«

»Vielleicht kommt Mary mit, oder sogar deine Mutter. Stehst
du auf die Bee Gees?« fragte er Mary, die wieder hereingekom-
men war.

»Verschon mich mit diesen bescheuerten Typen. Lauf nur,
Amanda. Deine Mutter telefoniert.«

Hilary telefonierte noch immer, als es für Mary Zeit wurde. Sie schrieb rasch einen Zettel, während Morris den Lotus rückwärts auf die Straße fuhr. Der Auspuff röhrte in einem tiefen Bariton, der die Scheiben erzittern ließ.

»Wann geht der Zug?« fragte er, während Mary ihren Bauch vorsichtig auf den Beifahrersitz manövrierte.

»Acht Uhr fünfzig. Schaffen wir das?«

»Aber ja.«

»Für werdende Mütter haben die den Wagen aber nicht konstruiert, was?«

»Dafür hat er Liegesitze. Besser?«

»Super. Stört es dich, wenn ich meine Entspannungsübungen mache?«

»Nur zu.«

Es dauerte nicht lange, bis sie in der Midland Road in den Rückstau der morgendlichen Rush-hour kamen. Die an einer Bushaltestelle in der Schlange Wartenden glotzten neugierig, während Mary Makepeace im Schalensitz des Lotus flaches Atmen übte.

»Wozu soll das gut sein?« erkundigte sich Morris.

»Psychoprophylaxe. Oder für Laien: Schmerzlose Geburt. Hilary bringt's mir bei.«

»Glaubst du an so was?«

»Natürlich. Die Russen machen das seit Jahren.«

»Bestimmt nur, weil sie sich keine Betäubungsmittel leisten können.«

»Welche Frau will schon in dem wichtigsten Augenblick ihres Lebens betäubt werden?«

»Désirée hätte es am liebsten gesehen, wenn die Klinik sie für die ganzen neun Monate unter Narkose gesetzt hätte.«

»Entschuldige, aber da ist sie auf die übliche Gehirnwäsche reingefallen. Die ärztliche Zunft hat es geschafft, die Frauen davon zu überzeugen, daß Schwangerschaft eine Art Krankheit ist, die nur Mediziner heilen können.«

»Wie sieht O'Shea denn das?«

»Der ist ganz eindeutig für altmodischen Schmerz.«

»Paßt zu ihm. Weißt du, Mary, ich verstehe ja nicht, weshalb du dich diesem Kerl anvertraut hast. Er sieht aus wie einer dieser

Quacksalber, die in schlechten Filmen den Gangstern die Kugeln rauspolken.«

»Das gehört hier zum System. Du mußt bei einem Arzt am Ort angemeldet sein, sonst bekommst du kein Krankenhausbett. O'Shea war der einzige Arzt, den ich kannte.«

»An die Untersuchungen von dem Kerl mag ich gar nicht denken. Der hat doch ständig dreckige Fingernägel.«

»Das überläßt er alles dem Krankenhaus. Er hatte mich nur einmal auf dem Stuhl, und das schien ihm furchtbar peinlich zu sein. Er hat immerfort auf dieses gräßliche Herz-Jesu-Bild an der Wand gestarrt und vor sich hingebrabbelt, als wenn er betet.«

Morris lachte. »Typisch O'Shea.«

»Es war überhaupt ziemlich unheimlich. Diese Schwester, die er hat ...«

»Schwester?«

»Eine kleine Schwarzhaarige ohne Zähne.«

»Das ist keine Schwester, das ist Bernadette, seine irische Sklavin.«

»Jedenfalls trug sie Schwesterntracht.«

»Reiner Bluff, O'Shea will nur Geld sparen.«

»Ja, die hat mich aus einer Zimmerecke angefunkelt wie eine Wildkatze. Ich weiß nicht, vielleicht hat sie auch gelächelt, und es hat nur so ausgesehen.«

»Nein, Mary, gelächelt hat die nicht. Ich würde an deiner Stelle einen großen Bogen um Bernadette machen. Sie ist eifersüchtig.«

»Eifersüchtig? Auf mich?«

»Sie denkt, daß ich dir den dicken Bauch gemacht habe.«

»Das darf ja nicht wahr sein!«

»Traust du mir das etwa nicht zu? Wann geht der Zug? Acht Uhr fünfzig!«

»Genau.«

»Da müssen wir uns jetzt wohl ein bißchen außerhalb der Legalität bewegen.«

»Nicht meinetwegen, Morris. So wichtig ist es nun auch wieder nicht.«

Der Verkehr hatte sich fast eine Meile vor der Kreuzung zum Inneren Ring gestaut. Morris scherte aus und röhrte, empört umhupt von geschockten Verkehrsteilnehmern, in der falschen

Richtung über die Gegenspur. Kurz vor dem Inneren Ring war erfreulicherweise gerade einem der sogenannten Behindertenfahrzeuge die Puste ausgegangen (Euthanasie auf Rädern, fand er, hätte den Tatbestand genauer getroffen, eine Vorderradpunktur bei einer dieser wahnwitzigen Dreiradkonstruktionen, und du kannst dir die Radieschen von unten besehen), so daß er sich in die Lücke schieben konnte.

»Na, was sagst du nun?« fragte er stolz. Leider hatte ein Verkehrspolizist beobachtet, auf welche Weise Morris in die Lücke gerutscht war. Er kam herüber und knöpfte die Uniformjacke auf.

»Ach du ahnst es nicht«, sagte Mary Makepeace. »Jetzt kriegst du einen Strafzettel.«

»Könntest du mir vielleicht noch mal diese Atemübungen vorführen?«

Der Polizist mußte sich tief herunterbeugen, um in den Wagen sehen zu können. Morris deutete mit dem Daumen auf Mary Makepeace, die mit geschlossenen Augen, heraushängender Zunge und über dem Bauch gefalteten Händen hechelte wie ein Jagdhund. »Notfall. Die junge Dame kriegt ein Kind.«

»Ach so«, sagte der Cop. »Na gut, aber fahren sie ein bißchen vorsichtiger, sonst landen Sie noch beide im Krankenhaus.« Über seinen eigenen Witz schmunzelnd, stoppte er den Verkehr, so daß sie bei Rot weiterfahren konnten. Morris winkte ihm dankend zu. Fünf Minuten vor Abfahrt des Zuges setzte er Mary Makepeace am Bahnhof ab.

Zurück fuhr Morris über den neu eröffneten Abschnitt des Inneren Ringes, einen vielversprechenden Komplex von Tunnel und Brücken, der in die geplante Grand-Prix-Strecke einbezogen werden sollte. Er lehnte sich in dem Sportsitz zurück und fuhr mit gestreckten Armen, wie ein Rennprofi. Im längsten Tunnel, in dem er das Auge des Gesetzes nicht zu fürchten brauchte, trat er voll aufs Gas und hörte zufrieden das Röhren des Auspuffs von den Wänden widerhallen. Er schoß aus dem Tunnel heraus in eine lange überhöhte Kurve. Von hier aus übersah man das ganze Stadtpanorama. In diesem Augenblick kam die Sonne heraus, die fahlen Betonfassaden der neuen Hochhäuser und Autobahnen waren wie in Flutlicht getaucht und hoben sich scharf von der düsteren Masse der Slums und verfallenen Fabriken aus dem vergangenen Jahrhundert ab. Aus diesem Blickwinkel hatte man fast den Eindruck, als sei vor langer Zeit hier der Samen für eine komplette moderne Großstadt in die Erde gesenkt worden, der jetzt keimend ans Licht drängte und sich durch den verkrusteten, ausgelaugten Boden der viktorianischen Architektur quälte. Es war ein seltsam erregender Anblick, fand Morris, denn die hier aus der Erde gewachsene Stadt war im Stil unverkennbar amerikanisch (worüber die örtlichen Spießer sich ja auch ständig aufregten), und er hatte das merkwürdige Gefühl, als sei er ganz unvermutet auf eine neue amerikanische Grenze gestoßen.

Nur mit der Radiomusik hatten sie noch einen weiten Weg vor sich. Die Uhr auf dem Campanile schlug neun, und in Radio One übergab gerade ein untauglicher Diskjockey dem nächsten das Mikrophon, als Morris durch das Haupttor der Universität rollte. Der Wachmann salutierte zackig. Seit seinem Erfolg bei der Beendigung des Sit-in war Morris zu einer bekannten und hochangesehenen Figur auf dem Campus geworden, und natürlich trug auch der orangefarbene Lotus dazu bei, daß jedermann ihn sofort erkannte. So früh am Morgen hatte er keine Mühe, einen Parkplatz zu finden. Das Kollegium von Rummidge beklagte gern in bewegten Worten die Stundenplanüberschneidungen, in Wirklichkeit aber war der Haken der, daß die Herren nur ungern vor zehn Uhr morgens oder nach vier Uhr nachmittags, über Mittag, am Mittwochnachmittag oder am Wochenende unterrichteten. Dadurch blieb ihnen kaum Zeit, ihre Post aufzumachen, geschweige denn, Seminare zu halten. In Unkenntnis dieser ehrwürdigen Tradition hatte Morris eins seiner Tutorien auf neun Uhr morgens gelegt, zum großen Ärger der betroffenen Studenten. Mit dieser Gruppe hatte er heute zu tun, und deshalb hatte er es nicht übertrieben eilig, in sein Büro zu kommen. Die lieben Kinder waren sowieso meist zu spät dran.

Der Fachbereich Anglistik war mittlerweile umgezogen, er hatte jetzt seine Räume im achten Stock eines der sechseckigen Neubauten, die Morris vom Inneren Ring aus gesehen hatte. Der Umzug war unter lautem Heulen und Zähneklappern in den Osterferien vonstatten gegangen. Oi, oi, oi, der Exodus war ein Klacks dagegen. Mit einem typisch spinnigen, aber irgendwie auch liebenswerten Hang zu individueller Freiheit unter Hintanstellung von Logik und Effizienz hatte die Verwaltung den Hochschullehrern die Entscheidung überlassen, welche Möbel sie in die neuen Räume mitnehmen und welche sie neu anschaffen wollten. Mit den sich daraus ergebenden Varianten waren die Umzugsleute total überfordert, und es kam zu zahllosen Fehlern. Tagelang zogen zwei Möbelpacker-Kolonnen von einem Haus zum anderen und trugen aus dem Neubau fast so viele Tische, Stühle und Aktenschränke heraus, wie sie hineingetragen hatten. Für einen Neubau erfreute sich das Hexagon schon einer recht traurigen Berühmtheit. Es war aus Fertigbauteilen errichtet, und das Vertrauen in seine Standfestigkeit war durch eilig erlassene Anweisungen über Gewichtsbeschränkungen bei der Bestückung der Bücherregale in den Zimmern des Kollegiums erheblich erschüttert worden. Die gewissenhaften unter den Hochschullehrern konnte man in den ersten Wochen nach dem Umzug dabei beobachten, wie sie grollend ihre Bücher auf Küchen- oder Badezimmerwaagen abwogen und auf Zetteln lange Zahlenreihen addierten. Auch die Anzahl der für die einzelnen Büros und Seminarräume zugelassenen Personen war beschränkt, und es verlautete, die Fenster an der Westseite ließen sich deshalb nicht öffnen, weil das Gebäude einstürzen könnte, falls sich die Insassen der dort gelegenen Räume alle gleichzeitig hinauslehnten. Die Fassade war mit glasierten Keramikfliesen verkleidet, die laut Garantie der Rummidger Luft fünfhundert Jahre standhalten sollten, der verwendete Kleber aber war von minderer Qualität, so daß sie an manchen Stellen schon wieder abfielen. Hinweisschilder mit der Warnung: »Vorsicht! Lose Platten!« zierten den Zugang zum Neubau. Diese Warnungen waren nicht unberechtigt. Eine Fliese zerschellte vor Morris' Füßen, als er die Stufen zum Eingang emporstieg.

Alles in allem nahm es deshalb kaum wunder, daß die Lehrer des Fachbereichs den alten Räumlichkeiten nachtrauerten. Dafür gab es im Neubau eine Einrichtung, die Morris Zapp mit all seinen Mängeln versöhnte. Es war dies ein ihm bisher unbekannter Aufzugtyp, ein sogenannter Paternoster, bestehend aus zwei mit Kabinen bestückten Endlosbändern, die in zwei Schächten nach oben und nach unten glitten. Das Tempo war begreiflicherweise langsamer als bei normalen Aufzügen, da das Band nie anhielt und man im Fahren aufsteigen mußte, dafür machte dieses System Schluß mit der lästigen Warterei. Auch verlieh es der nüchternen Alltäglichkeit des Fahrstuhlfahrens einen Hauch existentieller Dramatik, denn man mußte den Auf- und Absprung gewandt und mit kühner Entschlußkraft steuern. Für Ältere und Behinderte war der Paternoster ein Alptraum, und die meisten mühten sich denn auch lieber mit dem Treppensteigen. Zugegebenermaßen wirkte der Hinweis über dem roten Notfallhebel auf jedem Stockwerk wenig vertrauenerweckend: »Im Störungsfall roten Griff nach unten ziehen. Versuchen Sie nicht, im Paternoster oder im Mechanismus steckengebliebene Personen zu befreien. Das Wartungspersonal wird Ausfälle so schnell wie möglich beheben.« Irgendwann sollte es auch einen konventionellen Aufzug geben, aber der war noch nicht in Betrieb. Morris störte das nicht, er liebte den Paternoster. Vielleicht war das ein Rückfall in die Kindheit mit Rummelplatzkarussells und ähnlichen Freuden, überdies verkörperte diese Maschinerie für ihn auch ein Stück Poesie, besonders, wenn er die Rundfahrt zur Gänze auskostete, oben und unten in der Finsternis verschwand und von dort wieder ans Licht getragen wurde. Die unablässige Bewegung war ein schönes Symbol für alle auf dem Grundsatz der ewigen Wiederkehr basierenden Systeme und Kosmologien, Vegetationsmythen, Archetypen von Geburt und Wiedergeburt, zyklische Geschichtstheorie, Metempsychosis und Northrop Fryes mythologische Poetik.

Heute aber begnügte er sich mit einer Zielfahrt in den achten Stock. Seine Studenten lehnten schon, gähnend und sich kratzend, an der Wand neben der Tür zu seinem Büro. Er begrüßte sie und schloß auf. Über Gordon Masters Namensschild war ein Zettel mit Morris Zapps Namen geklebt. Er war kaum drin, als die Verbindungstür aufging und Alice Slade sich, einen hohen Aktenstapel an den Busen drückend, ins Zimmer schob.

»Ach, haben Sie eine Veranstaltung, Professor Zapp? Ich wollte eigentlich nur wegen dieser Graduiertenbewerbungen wissen ...«

»Ja, ich bin bis zehn besetzt, Alice. Fragen Sie doch Rupert Sutcliffe.«

»Ist gut. Entschuldigen Sie bitte die Störung.«

»Setzen Sie sich«, sagte er zu den Studenten und dachte bei sich, daß es Zeit wurde, wieder in Swallows Zimmer umzuziehen. Als ihm die Aufgabe des Vermittlers zwischen Verwaltung und Studentenschaft angetragen worden war, hatte er eine Sekretärin und eine Amtsleitung verlangt, und diesen Forderungen war rasch und ohne großen Kostenaufwand entsprochen worden, indem man ihn in das durch Gordon Masters plötzlichen Weggang freigewordene Zimmer gesetzt hatte. An den weißen Stellen konnte man noch erkennen, wo die Jagdtrophäen an der Wand gehangen hatten. Seine Schlichtertätigkeit war zwar praktisch beendet, aber im Grunde lohnte der erneute Umzug nicht mehr. Inzwischen hatte es sich die Fachbereichssekretärin, die darauf gedrillt war, alle Probleme und Anfragen Masters zur Entscheidung vorzulegen, schon zur Gewohnheit gemacht, damit – wie von einem tiefsitzenden Brieftaubeninstinkt getrieben – zu Morris Zapp zu gehen, obgleich den Fachbereich interimistisch eigentlich Rupert Sutcliffe leitete. Auch Sutcliffe selbst kam gern mit indirekten Hilfsersuchen zu Morris, andere Kollegen desgleichen. Nach dreißig Jahren jäh vom Masters-Joch befreit, hatte den Fachbereich angesichts der plötzlichen Ungebundenheit Angst und Benommenheit erfaßt, er trieb im Kreis wie ein Schiff ohne Ruder, nein, eigentlich mehr wie ein Schiff, dessen tyrannischer Kapitän in einer dunklen Nacht über Bord gefallen ist und den versiegelten Brief mit dem Ziel der Fahrt mitgenommen hat. Gewohnheitsmäßig begab sich die Mannschaft zur Entgegennahme der Befehle auf die Brücke, wobei es ihnen im Grunde nicht darauf ankam, wer auf dem Sessel des Kapitäns saß.

Zugegeben, es war ein durchaus bequemer Sessel – ein gepolsterter Chefdrehsessel mit verstellbarer Lehne –, und schon deshalb zog es Morris nicht allzu stark wieder in Philip Swallows Zimmer zurück. Jetzt lehnte er sich zurück, legte die Füße auf den Schreibtisch und zündete sich eine Zigarre an. »Wie ich sehe, brennen Sie schon darauf, an die Arbeit zu gehen«, sagte er zu den muffig dreinschauenden Studenten. »Was haben wir denn heute auf dem Programm?«

»Jane Austen«, nuschelte der Junge mit dem Bart und ließ einige mit einer bösen Krakelschrift bedeckten Blätter rascheln.

»Richtig. Wie lautete das Thema?«

»Ich hab was über Jane Austens Moralbegriff geschrieben.«

»Scheint mir irgendwie nicht mein Stil zu sein.«

»Den Titel, den Sie mir gegeben haben, hab ich nicht verstanden.«

»Eros und Agape in den späteren Romanen, nicht? Was war denn daran so schwierig?«

Der Junge ließ den Kopf hängen. Morris beschloß, seine kleine Schar in den Genuß eines fachlich fundierten Kommentars kommen zu lassen. Agape, erläuterte er, war ein Mahl, in dem die frühen Christen ihre Liebe zueinander zum Ausdruck brachten, es stand für asexuelle, nicht individualisierte Liebe. In Jane Austens Romanen waren das gesellschaftliche Anlässe, bei denen die Solidarität einer agrarisch-kapitalistischen Mittelschicht bestätigt wurde oder bei denen man neue Mitglieder in das Gemeinwesen aufnahm – Bälle, Diners, Ausflüge und dergleichen. Eros war natürlich die sexuelle Liebe, die Jane Austen in Werbungsszenen vermittelte, in Tête-à-têtes, Paarbildungen, in jedweder Begegnung zwischen der Heldin und dem Mann, den sie liebte oder zu lieben glaubte. Jane Austens Leser, betonte er, eifrig mit seiner Zigarre gestikulierend, dürften sich durch das Fehlen unverhüllter Hinweise auf körperliche Sexualität in ihrem Prosawerk nicht zu der Annahme verleiten lassen, die Schriftstellerin stehe ihr gleichgültig oder negativ gegenüber. Ganz im Gegenteil, sie ergriff regelmäßig Partei nicht für Agape, sondern für Eros, das heißt, sie sprach sich für die private Sphäre der Liebenden und gegen die öffentliche Sphäre gesellschaftlicher Anlässe und Zusammenkünfte aus, die denn auch unweigerlich Schmerz und Kummer brachten (man denke zum Beispiel an den katastrophalen Verlauf von Gemeinschaftsunternehmungen, so etwa nach Sotherton in *Mansfield Park*, nach Box Hill in *Emma*, nach Lyme Regis in *Überredung*). Mr. Elton, erläuterte Morris, der allmählich in Schwung geriet, sollte offensichtlich als impotent gekennzeichnet werden, weil kein Blei in dem Stift war, den er Harriet Smith reichte. Und die Szene in *Überredung*, wo Kapitän Wentworth diesen Bengel Walter von Anne Elliots Schulter nahm ... Er griff sich den Text und las mit viel Gefühl: *Einen Augenblick später spürte sie plötzlich, wie sie von ihm erlöst wurde ... Ehe sie be-*

griffen hatte, daß Kapitän Wentworth dies getan hatte ... wurde er entschlossen
weggetragen ... Ihre Empfindungen bei dieser Entdeckung raubten ihr die
Sprache. Sie konnte ihm nicht einmal danken. Erfüllt von den widersprüchlich-
sten Empfindungen, konnte sie sich nur über den kleinen Charles beugen ...«
»Was sagen Sie dazu?« schloß er ehrfürchtig. »Wenn das kein
Orgasmus ist, weiß ich nicht ...« Er sah in drei perplexe Gesichter. Der Hausapparat läutete.

Es war die Sekretärin des Vizerektors, die von Morris wissen
wollte, ob er heute vormittag beim Chef vorbeikommen könnte.
Ob der Vorsitzende des Studentenrats sich wegen der Vertretung
im Beförderungs- und Berufungsausschuß mausig gemacht
habe, fragte Morris. Das wisse sie nicht, meinte die Sekretärin,
aber Morris hätte wetten mögen, daß es das war. Es hatte ihn von
Anfang an gewundert, wie bereitwillig der Studentenratsvor-
sitzende auf sein Vertretungsrecht im Beförderungs- und Berufungsausschuß verzichtet hatte, bestimmt hatten ihm seine
militanten Gefolgsleute zugesetzt, er solle doch noch mal nach-
bohren. Morris lächelte wissend vor sich hin und trug einen Termin um halb elf in seinen Schreibtischkalender ein. Bei den
Schlichtungsverhandlungen zwischen den beiden zerstrittenen
Parteien kam er sich oft vor wie ein Schachgroßmeister, der bei
einer Partie zweier Novizen die Aufsicht führt und den ganzen
Spielverlauf überschaut, während sie über jedem Zug brüten.
Den Rummidger Kollegen war sein Vorherwissen nicht ganz
geheuer, über sein Verhandlungsgeschick konnten sie sich nicht
genug wundern. Sie wußten ja nicht, daß er durch seine reichen
Erfahrungen mit Studentenunruhen in Euphoria das Szenario
praktisch auswendig kannte.

»Wo waren wir stehengeblieben?« fragte er.

»Überredung ...«

»Richtig.«

Das Telefon läutete wieder. »Ein Stadtgespräch für Sie«, meldete Alice Slade.

Morris seufzte. »Bitte stellen Sie während der Tutorien keine
Gespräche durch, Alice.«

»Tut mir leid ... Soll ich sie bitten, noch einmal anzurufen?«

»Wer ist es denn?«

»Mrs. Swallow.«

»Verbinden Sie.«

»Morris?« Hilarys Stimme klang zittrig.

»Hallo.«

»Hast du … jemand bei dir?«

»Nicht direkt.« Er legte eine Hand über die Muschel und sagte zu den Studenten: »Lesen Sie sich die Szene in *Überredung* noch einmal durch und versuchen Sie zu analysieren, wie sie den Höhepunkt ansteuert. In jedem Sinne.« Er griente ermutigend und nahm das Gespräch mit Hilary wieder auf. »Was gibt's denn?«

»Ich wollte mich nur wegen gestern abend entschuldigen.«

»Na hör mal, da wäre wohl eher eine Entschuldigung von mir angebracht«, sagte Morris verblüfft.

»Nein, ich hab mich benommen wie ein dummer Backfisch. Erst mach ich dich an, und dann dieser Rückzieher … Ich hätte deswegen wirklich kein solches Getue zu machen brauchen.«

»Aber nein …« Morris drehte den Sessel so, daß er den Studenten den Rücken kehrte. »Weswegen eigentlich?« fragte er leise.

»Also jedenfalls habe ich seit Jahren keinen so netten Abend mehr verlebt.«

»Dann machen wir das mal wieder. Bald.«

»Und du bist mir nicht böse?«

»Natürlich nicht. Ich freu mich schon.«

»Wie schön.«

Pause. Er hörte Hilary atmen.

»Dann ist ja alles klar, nicht?« sagte er.

»Ja. Morris …«

»Ja?«

»Gehst du heute wieder in deine Wohnung zurück?«

»Ja. Ich komm heut abend vorbei und hol meinen Koffer ab.«

»Was ich sagen wollte … Wenn du Lust hättest, könntest du heute nacht noch bleiben.«

»Ja, also …«

»Mary ist nicht da. Manchmal graule ich mich, so allein im Haus …«

»Klar, dann bleibe ich.«

»Macht's dir auch bestimmt nichts aus?«

»Nein, nein, ist schon gut.«

»Schön. Dann also bis heute abend.« Sie legte unvermittelt auf. Morris schwenkte in seinem Sessel herum, legte den Hörer auf und rieb sich gedankenvoll das Kinn.

»Soll ich nun mein Referat vorlesen oder nicht?« fragte der bärtige Jüngling mit einem Anflug von Ungeduld.

»Wie? Ja, sicher, legen Sie los.«

Während der Junge seine Auslassungen über Jane Austens Moralbegriff herunterleierte, grübelte Morris, was hinter Hilarys überraschendem Anruf stecken mochte. Er konnte noch nicht so recht glauben, daß sie meinte, was er vermutete. Die Konzentration auf das Referat fiel ihm schwer, und er war froh, als die Uhr auf dem Campanile zehn schlug. Kaum waren die Studenten draußen, kam Rupert Sutcliffe herein, eine hochgewachsene, gebeugte, melancholische Gestalt mit schlecht sitzender Brille, die ihm ständig auf die Nasenspitze rutschte. Sutcliffes Fachbereich war die Romantik, aber die blaue Blume hatte er sichtlich noch nicht gefunden, und die interimistische Fachbereichsleitung hatte ihn offenbar auch nicht aufzuheitern vermocht.

»Ach, Zapp, hätten Sie wohl eine Minute Zeit für mich?«

»Können wir die Sache vielleicht bei einer Tasse Kaffee besprechen?«

»Leider nein. Nicht im Gemeinschaftsraum. Die Frage ist ein bißchen heikel.« Mit Verschwörermiene machte er die Tür hinter sich zu und näherte sich Morris auf Zehenspitzen. »Diese Graduiertenbewerbungen ...« Er legte einen Stapel Akten (eben jene, die vorhin schon Alice angeschleppt hatte) auf Morris Zapps Schreibtisch. »Wir müssen entscheiden, welche wir vom Fachbereichsausschuß absegnen lassen.«

»Ja und?«

»Es ist auch eine Bewerbung von Hilary Swallow dabei, Swallows Frau.«

»Ich weiß. Ich bin einer ihrer Referenten.«

»Herrje, das hatte ich ganz übersehen. Sie sind also voll im Bild?«

»Mehr oder weniger. Wo liegt denn das Problem? Sie hatte den Magisterkurs schon halb durch, als sie heiratete und abging. Jetzt sind die Kinder aus dem Gröbsten raus, da will sie wieder einsteigen.«

»Alles gut und recht, aber wir kommen dadurch in eine etwas peinliche Situation. Ich meine, die Frau eines Kollegen …«

Sutcliffe war Junggeselle, will sagen, er war nicht schwul, sondern ein echter, altmodischer Hagestolz, der schreckliche Angst vor Frauen hatte. Die beiden weiblichen Lehrkräfte im Fachbereich behandelte er als Männer ehrenhalber. Wenn seine Kollegen sich denn schon Ehefrauen anschaffen mußten, wollte diese Bemerkung besagen, durfte man wenigstens erwarten, daß sich ihre Tätigkeit auf den häuslichen Bereich beschränkte, wie sich das gehörte. »Ich finde, Swallow hätte es wenigstens mit uns besprechen können, ehe er eine offizielle Bewerbung seiner Frau zuließ«, seufzte er.

»Ich glaube, er weiß es gar nicht«, sagte Morris ungerührt.

Sutcliffe hüpfte fast die Brille von der Nase. »Soll das heißen, daß sie ihn *hintergeht?*«

»Nein, nein. Aber sie möchte nur nach ihren Leistungen beurteilt werden, gegen Günstlingswirtschaft hat sie was.«

Sutcliffe zog ein skeptisches Gesicht. »Alles gut und recht«, mäkelte er. »Aber wer soll ihre Arbeit betreuen, wenn sie wieder anfängt?«

»Ich hatte den Eindruck, daß sie da auf dich hofft, Rupert«, sagte Morris unschuldig.

»Da sei Gott vor.« Sutcliffe griff sich die Akten und strebte zur Tür, als fürchte er, Hilary könne auf der Stelle aus einem Wandschrank springen und seine Dienste als Betreuer in Anspruch nehmen. Mit der Hand auf dem Türknauf blieb er noch einmal stehen. »Kommen Sie übrigens heute vormittag zur Fachbereichssitzung?«

»Das weiß ich noch nicht, Rupert.« Morris hievte sich aus seinem Chefsessel und zog das Jackett über. »Um halb elf habe ich einen Termin beim Vizerektor.«

»Schade. Wär schön gewesen, wenn Sie den Vorsitz hätten machen können. Wir müssen die Veranstaltungen für das nächste Trimester besprechen, da gibt es bestimmt so einige Meinungsverschiedenheiten. Ständig sind sie am Streiten, seit Masters weg ist …«

Bekümmert ging er davon. Morris folgte ihm und schloß gerade ab, als Bob Busby unter dem Geklimper von Schlüsseln und losen Münzen in seiner Hosentasche über den Gang gelaufen kam.

»Gut, daß ich Sie noch erwische, Morris«, keuchte er. »Kommen Sie zu der Sitzung?«

Wahrscheinlich werde er es nicht schaffen, erklärte Morris. Busby zog ein langes Gesicht. »Ein Jammer, dann macht Sutcliffe den Vorsitz, und der ist eine Katastrophe. Ich befürchte nämlich, daß Dempsey versuchen wird, seinen Vorschlag durchzuboxen. Linguistik als Pflichtveranstaltung, Sie wissen schon …«

»Ist das schlimm?«

Busby riß die Augen auf. »Natürlich ist es schlimm. Nachdem Sie bei dem Fachbereichsabend so über Dempseys Vortrag hergefallen sind, habe ich gedacht …«

»Ich habe seinen Vortrag angegriffen, nicht sein Fachgebiet. Gegen Linguistik selbst habe ich nichts.«

»Dempsey *ist* hier die Linguistik«, sagte Busby. »Pflichtveranstaltung Linguistik bedeutet Dempsey-Pflicht, und das haben die Studenten denn doch nicht verdient.«

»Da mag was dran sein, Bob«, meinte Morris. Zu Robin Dempsey hatte er eine ambivalente Einstellung. Einerseits war er der einzige im Fachbereich, den man mit einigem Fug und Recht als echten Akademiker bezeichnen konnte. Er war fleißig, ehrgeizig und stur. Er hatte keine Macken und Schrullen. Er war etwa so, wie Morris selbst in diesem Alter gewesen war – nur natürlich nicht so gut. Dempsey hatte Morris Zapp gegenüber auch deutlich erkennen lassen, daß er zu freundschaftlicher Zusammenarbeit oder zumindest zu Absprachen von Fall zu Fall bereit war, aber Zapp hatte zu seiner eigenen Überraschung festgestellt, daß ihn diese Anträge wenig lockten. Er hatte einfach keine Lust, zusammen mit Dempsey die übrigen Kollegen zu begönnern. Gewiß, es waren echte Spinner, alle miteinander, aber er kam gut mit ihnen aus. Noch nie in seiner akademischen Laufbahn hatte er sich weniger bedroht gefühlt als in den letzten fünf Monaten. »Tut mir leid, Bob, ich hab einen Termin beim Chef.«

»Na ja, ich muß auch wieder los.« Busby setzte sich im Zuckeltrab in Richtung Gemeinschaftsraum in Bewegung. »Sehen Sie mal zu, ob Sie's vielleicht doch noch schaffen«, rief er über die

Schulter. Morris war fest entschlossen, auf keinen Fall an der Sitzung teilzunehmen, wenn es sich irgendwie vermeiden ließ. Als Masters noch sein verschrobenes Regiment geführt hatte, waren diese Fachbesprechungen im Kollegenkreis schlimm genug gewesen. Seit seinem Abgang war im Vergleich der Fünfuhrtee beim Verrückten Hutmacher ein Musterbeispiel positiver Entscheidungsfindung.

Er betrat mit einer geschmeidigen, gut kalkulierten Bewegung den Paternoster und ließ sich sanft nach unten tragen. Als er in den Sonnenschein hinaustrat (sie hatten wieder einen sonnigen Abschnitt zugeteilt bekommen), schlug die Uhr des Campanile halb, und er beschleunigte den Schritt, was sich als segensreich erwies, denn wieder sprang mit einem Knall wie ein Querschläger eine Platte von der Wand des Hexagons und zerschellte direkt hinter ihm. So langsam ist das nicht mehr komisch, dachte er und blickte an der Fassade hoch, die einem Riesenkreuzworträtsel immer ähnlicher wurde. Irgendwann geht es wirklich mal einem ans Leben, und der verklagt dann die Universität auf eine Million. Er nahm sich vor, die Sache beim Vizerektor anzusprechen.

»Ah, Zapp. Sehr nett, daß Sie vorbeikommen«, säuselte der Vizerektor und erhob sich halb hinter seinem Schreibtisch, als Morris hereingeführt wurde. Morris watete durch den hochflorigen Teppich und schüttelte die schlaffe Hand, die sich ihm entgegenstreckte. Steward Stroud war ein großer, kräftiger Mann, der sich in einer Pose rührender Hinfälligkeit gefiel. Selten sprach er lauter als im Flüsterton, seine Bewegungen waren die eines kränklichen älteren Mitbürgers. Jetzt sank er in seinen Sessel zurück, als habe er sich mit der Anstrengung des Aufstehens und Händeschüttelns total verausgabt. »Holen Sie sich einen Stuhl heran, alter Junge. Zigarette?«

Er machte einen matten Ansatz, einen hölzernen Zigarettenbehälter in Morris' Richtung zu schieben.

»Wenn Sie's nicht stört, rauche ich eine Zigarre. Auch eine?«

»Nein, nein, nein.« Der Vizekanzler lächelte und schüttelte müde den Kopf. »Ich wollte Sie in der einen oder anderen Frage um Ihren Rat bitten.« Er stützte die Ellbogen auf die Sessellehne und verflocht die Finger zu einem Bord, auf das er sein Kinn stützte.

»Beförderungen und Berufungen?« fragte Morris.

Das Bord brach ein, und dem Chef fiel der Unterkiefer herunter. »Woher wissen Sie das?«

»Ich hab mir gleich gedacht, daß die Studenten es sich nicht gefallen lassen, wenn man ihnen den Zugang zu dem Ausschuß versperrt.«

Strouds Gesicht erhellte sich wieder. »Nein, mein Lieber, mit der Studentenschaft hat es nichts zu tun.« Er gestattete sich eine fast lebhafte verneinende Geste. »Diese Unerfreulichkeiten sind ein für allemal ausgestanden, und zwar haben wir das Ihnen zu verdanken. Nein, hier geht es um eine Frage, die die Kollegen betrifft. Streng vertraulich übrigens. Ich habe hier« – Er nickte zu einem auf der ansonsten wie leergefegten Schreibtischplatte ruhenden Aktendeckel hinüber – »eine Vorschlagsliste der Fachbereiche für neue Dozentenstellen, die heute nachmittag vom Beförderungs- und Berufungsausschuß beraten werden soll. Auch vom Fachbereich Anglistik sind zwei Namen dabei. Robin Dempsey, den Sie ja kennen, und Ihr Austauschpartner, der zur Zeit in Euphoria ist …«

»Philip Swallow?«

»Ganz recht. Nun ist es leider so, daß wir weniger Dozentenstellen zur Verfügung haben, als wir ursprünglich dachten, so daß einer von ihnen leer ausgehen wird. Die Frage ist nun: Welchen wird es treffen? Welcher ist der verdientere Mann? Ich wäre Ihnen dankbar für Ihre Stellungnahme in dieser heiklen Frage, Zapp, wirklich außerordentlich dankbar.« Stroud sank in seinem Sessel zusammen und schloß nach dieser ungewohnt langen Rede ermattet die Augen. »Sie können sich gern mal die Akte ansehen, alter Junge, wenn Ihnen das weiterhilft«, setzte er mit ersterbender Stimme hinzu.

Die Akte bestätigte nur, was Morris bereits wußte: daß Dempsey von der Forschungstätigkeit und von Quantität und Qualität seiner Veröffentlichungen her bei weitem der bessere Mann war, während Swallow für sich ins Feld führen konnte, daß er der Dienstältere war und sich ganz allgemein im Fachbereich nützlich gemacht hatte. Wer der bessere Lehrer war, ging aus der Akte nicht hervor. Im Normalfall hätte Morris ohne Zögern auf den klügeren Kopf gesetzt und Dempsey empfohlen. Leute, die sich nützlich machten, verkauften sich meist unter Preis. Nach den Gesetzen akademischer Realpolitik würde Dempsey gehen, wenn er nicht bald befördert wurde, während Swallow auch ohne Beförderung bleiben und ebenso farblos und gewissenhaft weiterackern würde wie bisher. Hinzu kam, daß Morris zwar Dempsey keine ausgesprochen herzlichen Gefühle entgegenbrachte, dafür etliche gute Gründe dafür hatte, Philip Swallow ausgesprochen unsympathisch zu finden – einen Mann, der mit seiner Tochter geschlafen, der in der ›TLS‹ seine Arbeit verrissen hatte und dem es durchaus zuzutrauen war, daß er das Schrankfach mit den leeren Dosen seinem Austauschpartner als Schabernack zugedacht hatte. Dank einer eigenartigen und im Grunde recht zufriedenstellenden Laune des Schicksals war nun die Zukunft dieses Mannes in seine Hand gegeben. Schon ergriff Morris im Geiste das Henkersbeil, schon betrachtete er Philip Swallows entblößten Nakken auf dem Richtblock – doch dann zauderte er. Schließlich ging es hier nicht nur um Swallows Fortkommen, die Entscheidung tangierte auch Hilary und die Kinder, deren Wohl ihm sehr am Herzen lag. Eine Gehaltserhöhung für Swallow – das bedeutete mehr Brot für seine Familie. Und der Gedanke war nicht von der Hand zu weisen, daß Hilary ihn – was immer sie mit der Einladung, noch eine Nacht zu bleiben, gemeint haben könnte – nur noch herzlicher empfangen würde, wenn sie erfuhr, daß Philip durch Morris Zapps Einfluß eine Karrierestufe höher klettern würde.

Morris reichte die Akte zurück. »Wenn Sie mich fragen: Ich würde Swallow die Stelle geben.«

»Ach, wirklich?« sagte Stroud gedehnt. »Ich hätte ja gedacht, Sie würden sich für den anderen entscheiden. Als Wissenschaftler scheint er der Bessere zu sein.«

»Gegen Dempseys Veröffentlichungen ist im Grunde nichts zu sagen, aber sie gehen nicht in die Tiefe. Ganz groß in der Linguistik wird der nie. Ein Student im letzten Studienjahr am MIT steckt ihn glatt in die Tasche.«

»Ist ja interessant ...«

»Außerdem ist er im Fachbereich unbeliebt. Wenn er an so vielen Älteren vorbei die Stelle bekommt, gibt es einen Mordsaufstand. Die guten Leute dort drehen jetzt schon fast durch. Wozu alles noch schlimmer machen?«

»Das ist gewiß richtig.«

Stroud zog auf der Namensliste einen kleinen, vernichtenden Strich mit seinem goldenen Füller. »Da bin ich Ihnen wirklich sehr dankbar, alter Junge.«

»Gern geschehen.« Morris stand auf.

»Bitte warten Sie noch einen Augenblick, ich wollte noch etwas – «

Der Vizerektor unterbrach sich und sah empört zur Tür seines Vorzimmers, die sich plötzlich geöffnet hatte. Die Sekretärin blieb schüchtern auf der Schwelle stehen. »Was ist denn, Helen? Ich sagte doch, daß ich nicht gestört werden will.« Wenn er sich ärgerte, schlug fast so etwas wie Temperament durch.

»Entschuldigen Sie bitte, aber da sind zwei Herren … Und Mr. Biggs vom Wachdienst. Es ist sehr wichtig, sagen sie.«

»Sie möchten bitte warten, bis Professor Zapp gegangen ist.«

»Aber zu dem wollen sie ja gerade. Es geht um Leben und Tod, sagen sie.«

Stroud zog eine Augenbraue hoch und sah Morris an. Morris hob ratlos die Schultern, verspürte aber einen Anflug von Unbehagen. Hatte Mary Makepeace in dem 8-Uhr-50-Zug nach Durham ihren Nachwuchs zur Welt gebracht?

»Also meinetwegen, sie sollen hereinkommen«, entschied der Vizerektor.

Von den drei Herren, die das Zimmer betraten, war einer der Leiter des Wachdienstes. Die beiden anderen stellten sich als Arzt und Pfleger einer privaten Nervenklinik irgendwo in der finsteren Provinz vor. Ihr Eindringen war rasch erklärt. Professor Masters war in der vergangenen Nacht ihrer Obhut entwischt, und man rechnete damit, daß er die Universität aufsuchen würde. Es war zu befürchten, daß er bestimmten Personen, insbesondere Professor Zapp gegenüber, feindselige Absichten hegte.

»Aber warum denn bloß?« stieß Morris hervor. »Was hab ich dem alten Zausel denn getan?«

»Aus Aufzeichnungen, die einer unserer Mitarbeiter gemacht hat, geht hervor«, sagte der Arzt und besah sich Morris neugierig, »daß er einen Zusammenhang zwischen Ihnen und den erst kurze Zeit zurückliegenden Unruhen an der Hochschule sieht.

Er glaubt, daß Sie sich mit den Studenten zusammengetan haben, um die Autorität des Lehrkörpers zu untergraben.«

»Einen Quisling hat er Sie geschimpft, Sir«, sagte der Pfleger und griente freundlich. »Und daß Sie so lange gekungelt haben, bis er draußen war, hat er gesagt.«

»Lächerlich. Er ist doch aus freien Stücken gegangen.« Morris warf Stroud einen flehentlichen Blick zu. Der räusperte sich und schlug die Augen nieder.

»Hm, ja, ein bißchen mußten wir unsere Überredungskünste schon spielen lassen«, sagte er halblaut.

»Professor Masters ist ein kranker Mann, der an Wahnvorstellungen leidet«, sagte der Arzt. »Aber ich sehe, Professor Zapp – wir haben Sie zuerst im Fachbereich gesucht –, daß Sie Professor Masters früheres Büro benutzen …«

»Purer Zufall.«

»Gewiß. Aber das sind Dinge, die Professor Masters – sollte er davon erfahren – in seinem Wahn nur bestärken würden.«

»Ich ziehe sofort wieder in mein altes Zimmer.«

»Ich glaube, Professor Zapp, zu Ihrer eigenen Sicherheit sollten Sie sich ganz von der Hochschule fernhalten, bis wir Professor Masters aufgespürt und wohlbehalten wieder in der Klinik abgeliefert haben. Es ist leider denkbar, daß er sich eine Waffe beschafft haben könnte …«

»Kommen Sie, Doktor«, sagte der Vizerektor. »So schwarz wollen wir denn doch nicht sehen.«

Zum ersten Mal machte jetzt der Mann vom Wachdienst den Mund auf. »Na ja, besonders rosig sieht die Sache aber auch nicht aus. Schließlich ist Professor Masters ein alter Jäger und Soldat. Soll ja ein richtiger Meisterschütze sein.«

»Herrgott.« Morris zitterte noch nachträglich. »Diese Platten …«

»Was für Platten?« fragte Stroud.

»Zweimal ist heute auf mich geschossen worden, das habe ich bloß nicht kapiert. Ich habe gedacht, diese Neubauruine verliert wieder mal ein paar Platten. Dabei könnte ich jetzt schon mausetot sein. Der verrückte Alte will mich abknallen, ganz klar. Ich wette, er steht mit einem Zielfernrohr oben auf dem Campanile. Und das habe ich für ein friedliches Land gehalten. Vierzig Jahre lebe ich in den Staaten und habe noch nie einen Menschen einen Schuß im Zorn abgeben hören. Ich komme her, und was passiert?« Er merkte, daß er angefangen hatte zu schreien.

»Immer mit der Ruhe, Zapp«, säuselte Stroud.

»Entschuldigung. Es ist nur der Schock. Ist schließlich keine Kleinigkeit, wenn man erfährt, daß man dem Tod nur mit knapper Not von der Schippe gesprungen ist.«

»Sehr verständlich«, sagte Stroud. »Ich würde vorschlagen, daß Sie jetzt unverzüglich heimgehen und das Haus nicht verlassen, bis dieses kleine Problem gelöst ist.«

»Ich glaube, das ist das Vernünftigste, was Sie tun können«, meinte der Arzt.

»Na schön, ich laß mich überreden.« Morris ging zur Tür. Er verhielt den Schritt, als ihm klar wurde, daß keiner der Anwesenden die Absicht hatte, ihn zu begleiten, und wandte sich um. Die vier am Schreibtisch lächelten ihm ermutigend zu. Ausdrücklich um eine Eskorte zu bitten, dazu war er denn doch zu stolz. Er hob die Hand zum Abschied und stiefelte entschlossen durchs Vorzimmer. Erst als er die Treppe des Verwaltungstrakts hinunterging, fiel ihm ein, daß die Wagenschlüssel in seinem Büro lagen und er noch einmal ins Hexagon zurück mußte. Auf verschlungenen Pfaden, immer mit Deckung zwischen sich und dem Campanile, pirschte er sich an das Hexagon heran, betrat es durch den Hintereingang und ließ sich vom Paternoster lautlos in den achten Stock tragen. Das erste, was er sah, als er dort ausstieg, war Gordon Masters, der Morris Zapps behelfsmäßiges Namensschild von der Bürotür riß. Morris erstarrte. Masters trat den Zettel in den Staub, blickte hoch und sah Morris an wie jemanden, der einem vage bekannt vorkommt. In beiden Augen stand der helle Wahnsinn. Er trat einen Schritt vor, knirschte mit den Zähnen und zerrte an seinem ungepflegten Schnurrbart. Morris retirierte eilig in den Paternoster und fuhr nach oben. Er hörte Masters die Wendeltreppe hochrennen, die sich um den Paternosterschacht zog. Immer wenn Masters das nächste Stockwerk erreicht hatte, entschwebte Morris gerade seinen Blicken. Im elften Stock gedachte Morris seinen Verfolger zu überlisten. Er sprang ab und bestieg eine abwärts fahrende Kabine. Doch Masters hatte das Manöver durchschaut. Morris hörte den dumpfen Aufschlag über seinem Kopf, als Masters in die nachfolgende Kabine sprang. Im fünften Stock stieg Morris um, fuhr wieder nach oben und war drauf und dran, im achten Stock seine Fahrt zu beenden, als Masters' Füße in Sicht kamen, woraufhin er sich rasch zur Wand drehte und sich weiter nach oben verfügte.

Starr vor Angst glitt er am neunten, zehnten, elften und zwölften Stock vorbei und begab sich in den Höllenschlund knirschender, ächzender Maschinenteile und zuckender Lichtblitze am oberen Ende des Schachts. Die Kabine legte sich zur Seite und glitt nach unten. Im zwölften Stock sprang Morris ab, um seinen nächsten Schritt zu bedenken. Während er noch dastand und überlegte, schwebte von oben Masters ein, und zwar zuerst sein Kopf, dann seine Beine, und sank langsam in die Tiefe. Sie musterten sich in stummer Verblüffung, bis Masters Morris Zapps Blick entschwunden war. Erst viel später fand Morris eine Erklärung für diesen rätselhaften Vorgang. Masters hatte offenbar geglaubt, daß sich die Paternosterkabine am obersten Punkt des Schachts um 180 Grad drehte, und hatte einen Handstand gemacht, um im Augenblick des Kippens unversehrt auf die Füße zu fallen.

Jetzt hörte Morris ihn die Treppe zum zwölften Stock hinauflaufen. Nicht umzubringen, der Bursche! Morris sprang in eine abwärts fahrende Kabine. Im zehnten Stock sah ihn der nach oben stürmende Masters. Er legte eine Vollbremsung hin und enterte die Kabine über Morris. Morris fuhr bis zum sechsten Stock, stieg aus und fuhr hinauf in den neunten, stieg wieder aus, fuhr am achten Stock vorbei, sah nach, ob die Luft rein war und stieg im siebenten aus, um wieder nach oben zu fahren. Bei seinem schwungvollen Absprung stieß er fast mit Masters zusammen, der behende der anderen Kabine zustrebte.

Morris fuhr in den neunten Stock, stieg um in den sechsten, fuhr hinauf zum zehnten, hinunter zum neunten, hinauf zum elften, hinunter zum achten, hinauf zum elften, hinunter zum zehnten, hinauf bis zur Endstation und dann wieder hinunter bis zum zwölften.

Dort stand Masters, hatte Morris den Rücken zugewandt und sah in den nach oben führenden Paternosterschacht. Mit einem kräftigen, gut gezielten Stoß beförderte ihn Morris in die nächste Kabine, die ihn nach oben trug. Als Masters' Füße nicht mehr zu sehen waren, löste Morris die Verriegelung des Sicherheitshebels an der Wand und betätigte den roten Griff. Die Kabinenkette hielt mit einem Ruck an, ein schrilles Geklingel setzte ein. Ganz schwach hörte man vom oberen Schachtende dumpfe Rufe und das Hämmern von Fäusten.

Hilary wirkte ziemlich abwesend, als sie zur Tür kam. Beim Anblick von Morris wurde sie erst blaß, dann rot. »Ach, du bist's«, sagte sie matt. »Ich wollte dich gerade anrufen.«

»Schon wieder?«

Sie ließ ihn ein und machte die Tür zu. »Was möchtest du denn?«

»Ich weiß nicht. Was hast du denn zu bieten?« Er ließ die Augenbrauen wackeln wie Groucho Marx.

Hilary machte ein unglückliches Gesicht. »Hast du heute keine Veranstaltungen?«

»Das ist eine lange Geschichte. Soll ich sie dir in der Diele erzählen, oder können wir uns dazu setzen?« Hilary stand immer noch unentschlossen an der Haustür.

»Ich wollte dir sagen, daß ich es doch nicht so gut finde, wenn du die Nacht noch bleibst«, sagte sie rasch und wandte den Blick ab.

»Ach nee … Und warum nicht?«

»Ich find's einfach nicht gut.«

»Okay. Dann bring ich jetzt meinen Koffer zu O'Shea.« Er ging zur Treppe.

»Es tut mir leid.«

Morris blieb auf der ersten Treppenstufe stehen, drehte sich aber nicht um. »Wenn du nicht mit mir schlafen willst, Hilary, ist das deine Sache«, sagte er mit müder Stimme. »Aber hör um Himmels willen auf mit deinem ewigen Es-tut-mir-leid.«

»Es-« Sie schluckte. »Hast du schon gegessen?«

»Nein.«

»Ich hab leider nichts im Haus, eigentlich hätte ich heute vormittag einkaufen müssen. Ich könnte eine Dose Suppe aufmachen.«

»Mach dir keine Mühe.«

»Es ist keine Mühe.«

Er ging ins Gästezimmer und holte seinen Koffer. Als er herunterkam, rührte Hilary in der Küche in einem Topf mit Spargelcremesuppe und röstete Croutons. Sie aßen am Küchentisch. Morris erzählte von seinem Abenteuer mit Masters, auf das Hilary mit erstaunlich gebremster Anteilnahme reagierte. Ja, sie schien kaum hinzuhören, und ihr »Wirlich?«, »Nein, so was!« und »Wie gräßlich!« kamen immer eine Idee zeitversetzt.

»Nimmst du mir das überhaupt ab?« fragte er schließlich. »Oder glaubst du, daß ich mir die ganze Geschichte aus den Fingern gesaugt habe?«

»Hast du sie dir aus den Fingern gesaugt?«

»Nein.«

»Dann nehme ich sie dir natürlich ab, Morris. Und wie ging es dann weiter?«

»Du reagierst ja reichlich cool. Man könnte denken, daß so was jede Woche passiert. Wie es weiterging, kann ich dir leider nicht verraten. Ich habe dem Wachdienst gesagt, daß Masters oben im Paternoster festsitzt, und habe mich schleunigst davongemacht. Du, die ist gut.« Er schlürfte gierig seine Suppe. »Übrigens, dein Mann wird befördert.«

»Was?« Hilary legte den Löffel aus der Hand.

»Dein Mann kriegt eine Dozentenstelle.«

»Philip?«

»Selbiger.«

»Aber warum? Er verdient sie nicht.«

»Eigentlich bin ich ja deiner Meinung, aber ich hab gedacht, es würde dich freuen.«

»Woher weißt du das?«

Morris erzählte.

»Also hast du das für Philip gedeichselt«, sagte Hilary langsam.

»Na ja, ganz war es nicht mein Werk«, wehrte Morris bescheiden ab. »Ich hab nur Stroud einen Schubs in die richtige Richtung gegeben.«

»Ich finde das absolut widerlich.«

»Wie bitte?«

»Es ist korrupt. Wenn man denkt, daß auf diese Weise Karrieren aufgebaut und zerstört werden …«

Morris ließ lärmend den Löffel fallen und sagte zu der Küchenwand: »Das ist nun der Dank …«

235

»Ach, dankbar soll ich auch noch sein? Kommt mir vor wie beim Film. Wie nennt man das gleich … Besetzungscouch. Hast du drüben in deinem Büro eine Beförderungscouch?«

Hilary war drauf und dran, in Tränen auszubrechen.

»Was ist denn bloß in dich gefahren, Hilary?« wetterte Morris. »Du sagst doch immer, daß Philip weitergekommen wäre, wenn er seine Ellbogen gebraucht hätte wie Dempsey. Jetzt hab ich ihm eben mal meine Ellbogen geborgt.«

»Herzlichen Glückwunsch. Hoffentlich guckst du dabei nicht in die Röhre.«

»Was soll das heißen?«

»Wenn er nun nicht nach Rummidge zurückkommt?«

»Was redest du da? Er muß doch zurück.«

»Ich weiß nicht.« Hilary weinte jetzt, große, dicke Tränen, die in ihre Suppe platschten wie Regentropfen in eine Pfütze.

Morris stand auf und ging um den Tisch herum. Er legte ihr die Hände auf die Schultern und schüttelte sie sanft. »Was ist denn bloß los, verflixt noch mal?«

»Ich habe heute früh Philip angerufen. Nach gestern abend … Ich wollte ihn bitten, nach Hause zu kommen. Sofort. Er war so gemein. Er hat gesagt, daß er ein Verhältnis hat.«

»Mit Melanie?«

»Keine Ahnung. Ist mir auch egal. Ich kam mir so blöd vor. Da habe ich ein schlechtes Gewissen, weil ich dich gestern abend geküßt habe, weil ich mit dir schlafen wollte …«

»Ist das wahr, Hilary?«

»Natürlich ist das wahr.«

»Worauf warten wir dann noch?« Morris versuchte sie hochzuziehen, aber sie schüttelte den Kopf und hielt sich am Stuhl fest. »Nein, jetzt ist mir nicht danach.«

»Warum nicht? Und warum hast du mich dann gebeten, noch zu bleiben?«

Hilary schnaubte sich in ein Papiertaschentuch. »Ich hab's mir überlegt.«

»Dann überleg dir's noch mal. Den Augenblick muß man nutzen. Wir haben das Haus für uns. Komm, Hilary, wir brauchen beide ein bißchen Zärtlichkeit.«

Er stand jetzt hinter ihr und massierte ihr sanft Nacken und

Schulter, wie er es ihr gestern abend angeboten hatte. Diesmal wehrte sie sich nicht, sondern lehnte sich zurück und schloß die Augen. Er knöpfte ihr die Bluse auf und ließ die Hände über ihre Brüste gleiten.

»Na gut«, sagte Hilary, »gehen wir nach oben.«

»Morris.« Hilary rüttelte ihn an der Schulter. »Wach auf.«

Morris schlug die Augen auf. Hilary saß rosig-züchtig in pinkfarbenem Morgenrock auf der Bettkante. Zwei dampfende Tassen standen auf dem Nachttisch. Er pflückte ein drahtiges Schamhaar von der Unterlippe. »Wie spät ist es?«

»Nach drei. Ich hab uns Tee gemacht.«

Morris setzte sich auf und schluckte vorsichtig das heiße Gebräu. Er sah über den Tassenrand hinweg Hilary an, und sie errötete. »Das war ganz groß«, sagte er leise. »Ich fühl mich riesig. Und du?«

»Es war wunderschön.«

»Du bist wunderschön.«

Hilary lächelte. »Übertreib nicht, Morris.«

»Nein, ganz im Ernst. Du bist eine ganz heiße Nummer, weißt du das?«

»Ich bin fett und vierzig.«

»Na und? Ich auch.«

»Tut mir leid, daß ich dir eins übergezogen habe, als du ... die Küsserei, du weißt schon. Ich bin eben nicht sehr weltgewandt ...«

»Ist mir gerade recht. Also Désirée –«

Hilarys Lächeln verlor ein bißchen an Glanz. »Ach bitte, reden wir nicht von deiner Frau. Oder von Philip. Nicht jetzt.«

»Okay. Ich weiß auch was Schöneres.« Morris zog sie aufs Bett.

Sie wehrte sich schwach. »Nicht, Morris. Die Kinder müssen bald kommen.«

»Wir haben noch Unmengen Zeit.« Daß er wieder lieben konnte, beglückte ihn sehr. Unten in der Diele läutete das Telefon.

»Telefon«, stöhnte Hilary.

»Laß es läuten.«

Aber Hilary machte sich los. »Wenn was mit den Kindern wäre, würde ich mir nie verzeihen.«

»Mach schnell.«

Hilary war rasch wieder zurück. Sie hatte ganz runde Augen.

»Für dich. Der Vizerektor.«

Morris ging in die Diele, nur mit seiner Unterhose bekleidet.

»Ah, Zapp, entschuldigen Sie bitte die Störung«, säuselte Stroud. »Wie fühlen Sie sich nach Ihrem Abenteuer?«

»Im Augenblick fühl ich mich kolossal. Was ist mit Masters?«

»Professor Masters befindet sich erfreulicherweise wieder in der Obhut seiner Ärzte.«

»Das hört man gern.«

»Vorzügliche Reaktion, alter Junge, ihn im Aufzug einzusperren. Sehr geschickt. Meinen Glückwunsch.«

»Danke.«

»Noch einmal zurück zu unserem heutigen Gespräch. Ich komme gerade vom Beförderungs- und Berufungsausschuß. Die Dozentenstelle ist reibungslos durchgegangen.«

»Soso.«

»Sie erinnern sich vielleicht, daß ich Sie noch etwas fragen wollte, als wir durch Dr. Smithers unterbrochen wurden.«

»Ja?«

»Sie können sich nicht denken, was es ist?«

»Nein.«

»Nun, die Sache ist sehr einfach. Haben Sie schon mal in Erwägung gezogen, eventuell den Lehrstuhl für Anglistik zu übernehmen?«

»Den hiesigen Lehrstuhl?«

»Ganz recht.«

»Nein, das ist mir noch nie in den Sinn gekommen. Ein Amerikaner als Fachbereichsleiter, das wäre doch bestimmt nicht in Ihrem Sinne. Die Kollegen würde da nie mitspielen.«

»Ganz im Gegenteil, mein Lieber, alle Lehrenden des Fachbereiches, bei denen man vorgefühlt hat, haben Ihren Namen genannt. Gewiß, manche mögen sich gesagt haben: Lieber den Spatz in der Hand als den Teufel an der Wand, haha … Aber offenbar hat man von Ihnen den Eindruck, daß Sie in der Lage wären, den Fachbereich umsichtig zu leiten. Ich brauche wohl nicht zu sagen, daß Sie nach der Rolle, die Sie bei der Lösung der Krise um das Sit-in gespielt haben, in der Hochschullandschaft bei Lehrenden und Lernenden gleichermaßen willkommen wären. Mir persönlich wäre es eine große Freude. Um es geradeheraus zu sagen, alter Freund: Wenn Sie die Stelle wollen, können Sie sie haben.«

»Vielen Dank«, sagte Morris. »Es ist natürlich eine große Ehre. Aber ich könnte nie mehr ruhig schlafen. Wenn nun Masters wieder ausbricht? Da muß er doch denken, daß sein Verdacht gegen mich berechtigt war.«

»Darüber lassen Sie sich nur keine grauen Haare wachsen, mein Lieber«, säuselte Stroud beschwichtigend. »Daß Masters heute auf Sie geschossen hat, müssen Sie sich eingebildet haben. Es gibt keine Anzeichen dafür, daß er bewaffnet war oder Gewalt gegen Sie anwenden wollte.«

»Und wieso hat er mich dann durch das ganze Hexagon gejagt? Um mich auf beide Wangen zu küssen?«

»Er wollte mit Ihnen reden.«

»Reden?«

»Offenbar hat er vor langer Zeit mal in der ›Times Literary Supplement‹ eins Ihrer Bücher sehr negativ besprochen. Nun glaubt er, Sie hätten das herausbekommen und grollten ihm deswegen. Können Sie damit etwas anfangen?«

»Doch, ja. Also das mit dem Lehrstuhl muß ich mir mal überlegen.«

»Tun Sie das, mein Lieber, tun Sie das. Lassen Sie sich nur Zeit.«

»Wie wären denn so die Gehaltsvorstellungen?«

»Tja, darüber müßte man verhandeln. Die Hochschule hat für freiwillige Zuschläge in Sonderfällen Mittel zur Verfügung. Dies dürfte mit Sicherheit als ein ganz besonderer Fall gelten.«

Morris spürte Hilary im Badezimmer auf. Sie lag in der riesenhaften viktorianischen Wanne und bedeckte, als er hereinplatzte, Busen und Scham mit Waschlappen und Badeschwamm. »Komm, sei nicht so etepetete«, fertigte er sie kurz ab. »Rück ein Stück, ich setz mich hinter dich.«

»Sei nicht albern, Morris. Was wollte der Vizerektor?«

»Ich schrubbe dir den Rücken.« Er zog die Unterhose aus und stieg in die Wanne. Der Wasserspiegel stieg bedrohlich, der Überlauf gluckste.

»Bist du verrückt geworden, Morris? Ich geh raus.«

Aber sie ging nicht raus. Sie lehnte sich vor und bewegte genüßlich die Schulterblätter, während er rubbelte.

»Hat sich Philip irgendwann mal Bücher von Gordon Masters geborgt?«

»Andauernd. Warum?«

»Spielt keine Rolle.«

Er zog sie zwischen seine Knie und seifte ihr die großen, melonenförmigen Brüste ein.

»O nein«, stöhnte sie. »Wie sollen wir hier bloß rauskommen, ehe die Kinder zurück sind?«

»Keine Panik, es ist noch reichlich Zeit.«

»Was wollte Stroud?«

»Er hat mir den Lehrstuhl für Anglistik angeboten.«

Bei dem Versuch sich umzudrehen, um Morris ins Gesicht zu sehen, rutschte Hilary auf dem glatten Wannenboden aus und wäre fast untergegangen. »Was? Gordon Masters Stelle?«

»Genau.«

»Und was hast du gesagt?«

»Daß ich es mir überlegen würde.«

Hilary spülte sich ab und kletterte aus der Wanne. »Das ist wirklich erstaunlich. Könntest du dich denn auf Dauer mit England anfreunden?«

»Im Augenblick wirkt die Vorstellung sehr verlockend«, sagte er vielsagend.

»Sei nicht albern, Morris.« Sie hüllte sich sittsam in ein Badetuch. »Du weißt ganz genau, daß das nur eine Episode ist.«

»Wie kommst du darauf?«

Sie warf ihm einen wissenden Blick zu. »Wie viele Frauen hat es in deinem Leben gegeben?«

Er bewegte sich unbehaglich in dem lauwarmen Wasser und ließ heißes nach. »Die Frage ist unfair. In einem bestimmten Alter kann ein Mann bei einer einzigen Frau Genüge finden. Er braucht Stabilität.«

»Außerdem kommt Philip bald zurück.«

»Hast du nicht behauptet, daß er nicht kommt?«

»Ach, dabei bleibt es nicht. Der kommt wieder. Mit eingezogenem Schwanz. Bei dem stimmt das mit der Stabilität wirklich.«

»Wir könnten ihn mit Désirée zusammenspannen«, witzelte Morris.

»Arme Désirée. Hat sie nicht schon genug gelitten?« Das Telefon läutete. »Bitte beeil dich und zieh dich an, Morris.«

Sie warf den Morgenrock über und ging.

Morris lag halb schwebend in der tiefen Wanne, spielte mit seinen Geschlechtsteilen und dachte über Hilarys Frage nach. Könnte er sich auf Dauer mit England anfreunden? Vor einem halben Jahr wäre die Frage absurd gewesen, wäre die Antwort gekommen wie aus der Pistole geschossen. Jetzt war er nicht mehr so sicher. Als Ausweg aus seinen beruflichen Problemen wäre es gar nicht so übel. Gewiß, Rummidge war keine Elitehochschule, aber für einen Mann mit Energie und Ideen war sie ein durchaus vielversprechendes Instrument. Kaum ein amerikanischer Professor hatte die absolute Macht, über die man als Fachbereichsleiter in Rummidge verfügte. Wenn man erst mal am Ruder war, konnte man hier machen, was man wollte. Mit seinem Fachwissen, seiner Tatkraft, seinen internationalen Kontakten würde er Rummidge weltweit Geltung verschaffen, das konnte sicher ganz lustig werden. Morris malte sich eine napoleonische Zukunft in Rummidge aus. Er würde den morschen, veralteten Lehrplan vom Tisch fegen und ihn durch ein streng logisches Kurssystem ersetzen, das den seit der Jahrhundertwende gewonnenen Erkenntnissen in seinem Fach Rechnung trug. Er würde ein Zentrum für Jane-Austen-Studien einrichten. Er würde den Studenten die Benutzung von Schreibmaschinen zwingend vorschreiben. Er würde tüchtige Akademiker, die den Studentenunruhen in Amerika zu entkommen suchten, an die Hochschule ziehen. Er würde Konferenzen organisieren, eine neue Fachzeitschrift gründen …

Er hörte das leise Ping, mit dem Hilary den Hörer auflegte, hakte eine große Zehe in die Kette und zog den Stöpsel heraus. Das Wasser sank allmählich und verwandelte seine Knie, seinen Bauch, Schwanz, seine Brust und seine Schultern in Inseln, Halbinseln, Kontinente. Privat hatte er nichts zu verlieren, wenn er in England blieb. Wenn Désirée darauf bestand, ihn zu verlassen und die Zwillinge mitzunehmen, war Rummidge im Grunde nicht weiter von New York entfernt als Euphoria. Womöglich ließ sie sich sogar überreden, ihrer Ehe in Europa noch eine Chance zu geben. Nun war zwar Rummidge nicht direkt das, was sich Désirée unter Europa vorstellte, aber wer wollte, konnte von hier in fünfzig Minuten nach Paris fliegen …

Das Wasser entschwand gurgelnd und zog ihm die Haare an Beinen und Po lang, und er lag am Grunde der Wanne, feucht und nackt, wie ein gestrandeter Schiffbrüchiger. Gulliver. Crusoe. Ein neues Leben?

Hilary kam herein.

»Schon gut, ich wollte gerade raus.« Dann sah er, daß sie ihn nachdenklich musterte.

»Dieser Anruf …«

»Wer war's denn? Hat der Vizerektor es sich anders überlegt?«

»Es war Désirée.«

»Désirée? Warum hast du mich nicht geholt?« Er hechtete aus der Wanne und griff sich ein Handtuch.

»Sie wollte nicht dich sprechen«, sagte Hilary. »Sondern mich.«

»Dich? Und was hat sie gesagt?«

»Das Verhältnis von Philip …«

»Ja?«

»Ist Désirée.«

»Soll das ein Witz sein?«

»Nein.«

»Das glaub ich nicht.«

»Warum nicht?«

»Warum nicht? Weil ich Désirée kenne. Sie haßt Männer. Besonders so schlappe Typen wie dein Mann einer ist.«

»Woher weißt du, daß er ein schlapper Typ ist?« fragte Hilary etwas gereizt.

»Ich weiß es eben. Désirée ist eine Menschenfresserin. Typen wie deinen Mann verspeist sie zum Frühstück.«

»Philip kann sehr sanft und zärtlich sein. Vielleicht hat Désirée das zur Abwechslung mal ganz gern«, sagte Hilary steif.

»Biest«, stieß Morris hervor und hieb mit dem Handtuch auf den Wannenrand. »Verlogenes Biest.«

»Ich fand sie sehr offen und ehrlich. Sie sagt, daß sie mein Gespräch mit Philip heut früh mitgehört hat – wie, daß weiß ich nicht, denn als ich bei ihr anrief, hat sie mir eine andere Nummer gegeben … Also jedenfalls wußte sie Bescheid und wollte mich informieren, weil Philip nicht den Mut aufgebracht hat, mir zu sagen, was läuft. Natürlich fühlte ich mich da zu gleicher Offenheit verpflichtet.«

»Du meinst, du hast ihr das von … von heute nachmittag erzählt?«

»Natürlich. Es ging mir vor allem auch darum, daß Philip es erfährt.«

»Was hat Désirée gesagt?« fragte er fast angstvoll.

»Sie hat gemeint, wir sollten uns vielleicht irgendwo zusammensetzen, um alles zu besprechen.«

»Du und Désirée?«

»Wir alle. Philip auch. Eine Art Gipfelkonferenz, hat sie gesagt.«

VI.

Schließlich

Außen: BOAC VC 10 fliegt von links nach rechts über die Leinwand. Nachmittag. Klarer Himmel. Ton: Düsentriebwerke.

Schnitt nach Innen. VC 10. Nachmittag.

Schwenk auf MORRIS und HILARY, die etwa in der Mitte der Maschine sitzen.

Ton: Gedämpftes Jaulen von Düsentriebwerken.

HILARY blättert in ›Harper's‹, nervös und zerstreut. MORRIS gähnt, sieht aus dem Fenster.

Zoom durchs Fenster. Shot: Ostküste Amerikas. Long Island. Manhattan.

Schnitt nach innen: TWA Boeing 707. Ton: Coole Instrumentalversion von »These Foolish Things«.

Nah: PHILIP schläft, Kopfhörer aufgesetzt, Mund leicht geöffnet. Rückfahrt: DÉSIRÉE sitzt neben ihm und liest Simone de Beauvoirs *Das zweite Geschlecht*. DÉSIRÉE schaut aus dem Fenster, dann auf ihre Armbanduhr, dann auf PHILIP. Sie dreht an dem Knopf über ihnen, Ton schaltet jäh auf Märchen *Die drei Bären*.

SPRECHER: Und Vater Bär sagte: »Wer hat in meinem Bett geschlafen?« Und Mama Bär sagte: »Wer hat –«

PHILIP erwacht mit schuldbewußtem Ruck und nimmt rasch die Kopfhörer ab.

Ton: Gedämpftes Jaulen von Düsentriebwerken.

DÉSIRÉE (lächelt): Wach auf, wir sind gleich da.

PHILIP: New York? Schon?

DÉSIRÉE: Natürlich weiß man um diese Jahreszeit nie, wie lange man warten muß.

Schnitt nach innen: VC 10. Nachmittag.

MORRIS (zu Hilary): Ich hoffe bloß, daß wir nicht stundenlang über Kennedy Warteschleifen drehen müssen.

Schnitt nach außen: VC 10. Nachmittag. Wir sehen die Maschine von vorn. Sie verliert an Höhe. Ton: Düsentriebwerke ändern Geräusch.

Schnitt nach außen: Boeing 707. Nachmittag. Wir sehen die Maschine von vorn. Sie legt sich in eine rechte Kurve. Ton: Düsentriebwerke ändern Geräusch.

Schnitt nach innen: Pilotenkanzel, VC 10. Nachmittag. BRITISCHER CAPTAIN prüft den Himmel und sieht nach rechts.

Nah: BRITISCHER CAPTAIN läßt Bestürzung erkennen.

Schnitt nach innen: Pilotenkanzel, Boeing 707. Nachmittag.

Nah: AMERIKANISCHER CAPTAIN läßt Entsetzen erkennen.

Schnitt nach innen: Pilotenkanzel. VC 10. Nachmittag. Über die Schulter des BRITISCHEN CAPTAIN sehen wir die Boeing 707 beängstigend dicht den Weg der VC 10 kreuzen, wobei sie sich in die Kurve legt, um einem Zusammenstoß auszuweichen. Der BRITISCHE CAPTAIN fingert an den Knöpfen herum, um in die Gegenrichtung zu kurven.

Schnitt nach innen: Boeing 707, Kabine. Nachmittag. Schreck und Verwirrung unter den Passagieren, als die Maschine merklich abkippt. Ton: Kreischen, Schreien usw.

Schnitt nach innen: VC 10. Kabine. Nachmittag. Schreck und Verwirrung unter den Passagieren, als die Maschine heftig abkippt. Ton: Kreischen, Schreien usw.

Schnitt nach innen: Pilotenkanzel, VC 10. Nachmittag.

BRITISCHER CAPTAIN (ungerührt ins Mikrophon): Hallo Kennedy Tower. Hier BOAC Whisky Sugar Eight. Melde Beinahzusammenstoß.

Schnitt nach innen: Pilotenkanzel, Boeing 707. Nachmittag.

AMERIKANISCHER CAPTAIN (wutschnaubend ins Mikrophon): Was zur Hölle bildet ihr Arschlöcher da unten euch eigentlich ein?

Schnitt nach innen: VC 10, Kabine. Nachmittag. Ton: Stimmengemurmel: »Hast du das gesehen?« »Nur Zentimeter an uns vorbei.« »Na, das wär fast ins Auge gegangen ...« usw.

MORRIS (wischt sich die Stirn): Ich sag's ja immer wieder, wenn der liebe Gott gewollt hätte, daß wir in die Luft gehen, hätte er mir mehr Mumm in die Knochen gegeben.

HILARY: Mir ist schlecht.

Schnitt nach innen: Boeing 707, Kabine. Nachmittag. Ton: Stimmengemurmel.

DÉSIRÉE (zittrig, zu Philip): Was war das?

PHILIP: Ich glaube, wir wären beinah mit einem anderen Flugzeug zusammengestoßen.

DÉSIRÉE: Das darf ja nicht wahr sein.

Abblende.

Aufblende innen: Hotelzimmer Manhatten, blaue Tür. Später Nachmittag. Ton: Fernsehkommentar Baseballspiel, leise eingestellt. Zwei Koffer, offen, aber nicht ausgepackt. HILARY liegt angekleidet, aber ohne Schuhe, auf einem der Doppelbetten, sie hat die Augen geschlossen. MORRIS hockt in Hemdsärmeln vor dem Fernseher, sieht sich ein Spiel an und trinkt Scotch on the Rocks, den er sich auf einem Tablett mit Flasche, Eis, Gläsern usw. auf dem Ankleidetisch gemixt hat. Es klopft. HILARY macht schnell die Augen auf.

MORRIS: Ja? Herein.

DÉSIRÉE (kommt herein, gefolgt von Philip): Morris?

HILARY setzt sich rasch auf und stellt die Füße auf den Boden.

MORRIS: Désirée! (Stellt seinen Drink ab, geht mit weit geöffneten Armen zur Tür.) Schätzchen!

DÉSIRÉE packt geschickt Morris bei den Handgelenken und bringt ihm zum Stehen. Sie küßt ihn züchtig auf die Wange und läßt ihn dann los.

DÉSIRÉE: Tag, Morris.

MORRIS (reibt sich die Handgelenke): Hey, du bist ja enorm stark geworden.

DÉSIRÉE: Ich nehm Karatestunden.

MORRIS: Bestens. Da kannst du heut abend gleich mal in den Park gehen und an den Sittenstrolchen trainieren. (Er streckt Philip die Hand hin.) Du mußt Philip sein.

PHILIP sieht sprachlos Hilary an. Fahrt auf Hilary, die bolzengrade auf dem Bett sitzt und Philip anstarrt.

MORRIS: Wenn du nämlich nicht Philip bist, liegt der Fall noch komplizierter, als ich dachte. (Er greift sich Philips Hand und schüttelt sie.)

PHILIP: Pardon. Guten Tag. (Philip sieht zu Hilary zurück.)

HILARY (matt): Tag, Philip.

PHILIP: Tag, Hilary.

DÉSIRÉE (geht zu Hilary hinüber): Ich bin Désirée. (Hilary steht auf.) Bleib sitzen.

HILARY (zieht sich die Schuhe an. Entschuldigend): Ich hatte mich grade ein bißchen hingelegt ...

HILARY und DÉSIRÉE schütteln sich die Hand.

DÉSIRÉE: Wie war der Flug?

MORRIS: Große Klasse. Wir wären fast mit einem anderen Vogel zusammengerauscht.

DÉSIRÉE (fährt herum): Wir auch.

MORRIS (glotzt): *Ihr* seid fast ...

PHILIP: Ja, beim Anflug auf New York. Man fragt sich wirklich, wie oft so was passiert.

MORRIS (trocken): Ich denke mir, daß es heute nachmittag nur einmal passiert sein kann.

PHILIP: Du meinst ...?

MORRIS (nickt): Wir hätten uns fast in der Luft kennengelernt.

PHILIP: Puh.

HILARY (setzt sich schnell aufs Bett): Wie gräßlich!

DÉSIRÉE: Es hätte natürlich viele Probleme aus der Welt geschafft. Ein spektakuläres Finale für unser kleines Drama.

HILARY: Bitte nicht ...

MORRIS: Aber wir sind noch mal davongekommen. Vielleicht ist der liebe Gott doch nicht böse auf uns.

PHILIP: Wer behauptet das?

MORRIS: Ja, also Hilary ...

PHILIP (zu Hilary): Ist das wahr?

HILARY (defensiv): Natürlich nicht. Morris ist derjenige, der Angst vor dem lieben Gott hat, er will es nur nicht zugeben. Mir geht's nur darum, daß wir endlich mal klarsehen.

DÉSIRÉE: Eben. Dazu sind wir ja hier.

PHILIP (zu Hilary): Wie geht's den Kindern?

HILARY: Gut. Mary paßt auf sie auf. Du hast zugenommen.

PHILIP: Ja, ein bißchen.

HILARY: Steht dir.

MORRIS (zu Désirée): Flott, der Hosenanzug. Wie geht's den Zwillingen?

DÉSIRÉE: Gut. Wie wär's mit einem Drink für uns alle?

MORRIS: Aber ja. (Macht sich beflissen mit den Drinks zu schaffen): Hilary? Philip? Scotch!

HILARY: Nein, danke, Morris.

MORRIS: Wir müssen noch die Zimmerfrage klären. Ist es euch recht, wenn Désirée und ich dies hier nehmen?

DÉSIRÉE: Wer sagt, daß ich mit dir das Zimmer teile?

MORRIS (zuckt die Schultern): Schon gut, Schätzchen, dann nimmst du mit Philip das andere Zimmer, und wir bleiben hier.

HILARY: Präjudizieren wir damit nicht das Endergebnis?

MORRIS (breitet die Hände aus): Also schön, was schlagt ihr vor? Schnitt nach innen: Blaues Hotelzimmer. Nacht.

PHILIP und MORRIS in den Doppelbetten. PHILIP, im Pyjama, scheint zu schlafen. MORRIS ist wach. Nackte Brust, eine Hand hinter dem Kopf, die andere unter der Bettdecke.

MORRIS: Wir dürfen uns das nicht gefallen lassen. (Pause)
Ist doch lächerlich. (Pause)
Ich werd so verdammt geil in Hotelzimmern. (Pause)
Philip?

PHILIP: Hm?

MORRIS: Wie klappt's denn so mit dir und Désirée?

PHILIP: Kann nicht klagen.

MORRIS: Im Bett, meine ich.

PHILIP: Kann nicht klagen.

MORRIS: Aber ganz schön anstrengend, wie?

PHILIP: Möchte ich eigentlich nicht sagen. (Pause)

MORRIS: Äh – hast du sie je dazu gekriegt – äh – dir einen zu blasen?

PHILIP: Nein.

MORRIS (seufzt): Ich auch nicht. (Pause)

PHILIP: Ich hab sie auch nie drum gebeten. (Pause)

PHILIP setzt sich auf, plötzlich hellwach.

PHILIP: Hast du versucht, Hilary –

MORRIS: Na klar.

PHILIP: Und was war?

MORRIS: Nichts.

PHILIP läßt sich aufs Bett zurücksinken, schließt die Augen. (Pause)

MORRIS: Sie hat gar nicht gewußt, wovon ich rede.

Schnitt nach innen: Hotelzimmer, rosa Tür. Nacht.

DÉSIRÉE und HILARY schlafend in den Doppelbetten. Telefon am Nachttisch zwischen ihnen. Telefon läutet. DÉSIRÉE tastet herum, hebt ab.

DÉSIRÉE (schlaftrunken): Hallo.

Zwischengeschnitten nah MORRIS und DÉSIRÉE.

MORRIS: Hallo Schatz.

DÉSIRÉE (ärgerlich): Was willst du? Ich schlafe.

MORRIS: Äh – Philip und ich wollten mal fragen (sieht zu Philip herüber), ob wir es uns nicht ein bißchen gemütlicher machen könnten.

DÉSIRÉE: Und wie habt ihr euch das gedacht?

MORRIS: Also wenn eine von euch beiden Hübschen mit einem von uns tauschen würde ...

DÉSIRÉE: Egal welche? Ihr habt da keine besonderen Wünsche?

MORRIS (lacht verlegen): Das überlassen wir euch.

DÉSIRÉE: Du bist fies (legt auf).

MORRIS: Désirée!

MORRIS rüttelt an der Gabel. (Düster) Biest!

Schnitt nach innen: Rosa Hotelzimmer. Nacht.

HILARY: Wer war das?

DÉSIRÉE: Morris.

HILARY: Was wollte er?

DÉSIRÉE: Eine von uns. Egal welche.

HILARY: Was?

DÉSIRÉE: Philip auch. Morris scheint einen schlechten Einfluß auf ihn zu haben.

HILARY (setzt sich auf): Ich möchte mit Philip reden.

DÉSIRÉE: Jetzt?

HILARY: Ich bin hellwach.

DÉSIRÉE: Mach, was du willst (dreht sich um).

HILARY: Möchtest du nicht allein mit Morris sprechen?

DÉSIRÉE: Nein!

Schnitt. Innen: Hotelkorridor. Nacht.

HILARY, im Morgenrock, kommt aus der Tür links, läßt sie einen Spalt breit offen, geht über den Korridor und klopft an die Tür rechts. Sie öffnet sich. HILARY tritt ein, Tür schließt sich.

Nach einer kurzen Pause geht die Tür rechts auf. MORRIS, im Morgenrock, kommt heraus, macht die Tür hinter sich zu, geht über den Korridor, betritt die Tür links, schließt sie hinter sich.

Schnitt. Innen: Blaues Hotelzimmer. Nacht.

HILARY (nervös): Ich komme nur zum Reden, Philip.

Schnitt. Innen: Rosa Hotelzimmer. Ton: Tür klappt zu.

DÉSIRÉE (eiskalt): Wenn du nur einen Finger an mich legst, Zapp, wirst du es bereuen.

Schnitt. Innen: Blaues Zimmer. Früher Morgen.

PHILIP und HILARY schlafen eng umschlungen in einem der Betten.

Schnitt. Innen: Rosa Zimmer. Früher Morgen.

Langsame Fahrt durchs Zimmer, in dem Chaos herrscht. Umgestürzte Stühle, herumliegende Lampen, von den Betten gerissene Decken usw. Von MORRIS und DÉSIRÉE keine Spur, bis die Kamera sie auf dem Boden zwischen den beiden Doppelbetten liegend entdeckt, nackt, zusammen in einen Haufen von Kissen und Bettdecken gerollt. Sie schlafen fest.

Schnitt. Innen: Coffeeshop. Vormittag.

MORRIS, DÉSIRÉE, PHILIP und HILARY sind fast mit dem Frühstück fertig. Sie sitzen in einer Nische, die Männer auf der einen, die Frauen auf der anderen Seite.

MORRIS: Und was machen wir heute vormittag? Sollen wir den beiden Landpomeranzen die Stadt zeigen, Désirée?

DÉSIRÉE: Wird heiß werden heute. Um die dreißig Grad, hat der Wetterbericht gesagt.

HILARY: Sollten wir uns nicht mal ernsthaft unterhalten? Ich meine, dazu haben wir ja schließlich die weite Reise gemacht. Was fangen wir denn jetzt mit unserer Zukunft an?

MORRIS: Betrachten wir doch mal ganz sachlich die zur Verfügung stehenden Möglichkeiten (schickt sich an, eine Zigarre anzuzünden). Erstens: Wir könnten mit dem jeweiligen Ehepartner in das jeweilige Heim zurückkehren.

MORRIS zündet die Zigarre an und besieht sich die Spitze.

HILARY sieht PHILIP an, PHILIP sieht DÉSIRÉE, DÉSIRÉE sieht MORRIS an.

DÉSIRÉE: Nächste Möglichkeit.

MORRIS: Wir könnten uns alle scheiden lassen und wieder heiraten, wenn ihr versteht, was ich meine.

PHILIP: Wo würden wir wohnen?

MORRIS: Ich könnte den Lehrstuhl in Rummidge übernehmen und mich dort niederlassen. Du könntest wahrscheinlich einen Job in Euphoria kriegen …

PHILIP: Da bin ich nicht so sicher.

MORRIS: Oder du könntest mit Désirée nach Rummidge gehen, und ich gehe dann mit Hilary zurück nach Euphoria. (Hilary steht auf.)

Wo willst du hin?

HILARY: Ich hab genug von dieser kindlichen Unterhaltung.

PHILIP: Was ist denn los? Du hast doch damit angefangen.

HILARY: Das verstehe ich nicht unter einem ernsthaften Gespräch. Ihr redet wie zwei Drehbuchautoren, die darüber diskutieren, wie sie ein Stück enden lassen wollen.

MORRIS: Aber Hilary-Schatz. Ehe man Entscheidungen trifft, muß man doch wissen, welche Möglichkeiten es gibt.

HILARY (setzt sich): Na schön. Habt ihr an die Möglichkeit gedacht, daß Désirée und ich uns vielleicht von euch scheiden lassen und *nicht* wieder heiraten wollen?

DÉSIRÉE: Genau!

MORRIS (nachdenklich): Sehr richtig. Eine weitere Möglichkeit wäre die Gruppenehe. Ihr wißt schon – zwei Ehepaare wohnen zusammen in einem Haus und schmeißen alles in einen Topf. Alles gehört allen gemeinsam.

PHILIP: Einschließlich – äh …

MORRIS: Einschließlich das, klar.

HILARY: Und was ist mit den Kindern?

MORRIS: Für Kinder ist so was riesig. Sie unterhalten sich gegenseitig, während die Eltern –

DÉSIRÉE: – sich gegenseitig bumsen.

HILARY: So was Unmoralisches hab ich in meinem ganzen Leben noch nicht gehört.

MORRIS: Komm, Hilary! Wir vier halten jetzt schon den Weltrekord im Langstrecken-Frauentausch. Warum also nicht unter einem Dach? Damit hast du häusliche Stabilität und dazu sexuelle Abwechslung. Und gerade darum geht es uns doch, oder

nicht? Ich weiß ja nicht, wie es bei euch beiden heute nacht geklappt hat, aber Désirée und ich hatten –

DÉSIRÉE: Okay, das reicht.

PHILIP: Eine reizvolle Idee, das muß ich schon sagen.

DÉSIRÉE: Theoretisch bin ich dafür. Ich meine, als erster
Schritt zur Abschaffung des Familienverbandes ist die Sache
durchaus brauchbar. Aber wenn Morris sich dafür einsetzt, muß
ein Haken dabei sein.

HILARY (ironisch zu Morris): Nur mal theoretisch gefragt –
was passiert bei dieser Gruppenehe, wenn beide Männer gleichzeitig Lust auf dieselbe Frau haben?

DÉSIRÉE: Oder die beiden Frauen mit demselben Mann schlafen wollen?

Pause. MORRIS reibt sich nachdenklich das Kinn.

PHILIP (grient): Ich weiß. Wer nicht mitmacht, darf zusehen.

MORRIS und DÉSIRÉE biegen sich vor Lachen, HILARY stimmt
wider Willen ein.

HILARY: Aber können wir nicht mal einen Augenblick ernst
bleiben? Wo soll das alles enden?

Schnitt. Blaues Hotelzimmer. Nachmittag.

Die Tür geht auf, herein kommen MORRIS, DÉSIRÉE, HILARY
und PHILIP. Sie haben Pakete und Tragetüten mit Namen bekannter Warenhäuser in Manhattan bei sich. Sie sehen ver-
schwitzt, aber vergnügt aus, fallen in Sessel, auf Betten.

DÉSIRÉE: Ich hatte schon ganz vergessen, wie das so in einer
richtigen New Yorker Hitzewelle ist.

PHILIP: Ein Glück, daß es Klimaanlagen gibt.

MORRIS: Ich hol mal Eis.

MORRIS geht hinaus. PHILIP richtet sich jäh auf.

PHILIP: Désirée!

DÉSIRÉE: Was ist?

PHILIP: Weißt du, was heute für ein Tag ist? Der Tag der Demo.

DÉSIRÉE: Demo? Ja, richtig, die Demo …

HILARY: Was meint er denn?

PHILIP (aufgeregt): Im Bildungsfernsehen wird sie übertragen.

PHILIP geht zum Fernseher, stellt ihn an.

DÉSIRÉE: Das war aber heute vormittag. Inzwischen ist alles
vorbei.

PHILIP: In Euphoria ist noch Vormittag. Pazifikzeit.

DÉSIRÉE: Stimmt ja. (Zu Hilary): Hast du von dem Ärger in Plotinus gehört? Der Garten des Volkes und all das ...

HILARY: Ach so, ja. Dir ist in Rummidge in diesem Trimester jede Menge Aufregung entgangen, Philip. Das Sit-in und alles.

PHILIP: Irgendwie kann ich mir einfach nicht vorstellen, daß in Rummidge was wirklich Umwälzendes passieren kann.

HILARY: Hoffentlich entwickelst du dich nicht zu einem dieser Brutalo-Snobs, die nichts für wichtig halten, wenn nicht ein paar Leute draufgehen.

DÉSIRÉE: Brutalo-Snob ist gut.

PHILIP: Ja, aber in Plotinus könnten heute ohne weiteres Leute draufgehen ...

DÉSIRÉE: Du mußt das verstehen, Hilary. Philip hat sich sehr für den Garten und das alles engagiert. Er war sogar im Knast.

HILARY: Großer Gott, das hast du mir ja gar nicht erzählt, Philip.

PHILIP (hockt vor dem Gerät, das langsam warm wird): Es waren nur ein paar Stunden. Ich wollte es dir schreiben, aber ... es hing mit anderen Sachen zusammen.

HILARY: Ja so.

Auf dem Bildschirm erscheint ein Western. PHILIP schaltet um, bis er die Übertragung der Plotinus-Demo gefunden hat.

PHILIP: Endlich. (Stellt Fernseher ein. Singen, Hochrufe, Bands usw.): MORRIS kommt mit Eis und Soft Drinks herein.

MORRIS: Was ist das?

DÉSIRÉE: Die große Demo in Plotinus.

MORRIS: Im Ernst?

STIMME DES KOMMENTATORS: Und es sieht wirklich so aus, als würde die große Kundgebung nun doch friedlich verlaufen ...

MORRIS sieht interessiert hin, während er die Getränke zurechtmacht. Fernsehschirm nah. Wir sehen die Marschsäule an dem eingezäunten Garten vorbeiziehen. Ein warmer, sonniger Morgen in Plotinus. Die Menge wirkt festlich, gutgelaunt. Die Demonstranten führen Transparente, Fahnen, Blumen und Rasensoden mit. Jenseits des Zauns stehen locker Nationalgardisten herum. Wir sehen Laster mit Rock-Bands, auf denen busenfreie

Mädchen tanzen, Demonstranten, die im Strahl von Wasser-
schläuchen herumhopsen, Arm in Arm gehen und so weiter. Unter den Demonstranten erkennen wir etliche vertraute Gesichter.
Diese Aufnahmen überlagern die STIMME DES KOMMENTATORS
und die Bemerkungen von MORRIS, PHILIP, HILARY und DÉ-
SIRÉE. STIMME DES KOMMENTATORS: Viele Leute fürchteten, in
den Straßen von Plotinus würde heute Blut fließen, aber bislang
kamen nur positive Vibrations rüber. Die Demonstranten werfen
Blumen, nicht Steine … Sie stecken Blumen in den Maschendraht des Zauns. Sie legen Rasensoden auf den Gehsteig vor dem
Garten aus. So unterstreichen sie ihr Anliegen.

PHILIP: Hey, das ist ja Charles Boon. Und Melanie!

MORRIS: Melanie? Wo?

DÉSIRÉE: Neben dem Typ mit der Gitarre.

HILARY: Sie ist bildhübsch.

STIMME DES KOMMENTATORS: Bisher hat niemand den Ver-
such gemacht, den Zaun zu übersteigen. Wie Sie sehen, steht die
Nationalgarde nicht in Alarmbereitschaft. Einige winken den
Demonstranten zu.,

PHILIP: Und da ist Wily Smith. Erinnerst du dich, Hilary, von
dem hab ich dir geschrieben. Da in der Bildecke, mit der Base-
ballmütze. Er war in meinem Romanseminar. Keine Zeile hat der
Bursche mir geliefert.

STIMME DES KOMMENTATORS: Sheriff O'Keene und seine
Leute halten sich im Hintergrund.

DÉSIRÉE: Hey, seht euch die Oben-ohne-Girls an.

PHILIP: Sind das nicht Carol und Deirdre?

DÉSIRÉE: Stimmt, ja.

STIMME DES KOMMENTATORS: Die Kundgebung zieht jetzt seit
einer halben Stunde an uns vorbei, ein Ende ist immer noch nicht
in Sicht.

PHILIP: Und da sind der Cowboy und der Konföderierte.
Ganz Plotinus muß bei der Demo sein.

STIMME DES KOMMENTATORS: Ich glaube, diese Bilder sagen alles.

HILARY: Und Philip wär am liebsten auch dabei!

DÉSIRÉE: Klar wär er das.

PHILIP: Nein, eigentlich nicht.

PHILIP dreht den Ton ab, läßt aber das Bild stehen. Rückfahrt.

Die vier sind um den Fernseher versammelt, Gläser in der Hand.

PHILIP: ›Dies ist kein Land für alte Leute …‹

MORRIS: Komm, Philip, kein Defätismus.

PHILIP: Ich passe da nicht hin.

DÉSIRÉE: Begründung bitte.

PHILIP: Diesen jungen Leuten (deutet auf Bildschirm) ist der Garten wirklich Herzenssache. Wie eine Liebesgeschichte. Zum Beispiel Charles Boon und Melanie. Ich könnte in einer öffentlichen Angelegenheit nie so empfinden, obgleich ich mir das manchmal wünschte. Wenn ich ehrlich bin, ist für mich Politik aktueller Hintergrund, fast Unterhaltung. Etwas, was man an- und abschaltet wie das Fernsehen. Was mir wirklich Gedanken macht, was ich nicht beliebig ein- und ausschalten kann, das sind Dinge wie – wie Sex oder Sterben oder daß einem die Haare ausgehen. Private Dinge. Wir, unsere Generation, sind dem Privaten verhaftet. Wir machen eine klare Unterscheidung zwischen Privatleben und Öffentlichkeit, und das Wichtige, das, was uns glücklich oder unglücklich macht, ist privat. Liebe ist privat. Eigentum ist privat. Sex ist privat. Deshalb fordern die jungen Radikalen das Bumsen auf der Straße. Das ist keine billige Schocktaktik. Es ist eine ernsthafte revolutionäre Losung. Wie in dem Beatles-Song: »Why Don't We Do It In The Road …«

DÉSIRÉE: Quatsch.

PHILIP: Wie bitte?

DÉSIRÉE: Absoluter Superquatsch. Du bist im Underground von Plotinus in eine Gehirnwäscherei geraten. Du hast zuviel ›Euphoric Times‹ gelesen. Wer wird denn auf der Straße gebumst, wenn die Revolution da ist, willst du mir das mal verraten?

PHILIP: Na? Wer?

DÉSIRÉE: Die Frauen, ob sie wollen oder nicht. Hör zu, in dem Garten werden jede Nacht Mädchen vergewaltigt, aber weil die ›Euphoric Times‹ das Wort Notzucht nicht anerkennt, erfährt keiner was davon. Jedes Mädchen, das hingeht, um da zu helfen, gerät in eine sexuelle Falle. Wenn sie nicht mitmacht, werfen die Männer ihr vor, daß sie bürgerlich und verklemmt ist, und wenn sie sich bei den Cops beschwert, sagen die, daß es ihr recht geschieht, weil sie hingegangen ist. Und wenn die Mädchen nicht gegen ihren Willen aufs Kreuz gelegt werden, schuften sie am Kochtopf oder waschen ab oder hüten die Kinder, während die Männer rumsitzen und politisieren. Nennt ihr das Revolution? Daß ich nicht lache.

HILARY: Hört, hört.

PHILIP: Du magst schon recht haben, Désirée. Ich sag ja nur, daß es diese berühmte Kluft zwischen den Generationen wirklich gibt, und ich glaube, der Knackpunkt ist dieser Gegensatz zwischen Öffentlichkeit und Privatsphäre. Wir – unsere Generation – haben uns der alten liberalen Doktrin des unversehrten Selbst verschrieben. Es ist die große Tradition des realistischen Romans, das Wesen des Romans selbst. Privatleben im Vordergrund, Geschichte als fernes Donnergrollen irgendwo hinter der Bühne. Bei Jane Austen nicht mal das. Aber nun stirbt ja der Roman, und wir mit ihm. Kein Wunder, daß bei meinem Romanseminar an der Euphoric State nichts rausgekommen ist. Für die Erfahrung dieser jungen Leute ist der Roman ein widernatürliches Medium. Diese Kinder (deutet auf den Bildschirm) leben einen Film und keinen Roman.

MORRIS: Komm, Philip, du hast dich von Karl Kroop anlabern lassen.

PHILIP: Was der sagt, ist gar nicht so unvernünftig.

MORRIS: Aber was er vertreibt, ist doch ganz primitiver Historizismus. Und schlechte Ästhetik obendrein.

HILARY: Das mag ja alles sehr fesselnd sein, aber könnten wir nicht zur Abwechslung mal über was Handfesteres sprechen? Zum Beispiel, was wir vier denn nun künftig machen sollen?

DÉSIRÉE: Zwecklos, Hilary. Die Männer reden.

MORRIS (zu Philip): Die Paradigmen der Prosa bleiben sich im wesentlichen gleich, unabhängig vom Medium. Ob Wort oder Bild – das spielt auf der strukturellen Ebene keine Rolle.

DÉSIRÉE: ›Strukturelle Ebene‹, ›Paradigmen‹. Immer diese Verliebtheit in Abstraktes. ›Historizismus‹.

PHILIP (zu Morris): Ich glaube, das stimmt nicht ganz. Nehmen wir doch nur mal die Frage von Schlüssen.

DÉSIRÉE: Ja, dafür wäre ich auch.

PHILIP: Erinnerst du dich noch an die Stelle in *Kloster Northanger*, wo Jane Austen schreibt, sie fürchte, ihre Leser würden sich schon gedacht haben, daß jeden Augenblick das Happy-End kommen muß ...

MORRIS (nickt): Zitat: ›Da sie am verräterischen Schwinden der Seiten erkennen, daß wir alle dem vollkommenen Glück entgegeneilen ...‹ Zitatende.

PHILIP: Ja, genau. So was muß der Romanschriftsteller einfach preisgeben, ob er will oder nicht. Mag sein, daß es heutzutage kein Happy-End mehr ist, aber um das verräterische Schwinden der Seiten kommt er nicht herum.

HILARY und DÉSIRÉE hören jetzt auch PHILIP zu, und er rückt in den Mittelpunkt des Interesses.

Ich meine, innerlich stellt man sich auf das Ende des Romans ein. Beim Lesen merkt man, daß man nur noch ein, zwei Seiten hat, und man bereitet sich darauf vor, das Buch zuzuklappen. Beim Film geht das nicht, schon gar nicht heute, wo die Filme viel lockerer strukturiert, viel ambivalenter sind als früher. Man kann nie voraussagen, welches Bild das letzte sein wird. Der Film geht weiter, so, wie das Leben weitergeht, die Leute darin funktionieren, agieren, trinken, reden, wir sehen ihnen zu, und an jedem beliebigen, dem Regisseur genehmen Punkt, ohne Vorankündigung, ohne daß etwas entschieden oder erklärt oder geregelt ist, kann er einfach ... zu Ende sein.

PHILIP zuckt die Schultern. Die Kamera stoppt und läßt ihn mitten in der Bewegung erstarren.

NACHWORT

Im Januar 1969 ging ich für ein halbes Jahr als Gastprofessor an die University of California in Berkeley mit ihrem herrlichen Blick über die Bucht von San Francisco. Zu jener Zeit stand das Stimmungsbarometer der Jugend weltweit auf Rebellion und Umsturz. »Les évènements« vom Mai 1968 in Paris hatten rund um den Erdball eine Kette von Studentendemonstrationen ausgelöst. Auch an meiner Universität – Birmingham in Mittelengland – hatten wir im Herbst 1968 unser kleines Drama, nämlich die Besetzung der Verwaltungsgebäude durch Studenten, die eine stärkere unversitäre Mitbestimmung forderten. Die Aktion verlief relativ friedlich und gewaltlos, dennoch hatte sie die Älteren und Konservativeren unter den Hochschullehrern sehr verunsichert. Nach dieser milden Manifestation jugendlichen Protestes kam ich nach Berkeley, wo sich 1969 – einhergehend mit der sich immer weiter zuspitzenden politischen Krise um Vietnam und die Bürgerrechte – die Studentenbewegung zu einer mächtigen Koalition radikaler linker Überzeugungen entwickelt hatte, die sich gegen die Regierung, die Gesamtheit von Militär und Industrie und die Kräfte von Law and Order richtete. Auf Berkeleys Straßen und auf den Plätzen und Rasenflächen des Campus gab es Konfrontationen zwischen Studenten und Hippies einerseits und Polizei und Miliz andererseits, deren oberster Chef Ronald Reagan war, Gouverneur des Staates Kalifornien und *ex officio*-Präsident des Verwaltungsrates der Universität. Zwei Probleme brachten während meines Aufenthaltes in Berkeley das normale akademische Leben zum Stillstand und führten zu gewalttätigen Demonstrationen und Gegenschlägen von Polizei und Nationalgarde: der Streik der Dritte-Welt-Studenten und die »Volkspark-Affäre«. Beide werden in nur leicht maskierter Form in *Ortswechsel* geschildert.

Ich kam mir nicht so sehr wie ein Gastprofessor als vielmehr wie ein Kriegsberichterstatter vor, während ich diese Geschehnisse (wie auch andere damit zusammenhängende Erscheinungen, beispielsweise die Anfänge jener Bewegung, die später als Women's Lib bekannt werden sollte) mit lebhaftem Interesse verfolgte und meine Eindrücke zu späterer erzählerischer Verwertung speicherte. Die Geschichte, ja, das Schicksal selbst hatte mich da mit einer Fülle von vielversprechendem Hintergrundmaterial für einen Roman beschenkt – aber wie sollte der narrative Vordergrund aussehen?

Der Buch durfte nicht einfach von einem Engländer handeln, der Gast an einer amerikanischen Universität ist, soviel stand für mich fest, denn über dieses Thema gab es bereits etliche britische Romane, unter anderem das 1965 erschienene *Stepping Westward* meines Freundes Malcolm Bradbury.

Als ich mich nach meiner Rückkehr wieder einmal mit diesem Problem beschäftigte, kam mir der Gedanke, daß es zwar einige Romane über Engländer auf einem amerikanischen Campus, aber keinen Roman über einen amerikanischen Gastprofessor an einer britischen Hochschule gab, obwohl diese Ausgangsposition nicht ungewöhnlich war und meist im Rahmen eines Austauschprogramms von Hochschullehrern zustandekam. Und siehe da, die Glühbirne der Comic strips leuchtete über meinem Haupt auf. Da war er, der Grundgedanke für meinen Roman: Ein Austausch zwischen einem britischen und einem amerikanischen Akademiker zu einer Zeit studentischer Unruhen in beiden Ländern (daher der englische Untertitel *A Tale of Two Campuses*, der dem Titel von Dickens' Roman über Paris und London zur Zeit der Französischen Revolution, *A Tale of Two Cities*, nachempfunden ist). Die beiden würden eine charakteristische Karikatur des von dem jeweiligen Land hervorgebrachten Hochschullehrertyps sein. Ich sah sie sofort im Geiste vor mir, wie sie im Flugzeug auf dem Weg zu ihrer neuen Wirkungsstätte über dem Nordpol aneinander vorüberziehen. Die beiden Hochschulen dachte ich mir als komisch überhöhte Versionen der englischen Provinzuniversität und des sonnig-hedonistischen kalifornischen Campus. Beide Hochschullehrer würden vierzig Jahre alt sein, in einer Midlifekrise stecken und – wenn auch notwendigerweise etwas auf Distanz – mit den Studentenunruhen befaßt sein. Sie würden nicht nur den Arbeitsplatz, sondern bis zu einem gewissen Grade auch Einstellungen und Wertvorstellungen und schließlich auch die Frauen tauschen. (Vielleicht sollte ich an dieser Stelle einfügen, daß ich selbst nie an einem akademischen Austauschprogramm teilgenommen habe und meine Frau und meine Kinder mich nach Berkeley begleitet hatten.)

Die Symmetrie, auf der diese Grundidee basierte, war eine Fundgrube für narrative Einfälle, da alles, was in dem einen Land geschah, in dem anderen seine Spiegelung oder sein Echo fand. Andererseits hatte ich den Eindruck, daß eben diese Symmetrie auch die Gefahr einer gewissen Monotonie oder Kalkulierbarkeit bei der Entwicklung der Handlung mit sich brachte. Um diese Falle zu umgehen und um den Leser wachzuhalten, entschied ich mich dafür, jedes Kapitel in einer anderen Erzählform zu schreiben und – anhand eines imaginären Lehrbuchs mit dem schönen Titel *Wir schreiben einen Roman* – eine fortlaufende Veralberung von Fragen der Erzähltechnik einzubauen. Der kühnste Stilwechsel blieb selbstredend dem allerletzten Kapitel vorbehalten, das die Form eines Drehbuchs hat. Dadurch löste sich auf bequeme Art und Weise auch ein Problem, das mir beim Schreiben des Romans zu schaffen machte, nämlich der Schluß.

Ein besonderer Reiz während der Arbeit an *Ortswechsel* lag darin, Aspekte der beiden Kulturen zu verfremden – und dadurch zu ironisieren –, indem ich sie aus dem Blickwinkel eines Ausländers darstellte. Aber ich mochte den Vergleich nicht zugunsten der einen oder der anderen Kultur entscheiden, indem ich die beiden Helden zwischen ihnen oder zwischen Ehefrau und Geliebter wählen ließ. Die Tatsache, daß es bei einem Film möglich ist, relativ leicht zu einem raschen und unentschiedenen Ende zu kommen, zeigte mir den Ausweg. Ein Film kann, wie Philip Swallow sagt, ehe ihn das letzte Standbild erfaßt, »einfach … zu Ende sein.«

Das Ergebnis war nicht nach dem Geschmack aller Leser, hatte aber für mich ein unvorhergesehenes Plus. Als ich viel später der Idee nähertrat, einen satirischen Roman über die Abenteuer globetrottender Akademiker zu schreiben, die auf der Suche nach Ruhm und Liebesabenteuern von einer internationalen Konferenz zur nächsten hasten wie die Ritter mittelalterlicher Romanzen, kam mir der Gedanke, in diesem Zusammenhang Morris Zapp und Philip Swallow wieder hervorzuholen. Da ich am Schluß von *Ortswechsel* ihr weiteres Schicksal in der Schwebe gelassen hatte, war das verhältnismäßig einfach. Ich brauchte nur noch eine plötzliche Verbesserung in Philip Swallows späterer beruflicher Laufbahn zu erfinden, um ihn als Rivalen von Morris Zapp bei der Bewerbung um seinen UNESCO-Lehrstuhl für Literaturkritik plausibel wirken zu lassen.

Ich hatte die Hoffnung, *Ortswechsel* werde automatisch einen Leserkreis auch für die Fortsetzung schaffen, was sich bestätigte. Der erhoffte Erfolg stellte sich ein, was zu meiner Freude auch für *Kleine Welt* galt, die neue Leserkreise für den Vorgänger erschließen konnte, zuerst in England und Amerika und jetzt zu meiner großen Freude auch in Deutschland.

David Lodge, Mai 1986